하늘다리

하늘다리

우영창 장편소설

『문학의 문학』 5천만원 고료 당선소설

문학의 문학

차례

제1부 남과 여, 차가운 관능

1

K가 움직였다.

오전부터 몸을 틀며 꿈틀대던 시가총액 12조 원대의 물건이 오후 두시경 머리를 치켜들었다. 한 달을 들고 있다가 어제 던져버린 바로 그 K통신이었다.

날마다 있는 일도 아니어서, 윈윈증권 신사 지점 맹소해 대리, 바로 나는 고개를 끄덕이고 컴퓨터 시세판에서 K의 창을 지워버렸다. 기껏 나 홀로 투자에 뛰어들었다가 맛본 개인적인 실패일 따름이었다. 문제는 P였다.

최근의 P(파인 인더스트리)는 미약한 등락만 거듭할 뿐 추세 전환의 조짐을 보여주지 못했다. 벌써 석 달째였다. 투자자들도 지칠 만한 시점이 되었다. 다음 주까진 가시적인 움직임이 있어야 마음을 놓을 수 있다. 정보는 정확한데 시장이 반영을 못 시키고 있다, 그런 변명을 언제까지 할 수는 없는 노릇이었다.

P는 화섬, 석유화학 및 전자 제품까지 다루는 중견 종합상사로 탄탄한 재무구조를 갖춘 데다 최근 들어 중국과 동남아 쪽 수출이 늘면서 매출도 호조를 보이고 있었다. 내가 중점 관리하는 13계좌의 총 자산액은 전일 종가 기준으로 171억 원이었고 이 중 65억 원이 이 12만 주의 P에 잠

겨 있었다. 65억 원이면 총 자산액의 40퍼센트에 달해 그 움직임에 따라 계좌의 수익률이 좌지우지되었다. 그중엔 상대적으로 소액이지만 차명 형태의 내 계좌도 끼여 있었다.

나는 깍지 낀 두 손을 목뒤에 받치고 윗몸을 뒤로 젖혔다. 긴장을 풀기 위해 수시로 해주는 기본 스트레칭이다. 부스 안의 내 등 뒤에서는 3월 초순의 햇살이 젖빛 블라인드를 밝게 물들이고 있었다. 지금 일어나 48층의 창가로 다가간다면 최근 1년 사이 시가총액이 두 배로 늘어난 T그룹 본사 건물을 마주하게 될 것이다. 이렇게 지척에 있는 보석을 두고 엉뚱한 회사에 베팅을 하다니, 등잔 밑이 아니라 등 뒤가 어둡다고 해야 할 판이었다.

세시가 넘자 컴퓨터의 주식란엔 숫자가 깜박거리지 않았다. 종가가 나온 것이다. 옵션, 선물 쪽은 마지막 거래를 청산하느라 체결량이 늘어나고 있었지만 나는 그쪽은 무시하였다. 파생 상품의 비중을 최근에 대폭 줄여놓았던 것이다. 헤지는커녕 위험부담만 커져가는 모양새를 방치할 수는 없었다.

경기철강 민 감사의 전화가 왔다. 부장에서 감사로 발령 난 후 부쩍 전화가 잦아졌다. 개인적인 용무이다 보니 휴대폰을 사용한다. 임원이 되면 회사 전화는 사적인 용도로 쓰기가 부담스러워진다. 거래처나 동종 업체와의 분쟁 발생 시 유리한 진술을 확보하기 위해 통화 내용이 종일 녹음되기 때문이다. 당연히 내 직통 전화기도 자동 녹음되어 본체에 백업된다. 지점에서는 녹음 내용을 최소 3년간 보존한다.

"맹 대리, 민 감사예요. ……오늘도 그렇지? ……조이 디지털테크는 어때? ……너무 올랐다고? 사지 마? ……엠앤에이한다며? ……세력들이 흘리는 정보야?"

기업체 임원이라도 가끔 엉뚱한 정보를 듣고 와 혼선을 일으킨다. 쓸 만한 정보는 열에 두셋을 넘지 않는다. 그렇다 하더라도 고객의 요구를 무시하는 게 타당한 것도 바람직한 것도 아니다. 결과에 따라선 고객이 분노하거나 떠나가버릴 수가 있다. 책임지기 싫어하고 타인 의존도가 강한 고객일수록 결과에 대해서는 이기적인 판단을 내리기가 쉽다. 자신을 비난하는 건 그렇게 힘든 일이다.

나는 커피 머신에서 아메리카노를 내려 들고 57층의 스카이 파크로 갔다. 멀리 강변까지 시야가 트인, 나무 그늘 아래 벤치는 비어 있었다. 이 시간에 가끔 여기, 글라스가 덮인 파크에서 커피 한 잔에 담배를 빼 문다. 하루의 장이 마감되면 결과에 상관없이 긴장을 푸는 것이 중요하다.

73층 높이의 초고층 쌍둥이 빌딩 '주노'는 52층과 53층에 걸쳐 동관과 서관을 연결하는 스카이 브리지가 있고 25층과 57층에 스카이 파크가 있다. 나는 주로 57층의 파크를 이용했다. 얼마 전엔 서관 옥상에서 영화 촬영이 있었다고 창구의 수탁 담당 예나연이 호들갑을 떨었다. 액션 신을 찍느라 헬리콥터까지 동원되었다는 것이다. 악당은 헬리콥터를 타고 탈출하며 여주인공을 인질로 잡아둔다. 그 여주인공이 최후까지 살아남아 웃어 보일 때 세계 평화가 오고 새로운 사랑은 시작된다. 여주인공이 사업가와 결혼하면 남주인공과 악당과 헬리콥터 조종사는 하객으로 참석한다. 요즘은 턱시도 입는 남성이 늘어났다.

네시 반에 지점장실에서 영업 회의가 있다. 윈윈의 신사 지점장 백경채에게 회의는 영업 다음으로 중요했다. 영업은 회의로 시작돼 회의록에 의해 완성되었다. 회의에 열의를 보이지 않았던 명동 지점장은 머리 나쁜 아이들이 회의는 도맡아 한다고 말씀하신 바 있다. 둘의 공통점은 안경을 썼다 벗었다 한다는 것이다.

바지 주머니의 휴대폰이 울린다. 문자가 왔다.

'저녁에 볼까?'

'약속 있어요.'

답신을 넣고 담배를 마저 피운다. 약속은 없다. 그를 만나고 싶지 않을 뿐이다. 최 상무는 법인 영업 담당이다. 거래처 임원과 저녁 약속을 잡아 두는 게 더 생산적이지 않을까? 룸살롱 앞 모텔의 밤이 지겨워져서 나를 찾는 건 아니겠지만.

테이크아웃 커피는 스몰이라 해도 끽연 후에 3분의 1은 남는다. 직접 타면 시간대를 맞출 수 있다. 컵 바닥의 커피 찌꺼기에 꽁초를 담그고 그걸 쓰레기통에 던져 넣으면 손이 깨끗이 빈다. 담배 없이 커피만 마실 때도 있다. 그건 적응이 좀 필요했다. 최근에 담배를 하루 한 갑에서 일곱 개비 내외로 줄였고 업무 중엔 물을 자주 마셨다. 술자리에서 연이어 물고 있는 버릇도 버렸다. 집에 돌아와 이를 닦고 한 대 피우는 게 마지막이었다. 줄인 지 2주 만에 가래가 없어졌다. 좋은 징조다. 최 상무는 담배를 피우지 않는다. 담배 피우는 임원은 임원답지 못하다는 견해가 횡행하고 있다. 나와는 상관없는 일이다. 훗날 내가 임원이 된다면 담배를 끊을 것이다. 어쩜 그전에 끊을지 모르겠다.

"담배 한 대 얻을 수 있을까요?"

따분한 목소리였다. 남자는 스카이 블루 셔츠에 네이비 블레이저를 입고 있었다. 30대 초반의 약간 마른 몸매였다. 담배를 건네자 남자는 금장 라이터를 꺼내 불을 붙였다. 그리고 몇 발짝 물러나 담배를 피웠다. 나는 담배를 끄고 커피 잔은 쓰레기통에 버렸다. 바람 한 점 없는 오후였다.

회식이나 개인적인 약속이 없다면 저녁은 마트 식당을 자주 이용한다. 혼자 먹기 편해서다.

어떤 식당은 여자 혼자 식탁에 앉아 있는 그림을 달갑게 여기지 않는다. 바쁜 시간에 나 참, 동네 기사 식당 남자의 눈빛에서 분명 그걸 읽었다고 생각한 순간부터 4인용 테이블 몇 개로 장사하는 집의 골든타임은 훼손하지 않기로 마음먹었다. 같은 마트를 이틀, 사흘 연속해서 가지도 않는다. 누군가의 머리에 각인되는 게 싫다. 세 블록 떨어진 마트를 이용하든가 초저녁부터 술이 당길 때는 초밥이나 안주거리를 사 들고 집으로 와 술을 곁들인다. 뭐니 뭐니 해도 반주엔 소주가 최고다. 내 체질엔 석 잔까지는 분명 그렇다. 상대가 있을 땐 한 병 반까지도 그 맛이 유지된다. 사람의 힘은 대단하다. 알코올의 순도까지 높여버린다.

저녁 일곱시, 마트의 메밀국수는 그런대로 삼킬 만하다. 퇴근하기 얼마 전부터 속에서 열이 퍼져 올라와 찬 것이 먹고 싶었다. 메밀가루를 더 섞어달라고 하면 경계하는 눈초리를 보내오겠지? 얼마 전 시중 메밀국수에 메밀 함량이 터무니없이 낮다는 기사가 네이버에 떴다. 그 후 봉평 메밀이 그리워졌지만 스키 시즌까지 기다렸다 용평 다녀오는 길에 들르리라 꽤 먼 작정을 하게 되었다.

최 상무의 문자를 숙고했더라면 지금쯤 삼성동의 용수산 매화룸에서 한정식 B코스를 맞아들이고 있으리라. 옥주전자에 담겨 샘물처럼 졸졸졸 따라져 나오던 그 술 이름이 뭐였더라? 4만 원이라고, 값만 기억난다. 최 상무의 팔짱을 끼고 소문난 떡볶이집이나 강북 끝머리 생선구이집을 순례하며 알콩달콩한 애정을 과시하기가 어려웠던 건 아니다. 사회적으로 성공한 남자들이 추억에 빠져들듯 그런 소꿉장난을 흡족해한다는 것도 알고 있다. 그게 싫어서였을까? 최 상무가 섹스 외에 그런 사치스러운 감정까지 느끼는 게. 나는 왜 그를 만나왔던 것일까? 이 대목에선 그만 머리를 흔들게 된다.

집까지 15분, 식사 후 걷기에 적당한 거리다. 정장 차림이 걷기에 불편하다고 생각해본 적은 없었다. 정장에 익숙해지면 겨드랑이의 솔이 터져라 남자의 머리를 잡아당기거나 상반신으로 밀고 들어오는 남자의 압박 속에 벽을 타고 접혀 올라가는 치마의 꺼칠한 감촉을 즐기게도 된다.

사랑의 행위 도중에 정장이 더럽혀지는 느낌을 아는가? 캐주얼한 차림이 줄 수 없는 거친 순도의 클래식 쾌감이 거기엔 있다. 올해의 최 상무는 그런 걸 줄 수 없었다. 2월에 들어서자 그는 눈치껏 사방을 살핀 후에야 호텔 룸 키를 받아 들었다. 비누로 몸의 구석구석을 닦고 공들여 면도를 했다. 그런 후 룸 가운을 걸치고 침대 모서리에 앉아 샤워 소리에 귀 기울이며 서서히 몸이 달아올랐다. 그런 일련의 전희에 비해 성급하고 짧은 본 과정이 있었다. 그만의 개가도 있었다. 질외 사정 후 죽은 듯 5분을 엎어져 있는 것이다. 그것이 그가 승리하는 새 방식이었다. 그는 5분간 내가 무슨 생각을 하길 바라는 걸까? 텅 빈 머리로 쾌락의 나른한 늪에 아래턱까지 잠겨 있기를? 과분하게도 행복하기를 바라는 것일까?

열시 넘어 최 상무의 전화가 왔다.

일주일 전, 30분 후에 만나기로 한 그 바에서 최 상무가 말했다.

"2년 정도 동경에서 근무하면 어때?"

"누구 뜻이죠? 설마 사장?"

"사장 애인은 내가 알아."

"그럼 부인이군요."

"널 잃고 싶지는 않아. 동경도 내 관할이야."

홍콩, 싱가포르도 그의 관할이었다. 1년에 한 번 도쿄행 비행기를 타겠다는 암시였다. 도쿄 지사장이 잡아준 호텔 룸에서 날 기다리겠다고? 끔찍할 것까진 없지만 그가 왜 거기서 나를 기다려야 하는지 스스로를 납득시킬 자신이 없었다.

5분이 흘렀다. 25분이면 이를 닦고 옷을 걸친 후 천천히 걸어가 건널목을 건너는 시간으론 충분했다. 실제로 그렇게 하자 나는 30분 후에 그 바의 창가 자리에 앉아 있었다. 창밖엔 그가 승용차 뒷문에서 내리고 있었다. 대리 기사가 그에게 키를 건네줬다.

취기는 없었다. 스카치 다섯 잔 정도라면 한 시간 내에 평소의 얼굴빛으로 돌아왔다. 그는 그 정도쯤은 자유자재로 관리하는 사람들의 일원이었다.

"서니강 펀드의 강 사장, 젊은 친구가 잔머리를 보통 굴리는 게 아니야. 무리하게 대시하다간 역효과가 날 것 같아 식사만 하고 헤어졌어. 지중해에서."

송파구의 고급 일식집이다. 술을 곁들이면 1인당 15만 원 잡으면 된다. 서니강 펀드라면 일부만 당겨와도 연 단위로 10억은 떨어진다. 리베이트가 문제다.

그는 카스를, 나는 밀러를 시켰다. 첫 데이트 때 그는 밀러를, 나는 카스를 시켰다.

"네 생각을 말해봐. 어떻게 했으면 좋을지?"

"뉴욕은 어때요?"

"……거긴 티오가 없어. 내 관할도 아니고. 추천할 수는 있지만 장담할 수 없어."

"알고 있어요."

"무슨 얘기야?"

"애쓰지 말라는 얘기예요. 날 깨끗이 지워버려요."

"그게 가능해? 난 도저히."

"나 신사로 발령받은 지 이제 8개월 됐어요. 움직여도 내년 초나 되어야 정상이죠."

"네가 서울에 있는 건……."

"난 지방에 갈 수 없어요. 그만두거나 타사로 갈 수도 없고요. 부인에게 말해요. 끝났으니 생각을 그치라고요."

"간단하군."

"좀 더 확실한 방법이 있어요. 돈을 줬다고 말해요. 결국 그런 여자더라고."

"뭐라고?"

"그동안 고마웠어요. 내 편의도 많이 봐줬잖아요."

"그게 다야?"

"미안해요. 사랑한다는 말, 확신 없이 한 말이었어요."

그가 맥주를 시켰다. 그의 것만. 나는 물을 마시고 담배를 피웠다. 연기가 조명을 타고 흩어져갔다.

"한 가지만 묻자, 내 감정은 상관없나? 너만 확실한 태도를 취하면 된다는 건가?"

"그게 바로 당신이 원하는 거죠."

"차갑구나."

대화가 끊겼다.

차를 두고 함께 아파트까지 걸어갔다. 구름을 벗어난 달이 106동 입구에서 멈추었다. 화단에서 최근에 옮겨 심은 자목련 향기가 풍겨왔다. 밤에는 그 향기가 좀 더 짙어졌다. 독성이 있다 했던가? 그와 마주 보았다. 어색하지는 않았다. 여기서 그가 입술을 주었다. 저번 달에도, 저저번 달에도. 따라 들어와서 내 어깨를 와락 끌어안고 때론 두 다리 사이에 얼굴을 묻기도 했던 이 남자, 지금은 그 큰 키로 말없이 나를 내려다본다. 나는 손을 내밀었다. 그는 움직이지 않았다. 허공에 뜬 손을 내리고 나는 조금 웃었다.

"이제 가요."

아파트 현관까지는 길지 않았다. 돌아보면 그는 거기 서서 다시 한 번 손을 흔들곤 했지만 오늘은 모르겠다. 14층에서 내려오던 엘리베이터가 9층에서 멈췄다. 9층 남자는 이 시간이면 유령 같은 모습으로 내려와 어린이 놀이터의 철봉대 옆에서 담배를 피웠다. 날짜를 계산해보니 남자는 3주 전에 실직했다.

3개월 전 분당의 오피스텔 전세금을 빼 여기 G시의 18평 아파트를 전세로 얻은 건 잘한 일이었다. 뒤 베란다에 서면 바로 눈에 들어오는 하천과 잘 가꿔진 산책로, 멀리 야트막한 산의 푸름은 실망을 주는 법이 없었다. 오피스텔 지하 주차장에서 여자의 뒷머리를 몽둥이로 내려친 강도 사건이 발생한 것도 이사를 결심하게 한 동기 중 하나였다. 뉴스에는 나오지 않았고 보안이 대폭 강화되었지만 여성 운전자들은 모두 신경이 날카로워 있었다. 그 강도는 지금도 어두운 곳에서 점퍼 안에 몽둥이를 감추고 범행 대상을 물색하고 있을 텐데, 재수에 또 재수가 나쁘면 둔중한 한 번의 충격에 죽을 수도 있는 일이었다. 그렇게 죽는 건 부조리한 것이었다.

뉴스에 의하면, 강간에 살인에 납치에 온갖 종류의 범죄가 자나 깨나 진행되고 있었다. 범죄심리학자들은 범죄의 증가와 수법의 잔인함을 나날이 확대되는 빈부 격차와 전과자를 수용하지 못하는 사회의 구조적인 얼개에 그 책임의 일부를 돌렸다. 틀린 말은 아니었지만 위로가 되지는 않았다. 전자봉을 구입하고, 고환을 걷어차는 호신술을 배우고, 위험한 곳에 자신을 노출시키지 말고, 일정액의 현금을 지니고, 그리고 영원히 운이 좋기를 바라야 했다. 정신 건강을 위해서는 그런 유의 불행에 대해선 생각을 말아야 하는 건지도 몰랐다. 확률로만 따지면, 그건 1년에 한 번 이용할까 말까 하는 비행기가 사고를 낼 가능성보다 크게 높다고 할 수는 없었다.

이 아파트도 도둑이 든 적이 있었는데 모두 빈집털이였다고 한다. 뒤 베란다 쪽까지 경비원이 순찰을 도는 18평대 106동은 안심해도 좋다고 했다. 가스 검침이나 소독을 빙자한 강도가 있을 수 있지만 평일 오후 직장에 나가 있는 사람이 초인종 소리를 들을 수는 없다. 맹소해의 존재를 눈치 채고 있는 강도는 아직 없다는 것이 낭설일 수는 없었다.

소파에 누워 리모컨을 이리저리 누른 지 30분이 넘어갔다. 공중파 뉴스도 꽤나 인내심을 요구한다. 신선한 뉴스는 10분, 나머지는 주로 기획 취재 프로그램이다 보니 케이블과 다를 바 없다. 채널을 돌리자 월척을 들어 올린 낚시꾼이 파안대소한다. 돌아가신 아빠는 월척과는 거리가 멀었다. 산길을 내려오다 다리가 부러진 아빠는 낚시로 급선회하였는데 새 취미는 피라미 몇 마리를 위해 대용량의 시간을 필요로 했다. 1987년, 초등학생인 소해에게는 아빠가 머리에 무거운 추를 달고 수행하는 수도승으로 보였다. 소주 마셔 벌겋게 단 얼굴의 수도승이 지금 보고 싶다고 해야 하나, 야속한 사람이다.

컴퓨터에 비하면 텔레비전 시청은 휴식에 가깝다. 쉴 새 없이 클릭하고 숫자와 문자를 해독하다 보면 어느 순간 눈이 충혈되고 머리에 모래가 서걱거린다. 그 느낌이 싫어 집에선 컴퓨터를 켜지 않고 보내는 날이 많아졌다. 어떤 날은 라디오만 들었다.

리모컨의 오프를 누르자 화면은 시멘트 빛의 맨얼굴로 돌아갔다. 침대 시트는 아침에 나온 그대로 구겨져 있다. 글쎄, 시트가 구겨진 건 3일 전이다. 자위의 흔적을 남겨둔 것이다.

2

오전에 K은행을 세 계좌로 4만 주, 24여억 원 매수했다. 최근 T은행과의 합병 가능성이 지지부진해지면서 주가가 속절없이 빠졌다. 맹소해 나름대로 원칙이 있다면 떨어지고 있는 도중에 섣불리 매수하지 않는다는 거였다. 경험에 의하면, 최초의 상승이 있고 난 뒤에 사도 늦지 않았다.

오전 열시경 1차 상승 후 소폭 되밀릴 때 매수한 주식이 열한시 현재 7천만 원 이익을 보고 있다. 1차 목표가는 수수료 제하고 7퍼센트, 내일 오전에 가능할 수 있다는 희망을 주었다. 이런 단기 매매는 제대로 걸려

들면 수익과 약정의 해피한 상봉이 된다. 부차적으로 고과 점수를 올리고 성과급 봉투를 두툼하게 한다.

떨어지면? 파는 건 어렵다. 본전을 회복하는 데도 몇 달이 걸릴 수 있다. 그래서 단기 매매는 20~30퍼센트만 동원한다. 과감하게 전 계좌의 가동 금액을 풀로 찔러 들어가는 자기 확신형도 있다. 이 지점에도 고진규 수석 차장, 덩치가 역도산만 하고 추진력이 무시무시 내지는 무식한 일명 고질라가 그런 형으로 지금 Y전자에 물려 3개월째 계좌들이 죽 쑤고 있다. 그래도 자기 몫의 약정은 해야 하므로 괴로움이 바로 거기서 나온다. 교훈은 가까운 데서 얻으면 생생하다.

R호텔에서의 점심 약속은 12시에 잡혀 있었다. 오전에 매수한 K은행을 일단 목표가에 매도를 걸어놓고 컴퓨터를 잠가버렸다. 자리를 비운 사이 급상승할 약간의 가능성은 있다. 하지만 이런 초대형주가 목표가에 팔린 다음 상한가 칠 가능성은 거의 없다고 봐야 한다. 그러니까 그 가격에만 팔 수 있다면 클릭 두 번으로 1억 5천을 당기는 것이다. 정말 멋진 일이다. 클릭 두 번으로.

빈 상담실로 들어가 문을 잠그고 아이섀도로 눈가를 강조했다. 탕비실에서 여직원이 불쑥 들어오는 가운데 화장을 고치고 싶지는 않았다. 나름대로 상상력이 발칙한 아이들이니까. 탕비실은 많은 증권 용어들이 그렇듯 일본 말이다. 그곳은 여직원이 옷을 갈아입거나 커피를 타며 수다를 떨 수 있는 곳이다. 생리대라면 화장실을 이용하든가 문을 닫아걸어야 한다. 한 번씩 문이 잠겨 있을 때는 예나연이 자리까지 비우고 10분도 넘게 전화질을 해댈 때였다. 필이 둔한 여자 아이는 전화에 대고 길게 조잘거리는 '남친'을 다정하다고만 생각할 수 있다. 애널리스트로 근무하던 본사의 리서치 센터는 이런 다용도실을 허용하지 않았다. 유니폼에 갇힌 여직원이 없는 것이다. 커피도 각자 타 마시고 복사기 버튼도 스스로 눌러야 했다.

"연회비 없지?"

나가면서 인기가 바닥인 A카드 가입 서류를 넘겨주자 예는 고개를 끄덕이며 웃는다. 친언니가 최근 그 카드사 모집원이 되었다.

"고마워, 언니."

전표철을 뒤지고 있던 하주희가 곁눈질한다. 취미란은 비워두었다. 카드사는 회원을 나이, 직업, 연봉, 자산 외에도 독서, 공연 관람, 여행 등으로 또 세분화하고 싶어한다. 그걸 X, Y축에 놓고 답을 구하면 열심히 일한 당신에게 어떤 투어와 뮤지컬을 추천해야 하는지 알 수 있다. 나는 대중 술집 지출이 많은 편인데 그건 포인트가 인색하다.

신사 지점의 출납과 계좌 개설, 이전, 공모주 청약 업무를 전담하는 두 여직원은 여상을 거쳐 전문대를 졸업한 비정규직이다. 유니폼을 입고 있어 고객 눈에는 그들만이 정규직 직원으로 비칠 수도 있다. 입사 5년차인 예나연은 외삼촌이 3선의 야당 의원이지만 그 정도 배경을 낀 여직원은 소리 소문 없이 많다. 하주희는 입사 2년차로 얼굴에 앳된 소녀티가 남아 있다. 가벼운 성적 농담에도 얼굴이 발갛게 달아올라 수녀님 대우를 받고 있다. 하는 업무에 잔실수가 있지만 전산만은 예 못지않다.

나는 Y대학 경영학과를 졸업하던 해, 원원에 공채 입사 후 리서치 센터에서 2년간 도소매업종을 담당했다. 이후 마포 지점을 거쳐 3년 전 3월 명동 지점에서 대리 직함을 받았으니 군 미필의 여직원으로선 고속 승진이었다. 입사하던 해에 3백조원 대에 머물렀던 코스피 시가총액이 7년 만에 1천조 원대에 육박하면서 거래 대금이 세 배로 뛰고 영업 직원의 임금과 성과급도 지속적으로 늘어났다. 입사 타이밍이 좋았던 건 말 그대로 타고난 운이었다. 5년만 늦게 태어났어도 지금 이 자리는 장담할 수 없었다. 자리는 한정되어 있는데 입사 지원자는 해마다 늘어났다. 원원의 신입 사원 연봉이 국내 5백 대 상장사의 상위 10퍼센트 내로 진입한 것은 이미 3년 전이었다. 그런 정보는 회사 직원보다 입사 지원자들이 더 자세히 꿰뚫었다.

"안녕하세요?"

복도에서 같은 층의 스타리 아이즈 증권 옥 차장이 쾌활하게 인사했다. 웃으면 고른 치아가 뽀드득 드러나는데 본인이 그 사실을 알고 있는 것 같았다.

"오늘 멋지네요."

못 보던 옷이니 칭찬 한마딘 당연하다. 실은 옷에 한해서이지만.

"어머, 고마워요. 소해 씬 항상 멋지잖아요."

스타리 아이즈의 초급 차장이 윈윈의 고참 대리를 아래로 볼 수는 없다. 차장은 무슨, 실제론 과장이다. 거기다 증권사 서열, 연봉, 대외 이미지, 그리고 운용 금액이 다르다. 저번에 휴대폰 충전기를 한 번 빌려 쓴 적이 있다. 우린 모델 넘버가 같다. 어쩌자고 동질의 전류가 통하는 것이다.

"아니에요, 식당이에요. ……그 가격엔 쉽지 않죠. ……체결 들어오면 곧장 연락드릴게요. 그럼 식사 맛있게 하시고요. 네에, 사장니임."

한라의 초짜 대리다. 저번에도 아주 축구 해설을 하더니 오늘은 식당까지 들먹인다. 그러다 변비 걸려, 이것아. 변비 맞네.

팬티를 올리고 변기에서 일어섰다. 나도 영업 초짜 시절엔 밥알도 못 삼켰다. 시세는 흘러가지, 전화는 빗발치지. 프로라면 똥 눌 때만이라도 자신을 전자파에서 차단할 필요가 있다. 고객은 길들이면 된다. 당장 못 사면 죽을 것처럼 발을 동동 구르는 고객은 어차피 온라인으로 간다. 오프라인은 이제 고급 정보를 교환하고 담소를 나누며 신중한 판단 끝에 투자 방향을 결정하는 상류층의 사교장이 아닌가?

물 내려가는 소리, 허리가 꺾인, 눈이 퀭한 초짜가 문을 밀고 나온다. 채광과 통풍이 완벽한 이 레이디 레스트 룸은, 이용자의 심리적 안정감을 중시해 세면대와 벽체는 브라운과 블랙의 무거운 톤을 사용했고, 상반신을 비춰볼 수 있는 직사각형 거울 상단 ㄱ자 모서리엔 호박색 조명을 켜두었다. 그 옆에, 크기가 다른 황금 접시를 엎어 포개놓은 듯 볼록 솟아난 또 다른 거울 속에서 초짜와 눈이 부딪쳤다.

어제 술 마셨니? 언니 보면 앞으로 인사할 거지? 업계에 간부 여직원이 총 몇 명 되겠어?

원원증권엔 65명의 대리와 21명의 차 · 과장이 여자다. 청계 · 전주 · 논산 지점장과 홍보실장은 워낙 유명하다. 임원은 없고 비정규직 포함, 850여 명의 평사원이 있다. 그중 해마다 10여 명이 사내 결혼을 하고 10년 내 평균 세 쌍이 갈라선다.

여직원이 특별하다고 생각하는 부류는 따로 있었다. 유명 아나운서나 인기 소설가, 영화배우는 자기들과 확실히 다르다고 여겼다. 증권회사 여직원과 마트 여직원의 차이는 증권회사 여직원과 유명 아나운서의 차이만큼 큰 것이 아니었다. 경영대학원을 졸업하고 석사 논문으로 '푸틴 이후 러시아의 자본 형성 과정'에 대해 논한 홍보실의 송 대리도 그런 생각을 갖고 있었다. 대포알 슛을 골대 안으로 날려 보낸 축구 신동 오정구의 역동적인 슛 동작 위에 '수익 적중!' 문구를 박아 넣은 자사 광고가 막을 내릴 때가 되었다고 보았다. 송 대리는 최근 골 감각이 현저히 떨어진 오 선수를 케이블 시사 뉴스의 지승주 앵커로 물갈이해야 한다고 주장했다. 대리급 이상 여자 간부 모임인 '레드 폭스' 술자리에서 송 대리는 지 앵커의 지적 카리스마가 냉혹한 자본의 생리와 맞물리는 지점이 있으며, 21세기의 자본주의는 지적인 요소가 점차 부각되고 있다고 했다.

"지적인 악취가 아니고?"

그 말에 아무도 웃지 않자 천호 지점의 박 과장은 얼굴이 굳어졌다. 민노당 후원자인 박 과장은, 그런 냄새를 맡을 정도로 세계의 자본 구조에 예민한 여자 간부가 많지 않다는 점을 간과하고 있었다.

고층 전용 엘리베이터를 기다리는데 휴대폰이 울렸다. 어떤 전화번호는 거의 쾌락을 준다.

"어디야? ……사무실? ……오늘이었니? 여섯시 이후엔 괜찮아. 엘리베이터 앞에 서면 네가 전화하더라. ……그래."

미지가 보자고 한 날이 오늘이었는지는 확실치 않다. 2주 전에 "우리 잡지 필자와 언제 한잔하자" 그 소리만 했을 것이다. 미지의 보라색 망사 스타킹에 감싸인 두 다리가 곧바로 엘리베이터 배를 가르고 걸어나올 것만 같다. 미지의 것이지만 그 날렵하고 탄탄한 두 다리는 나에게 긍지를 주었다. 함께 걸어가거나 미지가 앞서 걸어갈 때 그 두 다리를 따라 나의 머리도 생기 있게 나아가고 있었다. 2주 만인데 두 달은 된 것 같았다. 술이 덜 깬 상태에서 전화하지 않은 것만 해도 다행 아닌가. 완전히 풀린 눈동자로는 내 매력이 제대로 잡히겠니? 함께 마시면 좀 좋아? 오늘은 그럴 수 있다.

"만만한 펀드를 놔두고 맹 대리를 뵙자는 것은……."

"펀드가 해줄 수 없는 걸 제가 줄 수 있기 때문이겠죠."

월드나래물산의 탁 실장이 미소 지었다.

"그게 뭔지 알고 있습니까?"

"말씀해주셔야죠. 제 짐작이 중요한 건 아니니까요."

"좋습니다. 내가 맡길 수 있는 금액은 70억입니다. 계좌당 10억 이하로 분산시키자면 열 계좌는 필요해요. 가능하겠어요?"

"주가까지 관리해야 하나요?"

"모든 것이 연결되어 있어요. 맹 대리가 고리를 꿰지 않으면 다음 고리도 꿸 수 없는 것 아니겠습니까?"

"그래서 제가 얻는 것은요?"

"맹 대리가 꽤 흡족해할 만한 규모의 약정이죠."

"수익금은요?"

"이익이 날지 손해를 볼지 장담 못합니다. 손실 책임이 없는 관리자가 수익금에 신경 쓰는 건 결례라고 봅니다만."

"단순 가담자군요. 검찰에 불려 다닐 동안은 돌봐주실 건가요?"

"금감원 선에서 마무리될 거예요. 검찰까지 간다 하더라도 맹 대리 차례가 오지는 않을 겁니다."

"커피 잘 마셨어요. 그만 일어나겠습니다."

"……."

나는 토트백을 들고 일어섰다. 탁 실장이 올려다보았다.

"명 과장 얘기론 맹 대리의 손길이 매섭다고 들었어요. 아직 시간이 있으니까 나중에 저녁이나 한번 해요."

내게 탁 실장을 한번 만나보라고 한 명 과장은 리서치 센터의 금융 담당 애널리스트로, 입사 당시 부서 선배였다. 명동 지점에서 그의 사촌 계좌를 관리한 적이 있다. 명 과장과 애널리스트 출신을 줄줄이 엮어 작전주의 이론적 토대까지 구축하겠다? 내 역할은 물량 확보로 끝나지 않을 것이다. 주가를 띄우기 위해 동료 애널리스트의 과장된 보고서를 요구해 온다면?

"글쎄요. 그럼."

호텔을 나와 천천히 걸어갔다. 건널목을 두 번 건너면 사무실이 있었다. 점심은 사무실 근처 회전초밥집에서 먹었다. 회는 연어와 광어를 빼곤 싱싱하지 않았다.

커피 빈의 테라스에서 에스프레소를 마셨다. 이런 햇살은 정말 견디기 힘들어. 나는 국도변 야산의 한적한 무덤가에 알몸으로 누워 있었다. 등, 엉덩이, 여린 종아리에 표면이 거칠게 깎여나간 잔디의 따끔한 감촉이 지속되고 있었다. 햇살은 따갑게 내리쬐고 미풍이 머리카락을 부드럽게 흩어놓았다. 깜박 정신을 놓게 만드는 나른한 감미로움이 알몸을 감싸왔다. 그런데 여기는 누구의 무덤인가? 아빠는 무덤이 없다.

나는 눈을 떴다. 빌딩 '주노'는 역시 측면에서 봐도 멋지다. 아무 장식

없이 니치 형태의 유연한 곡선이 건물 꼭대기까지 이어져 있을 뿐이지만 미는 선과 공간의 조화에서 탄생한다는 단순한 논리를 설파하고 있는 건축가의 고집을 보는 듯하다. 그 고집이 취향에 가깝다 해도 수긍하고 싶은 심정이다.

등이 깊게 파인 황금빛 실크 가운을 걸친 거대한 여인, 작년 7월 첫 출근하던 날 아침 내가 올려다본 주노 빌딩의 첫인상이었다.

그날, 무릎에서부터 허리 아래까지 크고 작은 빌딩을 거느린 73층 높이의 자매는 떠오르는 아침 태양을 맞으러 나온 여사제와도 같이 도도하고 눈부셨다. 그것은 콘크리트에 덧칠한 하나의 빌딩이라기보다는 빛의 형상, 또는 이 도시 전체가 지향하는 이데아라 불러도 좋을 만한 것이었다. 테러리스트라면, 이슬람인이든 체제의 반역자이든, 응당 대한민국 자본의 심장부인 이 주노 빌딩을 그 첫 번째 공격 대상으로 삼아야 할 것이다. 그러나 비행기로 공격하건 대륙간 미사일로 공격하건, 콘크리트 덩어리가 사방으로 튀고 거대한 화염과 함께 빌딩이 폭삭 주저앉는다 하더라도, 수만 명이 일순간에 살상되고 부상당한 자의 신음이 불온한 대기에 섞이고 검붉은 핏물이 하수구를 넘치게 한다 하더라도, 그들이 정말로 파괴하고 싶어했던 것은 블랙박스의 내용물처럼 온전히 보존된 채 그 속성상 파괴자의 증오까지 삼키고 더욱더 융성하게 번식할 것이다. 그것이 몽매한 테러리스트들을 비웃는 단순한 자본의 법칙이다.

주노 빌딩이 이토록 순수한 위엄, 피학적 쾌감을 부여하는 지배자의 완벽한 자태를 뿜어낼 수 있는 것도, 73층 전체의 입주 회사를 고압 전류처럼 꿰뚫고 있는 바로 그 거역하기 힘든 자본의 권위에 의존하고 있기 때문이었다. 나는 그날 주노 빌딩을 보는 순간 몸이 떨려왔다. 그 떨림에는 지배자의 영역, 영역의 그늘 한 귀퉁이에 한 발을 내딛는다는 흥분과 함께 숨통이 끊어지기 전 마지막으로 저항해보는 작은 새의 파닥이는 날갯짓이 섞여 있었다.

PDA로 전반적인 장세를 확인하였다. K은행은 1시 20분 현재 상승폭을 더 넓혀가고 있지만 목표치에 도달하긴 힘들어 보인다. 내일 오전이면 가능할까? 어쩜 지금의 4퍼센트에 만족하고 때려야 하는 건 아닐까? 누구에게도 물어볼 수 없는 시간이 흘러가고 있었다. 사무실의 자기 컴퓨터 앞이라 하더라도 시세에 대해 더 잘 알아낼 수는 없다. 시세는 맹소해가 누군지 모른다. 따라서 성 차별도 성 특혜도 없다. 유명한 말이 있다. 시세는 자기 길을 간다고.

결국 종가에 때렸다. 수수료 제하고 4.3퍼센트, 1억이 넘는 수익이 떨어졌다. 여타 주식에 묶여 있는 다른 계좌들에 비해 운이 좋은 이들이다. 상대적으로 수익이 지지부진했는데 얼마간 위로가 되었으면 한다.

49억의 약정은 70퍼센트가 온라인이지만 왕복 수수료 천백만 원을 회사에 안겨주었다. 정부는 매도세로 370만 원을 거두어갔다. 농어촌 특별세도 같은 금액이 부과되었다. 손해를 볼 때도 농어촌세는 내야 했다. 그 세금만 1년에 5억씩 내가며 장사하던 모 차장이 유기농 식단에 신경 쓰게 된 건 정작 회사를 그만두고부터였다. "그때 먹는 것 가릴 정신이 어디 있냐?" 은퇴 후 그의 말이었다.

"수고했어."

지점장 백여우가 내선 전화를 걸어왔다.

"저녁에 약속 없지? 영업 직원들끼리 한잔하지."

금요일인데? 직원들의 금요일 밤을 무더기로 탈취함으로써 자신의 파워를 확인하려는 거친 충동에 시달리는 자가 저 백여우다. 셋에 한 번은 거절해도 되지만 오늘은 아니다. 그는 한잔 마시고 싶다.

백여우는 변신에 능하다. 고객 레벨은 상 · 중 · 하로 구분되고, 거기에 맞춰 만 41세 남자의 태도와 목소리는 층을 달리한다. 노력이라기보단 천성이다.

그는 기분이 좋으면 사뿐사뿐 걷는데 미소가 사악해진다. 그 미소에 대항할 수는 없다. 그는 신사 함대를 이끌어가는 함장이다. IMF와 9 · 11 테러, 서브프라임 모기지 사태라는 미증유의 실전에서 오히려 더욱 강해진, 위기 돌파에 능한, 때때로 창밖에 무덤덤한 시선을 두는 자이다. 큰 기관 몇 개를 물고 있는데 통화할 때면 적당한 톤으로 상대방의 변함없는 신뢰를 끌어내고 있다. 사생활은 판단 보류인 것이 "지금 바쁜데" 그 통화 소릴 우연히 몇 번 들었을 뿐이다. 그가 주도하는 회식은 한 달에 두세 번 정도이다. 오늘 미지와의 약속을 조금 미루면 된다. 2차는 나서지 않을 작정이다. 그럼 아홉시에는 볼 수 있다.

계좌 수익률 분석에 고객의 전화까지 겹쳐 술자리에 20분 늦었다. 전화 속 고객은 신사동 특급 룸살롱 '쟈넷'의 여종업원 봉연숙이었다. 지점 내왕 첫날, 봉이 코트를 벗자 니트 밖으로 앙상한 쇄골이 드러났다. 허리 아래엔 좁아터진 청바지가 빈약한 하체를 허벅지에서 종아리까지 꽉 물고 내려갔다. 엉덩이는 익은 밤처럼 한껏 벌어져 있었다. 신사동의 신축 오피스텔에 주소를 둔 봉이 낮에는 자야 하기 때문에 온라인 매매도 할 수 없다며 2천만 원을 맡기고 간 지가 두 달 되었다. 어떤 인간인지 룸살롱 쟈넷의 소파에 파묻혀 원원증권 신사 지점의 맹 대리가 족집게라고 떠들었다는 것이다. 누굴까? 두 달도 더 전에 보험주로 단타 치고 나올 때 옆에서 고개를 절레절레 흔들던 지르기의 동창 녀석들인가? "우리 지점 여자 애가 단타를 치는데 헉, 숏 타임에 강한가 봐." 그들은 소주잔을 앞에 놓고 웃었겠지. 그중 한 놈이 쟈넷에 갔나?

요즘 뜬다는 아이돌 가수 J가 수시로 찾을 만큼 한때 인기가 짱이었다는 얘기를 봉이 저녁을 사면서 할 땐 그녀가 징그럽기까지 했다. 처음부터 거절했어야 옳았는데 시간이 흘렀고 그래도 백만 원은 붙었으니 펀드로 갈아타라 권유하고 전화를 끊었다. 술집 여종업원도 계좌 넘버를 부여받은 고객이고 그녀의 돈도 정확한 가치를 지니고 있지만, 퇴근 시간 개념도 없이 수시로 전화해 "올랐어? 언니" 대수롭잖다는 듯 말하면서, 실제론 들려오는 숫자에 촉각을 곤두세우고 있을 모습이 편치만은 않았다. 내게는 술집 여종업원에 대한 연대 의식이나 공감이 없었다. 적의도 필요하지 않았다. 어제 저녁 교차로에서 고개를 내빼고 쌍욕을 퍼부은 아이가 술집 여종원 티를 냈지만 걔는 그저 욕하는 년일 따름이었다. "미안해요." 나는 웃으며 그 쌍년을 거리에 내버려두었다. '운전을 씹구녕으로 하냐'고 소리 지르던 년은 봉양 나이인 스물셋 이상 쳐줄 수가 없었다. 그년은 구정물 같은 내 미소에 대고 또 눈을 부라렸다.

대형 횟집 2층으로 들어서자 창가 쪽에서 왁자지껄한 웃음소리가 터져나왔다. 전 목동 지점장이었던 정 부장은 보이지 않는다. 그는 이런 자리를 알아서 피한다. 내 자리는 너구리 나 차장 곁이었다. 고질라 고 차장과 다소 껄끄럽다고 거길 비워두었다면 오산이다. 회식 자리에선 대각선으로 봐야 기분이 좋다. 그런데 그 자리에 고질라가 기름기 있는 미소를 띠고 앉아 있다. 엉덩이가 방석에 닿기도 전에 지점장의 술잔이 건너왔다.

"자, 우린 벌써 한잔했어."

"잘하셨어요."

그래도 뒷사람을 생각해 회를 이빨 빼가며 군데군데 집지는 않았다. 어떤 자리는 늦게 가면 고추장을 묻힌 회 파편이 꼬리를 말고 있었다. 오늘은 제법 주도가 있는 자리다. 강남 본부 내 당 지점 월 순위가 두 단계 뛴 것을 확인하고 온 지점장은 붉어진 눈가로 맹소해 대리를 흐뭇하게 바라보았다. '찬 바람이 도는 게 싸가지는 없지만 장사 하나는 똑 부러지게 하는구먼.' 설마 그런 생각을 할까?

"오늘은 맹 대리가 살신성인을 해주셨고, 내일은 누구 차례신가? 조 대리가 무슨 할 말이 있는 것 같은데."

"아이고 지점장님, 왜 그러십니까? 저는 그러면 부러집니다. 그저 평소 사는 대로 하겠습니다."

지르기 조 대리는 지방대 출신이지만 지방에 중형 쇼핑센터를 갖고 있는 집안이 배경이 되어 그런지 목소리가 유들유들하고 기죽지 않는 뻔뻔함이 있었다. 서 있는 럭비공.

미스 예는 불룩한 아랫배가 휙 선을 꺾어 엉덩이를 최대한 부풀려가는 그 타원형 몸매에 대해 남몰래 경탄하고 있지만, 먹이 발견 시 일단 지르고 보는 그의 매매 습성을 감안하면 경탄도 눈웃음도 어째 불안해 보이기만 한다. 몸매야 만들면 되고 수틀리면 쇼핑센터에 새 직함을 파면 되는 게 조 대리의 입장이다. 그래도 있는 동안은 월급 몫을 해야 한다. 그건 예외가 없다.

구석 자리의 유 대리, 고질라의 대학 후배인 법학 학사 울화통은 말이 없다. 핏기가 가신 창백한 얼굴은 술이 들어가면 유독 달아오른다. 그의 주 종목이 요즘 좋지 않다. 장기 랠리를 이끌어온 철강, 조선, 화학 등 중국 관련주에서 지나치게 빨리 뛰어내린 후론 갈피를 못 잡고 주변부 종목들을 배회하며 좌충우돌하고 있었다. 5년 전 입사 당시, 전국 대학 증권 동아리들이 참여한 수익률 경연 대회에서 '장보고의 친구'라는 팀을 이끌고 우승을 차지했던 유 대리 울화통의 요즘 성적은 수익률, 약정 모두 참혹한 실정이다. 그깟 아마추어 경력이 있다고 시장을 만만하게 보거나 교만해서가 아니었다. 누구에게나 찾아오는 슬럼프의 늪에 빠진 것이다. 거기서 헤쳐나오는 방법은 누가 가르쳐주지 않는다. 지상에서 던져주는 구원의 밧줄도 없다. 자신의 힘줄로 밧줄을 꼬아 지상으로 올라와야 한다. 누구나 그렇게 한다.

오늘은 가볍게 가죠? 그런 눈치를 고질라가 지점장에게 주었는지 이후로 약정 얘기는 나오지 않았다. 술잔이 꽤 돌았다. 지점장이 자리에서 일어났다. 먼저 일어나서 표표히 가는 것이다. 지금 백여우의 왼손이 허공에서 두 번이나 푸쉬, 푸쉬 하는 것은 굳이 일어날 것 없다는 손짓이다. 하지만 다투어 일어난 자들 중 적어도 두 사람, 차장 1인, 대리 1인은 지점장을 실은 오피러스가 시야에서 사라질 때까지 빳빳이 직립해 있어야 한다.

그가 뜨면 고질라가 다른 의미로 뜨기 시작한다. 2인자다운 포즈로 '지점장 이사 승진 특수 프로젝트', 영어로 '디렉터 프로젝트', 더 줄여 '디젝트'를 재차 환기, 부각, 지휘하는 것이다. "우리 한번 해봅시다!" "위하여!" 고질라의 그 두 마디는 어미에 힘이 실려 있었다. "위하여!"가 나오면 직원들은 술잔을 높이 들어야 했다. 최근 고질라의 실적은 수석 차장의 위상에 걸맞은 수준이 못 되었다. 계좌가 콱 물린 데다 2월에 임의 매매로 2천만 원을 물어준 뒤 의기소침해져 공격적인 투자를 하지 못하고 있었다. 때문에 그가 실적을 올리는 데는 눈물겨운 과정이 있긴 했다. 하루 종일 전화통을 붙들고 살며 오퍼를 유발하는데 "네, 지금 3천 주 들어가겠습니다. 체결되는 대로 연락 올리겠습니다" 덩치에 어울리지 않게 가느다란 목소리가 들려올 때도 있었다.

"모둠회 양이 왜 이러신가. 스키다시도 그렇고. 요즘 이 집 사장님이 많이 느긋하신가 봐. 반 대리, 다음엔 딴 데 한번 알아봐."

음식에 한해서 중요한 발언을 하는 건 거의 너구리 몫이다. 양에는 관대한 편인데 거꾸로 회가 맛있었단 얘긴가? 고질라와 동갑인 38세에 그보다 입사 2년 선배이면서 수석 차장 자리를 내준 너구리는 프로다. 지나치게 앞서지도 문책을 받을 만큼 뒤처지지도 않는다. 그는 빨리 승진하고픈 욕망을 억제하고 있다. 회사는 승진의 대가로 가혹한 실적을 요구한다. 그걸 감당할 수 없으면 천천히 가는 것도 괜찮다. 둥글넓적한 저 얼굴은 부딪쳐오는 모든 각진 것들을 흐물흐물 소화해 내면화시킨다. 그는 다친 데가 없다. 무섭다.

고질라와 너구리, 2년차 차장(원원엔 대외용 직책이 없다. 차장은 차장이며, 과장을 차장이라고 하지는 않는다)인 둘은 서로를 싫어했다. 보이지 않는 곳에서 챙겨주는 배려는 눈 씻고 찾아보려도 없었다.

"2차 가시죠?"

언제나처럼 업무 팀장 뺀질이가 먼저 추임새를 넣는다. 뺀질이 반 대리는 영업 책임이 없지만 중규모의 계좌 몇 개로 영업에 한 발을 걸치고 있다. 언제 영업 쪽으로 발령 날지 모르는데 준비가 있어야 한다. 정갈한 8대 2 가르마에, 단이 깡총한 바지로 창구에서 지점장실로 이어지는 반구형의 거리를 날렵하게 오가는 모습은 대형 수족관의 한 마리 물고기를 연상시킨다. 꼬리는 물결치지만 섹스어필은 언제나 아쉽다. 이씨나 민씨였다면 뺀질이는 일지매나 모던 보이 또는 이지매나 미꾸라지 중 하나로 불렸을 것이다. 술자리가 깊어갈수록 친한 척 인간적인 척 엉기는 게 뺀질이의 습성이다. 아무나 보고 "자기야" 코맹맹이 소리를 낼 땐 정말 내가 죽어야 한다. 징그러운 귀염둥이 녀석, 집들이에서 본 뺀질이의 신혼 1년차 아내는 세상에 남자가 단 한 사람인 것처럼 그를 5분 간격으로 떠받들었다.

이 지점에선 동료 운이 많다고 할 수 없는 편이었다. 하긴 경쟁 관계에 있는 그들이 인간적인 정으로 얽히는 것도 부담스럽다면 부담스러운 것이었다. 상대방을 굳이 헐뜯을 필요도 없는 것이 실적이 스스로를 비하하는 것이다. 밥버러지 소리를 듣는 지점장도 있다 했다. 최 상무도 격해지면 충분히 그런 말을 할 사람이다. 내가 그 자리에 있다면 이번 달의 버러지는 총 몇 마리인가, 오전 오후로 세어보는 건 일도 아니다.

2차는 고질라의 제안대로 단골 단란주점 '뉴욕 필'을 찍었다. 뉴욕에서 느끼는 이국자의 감상을 애달파하는 것으로, 교향악단과는 거리가 있다고 마담은 설명했었다. 나는 얄밉게 손을 흔들고 택시를 탔다. 사내들의 밤 문화엔 좀체 흥미가 일지 않았다. 그들도 내일 아침 여덟시면 또 봐야 할 '냉얼' 여자를 굳이 잡아두지는 않았다. 바야흐로 노래하는 야화들이 아릿한 향기를 풍길 시각이 아닌가?

택시는 한강을 끼고 달리다 천호대교를 넘어 교문리 쪽으로 향했다. 강 주변의 불빛이 띄엄띄엄해지며 도심의 번잡과 소란에서 완전히 벗어났다. 이 주변에선 진정제를 한 대 맞은 기분이 된다. 사람이 차분해지는 건 강 하나 건너 차이다.

나는 솥뚜껑 위에서 지글지글 타고 있는 삼겹살을 아직 한 점도 손대지 않았다. 박미지 곁에 붙어 있는 두 남자와 통성명을 하고 따로 맥주를 시켜 목을 축였을 뿐이었다. 음식을 먹기에는 아직 회 조각이 소화가 덜 되었던 것이다.

미지가 남자, 또는 남자들을 데리고 오기는 처음이다. 두 남자는 그녀의 잡지에 소설을 연재하고 있는 판타지 작가와 삽화를 맡고 있는 화가였다. 기업체 CEO와의 인터뷰를 머리기사로 싣고 있는 'FINANCE & FUTURE' 일명 『FF』 월간 잡지가 판타지 소설을 연재하는 건 콘텐츠 위주의 벤처 기업들을 염두에 둔 것이리라. 미지가 지점으로 부쳐오는 그 잡지는 『보그』 같은 깔끔하고 세련된 편집 덕택인지 고객의 손때가 꽤 묻는 편이었다. 유감스럽게도 이 작가의 작품은 읽어보지 못했다.

"전혀 안 드십니까?"

판타지 작가가 나를 바라보았다.

"많이들 드세요. 식당에서 뵐 줄 알았으면 조금만 먹고 오는 건데 미안합니다."

'신경 끄라'는 얘기를 이렇듯 길게 돌려 말할 줄 아는 여자가 밉지만은 않겠지.

"증권회산 월급이 상당하죠?"

작가가 예기치 않은 질문을 던졌다.

"연말 공제 신경 쓸 만큼은 되죠. 작가들은 어때요?"

"어떨 것 같습니까?"

"글쎄요, 책이 많이 팔리면 수십억도 버는 것 아닌가요?"

"맞습니다."

나는 추가 질문을 삼갔다.

"작품집 몇 권 내셨나 물어봐."

미지가 말했다. 나는 작가를 쳐다보았다.

"부끄럽습니다만, 스무 권 있습니다. 대하소설이 되어놔서."

이 청년은 진짜 부끄러워하고 있다.

"많이 나갔겠어요."

"전부 합해서 5만 권?"

주식으로 환산하면 주당 9천 원에서 인세에 해당하는 9백 원의 이익을 남겼으니 4천5백만 원이다. 총 5년간 평균 월수입이 75만 원이라, 그런데도 그는 살아 있다. 죽어가는 환자를 잡지가 수혈하고 있구나. 화가는 삽화 외에 또 무슨 수입이 얼마나 있는지, 먹고 마시는 것 외엔 그저 눈만 껌벅껌벅하는 그의 표정으로 봐서는 알 길이 없다.

좀 미안한 얘기지만, 영업 직원의 평균 연봉은 작가의 총 인세를 상회한다. 그런데 그 연봉을 우습게 생각하는 종족이 바로 증권회사 남직원들이다. 결국은 월급쟁이에 불과하면서 남자라면 거의가 한 방을 노리는 것이다. 2000년 밀레니엄이 시작되자마자 나스닥이 기념비적인 5천을 돌파하면서 파리의 센 강이 보이는 고급 맨션을 계약하기 위해 1박 2일의 시간밖에 낼 수 없었던 월스트리트의 젊은 증권 브로커가 인생의 모델이 되기 시작하면 월급은 기껏 생활 유지비 이상의 의미가 없게 된다. 반면 여직원들은 증권회사를 동창생이 다니고 있는 섬유회사나 제지회사 같은 사기업과 특별히 분리해서 생각하지 않는다. 연봉과 근무 환경, 연월차 휴가가 중요할 뿐이다. 간부가 되면 생각이 달라지지만 간부가 되는 여직원은 소수다. 그 간부들도 출산과 동시에 퇴사 절차를 밟는 경우가 많다. 퇴사는 신중하게 다뤄야 할 중대사다. 버텨가면서 천천히 결정하는 것이 옳다. '나, 힘들어' 하고 그만둔 뒤 뼈저리게 후회하는 언니들은 많았다. 회사 바깥세상은, 힘들긴 마찬가지고 돈은 안 나왔다. 돈벌이 없는 20~30대 여자는 돈벌이 없는 20~30대 남자와 대등한 취급을 받고 있었다.

"커피는 내가 살게."

빈 소주병을 머리꼭지에 대고 털며 미지가 말했다.

언제부터 마셔댔는지 계산서를 보니 소주가 여섯 병, 고기 7인분에 밥 세 공기를 소비했다. 맥주 한 병도 있구나. 가게 남자는 비씨나 비자를 원했다. 나는 존귀한 아멕스는 거두고, 복권이나 한번 돼라, 블랙 퀸 카드를 뽑았다. 영수증은 네가 챙길 거지? 잡지사에서 인상 쓰겠다, 대충 접대하라고.

젊다는 건 때로 낭비다. 지나치게 먹고 마셔도 만족감이 없다. 기준도 없고 의학적 충고도 적용되지 않는다. 두 양반은 이제 20대 후반이었다.

아파트에 들어서자마자 미지가 나의 입술을 덮어왔다. 떨어져 있는 시간이 일주일을 넘어가면 미지는 이렇게 인사를 시작했다. 미지의 입에서 알코올과 음식이 용해된 시큼하고 달짝지근한 냄새가 전해왔다. 나는 나보다 남자 주먹 하나가 더 큰 미지를 껴안고 부풀어 오르는 가슴을 밀착시킨 채 키스의 아득한 느낌을 받아들였다.

"보고 싶었어."

입술을 떼고 미지가 말했다.

"진작 좀 오지."

윗옷을 벗으며 내가 말했다.

"내가 먼저 씻으면 안 될까? 몸이 완전 절었거든."

"그렇게 해."

미지의 가슴이 열리고 청스커트가 떨어졌다. 검은 팬티는 살을 파들어가고 있었다. 나는 텔레비전을 켰다.

미지가 욕실에 들어간 지 30분이 지났다. 욕조에 향을 풀어놓으면 이상하게도 졸게 된다. 휴대폰이 울렸다. 나는 신호가 여러 번 울리도록 물끄러미 바라보다가 천천히 휴대폰을 집어 오프를 눌렀다.

미지가 나왔다. 머리에 수건을 동여 감고 몸에는 물이 흐르고 있다. 다정한 육체, 때론 고압적이고 자주 순종적인, 그 괴리를 오가며 도달할 길 없는 쾌감의 피안까지 확장되어 있는 이 아득한 펼침.

나는 소파에 앉은 채로 달빛 서린 호수에서 금방 솟아나온 미지를 쳐다보았다. 정확하게는 미지의 몸을 올려다보았다. 미지의 배꼽에 입술을 대고 허리를 안았다. 왼손을 내려 물기가 말라가는 엉덩이를 와락 잡았다. 미지의 팔이 나의 머리를 깊이 끌어당겼다.

"씻을게."

내가 얼굴을 들자 미지는 고개를 끄덕였다.

42도 이하로 욕조 물을 받아놓는 미지의 배려를 최 상무에게 기대할 수는 없다. 즉각 발기하는 것, 그것이 그의 배려다. 욕조에 몸을 담근 채 휴대폰을 잡았다. 신호가 가자마자 그다.

"통화 가능해요?"

"응, 혼자야."

"집에 친구가 와 있어요. M호텔, 바로 열두시까지 오세요."

끊고 나니 왜 그랬을까, 짧은 후회가 든다. 후회하다니 바보 같다. 나는 샤워기 아래 머리를 풀어헤쳤다.

"10분만."

알몸으로 엎드리며 내가 말했다. 한 시간이나 끌어 온몸이 뜨겁던 지난번엔 신형 경차라도 사주고 싶었다. 미지의 손이 목덜미에 얹힌다. 목과 어깨를 가볍게 풀어주는 건 예비 수순이다. 허리, 엉덩이, 넓적다리,

종아리로 내려오는 미지의 손길엔 피부 미용실 언니에게선 빠져 있는 싱싱한 에로티시즘이 깃들어 있다. 돌아누워 힘껏 미지를 끌어안고 싶은 충동이 한 차례 지나갔다. 미지의 입술이 허리에 얹힐 때, 차가운 감촉이 파고들 때, 이윽고 미지의 한쪽 손이 매트리스에 눌린 젖가슴을 들어 올릴 때 나는 신음을 내며 옆으로 돌아누워 그녀의 다음 입술을 기다렸다. 미지의 무거운 다리가 허벅지를 누르고 입술은 귓불까지 올라와 뜨거운 김을 내뿜었다. 미지의 자유로운 한 손이 나의 축축한 그곳에 불려와서 조용히 머물렀다. 아주 조금 헤집었는데도 점액이 흘러나와 음모가 끈적였다. 이대로 계속 가면, 경련과 함께 오르가슴이 오리라는 걸 알 수 있었다.

나는 몸을 뒤집어 미지에게서 벗어나 욕실로 걸어갔다. 샤워를 하며 몸의 열을 식혔다. 그곳도 씻은 후 털이 일어설 정도로 건조하게 말렸다.

"나갔다 올게."

내가 옷을 입자 미지는 시트를 끌어당겼다.

"들어올 거야?"

"아침 같이 먹자."

"불 끄고 나가줄래?"

"냉장고에 자몽 주스 있어. 13번에서 한시에 퀸 콘서트 있고."

"피곤해. 잘 거야."

"그래."

나는 다가가 미지의 뺨에 입술 자국을 남겼다. 미지가 약한 미소를 지었다. 눈동자에 흐릿한 체념이 묻어났다.

서둘러 거리로 나가 택시를 잡았다. 20분 거리라서가 아니라 아침에 그가 바래다줄 걸 계산해서다. 내 차를 몰고 떠나버리면 그가 슬퍼지리라. 사소한 슬픔 따윈 안겨주고 싶지 않았다. 강북강변도로에서 차창을 열었다.

"아저씨 한 대 피워도 돼요?"

운전사는 백미러로 힐끗 쳐다보더니 "그러세요" 했다.

그 말 한마디로 기사는 3천 원은 벌었다. 나가요 아가씨처럼 보이는 것쯤이야 개의치 않는다. 운전사는 거스름돈에 대한 기대가 있다. 이 여잔 분명히 나가요, 이기 때문에. 최 상무와의 만남은 이걸로 잠정 휴업이겠지? 나는 담배에 불을 붙였다.

와 있을 거라고 생각은 했지만 막상 스탠드에 앉아 있는 뒷모습을 보니 마음이 서늘해졌다. 저 뒷모습을 자주 보았다. 차문을 열어줄 때, 앞장서 계단을 내려갈 때, 딸그락 소리에 선잠이 깨서 보니 그가 설거지통 앞에 서 있을 때. 작년 12월 한파가 몰아치던 날 오전, 지점장실에서 30분간 머물다 돌아가는 그의 뒷모습을 보았다. 만 43세 남자의 두 어깨는 권한과 책임감 사이에서 위태로운 균형을 잡고 있었다. 그날 밤 내 침대 위, 나는 뒤에서 그를 힘차게 껴안았다. "놓아주지 말까 봐." "진심이야?" 이제 대답을 들려줘야 한다.

그의 옆자리 등받이에 윗옷이 걸쳐져 있다. 거기가 내 자리다.

"친구는?"

"자요."

최 상무는 미지를 본 적이 없다. 잡지사 친구가 가끔 자고 간다고만 알고 있었다.

"안녕하십니까?"

60대의 바텐더가 인사를 했다.

"안녕하세요?"

저번부터 첫인사가 '뭘 드시겠습니까?'에서 '안녕하십니까?'로 바뀌었다. 최 상무를 여기서 두 시간이나 기다린 적이 있었다. 스카치를 넉 잔 마셨는데 그는 "좀 늦으시나 봅니다" 한마디 하고 나를 내버려두었다. 내가 "밤에 일하는 게 힘들지 않으세요?" 그의 나이를 감안해 물었을 때 그는 "힘들어 보이면 잘리지 않겠습니까?" 하고 말했다. 강남의 모 호텔 40대 바텐더는 말이 많았다. 얼굴이 좀 된다고 말도 된다고 생각하는 부류였다. "차관님께서 한 시간 전에 앉으셨던 자리입니다." 그래서 차관님 엉덩이 온기라도 느끼라는 건가? 그 이후의 밤 코스에서 그 호텔은 사라져줘야 했다. 가장 트렌디하고 힙한 X호텔 바는 오래전 한 남자와 함께 재의 형태로 무너졌다. 올해의 나는 머리가 희끗한 이 노바텐더의 말 없는 위안에 익숙해져 있었다.

"커티삭?"

좋아하지만 취향을 고집하고 싶지는 않다.

"마시는 걸로 할게요."

스트레이트로 스카치 블루 한 모금을 들이켜자 목구멍이 타들어가는 느낌이 왔다. 첫 잔은 자주 그랬다.

"회의 도중에 네 생각에 빠져 있다가 부사장한테 어디 몸이 안 좋으냐는 소릴 들었지. 미안한 얘기지만, 괜찮을 걸로 생각했거든. 감정이 풍부한 편도 못 되고."

남양주의 컨트리클럽에서 심야 전략 회의를 마치고 달려온 그였다. 내일은 임원들이 그곳 골프장을 사용하기로 되어 있었다.

"자신한테 실망했겠어요."

"이젠 인정해야지. 생각보다 널 좋아했다는 걸."

"내가 매달렸어도 그랬을까?"

"글쎄, 아마 아닐 거야. 안된 얘기지만 돈으로 해결하려 했을지 모르지."

"그렇게 할 수 있었어요. 돈을 받고도 자기 합리화가 가능하거든요. 스스로 천한 것으로 자기를 비하시켜 이별의 고통을 극복한다? 말 되지 않아요?"

"그렇게 복잡한 건 모르겠고, 대답을 듣고 싶어 왔어. 내가 어떡할까?"

이번에는 나도 생각해둔 말이 있었다.

"우리 처음 만난 날 기억나요?"

"지점 우수 사원을 격려하는 저녁 자리 말인가?"

"2차가 끝난 후 방향이 같은 사람을 찾았죠."

"내가 먼저 물었을 거야. 어디냐고."

"분당이라고 하자 '잘됐네, 타요, 맹 대리' 하셨죠. 그때 내 성을 기억해줘서 고마웠죠. 한 사람을 더 태운 당신은 집까지 가는 동안 아무 말도 하지 않았어요. 내가 내려달라고 하자 '잘 가요, 맹 대리' 이렇게 또 내 성을 불러줬죠. 그날을 우리가 처음 만난 날이라고 해도 되나요?"

"난 맞아. 그날 난 부친 집에 갈 계획이 없었어."

그의 집은 대치동이었다. 내 집은 분당 맞지만 차에서 내린 나는 다시 평촌으로 가야 했다. 그날은 할아버지의 기일이었다. 그날 사진 속 38세의 할아버지는 43세의 최 상무에 대해 가타부타 말없이 흐릿한 미소를 흘리고 있었다. 나는 그분이 어떻게 돌아가셨는지 알기에 그 미소를 대할 때면 통증을 느꼈다.

요란하게 그의 휴대폰이 울렸다. 세상에서 가장 흔한 벨 소리, 전 국토에서 울려 퍼지는 유선 벨 소리. 음악을 들려주고 싶어도 사소한 변화조차 두려워하는 사람. 아니, 아내에 대한 존중인가? 그가 번호를 확인하고 귀에 대었다.

"……그 친구가 뉴스에 왜 나와? ……생각 없이 아무 데서나 받아 처먹으니 그렇지. 우린 상관없어. 대가가 있었어야지. 아무튼 일체 입 닫고 내일이라도 이상한 전화 오면 무조건 운전 중이라고 해. 그리고 연락 줘. ……그래, 어느 방송이야?"

그는 휴대폰으로 뉴스를 검색해서 들여다봤다. 나는 바텐더 뒤 어두운 거울 속 조각난 나를 보고 있었다.

"병신 자식, 집무실에서. 맙소사, 감찰반에 끈도 없나?"

그는 휴대폰을 꺼버렸다. 그가 휴대폰을 끄는 건 처음이다. 나는 그를 만나면 바로 휴대폰을 죽였다. 한 번의 예외도 없이. 그는 그런 성의를 보인 적이 없다. 세상이 그를 원하는 한 그는 30분 간격으로 대답하고자 했다. 벨이 울릴 때면 나는 번번이 그가 무선을 타는 공중 곡예사로 느껴졌다. 그는 금방이라도 추락할 사람처럼 긴박하게 얘기했던 것이다. "어떤 놈이 내 앞에서 미친 듯이 운전해!" 어느 날은 음식 접시를 높이 받쳐 들고 바삐 오가는 식당 종업원을 쳐다보며 때마침 걸려온 전화에 긴급 타전했다.

"미안, 무슨 얘기 했지?"

"괜찮아요?"

"괜찮아, 애들 과자 값 정도, 공무원은 죄가 엄하니까 많이 줄 수도 없어."

"아까 우리가 처음 만난 날, 그 얘기 했어요. 그날이 며칠이었는지 기억나요?"

"수요일이었지. 매달 셋째 수요일이 시상식 날이었으니까."

"9월 22일이었어요."

"놀랍군."

"여자는 그런 걸 기억해요. 잊어먹기가 오히려 더 힘들죠."

"그건 납득하지만 네가 기억하고 있다는 게 놀라워서야."

"올해 9월 22일에 이리로 오세요. 그날 이후는 나도 기다리지 않을 거예요."

"내 감정이 세월 앞에서도 확고한가 보려는 건가?"

"아뇨, 당신은 오지 않을 거예요. 오게 되면 지옥이 시작될 테니까요."

"내가 오면?"

"당신을 사랑하기로 하죠."

"엄청난 기회군."

그는 술을 입 안에 털어 넣었다. 바텐더가 빈 잔을 다시 채웠다. 나는 온더록스 잔을 만지작거렸다. 지금 나오는 음악은 기시노 요스코의 「you are so beautiful」이다. 조 코커가 아니어서 유감은 없다.

"내일 필드 나가려면 좀 자두어야 하지 않아요?"

그가 눈짓하자 바텐더가 그를 향해 몸을 기울였다.

"키 하나 갖다주시겠소? 싱글로."

"나는 돌아가요?"

"생각할 시간이 필요해."

"지금 가면 난 이제 당신 만나지 않아요."

"아침에 돌아가도 마찬가지잖아. 그러니 그게 그거지."

"그럼 커티삭 콕으로 한 잔 마실게요."

바텐더가 가져다준 그 술을 비울 동안 그는 아무 말이 없었다. 내가 일어서자,

"류 사장 계좌 오 차장한테 넘겨. 그동안 말할 시간이 없었어."

그가 말했다. 선릉 지점 오 차장은 최 상무의 심복이다.

"……류 사장이 그렇게 말해요?"

"돈은 돈이지. 오 차장이 흐름을 타고 있으니까."

"그렇게 할게요, 최태수 상무님?"

그가 올려다보았다.

"지금 말해줘서 고마워요."

나는 백을 집어 들었다.

미지는 둘둘 말린 시트를 다리 사이에 끼고 잠들어 있었다. 나는 냉장고에서 캔 맥주를 꺼내 조금씩 마시며 창가에 서 있었다. 아직도 몸 구석구석 타오르고 있는 스카치의 작은 불꽃을 차가운 거품이 덮어갔다.

밤거리는 네온으로 빛났다. 자동차 소리 사이 오토바이의 굉음이 뛰어들듯 뒤섞여 들었다. 시트를 미지의 가슴까지 덮어주고 소파에 가서 누웠다.

"머리 풀어볼래? 한쪽 발은 세우고. 왼손 허리에서 떼봐." 알몸의 내가 슬쩍 뒤돌아보았을 때 최 상무는 M호텔 침대 위에서 기묘하게 뒤틀린 얼굴로 억제된 호흡을 하며 가늘게 몸을 떨고 있었다. 내가 웃자 그의 눈빛이 흔들렸다. 한 달 전이었다.

3

새벽녘에 침대로 파고들었다. 나는 미지를 뒤에서 안고 그녀의 따뜻한 가슴을 만졌다. 흥분하면 미지는 엉덩이를 뒤로 뺀다. 까칠한 음모와 저자극의 밋밋한 골반을 느껴봐, 괜찮아? 나는 미지의 풍성하게 갈라진 머리카락을 한쪽으로 젖히고 목덜미의 연한 살을 찾아 입술을 댔다. 불같은 느낌.

"지금 나 사랑하고 있는 거야?"

미지가 말했다.

"으응."

미지의 허리를 바짝 끌어당겼다. 햇살이 커튼 사이를 비집고 파고든다. 나는 우리가 밝게 드러났다고 느꼈다. 토요일 아침 여덟시였다.

평일 오전은 그보다 한참 이른 5시 10분에 시작된다. 정확하게 따르릉, 따르릉 이렇게 울어대는 구형 탁상시계가 머리맡을 지킨 지는 1년 되었다. 미지가 정기 구독자용 사은품을 하나 갖다 놓은 것이었다. 함께 잠든 아침에도 자명종을 끄고 즉시 일어나는 쪽은 나였다. 일어난 나는 신문과 탈지 우유를 들이고 광고 뭉치를 털어낸 신문을 쥐고 욕실로 직행

한다. 세면까지 하고 나오면 5시 40분. 월 · 수 · 금요일은 아파트를 나서 산책로를 한 바퀴 뛰기 시작한다. 주저앉아 땀을 훔치고 아이팟을 귀에서 뺄 때의, 몰려 있다 빨려들어오는, 깃을 치는 듯한 새벽의 소리, 그때 내 몸은 더없이 투명해진다.

아침 운동을 시작한 지는 1년이 채 되지 않았다. 30대에 접어들고 술을 자주 마시다 보니 군살이 붙고 피로감도 잦아 운동의 필요성이 절실해졌던 것이다. 그전에도 해가 진 뒤의 산책은 가끔 했지만 새벽 거리에 운동복 차림의 주민이 그렇게 많은 데는 놀라지 않을 수 없었다. 그건 분당이나 G시나 차이가 없었다. 중년부터 노년의 남녀는 산책이 주였다. 팔을 직각으로 절도 있게 흔드는 파워워킹은 처녀부터 중년에 이르는 여성의 몫이었다. 조깅은 아무래도 젊은 남녀가 대세였다. 희망적인 건 지금부터 시작하면 70~80세까지 조깅이 가능하다는 유대계 미국 의학 박사의 얘기였다. 다이어트, 심폐 기능 증진, 근육 강화, 심 혈관 개선 등 조깅의 효과는 다양했다. 과유불급, 운동 초기에 무리하게 스피드를 올리다 발목 부상을 입고 근 3개월을 고생했다. 그 이후는 몸이 감당할 수 있는 한도의 60~70퍼센트만 근육을 사용하고 조깅 요일을 일주일에 3일로 줄였다. 대신 이틀은 아파트 근처 헬스클럽에서 근력을 키웠다.

미지는 여덟시가 되어야 일어나 충무로로 나갔다. 내가 출근하기 전 한번 안아주면 '으음' 하고 몸을 뒤챘다. 최 상무가 있는 아침은 운동을 포기해야 했다. 그는 자명종 소리에 같이 눈을 떠 나를 안고 보채기를 좋아했다. 섹스를 원하지는 않았다. 아침 근무에 지장이 있다고 생각하는 모양이었다. 토스트와 직접 간 토마토 주스를 내놓으면 남기지 않고 다 먹었다. 와이셔츠와 양말이 문제였다. 새벽에 집으로 돌아가기라도 하면 다리거나 빨아서는 안 되기 때문이었다. 그도 그건 신경 쓰는 분야라서 "같이 출근하자" "자명종 세시로 맞춰 줘" 식으로 언질을 주었다.

그는 6시 30분에는 여의도로 출발해야 했다. 나는 그의 차를 타고 동

서울 터미널까지 가서 전철을 탔다. 내리면서 뺨에 키스하면 그는 눈까지 웃으며 고개를 끄덕였다. 나를 내려주고 그는 휴대폰을 눌렀을 것이다. "다음부터 평일에 지방 상가는 가지 말아야겠어. 너무 피곤해" 또는 "사장님이 나에게만 내린 특별 지시가 뭐냐고? 요번 지점 신설은 경쟁 업체가 눈치 채선 안 되기 때문에 밤새워 호텔 작업을 할 수밖에 없었어. 저녁은 집에서 먹기로 하지."

함께 출근한 날 오전엔 최 상무의 문자를 확인할 수 있었다. '지금 보고 싶다' '금방 보고 싶어졌어'. 사랑한다는 말보단 그런 말이 좋았다. 5년 전 남자는 직접 전화를 걸어왔다. "뭐 해? 나 생각해?" 정말 하루 종일 그를 생각해도 시간이 모자라다고 생각하던 시절이었다.

7시 10분에 주차장에서 차를 빼면 여덟시 전에 신사 지점의 회의 석상에서 커피를 마실 수 있다. 회식이나 술자리가 예상되는 날은 일곱시 정각에 나와 전철을 탔다. 옥수에서 3호선으로 갈아타고 신사역에서 내리면 강남 거리는 근무처를 향해 흩어지는 사람들로 수런거리며 깨어나고 있었다. 비가 오거나 눈 내리는 날, 안개가 많이 낀 날도 전철을 탔다.

오늘은 토요일, 열한시쯤 아점 먹고 오후 세시까지 한 번 더 미지와 사랑을 나눌 수 있다.

오후 다섯시에는 일산에서 대학 동창 오승미와 배희숙을 만나기로 했다. 일산 주민이자 싱글인 희숙의 생일 축하를 위해 힘든 나들이를 하는 것이다. 실제로 두 번의 톨게이트비에 연료 눈금이 팍팍 떨어지는 소리를 확인하고 나면 행복해진다는 일품 감자탕이 아니라 특품 해물탕을 내세우더라도 재입성은 불가하다.

희숙이 담배에 불을 붙이고, 나도 한 대 꺼내 문다. 이런 데선 한 대 피우지 않으면 손해 보는 기분이 든다. 인공 호수지만 광활한 대기가 담배 연기를 흔적 없이 거두어가는 모양이 마음에 드는 데다 일품 감자탕 시식 후의 텁텁한 입 안을 헹구는 데는 자판기 커피 외에도 담배 연기로 한 번 휘저어줘야 하는 것이다. 희숙은 에쎄를 피우고 승미는 3년 전에 말보로 라이트에서 에쎄로 갈아탔다가 1년 전 결혼하고부턴 아예 끊어버렸다. 나와 희숙이 벤치에 앉아 동시에 담배 연기를 내뿜자 승미는 가볍게 손바람을 일으켰다.

"대기업 직원과 결혼한 것도 밸이 꼴리는데 담배까지 끊고 지랄이세요."

희숙이 투덜대자 승미는, "대기업이 아니라 대기업 하청 업체다. 그리고 담배 피우는 남자들 촌스럽지 않냐?" 하고 빈정거리듯 말했다.

승미의 남편은 대형 건설사를 퇴직한 임원이 차린 골재회사의 과장이었다. 대기업에 대한 뾰족한 반발이 엉뚱하게 담배 피우는 남자 전체로 확산되어갔다.

"담배 아니라 곰방대 피우는 남자라도 있었으면 좋겠다."

희숙이 말했다. 곰방대 피우는 작가는 알고 있었다. 새언니의 사촌 오빠로 둘째 조카 돌잔치 때 뷔페에서 봤는데 염소수염을 길렀다. '오늘 아침 나는 자살에 실패하였다'로 시작하는 소설을 쓰고 있다고 새언니가 말했다. 곰방대는 전세방 앞 시멘트 장독대의 플라스틱 의자에서 피운다고 했다. 6년이 지났는데 아직은 다음 문장을 듣지 못했다.

희숙은 요즘 대학원 겸임 교수에게 일방적으로 빠져 있는데 던힐 피우는 남자는 어떤 성적 기호를 갖고 있을까, 별난 상상을 했다.

"너무 점잖아서 지루하지 않겠니?"

승미가 말하자,

"너, 이 불여우, 현수 씨는 지루하지 않다, 이거지? 내가 소개는 시켜줬지만 가슴만 큰 여자한테 환멸을 느끼는 바로 그 순간 내 존재가 새롭게 부각되리라 믿었지."

하고 새삼스럽게 이의를 제기했다. 승미 남편은 희숙의 사진반 동아리

선배였다.

“가슴마저 큰 거지 이것아. 기회도 줬잖아. 셋이 같이 밥 먹었지, 영화 봤지.”

“나중에 둘이 미쳐 있는데 내 역할이 뭐였다고 생각하니? 참, 너 그거 아니?”

“뭘?”

“내가 어디서 들었는데, 똑똑하고 매너 좋은 남자일수록 은근히 그런 게 있대요. 현수 씨야 아니라고 생각하지만.”

“무슨 얘기야?”

“왜, 있잖아, 밤만 되면 어린애가 되어버리는 남자. 진짜로 우는 남자도 있대요.”

“얘가?”

“아니면 말고, 재미있을 것 같은데.”

“재미있겠지. 너 「섹스 앤 더 시티」를 너무 열심히 본 거 아냐?”

승미가 틀림없다는 듯 말했다.

“언제 때 얘기를 하냐? 그리고 난 거기 나오는 남정네들은 안 부러워요. 내가 질투 나는 건 그 미드 년들이 전부 잘나가는 전문직 여성들이라는 거지. 그년들의 성적 기호나 공상이라는 것도 따지고 보면 그 잘난 직업의식에서 조명빨로 쏘아대는 분수의 물줄기 같은 것 아니겠어? 그년들한테서 그 전문직 캐릭터의 베일을 벗겨봐. 허접한 식당 웨이트리스나 시간당 5달러짜리 공장 노무자의 성적 공상에선 함부로 갈겨대는 오줌발 같은 정액 냄새밖에 더 나겠냐고. 판타지에도 기품이란 게 있는 거야. 프로듀서는 그걸 판매하는 거고.”

희숙이 재취업보다 대학원에 더 미련을 갖는 것은 세계적인 메이저 방송국으로서도 큰 골칫거리였다. 그리고 여기, 미드 년에 비해선 어정쩡한 전문직 여성인 맹소해의 성적 판타지도 즉각 그 수위를 중립으로 낮추어야 했다.

"너, 자본주의 페미니즘 어쩌고저쩌고 논문 쓰는 것 맞니?"

"야, 그것도 유행이 있냐? 애들이 관심을 안 갖더라. 뭘 그런 걸 다 하냐는 후배도 있어서 기분이 확 나빠지려 했다니까."

"너도 사고는 약간 맛이 간 페미니즘이네 뭐. 그리고 네가 알아둘 건 그 잘난 미드 년들은 나이가 30대 중 · 후반이에요. 넌 미국 나이로 한참 아래고."

"그렇지? 내가 그 나이에 뭐가 되어 있을지는 아무도 모르지."

"그럼. 마초가 득실대는 그 컨설팅 회사를 진작 때려치운 네 안목을 내가 믿지. 앞으로 멋진 일거리가 줄을 서서 기다릴 거야. 그러니 네 판타지는 계속 상승기류를 탈 거고 나중엔 기품 시리즈를 컬렉터처럼 다양하게 비치할 수도 있을 거야."

"소해야, 우리 미친년 아니니?"

일거리들, 알바라면 사방팔방 꿰뚫고 있는 희숙이 깔깔 웃으며 뒤로 넘어갔다. 승미는 둘 다 한심하다는 듯 째려보았다. 일이라곤 왕년의 학사 논문 지도 교수가 어쩌다 던져주는 처세술류의 번역거리를 맡아 사전을 뒤적거리는 정도인 승미는 누가 봐도 남편의 미래가 곧 그녀의 미래였다. "따로 아랍어를 공부하고 있어." 승미가 어느 날 바보 같은 표정으로 고백했을 때 나는 바로 그녀와 하이파이브했다. 10년 후에 보자! 해일처럼 밀려오는 아랍의 신물결을 둘은 감격에 겨워 보고 있었다.

그랬다, 좌절에 가까운 냉소가 청춘의 특권이던 시대는 지났다. 앵그리 영맨 시대에도 유럽의 우먼은 광목 기저귀를 빨고 그 손으로 세끼 식탁을 차렸다. 밀레니엄, 한 번 거리의 반을 뒤덮은 우먼의 행보는 이제 뒤돌아갈 수 없다. 맨과의 경쟁을 거쳐 우먼 간의 경쟁 시대가 도래할 것이다. 청춘의 막바지에서, 우먼의 고유한 권리가 특권으로 치부되고 그 특권도 기형적으로 축소되고 마침내 폐기되는 미래의 어느 시점을 상상해보는 건 유쾌하지만은 않다. 작금의 우먼의 권리도 그날이 오면 강자만이 선택적으로 누리는 수혜 품목이 될 수도 있다. 대다수의 우먼에게 미래의 삶은 어쩜 끔찍한 승리가 될 것이다.

나는 2020년의 대한민국에서, 뉴욕이나 런던, 베이징이나 뉴델리에서 40대 초반 여성이 어떠한 모습으로 존재하고 있어야 하는지 자문해보았다. 그 존재의 가능성과 가능성의 타당성에 대해 검토했다. 그러한 존재는 피곤한 기운이 내비치긴 하지만 상황을 장악하고 있다는 면에서 보이지 않은 머리가 하나 더 있는, 이미 충분히 권위적이어서 탈권위의 포즈가 어색하지 않은, 머릿속엔 정제된 분노가 자리 잡고 있지만 협상 테이블에선 우아한 자세를 흐트러지지 않는, 그 난해한 이미지의 총화가 수석 펀드매니저의 모습과 겹치는 시뮬레이션을 지켜보는 게 내가 하고 있는 상상 게임의 한 매뉴얼이었다. 아직은 가공이 덜 된 형태였다. 시간이 좀 더 다양한 형태의 프리즘을 내비치는 걸 즐길 생각이었다.

어느 것을 선택하든 2020년의 태양이 창문의 블라인드를 조절하게 하는 사무실과 오후 네시의 티타임이 절대적으로 요구되었다. 필요한 건 여전히 사무실이고, 출장에서 돌아와 악수를 나눌 직원들과 그들이 갓 뽑아올린 자료를 검토하는 시간이 주어져야 했다. 디너를 누구와 할 것인지는 그다음 문제였다. 텅 빈 아파트 거실의 스위치를 올리고 새로 시작한 연애의 세부적인 느낌을 음미하는 시간이 동반된 머리맡의 밤, 그 투명한 고독의 밤이 음악 속에 떠오르게 놔둘 생각이었다.

그리고 샤워는 주로 아침에, 시트는 3일을 구겨져 있는 게 좋다. 구겨진 시트는 온기가 있다. 자신이 자신에게 주는 온기. 파트너가 다 채워주지 못한 온기를 그렇게 보충하는 버릇이 내게는 있었다. 미지와 함께 구겨놓은 시트에 혼자 몸을 파묻는 밤에는 나른한 미열이 찾아와 지난밤의 열기가 느린 화면으로 재생되며 스팀처럼 김을 뿜어내는 듯했다.

제 유장한 수다에 제가 지친 희숙이 마침내, 미국의 부동산 부실 채권

규모가 얼마나 되기에 세계 경제와 증시가 그토록 심원한 영향을 받았냐고 표정을 싹 바꾸기에 '10조 달러'라고 말하자 "지겨워" 하고 입을 다물었다. 경영대학원생의 화법이 저래서야 학위가 손을 내밀 리 없다.

희숙과 찢어지기 전 승미가, 두 번이나 다운을 일으킨 홈트레이딩 시스템 때문에 돈을 벌 수가 없다고 투덜대는 올케의 주식 계좌를 옮겨주겠다고 약속한 건 의외의 소득이었다. 승미는 못된 건 있지만 무슨 이유인지 약속 하나는 잘 지키는 아이였다. 결혼 전에 아이는 5년 후에 낳겠다고 결심한 다음 아직 아이가 없는 걸 보면 알 수 있었다.

4

월요일 동시호가의 사전 물량을 체크해보니 오늘 시세는 일단 약세로 출발할 모양이었다. 시세에 영향을 미칠 만한 뉴스는 없었고 국내 시각으로 새벽 다섯시경(에너지 절약 차원에서 서머타임이 3주나 앞당겨졌다)에 마감한 뉴욕의 다우도 보합세였다. 그간 미국의 서브프라임 모기지와 일본의 엔캐리 자금 회귀 여파로 경기(驚氣)를 일으키며 급락을 거듭하던 세계 증시는 최근엔 어렵게 안정을 되찾으며 유동성 장세에서 실적 위주의 선별적인 투자 장세로 재편되는 양상을 보였다. 뉴욕, 유럽뿐 아니라 일본과 상하이 증시 눈치까지 봐야 하는 국내 증시도 그런 흐름에서 벗어나 독자 행보를 할 수는 없었다. 그래서 어느 때보다 개별 종목에 대한 관심이 고조되고 있었다. 실제로 코스피의 하락에 아랑곳없이 치고 올라간 대형주 중엔 대세 상승장에서 극심한 소외를 경험했던 국내 대표주들이 여럿 있었다.

"오늘은 또 뭘로 지지고 볶나?"

지르기가 부스에 상반신을 걸친 채 나를 건너다본다. 이건 슬슬 매매를 일으켜보자는 파이팅의 늘어진 표현이다. 그만 기대, 고꾸라지겠다. 나는 대꾸 않고 20여 개의 주요 종목 중 P사만 따로 창을 만들어 확대해 놓았다. 사자 세력이 호가를 조금씩 높여간다. 시초가부터 강하게 나오려나.

어느새 자리로 돌아간 지르기는 통화 중에도 손은 바쁘게 키보드를 두드린다. 사무실 여기저기서 직원들 목소리가 울려 퍼진다. 유선 벨 소리, 휴대폰 벨소리가 끊이지 않는다. 영업 직원은 하루의 절반을 전화 통화로 보낸다.

아홉시, 동시호가 시세가 뜨고 P는 강보합으로 출발한다. 코스피는 약보합 상태에서 조금씩 미끄러진다. 삼성전자를 대장으로 한 시가총액 거대 종목들이 지지부진하다는 얘기다. 3천 원 이하의 저가주들만 대량 거래되며 호가가 바쁘게 바뀐다.

큰돈은 1퍼센트의 수익률에도 민감하게 반응하지만 몇백만 원에 울고 웃는 평민들은 다르다. 그들은 빨리 한탕 하고 싶다. 쌈짓돈은 물론, 연리 25퍼센트의 신용카드 현금 서비스까지 주식에 쓸어 넣는다. 마음이 조급하니까 쉴 새 없이 사고판다. 간접투자? 어느 세월에, 빨리 큰돈을 벌어 자동차를 바꾸고 전세를 넓혀가야 한다. 3천 원 이하 초저가주들이 그들의 주 타깃이다. 대량 거래되며 하루 종일 널뛰기를 한다. 영업맨들도 적극 가담한다. 시세의 급격한 변화 속엔 실적과 한탕에 목마른 증권회사 영업맨의 시시각각 변하는 표정이 낱낱이 기록되어 있다. 울화통이 오늘 회의 시간에 추천한 것도 그런 종목이었다. 울화통은 저가주에 대한 감은 좋다. 치고 빠지기가 비호같다. 정보도 신빙성이 있어 한 번씩 올라타면 잔돈푼은 번다. 하지만 드물게라도 부도 위험이 도사리고 있어 아예 신경을 끊는 것이 신간 편하다.

오늘은 코스닥 쪽이 활기차다. 신상품 출시를 앞둔 모바일 업체들이 모처럼 선전한다. 리서치 센터도 시세를 켜두지만 눈 빠지게 쳐다봐야 할 의무는 없다. 개인적으로 추천하거나 투자한 주식의 변동에 각별한 애정을 보이는 정도다.

오후 들어 P는 오전의 상승분을 다 내주고 보합 밑으로 떨어졌다. 그러고도 눈치 보듯 다시 슬금슬금 빠진다. 주가가 오르거나 빠지면 명확한 이유를 알아야 속이 편한 자들이 꼭 있다. 거기엔 만 가지 이유가 있는데 그 이유를 다 알기엔 인생이 짧다. 우리가 들은 바로는, '주가는 아무도 알 수 없다'이다. 아무도 알 수 없기 때문에 사람들은 주식을 사고파는 것이다. 10분 뒤의 주가를 알면 세계 최고 갑부가 될 수 있다는 것은 과장된 말이 아니다. 그런데 밑천이 커야 하니까 세계 최고의 갑부만이 다시 세계 최고의 갑부가 될 것이다. 변동이 크면 일반인도 천만 원으로 10억을 거머쥘 수 있다. 파생 상품에 걸면 된다. 파생 상품은 망하는 지름길이지만 자신은 절대 안 망한다고 자신하는 사람들에 의해 시장이 형성되고 있다. 이 지점에도 그분들은 계시다. 1995년 영국의 베어링스 은행을 날려버린 이는 싱가포르 지점의 선물 딜러 한 분이었다. 가공 계좌로 니케이 지수를 사들인 28세의 그는 고베의 지진을 예측 못했다. 신이시여!

오후에 본사에서 신입 사원이 왔다. 부서나 지점으로 정식 발령 내기 전 2주간 지점 수습을 받게 하는 것이다. 대학 선배가 뭔 죄라고 지점장은 녀석을 나에게 배정하였다. 만 26세의 늠름한 군필 총각을 훔쳐보는 예나연의 얼굴이 유독 빨개졌다.

"잘 부탁드립니다, 선배."

선배? 미지의 잡지사 편집실에서는 흔한 호칭이다. 사석이라면 주위 상황에 따라 통용될 수도 있다.

"사회학과, 맞아요?"

"네, 선배."

"전호일 씨 과 선배 중에 채권부 김 과장님 있어요. 회사 내에선 난 과장님이라고 호칭해요. 그러니까 전호일 씨도 날 부를 땐 맹소해 대리라고 하든가 님자 붙이고 싶으면 붙이든가 하세요."

"알겠습니다, 맹소해 대리님."

"좋습니다. 매매나 전화 응대 요령은 지켜보면 금방 알 수 있을 거예요. 주식 투자는 해봤죠?"

"2년간 해왔고 지금도 하고 있습니다."

"자기매매는 금지되어 있는 것도 알죠?"

"아직 타사에 있는데 곧 팔겠습니다. 그런데 맹 대리님, 왜 직원은 자기 이름으로 투자를 못하는지 이해가 가지 않습니다. 삼립빵 직원더러 삼립빵 사 먹지 말라는 거와 뭐가 다릅니까?"

군대 매점에서 근무했나? 이상한 비유를 갖다 붙인다. 삼립빵이 맛있긴 하지. "연봉의 절반 범위에서 증권저축으로 하면 돼요. 제약이 많아서 실제로 하는 직원은 거의 없지만. 자기매매 금지는 직원이 자기 주식 신경 쓰다 보면 공정해지지 않는다고 보는 거죠. 책에 나와 있는 그대로예요."

타인 명의로 다 하고 있다는 얘기는 생략한다. 불공정해지고 싶어도 방법을 모른다는 얘기도. 후배님은 여전히 고개를 갸웃한다. 우리 때보다 훨씬 어려운 경쟁률을 뚫고 입사한 후배다. 자부심은 좋지만 자칫 자만심은 사람을 서서히 파멸시킨다. 특히 주식이 그렇게 한다. 유념할 것, 후배님. 내선 전화가 울려 받으니 상담 전화다. 예나연 자리에선 언니가 노닥거리는 걸로 비쳤나 보다.

"왜 내 주식만 안 올라가요?"

하이 톤에, 카랑카랑에, 50 미만 아주머니다. 가끔 이런 푸념을 받아줘야 한다. 정말 이상하지? 장이 아무리 좋아도 내 주식만 안 올라가는 경우가 너무 많잖아? 왜 그럴까? 시장이 어떻게 나를 기억하고 내가 산 주식을 왕따시킬까? '나는 네가 지난주에 산 주식을 알고 있다!' 나도 영업 5년 동안 그 비웃는 목소리를 수도 없이 들었다. 오늘 오전에는 더 이상 질문을 받지 않겠다며 그 목소리가 의사봉으로 내 머리를 땅땅 때리기까지 했다. 코스피가 배 오를 동안 반 토막 난 주식 보유자들 모여라 하면 여의도 광장이 비좁다. 현실이 눈앞에 그런 광경을 펼쳐놓을 땐 두려움마저 느끼게 된다. 아주머니의 푸념은 10분 가까이 펼쳐진다.

"고객님, 너무 심려 마세요. 좋은 주식이면 언젠가 올라가겠죠."

"남들 오를 땐 안 오르고 빠질 땐 같이 빠지고. 이게 바로 원원증권에서 3주 전에 추천했던 종목이에요. 경제 신문에서 보고 산 거란 말이에요."

"지수 오를 때 같이 오르고 지수 빠질 땐 홀로 버티는 그날도 올 거예요. 고객님, 마음 가라앉히시고 시세도 좀 멀리 보시고요. 나중에 꼭 한 번 전화 주세요. 매매가 밀려 있어서요. 네. 고맙습니다. 들어가세요."

수습사원이 어깨를 으쓱한다. 요즘 여자 아이는 두 손바닥을 발딱 뒤집는다.

"밴댕이집 아직 있어요?"

"지난 금요일 거기서 쐈습니다."

"어머, 그래요?"

바글바글한 머리들이 떠오른다. 학생 때의 나 같은 아이들. 돈이 없어 거의 얻어먹었지만 어깨는 자주 펴줬다. 꿈이 있었으니까. 지금도 여전히 꿈꾼다. 말하지 않을 뿐이다.

"어이, 전호일 씨!"

고질라가 소리 지른다. 뭘 시키려는지 안다. 신경질 나게 사소한 것들이다.

코스피는 오늘 8포인트를 까먹고 마감했다. 아주머니의 소원대로 딴 주식도 막판에 같이 빠져주었다. 마감 때까지 고객은 총 다섯 분이 내왕

해서 고질라와 너구리 자리를 오가더니 어느 순간 모두 사라지고 없었다. 거래의 95퍼센트는 전화나 사이버 매매로 이뤄진다. 울화통이 어제 끌어 모은 물량을 한 번 엎고 종가 무렵에 다시 사들이면서 지점 약정의 30퍼센트를 감당했다. 시간외 매매에 사자 물량을 잔뜩 깔아 미끼를 던져놓고 있지만 개미들도 약아서 내일 아침부터 '나 먼저' 하며 덤벼들지는 의문이다.

엎고 사고, 엎고 사고, 그런 파도타기는 잘만 하면 약정 올리는 덴 최고지만 타이밍이 한번 어긋나면 뒷감당이 어렵다. 다섯 번 성공해도 한 번의 실수가 수익분을 넘어 원금까지 건드린다. 그걸 감당하자면 돈의 성격이 문제다. 본인 돈이 제일 좋고 다음이 부모, 형제 돈이다. 사촌만 돼도 그런 매매를 용인하긴 힘들다. 동창은 저 자식이 내 친구 홍길동 맞느냐고 생각한다. 애인 돈은 특히 주의해야 한다. 헤어진 다음에 꼭 말썽을 일으킨다. '다정했던 사람이여, 벌써 나를 잊었나.' 나중에 감정 잡고 마이크라도 들 수 있다면 얼마나 좋겠나?

서둘렀지만 객장에 차려놓은 뷔페 음식이 거의 비어나갈 정도로 시간이 지났다.

"여기까지 와주고, 고마워."

오늘의 주인공인 문정주 동수원 지점장과는 마포 지점에서 6개월 같이 근무했을 뿐이지만 계좌 안배와 기타 은혜받은 바가 있어 모른 척할 수 없었다. 더구나 신설 지점이고 지점장으로서 첫발을 내딛는 날이다. 객장엔 전 마포 지점 악당들은 전멸이고 낯선 직원들과 경인 본부장이 눈에 띈다. 좀 떨어져 박 전무와 임원 몇 분이 칵테일 잔을 들고 담소 중이다. 최 상무는 없다. 나는 임원들에게 다가가 일일이 인사를 했다. 미용실에서 잠시 머리를 매만지느라 늦었지만 짧은 시간이라도 산뜻한 인상을 남기는 게 더 중요하다고 나는 생각했다.

"맹 대린 제가 강남에 뺏긴 직원입니다. 내 밑에 있기 싫었는지도 모르죠."

강북 본부장에서 기획실로 자리를 옮긴 정 이사가 웃으며 말했다.

"이제 다시 기획실로 모셔가고 싶은 것 아닌가?"

박 전무가 말했다.

"전, 이사님을 멀리서 뵙고 설레는 게 더 좋은데요."

내 말에 둘 다 큰 소리로 웃었다.

최 상무가 지금 내 모습을 보면 뭐라 할까? '여우 같으니!' 하며 골목길로 끌고 가 내 팔을 확 잡아챌 것인가? 여기까진 내 일이다. 나는 내 실적 이상의 대우를 바라지는 않지만 실질적인 인사권을 쥐고 있는 박 전무 눈 밖에 나서 지방에서 지방으로 빙빙 돌고 싶지는 않다. 나는 지방에 연고가 없다. 나는 여행을 가서도 자주 서울을 그리워했다. 어릴 적, 똑같은 가난도 더욱 두드러져 보였던 서울, 그래도 상관없다.

박 전무와 임원들이 먼저 자리를 뜨자 동수원 직원들의 경직된 자세가 누그러졌다. 오늘 기념 오퍼 받으랴, 행사 준비하랴 정신없었을 것이다. 여직원 중 하나는 아는 얼굴이지만 대졸 1년차는 초면이다. 날 어려워하는 눈빛이다.

"우리 문 지점장님, 나쁜 버릇 하나 있는데 3차로 다시 소줏집 가는 거야. 소주에 맥주에 다시 소주, 말리든가 도망가든가 해야지 일단 엮이면 다음 날까지 후유증이 남아요."

"언니, 우린 이미 파악했어요. 지점 신설하느라 한 달간 합숙하다시피 하지 않았겠어요? 언니가 모르는 것까지 우리가 다 알걸요."

고참이 말했다.

"뭔데?"

"지점장님은 낭만주의자세요. 영화 좋아하시고 아웃백도 가시고 앞으로 실적만 좋으면 뮤지컬도 보자고 하셨어요."

감성 경영은 최근의 트렌드다. 공연한 소란에 그칠지 메가트렌드로 발전할지 아직은 알 수 없다. 고참이 애써 외면하는 것도 있다. 내가 듣기론, 신설 지점은 죽음의 메카다. 산 자의 땀과 피, 시신의 거름으로 지점의 형태가 갖춰지는 곳이다. 여직원도 영업 체력 구축을 위해 맨 못지않게 뛰어줘야 한다. '당신 뭐 하는 사람이야!' 본부장의 질책이 심적 위축과 오기를 지나 자장가로 들릴 때쯤에야 지점장 눈에 뮤지컬 포스터가 들어올 것이다.

"그래, 좋겠다. 서울 공연이면 언니도 살짝 끼워줘. 그럼 호프는 내가 사지."

"오케이, 건의하겠습니다요."

신임이 엷은 미소를 띤다. 피부가 말갛다.

객장이 황량해지면서 매운탕으로 오늘을 다시 시작한다고 문 지점장이 선언했지만 나는 서울 가는 차편에 동승해 수원을 떴다. 차에 올라타서야 나는 내가 은근히 최 상무의 차를 기대했다는 사실을 확인했다. 딱히 다른 욕심은 없었다. 그가 운전하는 차의 조수석에 한 시간 이상 앉아 있고 싶어졌던 것, 우린 침묵이 부족했다. 그걸 좀 채우고 싶었다. 뼈아프게.

운전자는 송파에 사는 기획실 이 차장이었고, 동승자는 압구정 자산센터 강 대리였다. 나는 리서치 센터에 있을 때 당시 상품 운용실의 강 대리와 안면이 있어 최근 사내에 나돌고 있는 중소형 증권사 인수설에 대해 몇 마디 얘기를 나누었다. 실제 담당자일 수 있는 이 차장은 묵묵히 운전만 했고 할 말이 없어지자 나는 편해졌다.

차가 서행하면서 나는 깜박깜박 졸았다. 이 차장이 라디오를 틀었다. 클래식이 나오자 얼른 채널을 돌렸다. 예의가 아니라고 생각하는 모양이었다. 예의 있는 음악으로 DJ. DOC가 선곡되었다. 나는 잠자코 들었다. 차가 본격적으로 막히자 이 차장은 차창을 열고 담배를 피웠다. 나는 눈을 감고 잠실 롯데 앞에 내리면 곧장 갈 데가 있다고 생각했다.

5

화요일 오전 내내 협회의 대강당에서 '사고 방지와 윤리 의식 배양'이란 제목으로 교육을 받았다. 협회 부장이 '증권사 지점의 사고 사례와 방지 및 대처 방안'에 대해 1시간 30분 강의했고 나머지 시간은 외부 강사(국립대 철학 교수!)가 '현대인의 실종된 윤리관'에 대해 유머를 섞어가며 얘기했다. 한 개인의 윤리관은 가정에서부터 형성된다고 교수가 말했을 때 나는 엄마를 떠올렸고 '그 노인네라면 적어도 20년은 더 살 거야, 20년이나 효도해야 한단 말이야!' 하고 생각했다. 나는 이 생각을 큰 발견으로 받아들였기 때문에 효에 대해서는 한시름 놓았다. 나는 윈윈증권 신사지점 대표로서 제8차 교육 출석부에 사인하고 참석에 대한 감사의 표시로 심이 세 개 있는 야광 볼펜을 선물로 받았다.

지점은 평소 예비군 훈련에 수고가 많으신 남직원의 주어진 처지를 고려해 어제 나를 교육 적격자로 지정함과 동시에 익일 오전 아홉시에 협회로 파견했다. 지점 영업을 생각하면 당연히 업무 담당 뺀질이가 가야 하는데 뺀질이는 오전에 주요 고객의 내왕이 있다고 강하게 주장했다. 나중에 예나연은 야리야리한 아줌마 한 분이 와서 뺀질이와 밥 먹으러 갔다고, 있었던 사실만 내게 간단히 보고했다.

나는 협회 구내식당에서 동태찌개를 먹고 전철을 타고 사무실로 돌아왔다. 남은 한 시간 동안 성질을 내듯 주식을 사고팔았다. 키보드 두드리는 소리만 듣고도 내 곁에 아무도 접근하지 못했다.

"퇴근한 줄 알았네."

'신사동 이 사람' 김밥 박 사장이 화장실에 다녀오는 나를 보고 반갑게 맞았다. 아니, 아저씨 왜 또 왔나요? 책상 옆으로 의자를 끌어다 권했다. 박 사장은 '신사동 이 사람' 마크도 선명한, 흰 비닐에 담긴 김밥 3인분을 책상에 내려놓았다. 안 봐도 3인분인 줄 안다. 이건 대담료다. 안 받겠다고 해봐야 소용없다. 김밥 무시=김밥집 경원=박 사장 모독, 얘기가 이렇게 된다. 모독하려야 할 수 없을 만큼 '이 사람'은 성황이다.

이 일대 오피스 걸의 김밥 선호도는 세계화, 정보화와 상관없이 꾸준하다. '이 사람'은 완전 현금 장사로 본의 아니게 영수증 발행도 뜸하다. 어쩌다 손님이 들어서면 "어서 오세요!" 크게 소리 지르게 되는, 겉만 뻔지르르한 럭셔리 레스토랑과는 수입 구조의 차원이 다르다. 박 사장은 아마도 알부자다. 그러나 최근 들어 위험 구역인 50미터 내에 경쟁 업체가 생겨 그로 인한 매출의 결손 부분을 발 빠른 매매로 만회코자 결심한 바 있다. 온라인으로 8천을 투자하는데 계좌가 하루는 주권으로 하루는 현금으로 있을 만큼 회전이 눈부시다. 눈썰미는 있어 손실은 잘 안 보지만 투자 수익은 보잘것없다. 수수료 지출이 수익보다 월등해 지점이 칭찬하는 고객이다. 흠이 있다면 한 번씩 지점에 나타나 머릿속 생각을 미주알고주알 꺼내놓는다는 것이다. 주로 맹소해 앞에 자리를 잡는다.

나는 김밥을 하주희에게 넘기고 각설탕 하나를 떨어뜨린 커피를 박 사장 앞에 놓았다. 고객의 커피 취향을 아는 건 중요하다. 감동이 있는 경영, 회사의 캐치프레이즈에 부합하고 있다.

"오늘 외국인이 선물 때린 거 봤지?"

매도 아니면 매수죠.

"오늘은 살 타임인데 때린 거 이거 뭐 냄새 안 나?"

타임이 따로 있나. 연속 매도야 흔한데. 누적 매도 포지션도 아직 여유가 있다.

"글쎄요. 현물은 오히려 샀잖아요."

"그러니까 장난 아니냐고? 투자자들 갖고 노는 거잖아."

놀아도 불법이 아니면 다 합법이다. 현물과 선물 매매의 상관관계나 기술적인 문제 및 매매 주체의 정확한 의도를 파악하기란 쉽지 않다. 안다 하더라도 계좌 수익에 보탬이 된다고 확신할 수도 없다. 큰 금액을 움직이는 기관이 아니라면 그런가 보다, 가볍게 지나가는 게 바람직하다. 외국인이 장난친다고 벌 돈을 못 버는 건 아니기 때문이다. 박 사장은 오늘도 음모론을 제기하고 싶은 것이다. 그게 그의 스트레스 해소법이다. 따라서 그렇지 않다고 반박하는 건 그다지 좋지 않다. 그는 스트레스를 해소해야 하니까.

"오늘은 어떠세요. 좀 버셨어요?"

"외국인이 장난치니까 성질난 기관이 선물은 사고 현물은 미친 듯 팔아젖히는데 우리가 어떻게 돈을 벌어? 불쌍한 개미들만 죽어나는 거지."

"그러게요."

그가 주로 매매하는 종목은 그 이름이 미래에서 온 듯한 코스닥의 중소기업 주식들이었다. 애당초 외국인과 기관의 매매 범위에서 벗어나 개별적인 재료에 따라 춤추는 주식들이기에 그의 푸념은 근거가 없었다. 주가가 많이 떨어진 날은 청와대나 CIA의 음모론까지 들고 나왔는데, 그의 주식을 음해하기 위해서 왜 그 두 기관이 손을 잡아야 했는지는 본인도 이해하지 못하고 있었다. 아직까지 러시아와 영국 정보기관의 움직임은 캐치된 것이 없었다. '이 사람' 박은 퇴근 시간을 20분 남겨둔 5시 40분에 자리에서 일어났다.

"치즈, 소고기, 참치 골고루 넣었어. 몇 개 드시고 퇴근하셔."

"고마워요. 제대로 한번 댕겨서 우리 김밥 3인방, 소주도 한잔 사주시고 그러세요."

"아, 물론이지. 오겹살로 오지게 한번 때리자고!"

사실은 회사가 사야 한다. 하루도 빠짐없이 수치로 떠오르는 매매 수수료를 보라. 그걸 벌충하려면 김밥을 초고속으로 말아 컨베이어로 실어 날라도 감당이 안 된다. 그러니 제발 좀 그만 사고팔아요! 어지러워 죽겠어요!

명품 구두가 언제나 돋보이는 것은 아니다. 도심의 골목길로 한 발 들이밀기만 해도 그것은 그 품위 있는 광택을 잃어버린다. 복잡한 전철 안이나 신호 대기가 짧은 건널목에서도 그것은 구두의 보편적 속성, 바닥을 지탱하고 딱딱한 콘크리트로부터 발을 보호하는 기능이 요구될 뿐이다. 특히 음식점 주인 입장에서 분실 위험이 있는 명품 구두는 거추장스러운 존재다.

지금 맞은편에서 물수건으로 이마를 지그시 누르고 있는 이 남자, 그는 음식점에 벗어놓은 투박한 존롭 구두에 대해 지루한 감정을 갖고 있는 자이다. 갈아 신고 와도 벨루티 아니면 페라가모나 발리 같은 지루한 상표이다 보니 요즘 들어 검정 고무신이 그리워졌다. 셔츠에서 양말까지 모두 지루한 명품이고 왼쪽 손목엔 브레게의 초침이 흘러간다. 그의 코디가 누구인지는 몰라도 조선 장독에다 뭘 잔뜩 휘감고 매달아놓은 형상이다.

"맹 대리, 많이 먹어요. 진짜 한우 내놓는 데가 흔하지 않거든. 그래서 특별히 내가 이 집으로 모신 거야."

"고기가 다르네요. 맛있어요."

"아, 맛있다에서 끝나는 게 아니재. 이건 농담이지만, 여편네를 한번 데려왔더니 죽인다 카데. 참, 표현이야 좋지만 고기 한번 못 사준 남편 야단치는 거 아이가, 그 소리."

남자는 껄껄껄 웃었다. 나도 웃었다. 담백한 농담이 그리워져도 어쩔 수 없다. 그는 곧 돈이다. 최소 20억짜리 물권이다.

"아이고, 술도 곧잘 하시네. 암, 요샌 여자들도 직장 생활 할라 카면 술

몇 잔은 해야재. 자, 한 잔 더 받으시고.”

따라주는 술을 조심스레 받아 마신다. 남자는 57세, 경기도 전답에 토지 보상금만 150억 원이 떨어져 오랫동안 공들여온 은행에 80억을 맡기고 나머지는 보험, 상가, 저축은행, 회사채, 펀드 등에 분산 투자하고 있었다. 주식 직접투자엔 아직 발을 담그지 않았다. 겉으로는 대범한 척하지만 의외로 조심성 많은 남자였다.

대학 동창 세영의 외삼촌인 이 남자 집에서 10여 년 전 엠티 갔다 오며 여럿이서 하룻밤 묵었으니 지금 와서 나는 그걸 ‘업’이라고 생각하기로 했다. 엠티에서 GE의 경영 기법에 관한 토론도 벌였지만, 거기서 20킬로미터 떨어진 평당 몇만 원짜리 전답에 10년 내 대규모 아파트 단지가 들어설 거라는 예측은 아무도 하지 못했다. 그들 중에는 오늘날까지 GE에 입사한 자도 없었다. GE는 벤처 광풍 때 시스코에 빼앗겼던 세계 시가총액 1위 자리를 최근엔 액슨 모빌과 중국의 국영 석유회사에 연달아 내주고 있지만, 고유가가 진정되고 중국 거품이 빠지면 재차 왕좌에 등극할 것이 예상되는 세계 최고, 최대 기업이다. 그 GE의 전 회장 잭 웰치보다 몸가짐이 신중한 신사가 세영의 외삼촌이었다.

지금 이 자리는 신도시 내정지에 대규모 전답을 보유한 외삼촌이 돈벼락을 맞았다는 얘기를 듣고 1년여 걸친 작업 끝에 겨우 마련한 저녁 시간이었다. 세영도 외삼촌의 돈 궤적을 추적할 수 있다면 뭔가 희망이 있지 않나 잔머리를 굴리고 있음에 틀림없었다.

나는 그동안 고교 중퇴 학력의 남자가 알아듣기 쉽게 전문 용어를 거의 삭제한 시황 페이퍼를 월 단위로 계속 우송했고 신축 2층 주택 수리에 인테리어 디자이너인 외사촌을 파견, 원가에 조금 남기는 수준에서 일을 맡게 했다. 남자의 부인에겐 외사촌 언니의 피부 미용실 티켓 열 장을 배송해 특별 관리에 들어갔다. 언니는 내게 시세의 반값만 붙이라고 했다. ‘울트라 럭셔리 케어 특가’는 그 반값만으로도 뇌리에 선명한 인상을 남졌다.

내가 따라주는 술을 두 차례에 걸쳐 탁 털어 넣은 남자는 뭔가 이제부터 중요한 얘기를 꺼낼 요량으로 자세를 고쳐 잡고 헛기침을 해댔다.

"맹 대리, 사실 내가 주식이 없는 게 아니오. 시절이 펀드가 대세 아니오. 그것도 채권형에 주식형에 혼합형에 입맛 따라 고르지 않소. 주식형만 하더라도 내용에 따라 성장형, 인덱스형, 유틸리티형, 아이고 이름도 다 몬 외우겠네. 하여튼 부지기수고 국가별로도 소고기 부위 고르듯 다양하지 않소. 인도, 중국, 베트남은 기본이고 아프리카 국가들 대상 펀드도 탄생한 모양입디다. 증권회사 지점장은 물론 임원들, 저번엔 무슨 증권회사 부사장까지 찾아왔더구먼."

나를 만나주는 것이 특별 배려라는 걸 은연중 강조하고 있었다. 무려 1만 종에 이르는 펀드명은 사전류에 속하는 것이지 사람의 기억력에 의지할 수 있는 게 아니다. 그중에 아트 펀드, 명품 펀드는 나와 있지만 조만간 아트 오브 아트 펀드도 등장할 것이 틀림없다. 초고가 예술품에만 투자하는, 딱 피카소 그림 한 점으로 승부를 보는 그런 펀드.

"번거로웠겠어요."

"번거롭지. 공 칠 시간도 부족한데. 그런데 이미 펀드 든 금액이 상당하고 그중 주식형에만 두 장이 들어가 있으니, 두 장 무슨 말인지 알지요?"

"아, 네. 20억?"

"역시 맹 대린 여자지만 남자들보다 나아. 2억으로 생각하는 좀팽이들이 의외로 많더라고. 큰돈을 다뤄보지 않은 자들에겐 돈을 맡길 수 없지. 그래서 말인데……."

이 대목에서 남자는 고기를 한 점 씹고 술잔을 비웠다. 나는 고기를 뒤집고 술을 따랐다.

"작은 걸로 한 장만 해볼까 하는데. 시작이니까 재미 삼아."

"고맙습니다, 사장님."

작은 거라면 주식 1억이다. 기대한 금액보다는 터무니없이 작지만 실망한 티를 내면 안 된다. 말 그대로 시작이니까 앞으로 어디까지 커질지 모른다. 모른다가 아니라 키워야 한다. 채권이라면 장기적으로 20억까지 기대해볼 만하다.

"고맙기는. 근데 그거 홈트레이딩으로 내가 직접 해도 괜찮지?"

이건 또 뭔 소리야. 정보를 믿느니 싼 수수료에 의지하겠다? 자주만 돌려주면 즉 회전율만 높으면 신경 안 써도 되고 나쁠 건 없다. 일단은 계좌를 트는 게 우선이다.

"사무실로 나오시면 제가 절차를 밟아드리겠습니다."

"그려, 다음 주초엔 좀 바쁘고, 가만 보자 그래, 목요일, 괜찮지?"

"그럼요. 불편하시지 않도록 만전을 기할 거예요."

"그래주시오, 맹 대리. 그런 의미에서 한잔합시다."

잔을 부딪쳐왔다. 입술을 부딪쳐온들 도망갈 수 있겠는가? 성희롱? 하시기 바란다. 아주 애간장이 녹도록, 전 재산을 들고 달려오도록 해드릴 테니. 그러나 남자는 남은 고기를 집는 쪽을 선택했다. 다 먹고 트림을 하고 휴대폰으로 근처에 대기 중인 운전기사를 불렀다. 청소년 복지회가 남자를 목 빠지게 기다리고 있었다. 회장님 이하 전 회원이 그에게 공로패를 전달하지 못해 발을 구르고 있었다. 남자가 일어서자 나는 옷걸이에 걸린 상의를 집어 건넸다. 차마 입혀줄 수는 없다. 남자의 손이 슬쩍 손등에 닿았다. 움츠리지 않고 미소 띤 채 서 있었다. 그의 손이 혐의를 벗어나도록.

계산대까지 걸어가는 그의 발걸음은 유사 이래 그런 장중함은 없다는 듯 늘어지게 행차하고 있었다. 그런 그가 계산대 앞에서 화들짝 놀라며 이제 신발을 신고 막 일어서는 나를 다급하게 불렀다.

"어허, 이거 참. 어느새 계산을 해뿌렀으니, 이런 낭패가 있나. 맹 대리

다음부터 이러면 혼나요!"

눈을 장난스럽고도 무섭게 만들며 남자가 말했다. 온라인으로 합이 10억은 사고팔아야 백만 원 넘게 수수료가 떨어진다. 그중 성과급으로 떨어질 몫이 오늘의 고기 값을 넘지 못할 수도 있다. 뭐, 진짜로 계산하는 건 아니다. 접대는 당연하다. 고객 유치 절차에도 원칙이 있다. 영업은 그다음이다. 이 대목에 이르면 '나는 그렇게 생각한다'라는 문구가 꼭 떠올랐다.

남자가 벤츠 뒷자리의 차창을 게으르게 열었다. 내가 고개를 숙이자 그는 만면에 미소를 띠었다. 저 미소는 최근 1년 사이에 터득한 것이다. 150억 자산가, 1년에 법정이자로만 7억이 불어나는 남자를 태운 차가 멀어져갔다. 그래도 그 7억의 법정이자보단, 즉 새끼의 새끼보단 내 연봉이 훨씬 많지. 나는 껌을 꺼내 씹었다. 요새 껌은 곧 '자일리톨'을 의미했다. 사각의 부푼 껌이 바싹 소리를 내며 부서지는 첫 느낌을 나는 사랑했다.

6

WTI 유가는 약보합이었지만 시카고에서 금 선물이 계속 상승하고 있어 그걸 달러화의 약세 전망에 힘을 실어주는 신호로 해석해도 무방한지 판단하기가 좀 껄끄러웠다. 이것저것 다 재보는 게 리서치 센터에서 버리지 못하고 온 버릇이었다. 종목에 따라 하루 상하 30퍼센트의 롤러코스터를 타는 변덕을 생각하면 환율과 상품 선물의 예측에 신경을 곤두세우는 건 시간 낭비일 수도 있었다. 거시 경제는 장기 흐름만 파악해둔 채 단기 시세에 정신을 집중하는 것이 지점 영업 직원의 바른 자세였다.

나는 인터넷을 빠져나왔다. 새벽의 CNN에서 금값 논평이 있었기에 출근 후 야후에 들어가 잠시 확인한 것뿐이다. 그 와중에도 생각은 P에

가 있었다. 매일 나는 세 개의 문과 두 개의 창을 열어야 한다. 아파트 문, 차문, 사무실 문, 그리고 컴퓨터 창과 판단의 창. 판단은 가장 창조적인 분야이면서 고통스러운 과정이다. 3개월 전 P를 선택한 그 순간부터 P는 매일 매 시간 나를 시험하고 있다. 최근의 P는 탄력을 잃고 쭈글쭈글 주저앉는 늙은 괴물이 되어가고 있다. 그런 느낌이 온다.

P는 열한시 넘어 지지선 밑으로 떨어지기 시작했다. 3개월 동안의 보유가 괜한 고집이었다고 비웃듯 4.5퍼센트의 낙폭을 보였다. 원칙대로라면 절반은 손실을 무릅쓰고 때려야 한다. 그런데 차마 손이 나가지 못한다. 오전 일찍 때렸으면 마이너스 1~2퍼센트 선에서 마무리 지을 수 있었다. 어젯밤 머릿속으로 그렇게 연습했건만 실제 상황은 눈 뜨고 당하는 꼴이다.

P에 16억을 묻어둔 김 사장을 위시해 고객들 얼굴이 우후죽순처럼 떠오른다. 리서치 센터에 전화를 넣어 시세를 끌어내린 새 뉴스가 있나 살펴보았으나 뉴스 제로라는 것이 시야를 더 어둡게 한다. 이럴 땐 차라리 작전이라도 안 걸려주나 싶지만, 그러기엔 회사가 너무 반듯하고 역사도 장구하다. 이리저리 살펴봐도 이렇게 조신한 중년 여성에게 접근할 작업남은 계실 것 같지 않다.

밥 먹으러 나갈 기분이 아니었다. 미스 예가 식사하고 사온 햄버거를 씹으니 상추는 푸석푸석하고 고기는 그냥 부서진다. 붉은 토마토는 비웃음으로 벌어진 얇은 입술 모양을 하고 있다. 즙으로 번들번들한 그 입술에 메마른 입술을 댄다. 콜라 몇 모금에 트림이 올라온다. 왜 콜라야? 미국인의 입맛이 글로벌 기준이 되기엔 햄버거 분포 지역이 너무 광범위하지 않나? 아무렴, 햄버거엔 우롱차가 한결 낫다. 세트에 딸려오지 않아서 그렇지.

오전 내내 슬슬 눈치를 보던 수습사원은 울화통과 점심을 먹고 오더니 오후에는 아예 그 곁으로 자리를 옮겼다. 기술적 분석의 젊은 고수로 일컬어지는 울화통에게 차트를 배운다는 명목이 있었다. 배우는 건 좋은 일이다. 차트에 한해서라면 배운 걸 잊어버리는 게 더 중요할지도 모른다. 나는 컴퓨터 앞에 사이좋게 몰린 두 사람의 검은 뒤통수를 염력으로 쾅 부딪쳤다. 별이 번쩍하면 시세의 영감이 떠오를 거야.

2시 30분, 종가를 30분 남겨두고 5.3퍼센트까지 빠졌던 P가 조금씩 시세를 회복하기 시작한다. 밀고 올라가는 시세의 엉덩이라도 밑에서 받치고 싶다. 종가는 마이너스 3.4퍼센트, 3만 8800원으로 끝났다. 낙폭의 40퍼센트는 돌려놓은 셈이다. 이런 되돌림은 매도 기회를 주는 것인지 모른다. 빨리 빠져나오라는. 두 번째 하락은 오늘의 저점을 깨고 내려갈 것이다. 30퍼센트쯤 빠지지 말라는 법이 없다.

자산 디시 현상과 경기 악화로 주가가 60~70퍼센트나 빠지는 건 과거엔 10년에 한 번은 찾아오는, 아주 드문 일만은 아니었다. 지금은 공황 상태나 기업의 자체 결함에 의하지 않고는 그렇게 디시되어 팔릴 수는 없다. 기관의 연기금과 개인의 간접투자 비중이 급격히 늘어나 완충 역할을 하고 있는 것이다. 이제 그 유명한 하버드 대학 기금처럼 국내 대학도 경쟁적으로 주식 비중을 늘려가면 내용 대비 저렴한 주식은 갈수록 찾기 힘들 것이다. 국민연금까지 민간 운영 형태로 가면 우량주 편입 비중은 더욱 확대된다. 공룡의 식습관은 예측할 수 있다. 영양가 많은 것들로 편식하는 것이다. 결과적으로, 잔돈푼의 일반인이 젓가락 놓기는 점점 어려워진다.

작년 말 제2금융권 종사자들의 과 동문 송년 모임에서 회장이신 남경증권사 사장이 앞으로 대학 기금 운용자는 결국 여러분이 되지 않겠냐는 요지의 발언을 한 바 있다. 그 말을 듣자 학교의 어깨를 점잖게 두들기고 싶어졌다. 누가 운용하건 아웃소싱으로 위험을 분산시켜야 할 것이다. 훗날 내가 그 위험을 기꺼이 감당해주지, 꿈꾸며 앞자리의 5년쯤 선배와 미리 건배를 했다. 그런데 그 잘생긴 남자가 누구였더라? 동문 수첩을 봐야 안다.

문자가 왔다.

'힘들지? 카스 어때? 38층으로 와.'

너구리 나 차장, 돌아보니 웃고 있다. 이 시간엔 38층의 바 형태 커피숍이 일찍 문을 연다. 내가 P로 속 썩는 걸 잘 알고 있는 너구리다.

5분 후의 너구리는 스탠드에 앉아 있었다. 스탠드엔 스탠드의 고독이란 게 있다.

고독은 어슴푸레하고 저장 창고의 갈고리에 꿰뚫린 고깃덩어리처럼 줄지어 진열되어 있기도 했다. 나는 그런 고독을 수도권 동부에서 한 번 봤는데, 도살자의 정부 같은 여자 혼자서 등이 굽은 남자들에게 돌아가며 술을 따랐다. 내가 홀에 들어서자 그중 하나가 뒤돌아보았다. 나의 전 지점 상사는 그로부터 일주일 후 한때 알았던 여자에게 중상을 입혔다. 여자는, 고객 돈 30억을 날려먹고 파면된 후 검찰 조사를 받고 있는 그를 피해 다녔다. 여자는 한때 그의 돈으로 화장품 가게를 차린 적이 있었다. 얼마 되지 않는 돈이었다. 나는 그의 지갑에서 나온 10만 원권 수표 몇 장 때문에 경찰에서 참고인 조사를 받았다. 나는 한 번 구치소에 면회 갔다. 오지 말라고 하긴 했지만 더 갈 생각도 없었다. 나는 그의 애인이 아니었고 그가 싫었다. 그런 자가 대변하는 폭력이 두려웠다.

오후 네시의 바, 너구리는 양털을 뒤집어쓴 듯 이마에 땀이 배어 있다. 고독이 긴장하나? 나는 카스를 시켰다.

"그래도 종가에 많이 돌려놨더라."

"어떻게 보세요? 믿음이 안 가요."

병을 기울이자 거품 낀 액체가 식도를 타고 내려갔다. 살 것 같네.

"내 본심을 말해야겠지?"

"물론이죠."

"내일 동시호가에 3분의 1은 때리면 어때? 사실 내 생각이라고 할 것도 없다. 원칙 아닌가?"

"아무래도 그래야겠죠? 때리고 지켜보는 게."

하지만 내심은 다르다. 자산 가치, 예상 실적, 기업 밸류에이션까지 따져서 자신 있게 끌어 모은 주식이다. 여전히 저평가 상태고, 타 증권사의 리서치 센터에서도 부정적인 보고서는 나오지 않고 있다. 이대로 물러설 순 없다.

"실적은 어때?"

"수정된 예상 영업이익이 전년 동기 대비 25퍼센트 신장으로 알고 있어요."

"주가에 반영된 건가?"

"아니요. 저항선을 뚫고 15퍼센트는 더 올라갈 걸로 봤거든요. 거의 믿었어요."

"그래? 저항선은?"

"7퍼센트 위예요. 에계, 이젠 10퍼센트가 되었네. 오늘 무너졌으니."

고지 돌파는 요원하고 부상당한 보병들의 신음이 포연 속에 가득하다. 폭격기가 떠주어야 한다. 외국인과 기관, 바다 건너온 폭격기가 선제공격을 하고 박격포 부대가 매도 세력을 초토화하는 꿈, 너무나 달콤해 차라리 쓰라린 환상.

"더 마실 거야?"

나를 보는 너구리 표정이 겁나게 진지하다. 남자치고 수시로 진지해지지 않는 자는 보지 못했다.

"아뇨."

"나도 신경 써서 지켜볼게."

"고마워요."

빠진 주가에 대해선 어느 누구도 위안이 될 수 없다. 그러나 주가가 인생의 전부라고 생각하는 것을 방해하는 말을 건넬 수는 있다. 그건 의의가 있다.

"일찍 들어가 쉬지그래?"

"회의 있다고 하지 않았어요?"

"지점장이 본부장 호출 받고 개포동으로 날아갔어. 들어오시면 적당히 둘러댈 테니까 가서 쉬어. 얼굴 마사지라도 받든가."

고질라쯤은 무시하라는 말투다.

"정말 마사지라도 받을까 봐. 아니야, 나 가볼 데가 있어."

"섭외야?"

"업계 사람이에요."

마포 지점 영업 사원으로 바짝 군기가 들어 있을 때 일곱시면 벌써 나와 신문을 뒤적이던 그 사람, 주 지점장을 보기로 했었다. 지금 그의 나이 55세, 삼한증권의 투자상담사 직에서도 물러났다. 투자상담사는 증권회사와 계약을 맺은 1인 사업자로, 거물급들은 한때 월 1억도 가져갔다. 뭐 어느 분야나 월 1억짜리 세일즈맨은 있다.

휴대폰을 넣자 H호텔로 와주었으면 했다. 투자 설명회라? 증권회사나 대형 펀드 업체 주최가 아니라 가입비나 참가비로 먹고사는 사설 단체에서 벌이는 소몰이식 설명회?

'환태평양 증권 경제 연구소' 주 상무는 노련하게 질문의 핵심을 피해 갔다. 보다 자세한 사항, 특급 정보는 가입 정회원에게 개인적인 이메일로 전송할 테니 보안 유지를 당부드린다 했다. 그리고 주 상무는 갑자기 격앙된 목소리로 단상을 내리쳤다.

"요즘 일부 사설 단체에서 투자 설명회를 미끼로 몇몇 부실한 종목에 투자하라며 종용하고 있어요, 이런 사설 단체는 부도덕하게도 그 종목들을 개인적으로 미리 싸게 사두는 경우가 비일비재합니다. 아시겠습니까? 그런 천인공노할 수법에 투자자 여러분들이 속아넘어가서는 절대 안 됩니다. 우리 연구소는 항상 개인 투자자 우선으로 투자 결정을 내리며 그에 맞춰 정책도 수립하고 있습니다. 이 시대는 경제 민주화를 절실히 요구하고 있어요. 누가 감히 사사로운 명리를 떠나 그 대열에 동참할 수 있겠습니까? 우리 환태평양 증권 경제 연구소, 그리고 나 주정모가 앞장서고자 합니다."

그렇게 사자후를 토했다. 목에 힘줄이 서는 저토록 비장한 모습이 내게는 낯설고 어색했다. 최근의 증권 사이트 논객들은 날카로운 이론으로 무장되어 있는 데다 표에 제시한 실전 수익률도 질투심이 일어날 정도여서 상대적으로 주 지점장의 강연은 구태의연해 보였다. 그러나 사이트의 추천 종목을 따라 산 자들의 수익률은 장기적으론 들쭉날쭉이었다. 따라서 주 지점장이 평균 이하는 아닐 것이다.

다섯시에 시작한 강연회는 일곱시 못 미쳐 끝났다. 참석자들은 자료가 든 서류 봉투를 끼고 뿔뿔이 흩어졌다. 나중에 다시 찾아뵙겠다는 나를 지점장은 기어코 음식점으로 끌고 갔다.

음식점엔 행사 관련 직원으로 보이는 남자가 넷, 안내하던 여직원 둘이 고기를 굽고 있었다. 주 지점장은 나를 윈윈증권의 적토마라고 소개했다. 적토마라? 엄청난 스피드로 적진을 헤쳐가는 한 마리 붉은 말, 히이이잉, 허공에 치켜든 앞발 아래 세상이 엎드려 있었다. 나는 주위를 굽어보았다. 남자들은 비록 사설 집단이지만 대단한 프로로 구성되어 있다는 자긍심을 내비쳤다. 여직원들의 눈에 알게 모르게 질시의 빛이 떠올랐다가 사라졌다.

"상무님 밑에서 트레이닝 받으셨다면 뭐 척하면 삼천리죠?"

말이 되는 비유인지 모르겠다. 50이 채 안 되어 보이는 환태평양 증권 경제 연구소 회장은 그렇게 내뱉으며 이를 드러내고 웃었다.

"요즘은 여성 분들도 지점장 꽤 나가죠?"

회장이 이어서 말했다.

"생각보다 많지 않아요. 차장에서 멈추는 경우가 많아서요."

"그래요? 증권회사가 아직도 고루하긴 하지. 우리 임 부장, 지금 사무실에서 자료 작성 중이지만 증권회사 지점장 출신이에요. 여기서 연봉이 두 배로 뛰었지 아마. 그렇지, 김 이사?"

회장이 김 이사라는 자에게 동의를 구했다.

"두 배가 뭡니까? 저번 달에 석 장 댕겼잖아요."

둘의 대사가 척척 맞아떨어진다. 열악한 환경에서 일하는 자들 특유의 성급한 허세가 드러나 있다. 석 장이 3천 맞다면 ARS로 그렇게 당겼을 리는 만무하고 고객과 얽히고설켜 투자도 한다는 얘기다. 얘기만 들었지, 나도 그런 세계엔 무지하다. 주 지점장은 약장수가 다 된 자신의 처지를 애써 부인하려는 듯 자주 호탕하게 웃었다. 그러고는 하사하듯 몸소 술잔을 돌렸다. 하사품을 받는 공신들의 태도는 제각각이었다. 회장은 한 손으로 받았다.

술자리가 무르익는 과정은 어디나 비슷했다. 2차로 호프 가자는 제의를 뿌리치고 지점장에게 인사를 했다. 지점장이 나를 무리에서 조금 멀리 끌고 갔다.

"맹 대리, 언제 한번 뭉치자. 예전 멤버로."

"연락드릴게요. 많이 드시지 마세요."

"그래, 오늘 고마워."

택시를 타고 그 장소를 떠났다. 가는 곳마다 지점을 키워갔던 주 지점장의 시대가 저물고 있었다. "솔직히 코스닥은 기업 이름도 못 외우겠다." 지점장의 넋두리는 사실이었다. 코스닥의 중소기업 이름은 도저히 외울 수가 없다.

G시의 복합 영화관에서 밤 열시에 시작하는 영화를 보았다. 국내 스

릴러물로 내가 좋아하는 여배우가 출연했다.

최 상무는 영화를 아예 보지 않고, 미지는 DVD에 와인을 곁들였다. 영화관에는 나 혼자 가야 했는데 초호화 배역의 블록버스터가 걸려도 마찬가지였다. 나는 오늘처럼 소량의 알코올이 피부 밖으로 촉촉이 증발하는 느낌 속에서 대형 화면을 대하는 밤을 좋아했다. 나는 옷 입은 여자를 에로틱하다고 생각했다. 중년 남자의 얼굴에 드리운 중절모 그림자나 몸을 숙일 때의 늘어진 코트 자락에 순간적으로 매료되기도 했다. 남녀 모두 서 있거나 걸어갈 때가 보다 매력적이었다. 친하다고 동료를 두들겨 패거나 경찰 배지를 반납하고도 범인을 추적하거나 좁쌀만 한 일에 고함을 질러대는 행위는 이젠 그만 나와도 좋았다. 할리우드 영화는 대사에 거품이 많이 끼어 있어 아예 거품까지 즐길 각오를 하는 게 편했다. 침대만 따로 떼어놓고 보면 역시 할리우드라는 느낌이 왔다. 장르로 들어가면, 미지는 잔잔한 멜로물을 보며 뺨을 자주 더럽혔다. 나는 장르를 가리지 않았다. 동서양을 오가고 중세와 미래를 넘나들고 코미디와 판타지를 두루 살폈다.

증권시장과 주식 딜러를 다룬 영화로는 1987년 작품인 올리버 스톤 감독, 마이클 더글러스 주연의 「월스트리트」가 최고였다. 냉혹한 기업 사냥꾼으로 변한 마이클 더글러스는 이 매혹적인 악역으로 아카데미와 골든 글로브 남우주연상을 잇달아 움켜쥐었다. 주식에 사랑이 끼어들면 남녀 동반 자살로도 이어졌다. 총성을 동반한 그들의 죽음은 붕대에 피가 스미듯 내 망막에 눅진하게 흘러내렸다. 한국 영화 속 증권시장은 아직 문제 감독을 만나지 못했다. 계속 양보를 하면 다음엔 내가 메가폰을 잡는다!

엄마가 말하기를, 또 내 희미한 기억에도 아빠는 갱 영화를 좋아하셨다. 알랭 들롱, 장 가뱅, 장폴 벨몽도가 나오는 60~70년대 프랑스 영화를 보고 보고 또 보셨다. "미국 영화는 사람을 너무 많이 죽여" 하며 경멸의 표정을 지었다는 것이다. 조금만 죽이고 조금만 때리는 걸 좋아하셨던 모양이다. 아빠는 아마 살아생전 몇 명은 손보고 싶었는지도!

집에 와서는 P의 그래프를 몇 개 띄워놓고 한참을 들여다보았다. 역시 모르겠다. 방향이 잡히질 않는다. 모 대리는 다섯 살 아들에게 "주가 그래프 선이 어디로 갈까?" 하고 물어봤다. 아이는 상승 쪽을 짚었고, 그는 오를 때까지 기다렸다 팔았다나?

나는 누구한테 물어봐? 그 여배우의 마지막 대사 "이제 좀 자고 싶어"를 오늘의 대사로 내 머리에 올려? 나는 왜 매일 자는 거야? 나는 왜? 나는……?

제2부 여와 남, 오버 더 스카이 브리지

1

미지가 내 손에서 내용물의 무게에 눌려 축 늘어진 두 개의 비닐봉지를 받아 들었다. 식탁에 올려놓고 하나하나 꺼내는데 칠레산 레드 와인 한 병, 카스 네 캔, 삼양라면 다섯 개, 미닛 메이드 주스 한 병, 소주 두 병, 치즈, 카레, 육포, 소시지, 대구포와 땅콩이 나온다. 미지의 일주일 치 양식이다. 나는 홍콩 항셍 증시 분석 건이 있어 월요일부터 야근하던 중 미지에게 전화를 걸었다. 최 상무가 떨어져나가서 그런가, 나는 미지가 일주일 만에 그리워졌다.

"이 정도면 마트로 가지."

"반대편이잖아."

두 달 전 여기 마트에서 핸드백을 잃어버렸다는 얘기를 하지 않았다. 핸드백이 돌아오지 않는 이유는 내용물보다 핸드백 자체에 있다고 생각한다. 그 핸드백 이름은 '아는 여자는 아는 핸드백'이다. 백화점 여직원이 최 상무에게 그렇게 말했다.

미지가 욕실에 들어가고 나는 소파에 앉아 텔레비전을 켠다. 이리저리 뉴스고 한쪽도 시사만평, 국내 유일의 상장 방송국은 연예인의 웃음소리로 자지러진다.

뮤직 방송은 에이브릴 라빈의 2005 브라질 콘서트를 녹화 중계하고 있다. 캐나다 출신 록의 요정, 국내에도 몇 번 왔지만 가보지는 않았다. 완전히 넋이 나간 엑스터시 표정에 자신이 없었던 것이다.

미지가 젖은 머리를 수건으로 문지르며 욕실에서 나온다. 격자무늬 푸른 사각팬티의 하단이 젖어 있다.

"가사 알아듣는 거야?"

"해석해줘?"

곡은 「원티드」로 넘어가 있다.

"됐어. 국내 애들 거도 안 들리는데 뭐. 나 같은 영치는 클래식이 편해."

미지는 한 번씩 대죄를 지었다는 듯 모차르트를 듣는다. 미지가 바흐를 듣지 않아 기쁘다. 침대에서 바흐의 엉덩이를 보고 싶지는 않다.

어쿠스틱 기타를 메고 제자리에서 뛰어오르는 라빈을 미지에게 양보하고 욕실로 향했다. 뒷모습에 미지의 시선이 느껴진다. 벗은 등을 보였을 때, 최 상무와 달리 미지의 시선은 끈적이며 달라붙지 않고 가볍게 날아온다. 거기서 그 짧은 순간에 상큼한, 휘발성의 쾌감이 주어진다. 최근의 내 뒷모습은 열어두어도 좋다. 장기간 달리기와 웨이트 트레이닝을 병행했더니 군살이 빠지고 엉덩이도 올라붙은 감이 왔다. 목덜미에서 등을 타고 허리와 엉덩이를 거쳐 넓적다리와 종아리로 빠지는 이 유연한 동선의 굴곡엔 란제리 광고 모델의 슬림 세련미와는 다른 건강한 탄력이 살아 있다. 짧은 거리지만 곧은 걸음걸이에서 나오는 엉덩이의 균형 잡힌 실룩임을 바라보며 미지는 오늘의 첫 굴복을 기쁜 마음으로 인정해야 할 것이다.

욕실은 뿌연 김이 서려 있다. 욕조는 머리카락 하나 없이 깨끗하다. 샤워 뒤의 흔적쯤 못 견뎌하는 것도 아닌데 미지는 깔끔을 떤다. 그래도 비누에는 머리카락이 몇 올 붙어 있다. 남편이 몸서리쳐지면 비누의 머리카락 한 올에도 살의를 느낀다는 여편네도 있다지만 안 겪어봐서 모르겠다. 먼 훗날에도 그런 끔찍한 일은 없었으면 싶다.

샤워는 자신의 육체를 점검하는 시간이기도 하다. 피부가 거칠한 감이 오면 오일보다는 충분한 수면과 신선한 과일을 섭취하라는 신호다. 오일을 바르지 않은 맨몸에서 느껴지는 기분 좋은 탄력감은 정신에도 생동감을 준다. 몸 상태가 좋으면 비누의 거품도 제대로 일고 거품에서 향기가 느껴진다.

누르고 비틀고 쥐어짜도 곧바로 원형을 회복하는 탱탱한 두 젖가슴의 돌출된 젖꼭지는 충분히 붉은빛을 띠고 있지만 필요 이상으로 커진 감이 있다. 서서히 달아오르는 성욕의 예감보다는 그동안 미지의 입술과 치아에 자주 맡겨졌던 후유증일 수도 있다. 어쩔 수 없다. 꼿꼿이 일어선 두 젖꼭지는 여전히 미지의 아래, 윗니 사이 그 생성의 공간에 위치하고 싶다. 샤워의 약한 물줄기에 씻겨 내려간 거품은 젖가슴을 타고 넘어 아래의 검은 거웃에서 멈칫하며 나의 손길을 기다린다. 나는 거웃과 거웃의 작은 둔덕과 질의 외부 클리토리스 주위를 천천히 어루만지고 항문은 건조한 느낌이 들 정도로 씻어낸다. 미지의 입술이 가끔 거기를 공략하는 게 신경 쓰이는 것이다.

샤워가 오래 걸리지는 않는다. 긴 샤워가 촌스럽다는 생각은 여중생 때 외국 영화에서 얻은 건데, 수정이 안 되고 있다. 엄마는 목욕탕에 빨래 바구니를 끼고 가진 않았지만 피부가 빨개지도록 때수건으로 내 등을 밀어서 본전 뽑는 시범을 보이곤 했다. 그보다 더 어린 시절 목욕탕에서 본 아빠의 어깨엔 삽으로 파인 것 같은 긴 흉터가 나 있었다. 사랑했던 남자는 왼쪽 옆구리에 수술 자국이 있었다. 고등학교 때 패싸움의 결과물이라고 했지만 믿을 수 없는 얘기였다. 미지는 왼쪽 무릎에 스피아민트 껌 껍질 크기의 거칠한 화상 자국을 달고 다닌다. 내 몸에도 상처는 있었다. 오른쪽 허벅지 안쪽에 면도칼이 지나간 뒤 부풀어 오른 자국처럼 약 3센티가량의 잎맥 형태 상처가 있었다. 미지의 입술이 거길 스쳤을 때 움찔할 정도의 쾌감이 있었다. 가끔은 미지가 모른 척하고 거길 10초만 물고 있었으면, 생각한다.

미지는 실제 사건을 재연한 미국의 범죄 다큐멘터리를 보고 있다. 미지의 곁에 무릎을 괴고 앉자 셔츠 사이로 답답하다는 듯 젖가슴이 반은 삐져나온다. 깔고 앉은 셔츠 안단의 까칠한 감촉이 엉덩이에 느껴진다. 나는 물기 남아 있는 몸이 셔츠 안에서 말라가게 놔둔다.

범죄 다큐멘터리는 따분하다. 영화처럼 긴장감이 없고 낭만적 서사도 없다. 현장을 감싸고 있는 빛과 어둠의 대비에 미학적 고려가 없다. 그래서 따분하면서도 끔찍하고 오래 보고 있으면 구토가 일어난다.

머리에 검은 스타킹을 뒤집어쓴 범인은 자기 집에 도둑처럼 침입해 아내를 살해한다. 총은 차라리 낫다. 둔기로 머리를 몇 번이나 내려친다. 치정과 유산과 살인의 트라이앵글 안에 시청자의 머리를 사정없이 잡아끌어 넣는다. 비릿한 피 냄새가 확 끼쳐온다. 평범했던 남자와 여자는 살인자와 사체로 나뉜다. 살인의 의미는 가해자와 피해자, 둘 다 사회학적 의미에서 희생양으로 떠오르게 하는 데 있다. 그들은 우리의 속죄양이다. 그들은 살아남은 자들에게 뭔가를 수혈한다. 그게 뭘까? 그런 걸 정기적으로 수혈받고 싶지 않으면 매스컴과 담을 쌓아야 한다. 그래도 누군가는 여전히 죽고 죽이겠지만 두 얼굴을 한 괴물이 되는 느낌만은 피할 수 있다. 그러나 피하고 싶은 건 소박한 의지고 눈은 여전히 범죄 현장을 떠나지 못한다. 여자의 사체가 플래시로 반복해서 나의 망막에 각인된다. 미지는 맥주를 마시며 긴장을 풀려는 듯 어깨를 비튼다. 한줄기 사악한 기운이 내 몸속을 훑고 지나간다. 몸이 뒤틀린다. 음란해진 느낌이다. 음란해지지 않으면 망막 속의 사체를 극복할 수 없을 것 같다.

화면이 바뀌어 텍사스의 황량한 도로가 황야를 가로질러 뻗어가고 그 길을 순찰차가 먼지를 일으키며 달려간다. 범죄는 완결되고 이제 범인이 체포될 모양이다. 내일은 내일의 범죄가, 아직 일어나지 않았지만 분명히 존재할 수밖에 없는 내일의 범죄 현장 그 주변을 나는 서성인다. 거기서 내 그림자는 짧아졌다 길어졌다, 벽에 접혔다, 쭈그려 앉았다 한다. 나는 혼자다. 나는 계속 위험하다.

새 캔을 땄다. 나는 미지의 넓적다리에 걸터앉아 상체를 끌어안았다. 엉덩이에 깔린 미지의 페니스가 짓눌린 상태로 일어서려고 했다. 난 미지가 잘생긴 그걸 구멍 안에 감춰놓고 있다고 생각한다. 내 눈앞에는 회백색의 벽이 세워져 있었다. 미지의 어깨 위로 솟아오른 나의 상반신은 뜨거워지는 아래와 달리, 아무것도 말하지 않는 그 밋밋한 벽과 대척하고 있었다. 아래와 위가 분리된 이 절연의 느낌이 나를 냉정하게 흥분시켜갔다. 벽이, 그 빽빽한 물질의 평면이 전신을 기울여 나의 상반신으로 스며들듯이 덮쳐왔다. 나는 하한가 치는 주식을 보며 모든 반발을 제압하던 그 무지막지한 내리누름, 차가운 프레스의 물샐틈없는 압력을 느끼며 아래가 열리는 느낌을 받았던 어느 날의 하오를 떠올렸다. 그날 테이블 밑 치마 속에서 그것은 조용히 열리며 내벽이 울리는 진동을 듣고 있었다.

무언가 나를 미지에게서 떨어지게 했다. 미지, 너니? 미지의 어깨가 딱딱해 보인다.

"오다 보니 라이브 카페가 하나 생겼더라."

"생겼다 없어졌다 해."

미지가 원한다면 차의 시동을 걸 수 있다. 음악을 듣고, 마시고, 우린 취해서 택시를 타고 돌아올 거다. 젖은 혀를 감고 다리가 엉킨 채 숨이 넘어가라 웃어젖힐 것이다. 그런 다음에 우리는 서로의 눈을 들여다보고 속으로 묻게 되겠지. 이런 게 사랑이니? 아니면 어때, 나는 언제나 그렇게 대답해왔다.

미지에게 키스했다. 미지의 입술은 미지근했다. 나는 그걸 느꼈다.

2

"그러니까 진작 사람들 말을 들었어야 했어. 그 많은 펀드를 두고 직원한테 돈 맡기는 사람도 있냐고 할 때 난 그래도 맹 대리는 다르다고 생각했다니까."

오전 열시 넘어 P가 속절없이 빠지자 그렇지 않아도 급한 성격에 요 며칠 안달하던 논술 학원 국 원장이 일착으로 전화를 걸어왔다. 그는 말이 빠르고 상대방의 감정을 헤아리는 따위의 유약함을 경멸하고 있었다.

"죄송해요."

"아니, 죄송 같은 건 필요 없고 어떡하면 되는 거요? 지금이라도 다 팔아버려야 되는 것 아니오?"

"기다리다 지친 세력들이 물량을 내놓는 것으로 보는데요. 단기적으론 어디가 바닥인지 저도 장담할 수 없지만 인내를 갖고 지켜본다면 결과는 나쁘지 않을 것으로 생각합니다."

"글쎄 그런 말이야 위안이 되라고 하는 거고, 깊게 빠지면 그때 가서 도로 사 넣어도 되는 것 아니냔 말이오?"

"어디에서 멈출지도 모르고, 또 바닥에서 다시 산다는 게 말처럼 쉬운 것도 아니라서요."

"그럼 어쩌자는 거요?"

국 원장을 만족시킬 만한 논리적인 대답은 애당초 없다. 그리고 팔면? 어쩜 뺄 것이다. 연 수수료 2퍼센트를 주고라도 펀드로 가겠지. 결과는 누구도 모른다. 뭐가 현명한 선택인지. 사람들이 내게 돈을 맡길 때는 당연히 펀드 플러스 알파를 기대하는 것이다. 연 단위도 아니고 수시로 수익률 체크를 당한다는 건 나로선 불리한 조항이지만 그 정도는 감수하고 펀드와 경쟁을 해야 한다. 내 고객을 실망시킬 순 없다.

증권회사 영업맨은 건방져서, 어리석어서 본인 돈으로 펀드 투자는 거의 하지 않는다. 사실은 실적 때문에 언제라도 사고팔 수 있는 직접투자를 할 수밖에 없다. 무한정 수익을 늘릴 수 있다는 불덩어리 같은 환상도 저항하기 힘든 매력이다. 은퇴하면 그땐 펀드에 가입할 것이다. 다행히 남은 돈이 있다면.

국 원장 외에 두 군데서 전화가 왔다. 지켜보기로, 그 잘난 지켜보기로 한다. 유명 학습지 업체의 점잖은 목 전무에겐 직접 전화를 걸어 상황을 설명한다. 4주 안에 실적 언급이 있을 것이다. 반전의 기회가 오고 있다. 멋진 반전을 기대해보자. 뭐 그런 자칭 파이팅이었지만 내 목소리는 자신감보다는 조바심이 더 컸을 것이다. 그걸 이해해준 목 전무가 고맙다. 막연히 조바심을 치다가도 정작 손실이 현실화되면 심리적 불안감은 오히려 희석되기도 한다. 그러나 지금은 이제 시작 단계라는 우울한 예감이 가슴을 짓눌러온다. 글루미 웬즈데이다. 속이 시커멓게 타들어가고 있다. 그 느낌이 어떤 것인지 본인은 안다.

주력 종목이 폭격당하건 말건 장사는 해야 한다. 그나마 P가 덜 편입되어 있어 충격이 덜한 계좌의 현금을 동원해 단기 매매에 나선다. 대학 동창 현주 것과 아무리 돌려도 말이 없는 본인 계좌로 증권주를 사고파는 데 15분 걸렸다. 증거금 걸고 3백 퍼센트나 부풀린 물량을 온라인으로 사고팔아 30만 원씩 남겼다. 기적이군. 5천씩 사고팔아 수수료 떼고 30만 원씩이나! 오늘은 밥을 먹자. P도 하락세가 멈추고 자는 듯 조용하다.

수습사원은 오전 내내 3개월 이상 매매가 없는 비활동 계좌주에 대한 당 지점의 특별한 관심과 가내의 평안을 기원하는 안부 인사 작성 작업에 투입되었다가 겨우 허리를 펴고 예나연과 식사를 하러 갔다. 예는 교생실습 나온 대학생과 단독 면접하는 여고생의 심정이 되었을 것이다. 전호일의 등장은 매번 통화 중인 남친에게 정나미가 떨어진 예로선 새로운 활력소이자 거대하고 답답한 빌딩 속 한 줄기 산들바람이 아닐 수 없었다. 나조차 요즘 지점 어디에서 이렇게 풋풋한 내음이 풍겨오나 했으니까.

"가지."

너구리의 한마디에, 그 말씀을 받쳐 들고 너구리와 빤질이 뒤를 따라 붙는다. 빤질이가 빌딩 길 건너 쌈밥집을 개발했다고 열한시부터 심각한 얼굴을 하였던 것이다. 쌈밥은 어디나 비슷하지 않나? 된장에 제육, 그리고? 채소 바람이 분 건 오래전이고 신사 지점도 예전보다 채소 대세론에 편승하는 자들이 늘어났다. 문제는 저녁이면 그들도 고기의 설법에 공손해진다는 것이었다. 삼겹살이 질리지도 않는 육식종은 이 지점만 해도 지점장 이하 4인은 서식하고 있었다. 탁탁 튀면서 지글지글 끓는 고기 기름 냄새를 맡고 있노라면, 불판 주위에 쫙 둘러앉은 그들의 아래 뱃살 주름에 밴 끈적이는 땀방울까지 머리에 엉겨 붙는 느낌이었다.

최근에 건강 전도사가 다 된, 특히 육각형 물의 분자구조에 치중해온 너구리가 밥을 먹다 말고 투자 전략 회의에 참석이 가한지를 물어왔다. 친구 부친상이 있어 장 끝나는 대로 진주까지 밟아야 한다는 것이었다. 진주라는 도시, 그 까마득한 거리가 시속 160킬로로 눈앞에 펼쳐졌다. 너구리의 얼굴에 당일 왕복을 결행하고야 말겠다는 아름다운 의지가 조용히 떠올랐다. 평소 약간 빼는 스타일의 너구리도 이런 비장미를 풍길 때가 있었다.

투자 전략 회의는 매주 화요일 오후 네시 반, 여의도 본사의 대형 세미나실에서 열렸다. 3개월 전에도 고질라의 부탁으로 대리 참석한 적이 있었다.

"뭘로 보답할 건데요?"

"밥 사고 있잖아."

"겨우 6천 원짜린데."

"6천 원이 작아?"

"반 대리도 먹고 있고, 이건 형평상……."

"내일 반 대리가 밥 사. 됐지?"

"원래 살 때가 되었는데."

"내일은 도가니탕 먹자. 만 3천 원짜리, 어때?"

"내가 도가니를 사요? 설렁탕이 아니고."

뺀질이가 볼멘소리를 한다.

"반 대리, 내가 인생의 진실을 하나 말해줄까? 내일 도가니를 먹잖아? 그럼 도가니를 먹게 되는 거야. 도가니를 먹었다는 사실은 절대 바뀔 수 없어."

반 대리와 나는 마주 보았다. 내가 한마디 했다.

"대단하세요, 나이 마흔도 전에."

"모 철학자가 말이야, 인생이 리니지 게임을 발견했을 때 리니지가 인생의 일부가 된 거라고 하더군. 창조주도 창조물에 함부로 대항하지 못하고 오히려 의식을 잠식당할 수 있다는 얘기 아니겠어?"

"주식은 훨씬 전에 그렇게 된 거고요."

"그렇지. 주식은 다시 파생 상품을 낳고 누구는 파생의 파생이 되는 거지. 누구의 인생은 그렇게 지배를 당하는 거야."

철학은 이렇게 생활로 내려와야 한다. 너구리가 올해 들어 지식 시대니, 정보화 세계니, 세계 석학들의 경영 철학을 자주 조용히 뇌까리더니 진전을 보이기 시작하고 있다. 뺀질이가 커피를 뽑아왔다. 그는 번번이 나의 취향을 무시한다. 블랙, 도저히 외워지지 않나 보다.

이 시간에도 주식은 움직인다. 장중에도 장이 끝난 후에도 주식은 정보를 계속 업그레이드, 반영하며 움직인다고 봐야 한다. P는 이미 지난밤에도 하향 곡선을 그리고 있었던 것이다. 오늘은 그걸 확인한 것뿐이다.

종가 무렵 P는 내일 보자는 의지의 분출인 듯 하락폭을 크게 줄이며 3만 7300원에 마감했다. 오늘의 최저가는 3만 6400원이었다. 위안이 되기는 하지만 믿음이 회복된 건 아니다. 하락 진행형의 주식을 되돌려보려는 모든 노력이 거의 실패로 끝나지 않던가. 어설픈 되돌림은 더욱 무서운 하락을 부채질하는 효과가 있다. 당장의 약한 마취제가 오히려 중독을 깊게 하는 것이다. 내일 일부는 팔아볼까 하는 유혹이 슬며시 드는 가운데 사무실을 나섰다.

"다녀오십시오, 맹 대리님!"

신입 사원 전호일이 뒤에다 대고 큰 소리로 외쳐서 깜짝 놀랐다. 예나연이 이쪽을 쳐다보고 있었다. 왜 날 중간에 끼워놓고 야단들이니! 예는 알아들었을 것이다.

본사 세미나실에서 친분 있는 타 부서, 지점 선배들이 알은체해주었다. 이 회의는 과장 이상 참석하는 자리다. 따라서 참석 자체가 고참 대리로서 승진 대상이라는 걸 은연중 광고하는 셈이 된다. 그런 즐거움이 내가 기꺼이 대리 참석하는 이유 중 하나다. 승진 대상을 이미 반은 인정해주는 분위기, 그것은 직장 풍토다.

"맹 대리, 이뻐졌다."

정말 재수 없다. 때와 장소를 가려야지. 명동 지점의 내 옆자리에서 뭉개다 승진해 광화문으로 간 권 과장이 어깨까지 톡톡 쳐가며 지껄인다. 분위기를 봐라, 여기가 미모로 먹어주는 데냐? 날 깔아뭉개려는 수작 같아. 자긴 늙으면 대상 제1호야.

구조 조정 대상으로 지목되어 대기 발령 순번이 된 자들은 발령 전에 이미 그에 합당한 대우를 받는다. 일부 직원이 술자리에서 분개하는 척 회사의 가혹한 조치를 성토해보아도 그때뿐이다. 퇴사 명단은 수시로 사내보에 뜨지만 주력 종목의 종가만큼도 흥미를 주지 못한다. 명단엔 전 지점의 상사도 가끔 끼여 있다. 훗날, 퇴직할 때의 분노마저 희석되어 초췌해진 그를 상대로 호프 잔을 기울이노라면 앞날의 내 모습까지 떠올라 우울해지기 십상이다. 그러니 능력 있어 타 기업의 더 높은 직책으로 가는 자들은 존경과 선망의 대상이다. 세상이 그런 자들 중심으로 움직이는 게 당연하다. 그런 자들은 자리를 창출해 후배들을 이끌기도 하니 평소에도 안부 인사를 소홀히 할 수 없다.

투자 전략 회의는 예일대 MBA 출신의 경제 연구소 한 부장이 두꺼운 안경알 너머 경제 분야 자료를 읽어나가며 시작되었다. 경제 연구소와 본사 부서에 폭넓게 포진하고 있는 아이비리그 MBA 출신들을 지점 영업 쪽에 활용하는 건 바람직하지 않다. 마포 지점에 있을 때 프린스턴대 MBA 한 명을 배정받았다. 귀한 집 자제를 한 분 모셔놓은 듯 그 행보가 사뭇 우아하고 고즈넉했다. 보다 못해 주 지점장이 한마디 했다.

"자넨 주식과 결혼하나? 자산 가치, 수익 가치도 좋지만 우선 인기가 있어야지. 만인의 미인이라는 말 들어봤지? 인기가 시들면 그땐 뭐든 따져봐야겠지만 우선은 사람들의 생각이 중요한 거네. 독불장군처럼 숨은 가치 찾는다고 순례하지 말고 대중이 원하는 길을 가야 하네. 그럼 뭔가? 돈이 따르지."

MBA는 그 말이 못내 기분 나빴던지 계속 내재 가치를 찾아 외로운 고행을 하다 6개월을 못 채우고 본사로 쫓기듯 도망가버렸다. 이론으로 무장한 작전 장교가 총알과 포탄이 난무하는 나날의 단기전에서 손에 피를 묻히지 않고 살아나갈 수 있는 묘안은 없었다. 실전은 한마디로 천박하고 무지했던 것이다. 그리고 이제는 주 지점장의 말도 별 의미가 없었다. 외국인과 기관이 일반인의 세를 약화시키면서 자산도 수익도 기술도 의지도 없는 기업의 주식이 미인이 되는 경우는 해가 갈수록 드물었던 것이다. 시쳇말로 '있어'라도 보여야 그나마 주목을 받는 시대였다.

그리고 고위직으로 뻗어가려는 야망을 가진 자들에게 글로벌 투자 환경의 변화에 적극 대처할 수 있는 능력과 자질을 대변해주는 미국 학위는 여전히 중요했다. 돌아와서 자리만 보장된다면 2년 후엔 MBA를 위해 회사에서 끊어준 미국행 비행기를 타는 것도 고려할 만했다. 그때도 최 상무가 힘이 될까? 그때까진 배경이 있는 게 나쁘지 않다. 6개월 후 그날, 그는 돌아올까? 천만에, 그건 남자들을 얕잡아보는 생각이다, 무슨 대단한 미련이 있겠나? 그러나 두고 보자. 어리석기도 한 게 남자니까.

"금리가 안정되어 있는 가운데 시중 유동성은 큰 변화가 없을 것으로 예측되며, 정부 정책도 기존 라인을 유지하는 보수적 태도를 견지할 것으로 보입니다."

한 부장의 지루한 얘기가 이어진다. 주 단위로 똑같은 얘기를 늘어놓는 잔소리꾼 남편 같다. 금리를 올리면 뉴스가 뒤따르지. 휴대폰도 울린다니까.

그나마 그중 흥미롭고 졸음을 쫓을 수 있는 투자 정보 공개 타임이 돌아왔다. 잘나가는 모 여배우와 산유화 기획사 대표의 열애설이 터졌다. 이는 코스닥의 산유화가 움직일 수 있는 근거를 제공하는 것이다. 사실 여부는 따질 필요 없다. 어떻게 판명나건 그걸 기화로 한바탕 움직임 속에 차익만 따먹으면 된다. 너희는 만나라, 우린 따먹는다. 예스! 안젤리나 졸리가 타임워너 회장을 고소하면 그 회사 주식에 일단 빨간 불이 들어온다. 이젠 스타가 기업 제품을 홍보만 하는 것이 아니다. 때론 곤경에 몰아넣기도 한다. 그만큼 영향력이 커진 시대다.

모 재벌 그룹 차남의 배우자로 영화배우 고양이 떠오르고 있다. 이건 속칭 '찌라시'라고 하는 지하 정보지에 이미 깔린 루머지만 신빙성이 있어 재차 다룬다. 재벌가의 남자와 여배우, 이 오래되고 낡은 문법은 해체는커녕 오히려 더 강화되고 있다. 배우의 입지가 예전보다 사회적으로 탄탄해지면서 재벌 측에서도 부담을 덜 갖게 되었다고나 할까? 사랑이 있겠냐고? 사랑을 독점하는 건 평민들의 허영이다. 없다 한들 돈이 주는 만족감 속에서 무료함이 사랑을 잉태하기도 한다.

엘리베이터가 11층에 멈춰 서자 누가 탔냐 하면 최 상무가 옥색 와이셔츠 바람으로 들어왔다. 이런 데서 보는 그의 무게감은 대단했다. 입가에 퍼진 엷은 미소도 결코 가볍지 않았다. 직원들이 모두 인사를 했다. 나는 눈을 내리깔고 가만히 있었다. 아래층까지 두 번이나 멈춰 섰지만 최 상무는 내리지 않았다.

마침내 1층에서 내린 최 상무가 로비에서 발걸음을 늦춰 내가 지나가기를 기다렸다. 나는 가볍게 목례하며 그를 지나쳐 입구의 회전문을 열었다. 주차장을 향해 걸어가는데 휴대폰이 울렸다. 과감하게 직접 거시다니.

"네."

"저녁 할까?"

"이건 아닙니다, 상무님."

"그럼 눈에 띄지 말든가."

"투자 전략 회의가 있는 날엔 앞으로 임원 전용 엘리베이터를 이용하시죠."

"유념하지."

"끊어요."

나는 동수원 지점에서 바람맞은 걸 돌려줬다고 생각했다. 우린 이제 서로 빚진 게 없었다. 차를 몰고 나와 올림픽 대로를 탔다. 여기서 아차 하면 김포공항 쪽으로 빠져 빙그르르 돌아야만 한다. 3년 전부턴 그런 실수를 안 한다.

5시 40분, 차가 막혀온다. 집까지 1시간 20분은 잡아야 한다. 내리면 뭘 먹지? 아냐, 사치를 좀 부려보자. 청담동 언니가 저녁 한 끼 대접한다는 건 빈말이 아니었다. 오늘이 그날이 되게 하자. FM 볼륨을 올리고 페트병의 녹차를 한 모금 마셨다. 갈증을 참고 있었다는 느낌이 왔다. 전화를 넣자 언니는 "혼자면 잘됐네, 나랑 먹자" 했다.

지나가며 심플한 무광택의 간판만 본 적 있는 이탈리아 음식점에 들어서자 언니는 보고 있던 『타임』지를 밀쳐놓았다. 저녁이 오기 전의 창가 테이블보 위에 늙은 서양 남자의 숱 적은 머리가 불빛을 받아 번들거렸다. 독일? 영국? 축구 감독? 지휘자? 외무 장관? 누구든 간에 뒤집어놓으면 좋겠어. 공공장소에서 습관적으로 『타임』지를 읽는 여자를 나는 처음 보았었다. 『타임』지가 그나마 재미있다는데야 뭐. 마담 애인이 혹시 유대인이야? 그걸 농담이라고 지껄이는 손님도 있었다.

엄희영은 오빠의 옛 애인이었다. 결혼 7년이 되자 이혼하고 청담동에 바를 차렸고 이제 2년 되었다. 어찌 된 셈인지 법조계 사람이나 기업체 임직원들을 다수 확보하고 있었다. 오빠와는 만나지 않으면서 내게 연락을 해와 주식 채권 혼합형 펀드에 5천만 원을 넣어두었다. 한 번씩 체크해보면 수익률은 은행 이자보다 2퍼센트 정도 위에서 저공비행하고 있었다. 수익률이 궁금해서 "자주 놀러 와" 한 건 아니었다. 예전에 무료한 얼굴로 맥주를 마시고 있자니 언니가 "점잖은 사람들인데 한잔 가능하겠니?" 하였다. "점잖은 거 별론데" 하고 거절했다. 젊은 샐러리맨들이었으면, 음악 하는 친구들이었으면 부담 없이 어울려 마셨겠지. 역차별인가? 상류층에 대한.

재작년 가을엔 대형 로펌 소속 변호사를 소개받았다. 판사 법복을 벗고 로펌에 들어가는 게 패턴처럼 여겨지던 시절이고, 무시 못할 수입이 보장되는 남자였지만 대화는 30분 만에 끝났다. 그는 자신을 변호하는 기술을 새로 갖춰야 할 것 같았다. 자신의 능력으로 인생을 농락할 만하다는 진취적 자만심에다 여자는 승소하듯 쟁취하는 거라는 투쟁적인 인생관을 갖고 있었다. 첫 만남에서 부모님의 직업까지 관심을 가져주다니 자상한 남자이기도 했다. "회사에서 팽 당하고 택시 기사 하셨어요." 그렇게 말하자 그의 입술이 일그러졌다. 물론 입으로는 '일할 수 있을 때 일하는 모습' 운운했지만. 로펌엔 그보다는 훌륭한 남자가 많을 것이다.

돌아가시기 4년 전까지 아빤 기사이셨다. 짓궂게도 과거형을 사용했지만 남자는 눈치 채지 못하였다. 어린 마음에도 나는 아빠가 그렇게 자랑스럽지도 부끄럽지도 않았다. 아마 부끄러워하는 자신의 마음에 저항하고 있었는지도 모른다. "우리 아빠는 택시가 세 대야!" 나는 한 번 거짓말을 했다. 내가 잠시 좋아했던 남자 아이는 "진짜?" 묻고는 대답도 기다리지 않고 공을 차러 운동장 가운데로 뛰어갔다. 나는 아빠가 무사히 귀가해 코 고는 모습을 보면 안심이 되었다. 아빠는 1983년에서 1986년까지 택시를 몰았다. 1987년엔 내가 초등학생, 86 서울 아시안 게임의 최윤희 언니가 멋있어 수영을 배우고 있었다. 아빠가 택시를 그만두시자 엄마는 수영장 추가 등록증을 끊어주지 않았다. 수영이 막 지겨워지고 있을 때였지만 나는 희생자다운 표정으로 추억에 잠기듯 수영장의 돔을 뒤돌아보았다.

그 후에 S전자 과장과 마주 앉았다. 세후 연봉 6천만 원대의 평범한 직장인이었다. 대기업 직원이니까 요즘 관점으론 과거 급제한 인재지만 인생관이 많이 소박했다. 꿈이 맞벌이해서 3년 안에 수도권 아파트 한 채 장만하는 거였다. 그건 좋았다. 감성이 먹통이었다. 지성은 도약을 멈춘 상태였을 것이다. 재물 계획만이 구체적이었다. 나는 결혼 자체에 대한 반감은 없었다. 단지 하고 싶지 않을 따름이었다. 여자의 이런 자기 본위 사고방식은 대기업 7년차 남자에겐 흥미를 주지 못했다.

제임스도 소개받았다. 고개를 숙일 때만 이완 맥그리거를 닮은 그는 나도 그 문턱을 여러 차례 넘나든 적 있는 국내 굴지의 영어 전문 학원 강사라고 자신을 소개했다. 그러니까 모건스탠리나 골드만삭스의 수석 자산 운용가는 아니었다. 감동이 없는 한국 여성 앞에서 자신이 백인이라는 사실을 추가로 주지시켜야만 할 것 같은 강박관념에 시달리고 있던 가련한 미국 청년이었다. 그래도 그는 의외로 재치가 있어 대화는 간간이 유쾌했다. 둘 다 술이 어지간히 되면서 나는 화장실 앞에서 강제로 키스하는 그를 힘껏 밀쳐내지 못했다. 나는 저 높은 곳, 그의 뺨을 때리지도 않았다. 눈에 힘을 주고 다시 한 번 건드리면 형무소로 가게 될 것이라고 뱉었다. 내 정확한 발음에 양키는 고개를 끄덕였다. 나는 뉴욕의 술집에서 한국 남자에게 당한 현지 여자의 반응보다 내 대응이 이성적이고 고급하기를 바랐다. 건방진 생각이었다. 머리로 코를 받고 무릎으로 고환을 가격했어야 옳았다. 키스도 형편없었다.

"전공이 아리스토텔레스였다지."

"?"

"이 집 주방장 말이야. 요리도 정식으로 배웠대."

유학 가서 요리를 배웠다는 말씀이다. 요리와 철학, 머리가 하얘지는 건 아니지만 굳이 연결시키는 것도 부담스럽다. 성리학과 제사상에 대해 아는 바가 없듯이.

"이태리 요리에 관한 책도 냈다나 봐."

프랑스 요리가 저문 영역에 이탈리아의 간편 담백한 요리가 진입하였다느니 어쩌니 기사를 읽은 적 있다. 프랑스 요리는 먹어보기도 전에 지는 해가 되어 있었다.

"아리스토텔레스는 주로 뭘 먹었지?"

"얘는? 알 게 뭐니? 귀족이었으니까 잘 먹었겠지. 그땐 후식으로 미소년들을 주로 드셨다 하더라."

동성애에 대한 편견은 중세 이후였다.

"언니, 프랑스 축구가 좋아? 이태리 축구가 좋아?"

"프랑스!"

프랑스엔 지단과 앙리가 있었다. 이탈리아의 토티를 좋아하는 여성은 승미였다. 승미는 그 사실에 자긍심까지 갖고 있었다.

"나폴레옹이 좋아? 카이사르가 좋아?"

"카이사르!"

나도 언니도 시오노 나나미의 『로마인 이야기』 몇 권을 읽었다. 읽기

보다 읽지 않기가 더 힘드는 그런 책이 가끔 있었다.

파스타가 철학이면 뭐 하나? 배가 고파 허겁지겁 먹다가 복잡한 표정으로 쳐다보는 언니와 눈이 마주쳐 웃었다. 나는 생수를 한 모금 마시고 남은 일을 마무리 지었다. 맛 품평이라면 식사 후의 다소곳한 침묵으로 칭찬에 갈음하고 싶다. 핸드 메이드 면이기도 하고.

"가게 가서 한잔하고 가."

커피를 마시며 언니가 말했다. 언니 가게는 발라드 음악 때문인지 자주 사람의 기운을 앗아간다. 센티해지면 주가 보는 눈이 흐려진다. 물기에 번진 주가가 얼마나 잘 보이겠는가?

"언니, 나 집에 가서 쉴게."

"넌 그렇게 쌀쌀맞은 게 매력이지만 다음엔 그러지 마."

"그래, 언니."

센티를 떠나, 마시기엔 마음과 몸 모두 다운되어 있었다. 속도를 올려 차를 출발시키자. 차창은 반쯤 열고. 최 상무가 없는 밤이라니? 미친 생각이었다.

3

결국 주력 계좌의 P는 건드리지도 못했다. 장 마감 무렵 본인 계좌에서 겨우 250주만 내놓았다. 모레면 천만 원 가까이 돌아오고 대용 증권까지 증거금 잡으면 5천 정도는 매수가 가능하다. 보다 큰 기회를 위해 최소한의 증거금을 갖추는 것이다. 실적에 쫓기고 있기 때문이기도 했다.

석회(夕會) 시간에 청주 지점에서 터진 10배수 주식이 화제가 되었다. 3천만 원이 3억이 되었는데 신제품 개발과 미국 다국적 기업의 인수설이 재료가 되었다. 계좌주는 마늘 장사꾼으로 중국에 3개월 다녀왔다가 주식이 열 배 뛴 걸 보고 놀라 그 자리에서 팔았다. 그러고도 주식은 더 올라갔다가 지금은 7배수 정도에서 오르락내리락하고 있었다. 고객 정보를 함부로 유출한 자는 밝혀지지 않았는데 객장의 마바라(상주 고객) 입에서 나왔다고 추측했다. 그렇다면 본인이 떠들었다는 거고, 그건 완전 합법이었다. 우린 배가 아팠다. 자신이나 자기 고객 외에는 그런 대박을 맞아서는 안 된다고 내심 생각하고 있었다. 지점엔 하루 등락폭만 그 정도 되는 거액 계좌가 꽤 있지만 우리는 차명 계좌에서 돌고 있는 3천만 원에서 1억 사이의 본인 투자금을 생각하고 있었던 것이다. 내게는 왜 그런 소박한 대박도 찾아오지 않는가? 그건 아니었다.

'주식으로 100배 수익!' 어서 상담료를 카드나 휴대폰으로 신속 결제하고 대폭등 예상주 1, 2, 3을 들어보라고 졸라대는 증권 사이트의 광고 문구가 아니다. 나는 불과 한 달 전만 해도 35배나 치솟은 코스닥 주식을 보유하고 있었다. 그 꿈의 주식은 지금 3배 수익으로 다운되었다. 그때 왜 팔지 않았던가? 아쉽게도 그 주식은 단 3주였다.

단주라고 다 같은 단주가 아니고 한 주에 1억짜리 주식도 있다고? 알고 있다. 워런 버핏의 '버크셔 헤서웨이' 주식이다. 손정의의 '야후 재팬'은 액면 분할 전에 1주에 20억을 호가했고 지금도 2천만~3천만 원을 오간다. 국내에도 SK텔레콤이 10분의 1로 액면 분할 전 5백만 원을 찍은 바 있다. 롯데제과나 남양유업은 백만 원이 넘는다. 그렇게 비싼 주가는 그 제품을 소비하는 아이들의 얼굴마저 귀족화한다. 포철, 삼성전자만 해도 한 주면 동남아 어디든 2박 3일 패키지를 끊을 수 있다. 하지만 우린 지금 그런 명품 주식을 떠받들고 싶은 건 아니잖은가.

나의 경우, 1주에 시내버스비 정도의 종목이 일생일대의 작전에 걸려 대폭등을 한 것이다. 액면가 5백 원에 시세 천 원짜리 주식이 3만 5천 원까지 뛰었다 3천 원으로 도로 내려간 것이니 금액으로는 3천 원이 10만 원 되었다가 만 원이 된 것이었다. 울화통이 단기 매매 할 때 따라 사본 종목으로 마침 권리부에서 사는 바람에 증자를 받으며 단주가 발생했다. 원래 1만 주를 샀으니까 꼭지에서 팔았다면 천만 원이 3억 5천이 되었을 것이다. 그냥 갖고 있어도 3천은 된다. 나는 당시 그 주식을 3일 만에 50만 원 먹고 팔았고 나중에 증자 받은 것까지 곧바로 해치웠는데 이제 와서 그 사실을 후회하는 건 의미가 없다. 갖고 갔으면 그 주식은 단연코 폭등하지 않았다! 지금 5백도 안 될 수 있다. 단주니까 약 올리느라 그 요동을 친 것이다. 이렇게 생각하는 게 습관이 되었다. 그렇지 않으면 영업 직원들은 눈에 띌 정도로 미쳐가게 될 것이다.

계좌야, 어디 보자. 내일은 뭘로 장사하나. 대자산가께선 오늘 처남을 시켜 계좌를 트시고 물경 3백만 원어치나 집으셨군. 9천7백만, 내일 한 꺼번에 사면 안 될까요? 계좌마다 주식 비중이 왜 이렇게 늘어났지? 현금 비중을 늘려야 해. 확실한 강세장도 아닌데. 은행주는 아직 아니라니까 국 원장, 왜 이리 성급한 거야. 민 감사는 나 몰래 기어코 조이 디지털테크를 걸었네. 내가 다 보고 있어요. 감사님, 낼 소곤소곤 의논해요. 알았죠? 계좌들의 주 수와 가격 숫자가 개미처럼 꾸불꾸불 기어간다.

눈두덩 비비던 손을 떼는데 앞에 큰 그림자가 있다.

"저, 계좌 하나 틀까 하는데요."

그림자의 실체를 올려다보았다. 블랙 슈트에 비질 후 일부러 흩뜨린 머리, 면도 자국이 파르스름한 턱, 눈을 찌푸리고 봐도 파크의 담배 두 개비가 맞다. 그 며칠 뒤에도 태연하게 웃으며 한 개비 더 요구해서 속으로 '거참 성가시네' 하였던 것이다,

"계좌요?"

"네."

"창구로 가보실래요?"

"관리해줄 담당자가 필요한데요."

"업무 여직원에게 부탁해보세요. 연결해드릴 거예요."

"제가 지정하면 안 됩니까?"

"저 말하시는 거예요?"

"네."

"글쎄요."

"뭐, 택시가 아니니까 거절할 수도 있겠군요."

"뭐라고요?"

"아, 진정하세요. 계좌부터 트죠."

여긴 어떻게 알았을까? 날 뒤따라오기라도 한 건가? 징그럽다. 그래, 명찰! 아, 명찰! 새삼스럽게 이마를 칠 건 없다. 집까지 차고 간 적도 있었으니까. 원원증권 신사 지점 대리 맹소해, 전철 승객들은 졸다가도 나의 직책과 이름을 읽어야 했다. 창구로 간 싸가지는 예나연이 내민 서류를 작성하느라 여념이 없다. 지갑에서 수표를 꺼내 건네는 모습도 들어온다. 얼마일까? 천만 원? 모르지 한 3천 되는지. 내선 전화가 울린다. 예나연이다.

"언니, 손님께서 계좌 트셨습니다."

"그런데?"

"유치자가 언니 아니세요?"

"그 인간이 그래?"

"언니!"

"마나 소 대리 연결시켜줘."

"벌써 언니 관리 계좌로 등록시켰는데요. 손님이 원해서."

"얼만데?"

"2억요."

"2억?"

"네."

"온라인?"

"따로 신청하지 않으셨어요."

저 나이에 오프라인? 미쳤군.

"손님 뵙자고 해요오."

잠시 후에 그가 왔다. 거만해 보이지 않으려고 애쓰고 있다. 의자를 건넸다.

"한 개비당 1억인가요?"

화면에 그의 신상 명세가 떴다. 관리 계좌로 등록됨과 동시에 조회 가능한 항목이다. 가기인, 33세, 주소는 주노 서관 66층 오성 adv. 하늘 다리를 건너온 남자다. 집 주소는 분당의 트로이 오피스텔, 언제부터 그리스 일색이야? 아이디가 비치008, 007이 물에 떠내려갔나? 미혼, 누가 데려가겠어?

"차나 한잔 주시죠."

에스프레소를 뽑아 건넸다. 그는 "네" 짧게 말했다. 애당초 '고맙습니다' 소리는 할 줄 모르는 인간이었다.

"직감에."

"?"

"직감에 괜찮을 것 같아서요."

"제가요?"

"네. 관리자로서요."

"……어떤 종목에 투자하고 싶으세요?"

"지금 회의가 있어서 올라가봐야 합니다. 전화 드리죠."

내 명함을 받아 챙긴 후 그는 자리를 떴다. 책상 위에는 그가 놓고 간 명함이 의도적으로 거친 질감의 은빛 광택을 뿜어내고 있었다. 오성 adv 가기인 과장, 광고회사 직원이었다. 그 나이에 현금 2억을 수수료가 네 배나 비싼 오프라인으로 투자하겠다는 발상이 놀라웠다. 혹시 나한테 뻑 간 거 아니야? 그렇지 않고서야. 그렇다 하더라도 여자의 환심을 사기 위해 그렇게까지 비싼 수수료를 감당할 인간이라면 멍청이임에 틀림없었다. 보기보다 멍청이다? 정신없이 돌려서 혼을 쏙 빼놔? 아냐, 놀라서 도망갈지 모르니 적당히 해둬야겠지. 2억 오프라인의 효과는 즉각 나타났다. 지점장의 전화가 울렸다.

"어, 맹 대리, 수고했어. 신규 유치라는 게 내가 항상 강조하는 거지만 지점의 미래거든. 출산율 낮은 나라에 미래가 없듯이 말이야."

전화로 하기엔 너무 중차대한 국가관이다.

"저, 손님하고 통화 중이라서……."

"그래? 통화해요. 그럼."

통화는 지금부터 하면 된다. 미지에게 전화를 넣었다.

"금요일 어떡할 건가 해서."

"그날 봐야 알거든. 일이 어떻게 될지 몰라서. 금요일 오후에 전화할게."

"그래. 난 저번에 동대문에서 본 그 청바지, 같이 사러 갈까 생각했지. 아무튼 좀 일찍 전화 줘."

남자구나. 누굴까? 선뜻 떠오르지 않는다. 판타지 작가? 에이, 걔는 아냐. 데이트 비용을 감당할 미지가 아니지. 어떤 지갑과 주말을 보낼 생각이겠지. 내가 너무 굳세게 잡고 있었나? 간섭도 강요도 한 적 없는데, 그런데도 남자의 체취가 그리워졌다? 그럴 수 있겠지. 아니, 내가 오버하는 건지도 몰라. 단순히 일 때문일 수도 있어. 중순 이후엔 특히 바쁘잖아. 잡지사 일이 그렇지 뭐.

예나연이 내선 전화를 걸어왔다.

"언니, 류장구 씨 주권 이전 있는데요."

"알았어. 처리해드려요."

그런데 선릉의 오 차장은 내게 '미안' 소리 한마디 해야 하는 것 아니야? 완전 싸가지 과(科)구먼. 어차피 계좌는 3개월째 움직임이 없는 비활동성 계좌다. 처음부터 류의 견제가 들어와 삼전과 포철을 심어놓고 매매를 중단하고 있었던 것이다. 3억짜리 주권 이전에 금방 심약해질 맹 대리가 아니지.

"류 사장 왜 도망가는 거야?"

신규를 유치하자마자 일어난 출고에 큰 혼선이 온 백여우의 전화에 "내가 싫답니다" 하고 끊어버렸다. 지점장은 다시는 전화하지 않았다.

4

전화가 없다. 잊었나? 2억 따위는 잊었다? 꽤나 바쁜 척하는 인간이다. 먼저 전화 넣기는 그렇다. 기다려보자. 그의 전화에 목맬 정도로 영업이 형편없는 것도 아니다. 2억 정도면 내 고객 레벨로는 중간층 밑이다. 신규라는 매력을 제외하면 대단할 것도 없다. 대우받고 싶다면 불법 카지노 영업장이 괜찮다. 일주일이면 빈털터리로 만들어준다. 값싼 동정심은 통제되고 있어 패자도 어깨 펴고 떳떳이 돌아설 수 있다. 지하 계단을 올라가는 패자의 머리 위, 천천히 회전하는 환풍기의 먼지 알갱이가 뿌옇게 부각되는 곳, 누벨바그 카지노.

이틀이 지나면서 그를 거의 잊어버렸다. 오늘도 전화가 없군, 그 생각이 든 후 곧장 다른 생각으로 건너뛸 수가 있었단 얘기다. 그런데 잠자리에서 그가 떠오르는 건 썩 내키지 않는 일이었다. 물론 꿈에 나타나는 일은 절대로 없었다. 이틀 연속 파크에 나가 담배를 문 시간이 네시경이라는 게 어떤 의혹을 불러오자 그만 머리를 쥐어뜯고 싶을 뿐이었다.

"그럼 정리를 해보겠습니다."

나는 호흡을 고르며 객장의 청중을 새삼스럽게 바라보았다. 35명? 저번 달엔 30명이 안 되었는데. 댕기 머리(패션인가?) 소녀에서부터 국제 회의장의 외신 기자라도 되는 양 연신 노트북을 두드리는 20대 분홍빛 안경테 여성. 캐논 가방과 카메라 받침대를 옆 의자에 올려놓고 운동모를 젖혀 쓴, 햇볕에 잘 구운 피부의 30대 남자. 밝은 연두색 시장 상의와 노란 라운드 티셔츠가 궁극적 조화를 이룬, 강남에 놀러 온 40대 남자. 짙은 화장과 매만진 머리, 날렵한 코트의, 그래도 50대 중반인 여자까지 세대별 표본 추출이라도 해놓은 광경이었다.

수자원공사나 중국집 배달원 전국 협의회 같은 단일 조직체의 청중이면 오죽 좋아? 비유를 끌어내기도 쉽고.

'주식은 물과 같아서 환경이 중요해요. 규제를 솎아주고 오염된 자금을 걸러내고 물길을 터주어야 아름답고 유연한 흐름을 보이지요. 거의 배달이라고요? 찾아가는 서비스 정신, 그릇을 받아 드는 고객의 환호작약을 떠올리면 보람을 느끼죠? 그럼 주식은요? 클릭하세요. 종목 코드 치시고요. 가격, 수량 정하고. 치자마자 체결 확인. 어때요? 초고속 무선으로 배달되죠?'

완초투(완전 초보 투자자) 상대의 이 증권 강좌는 지점장 아이디어다.

"이런 거까지 내 머릿속에서 나와야 해?"

지점장은 반은 득의에 찬, 반은 섭섭한 표정을 지었다. 그럼 누구 머리가 있어야 해? 신규 계좌는커녕 '우리 시대의 재즈 베스트 20' 시디와 '스리케이' 손톱깎이를 챙겨 썰물처럼 빠져나가는 이 정체 모호한 청중을 우리가 어떻게 고안해내겠어요?

"첫째, 주식이 뭐라고요? 네, 주식은 우리가 각자 꿈꾸는 형태로 존재한다고 했습니다. 자본주의는 꿈도 물질화하고 수치로 계량화합니다. 누구는 주식을 패션이자 트렌드라 하고 시대의 요청 또는 참여 예술이라고도 합니다. 여러분에게 주식은 무엇입니까? 내면에서 정의를 내리고 그 정의가 요청하는 대로 투자하시기 바랍니다. 남들이 뭐라고 부르든 간에요. 둘째, 왜 주식을 해야 한다고요? 그렇죠. 여러분과 여러분의 부모님, 남편, 동생, 자식, 애인이 월급을 받는 곳, 바로 그 상장회사의 주식을 가짐으로써 고락에 동참하고 보람을 느끼며 결과적으로 함께 부를 키우게 됩니다. 이제는 주식의 생활화 시대입니다. 세계의 흐름이 이미 그렇습니다. 자산에서 주식 비중을 적절히 유지하시기 바랍니다. 월급도 안 주는 은행을 금융의 전부로 믿지 마시고요. 우리 자신의 능력과 기업의 미래에 대한 불신과 근시안적인 예측이 결과적으로 나라의 막대한 부와 다국적 기업의 주식 절반을 외국인에게 넘어가게 했습니다. 앞으론 우리가 주도권을 쥐어야 합니다. 그러려면 어떻게 해야죠? 먼저 주식을 사야지요. 조금씩이라도, 꾸준히. 일생을 은행 거래를 해왔듯 그렇게 말입니다. 셋째, 주식을 어떻게 해야 하냐고요? 빚내지 마세요. 여유 자금으로, 부족하면 불필요한 소비를 줄이고 남은 돈을 모아 사세요. 그럼 시장이 안 좋을 때 주식을 팔아서 써야 하는 곤란을 피할 수 있습니다. 앞으로 코스피가 계속 상승할 거냐고요? 전문가들에게 물어보십시오. 뭐라고 한다고요? 네. 몇 차례 조정을 보이며 장기적으론 상승할 것이다. 폭락이나 하락이라고 말하지 않습니다. 어디까지나 조정이에요. 잘 새겨들으시고 조정, 즉 폭락하면 주식 비중을 늘리세요. 싸게 사면 축복입니다. 종목을 말해달라고요? 다음 시간에 하겠습니다. 너무한다고요? 아니에요. 여러분들도 연구를 해보시고 다음에 같이 종목 토론을 해보는 시간을 갖겠습니다. 결국 산업까지 다루는 장이 되겠네요."

배정된 40분이 거의 찼다. 미지는 원고 전체를 보더니 잡지에 싣자고 했다. 태생적으로 겸손한 나는 정중히 거절했다. 주식이 뭔지 나도 모른다. 괴물이 아니라고 누가 말할 수 있나?

"들어줘서 고맙습니다. 저는 시간 관계상 여기서 마치고요. 지금부터 여러분의 관심이 아주 높은 펀드와 관련해서 설명이 있겠습니다. 주 내용은 펀드란 무엇인가? 왜 펀드를 들어야 하는가? 펀드의 종류와 가입 절차는 어떻게 되나? 궁금한 점이 다 들어 있습니다. 고진규 수석 차장입니다."

박수 소리와 함께 물러났다. 수습사원이 엄지를 치켜들고 "고생하셨습니다" 말했다. 이거 고생 맞지? 생수를 벌컥 마시고 지점을 나섰다. 파크에서 햇볕을 쬐며 졸다가 끝날 시간에 맞춰 지점으로 돌아왔다. 개인적으로 질문을 하는 사람, 인간적인 매력에 이끌려 한 번이라도 얼굴을 더 보려는 자들을 배려해야 하기 때문이다.

저녁엔 어느덧 2주간의 현장 실습을 탈 없이 치러낸 수습사원 환송식을 겸한 대리들만의 한잔이 있었다.

"나연 씨도 가자."

예나연은 슬프게 고개를 흔들었다. 그래, 따로 만나라.

지점 뒤 먹자골목의 보쌈집에서 대리 4인과 수습사원 1인 도합 5인이 소주 11병을 마셨다. 아직 총각인 울화통은 기혼인 뺀질이가 유형, 유형 하는데 아까부터 기분이 상해 있었다. 입사로 보나 나이로 보나 울화통이 두 해 위였던 것이다. 공채가 아니라 특채로 들어온 한 살 위인 지르기와 자신이 말을 트는 것과는 경우가 다르다고 생각하고 있었다. 나는 뺀질이와 동갑이지만 입사는 가장 빠르고 호봉도 울화통과 같아 누구하고도 상호 존댓말 쓰는 것이 편했다.

"유형, 송 사장 말이야, 감사실 블랙리스트에 올라갔거든. 선물 회전율 높다고 위험 계좌로 분류했어요. 미리 분쟁을 방지하자 이건데, 뭐 형식적인 거지만 그래도 신경은 좀 써줘야겠어요. 블랙리스트도 앞으로 지점 평가에 들어간다는 말이 있거든."

울화통은 분명 뺀질이의 문장 어미에 '요'자가 몇 개 들어가 있나 세고 있었다. 만약 유 대리님 소리가 먼저 나왔더라면 '요'자가 하나 없어도 무사통과했을 것이다. 거기다 울화통은 소주를 세 병은 마셨다.

"아, 씨발! 뭐가 와 이래 안 풀리나. 주식은 주식대로 파생은 파생대로 인간관계는 관계대로. 참, 인생 좆같다. 유형, 유형 소리 들어가며."

술자리가 물 끼얹은 듯 조용해졌다. 마침내 뺀질이가 말했다.

"지금 나한테 하는 소립니까?"

"당신 아니면 여기 유형, 유형 하는 사람 누가 있나?"

"뭐 그것 가지고."

"그거? 그거라고?"

일어서는 울화통을 지르기가 잡았다.

"이게 뭔 추태야. 신입 사원 앞에서. 그리고 반 대리, 반 대리도 잘못했지. 유형은 심했어. 오늘따라 왜 그래?"

"아니, 조 대리님까지 왜 그러세요? 사실 까놓고 얘기해서 누가 먼저 과장 나간다고 이마에 써 붙이기라도 했습니까? 서로 존중해주면 되지 꼭 그렇게 격식 따져야 합니까?"

"뭐라고? 누가 먼저 과장? 그래, 아이고 반 과장님 번영하십시오. 중역되시면 짜르지나 말아주십시오."

대충 아까운 말솜씨들이었다. 신입 사원만 아니면 둘이 치고 받든 음식점 밖으로 뒤엉켜 날아간들 내버려두고 싶었다. 아래, 위는 또 따지기로 하고.

"두 분 다 진정하세요. 전호일 씨 사표 쓸까 겁나네요."

이 회사에 입사해 5년이 지나면 이 정도 수준에 도달하겠구나 하는 사례를 보여준 두 사람은 이제 입 다물고 술잔을 들이켜고 있었다.

"나가서 호프 한잔하며 풀자. 반 대리가 사과해. 유 대리도 반 대리가 주민등록 나이보다 한 살 더 먹었다니까 대우 좀 해주고. 그럼 서로서로 좋잖아?"

지르기가 말했다. 계산은 이 자리를 서둘러 마무리 지어야 할 사명을 스스로에게 부여한 지르기가 했다. 계산대 앞에서 황금빛 카드가 잠시 번쩍였다 영수증에 감싸여 되돌아갔다. 나가면서 몰래 5만 원을 찔러주자 손목을 꽉 움켜쥔다. 그래, 훌륭해!

3인의 대리는 주머니에 손을 찌른 채 호프집이 있는 골목으로 지그재그 사라지고 있었다. 오줌을 신중히 갈기면서 걸으면 저런 자세가 나오려나? 나는 택시를 잡았다.

“그동안 많이 배웠습니다, 누님.”

누님? 신입 사원이 택시 문을 열어주었다.

“한번 놀러 와요. 전화도 하고.”

“충성! 안녕히 가십시오.”

거수경례를 받으며 택시는 출발했다. 이제부터 황야에 버려진 새끼 늑대는 거친 세계를 살아가는 법을 배워야 한다. 데이트를 할 땐 공장 얘기는 가급적 하지 말 것, 연봉도 밝히지 말 것, 섹스는 신속하게 결혼은 신중히, 투자상담사 자격증 딸 것, 운동할 것, 무엇보다 호칭에 신경 쓸 것. 또 봐요, 동생.

5

엄마가 아파트로 와 김치를 담그는 동안 나는 두 녀석을 태우고 토요일 오후 내내 수목원과 고수부지를 쏘다녔다. 부부가 둘만의 시간을 갖는다나? 어차피 맹소해는 김칫소 대신 엄마 속만 뒤집어놓을 터, 이 기회에 조카들과 제대로 친분을 쌓으라고 그들이 당부했다는 것이다.

“고모, 고모는 누구한테 시집갈 거야? 야구 선수? 아, 맞다. 대학 총장!”

동생이 떡볶이를 우물거리며 내게 말했다. ‘이야, 대박났구만, 남편이 대학 총장이 다 되고.’ 오래전 텔레비전에 나온 대학 총장 부인을 두고 맹대해가 한 말을 녀석은 잊지도 않고 써먹고 있었다.

"병신아, 유부남한테 시집가니? 고모는 펀드매니저하고 결혼할 거야. 내 말 맞지?"

누나가 시뻘건 라면 가락을 젓가락으로 들어 올리며 나를 쳐다보았다.

"얘, 빨랑 먹고 가자. 할머니랑 너희들 태워주고 집에 오면 귀신 나오는 시간 되겠다."

"하하, 귀신 나온대. 고모가 귀신이면서. 처녀 귀신!"

"하하하. 처녀 귀신!"

녀석의 말에 누나도 맞장구쳤다.

평촌까지 데려다 주고 오니 밤 열시였다. 나는 새 김치를 꺼내놓고 소주 반병을 마셨다. 필립까지 걸어가서 맡겨둔 커티삭을 진탕 마시고 바텐더 손에게 애인이 있냐고 물어봤다.

"한 달 전엔 있었지."

그는 대수롭잖다는 듯 심드렁하게 말했다.

"한 달 전에는 누구나 애인이 있는 거야."

내 말에 그는 입을 다물고 음악을 갈아 끼웠다. 내가 상대하지 못할 만큼 취했다고 생각하는 것 같았다. 취하는 게 대수야?

"야, 너! 음악 좀 삼빡한 거 못 틀어?"

나는 내가 하는 소리를 분명히 듣고 있었다. 스탠드를 짚고 앞으로 몸을 숙인 손의 두꺼운 입술이 열리면서 단조로운 음률의 말이 흘러나오는 것도 듣고 있었다. 그랬다, 한없이 단조로운 음률이었다.

6

5일째인가, 그가 유선에 떴다.

"저, 가기인입니다."

"네?"

모를 리가 있나? 그동안 행불된 데 대한 냉담이다.

"저번에 계좌를 튼 오성 adv의 가기인 과장입니다."

아주 자세하다. 좋았어. 특히 과장이란 직책이 마음에 든다. 과장, 귀여워.

"네에. 통 연락이 없으셔서."

"네오 바이오피스 2천 주만 들어가죠."

"네오 바이오피스요? 지금 시세로요?"

"네. 팔자가 2만 3500원이니까 그 가격에 넣으면 되겠네요."

휴대폰이나 HTS로 시세를 보고 있다는 얘기다.

"주문부터 들어갈게요."

10초면 주문이 들어간다. 가격, 수량, 재확인까지. 덥석 살을 뜯어 먹듯이 팔자 수량을 가져왔다.

"들어왔습니다. 전량 그 가격에."

"감사, 수고하세요."

일방적으로 전화가 끊겼다. 상담 따위는 애초부터 없다. 이거 웃기는 놈이네. 자존심을 제대로 긁는다. 주문이나 받아주는 단순 하청 업무에 만족하라는 거다. 한 달에 한 번, 석 달에 한 번 오퍼가 들어온다면 이건 휴면 계좌의 심폐 소생술이다. 의사도 환자가 석 달에 한 번 찾아오는데 뭔 수로 병원비를 부과하나. 감히 용안이나 제대로 뵐 수 있겠나? 망할 자식, 상담이 아니라 특강을 받아도 시원찮을 맹물이 네오 바이오피스(이하 바이오피스) 따위의 허접한 주식이나 사들이고. 바이오만 붙으면 다야? 줄기세포? 듣기도 싫어, 그것도 짝퉁 같은 주식에. 깨먹든 말든 니가 알아서 하세요.

바이오피스는 2만 3천 원도 깨고 종가에 2만 2700원에서 겨우 멈췄다. 160만 원 깨먹었다. 뭐, 니 돈이잖아.

지르기는 아까부터 컴퓨터 앞에서 미동도 않고 있다. 본인 계좌를 띄워놓고 오늘의 시세 차익을 확인하는 놀라운 경험을 얼어붙은 듯 즐기고 있는 것이다. 그가 개인적으로 묻어둔 주식이 대기업 납품 소식에 수직 상승했고 종가의 가시적인 수치가 그의 신경을 지배하고 있었다. 그 황홀감은 나도 알지만 달리기를 할 때 뇌하수체가 뿜어내는 마약 물질과 비슷한 성질의 것으로 한번 감염되면 헤어나기 힘들다. 지르기는 이 느낌을 혼자 오래 늘이고 싶다. 어차피 나눠 가질 수도 없다. 슬롯머신의 잭팟처럼.

"사인해요."

지르기가 올려다본다. 서류를 보라니까?

"이게 뭡니까?"

"21세기 신경제 사전, 4만 5천 원. 파이넌스 앤드 퓨처 출판사. 수량에 2라고 적으시고."

"부업해요?"

"식구들 살리려고 그래요. 아, 빨리 사인해요. 팔 아파요."

방해한 건 미안하지만 이때가 아니면 언제 사인 받겠나? 피장파장이다. 외국인 노동자에, 어린이 백혈병에, 굶기 체험에, 보통 들이대야지.

연극은 고맙게도 연극의 이름을 빌린 포르노였다. 원조교제 여중생, 마사지 걸, 애인 대행, 화상 전화방, 사이트 내의 국부 노출 알바 등 주변부 삶의 비루한 에로틱에 무리하게 사회학적 의미를 접속하려다 보니 내용은 포르노이면서 주제는 관료와 국가 정책을 질타하는 꼴이 되었다.

"어머, 어떡해." 인사부 마 대리는 막이 바뀔 때마다 입을 다물지 못했다. 침 넘어가는 소리, 한숨 소리가 끊이지 않는 2백 석 소극장의 밀폐된 공간은 집단 관음의 장소로 돌변해 있었다. 거기다 무대를 비추는 조명의 열기가 객석에까지 훅 끼쳐오며 피부에 질 나쁜 전자파를 쐬고 있는 느낌이 왔다.

극단 '다 함께'의 특별 초대를 받은 4인의 프로페셔널 관객은 호프를 한 잔씩 들이켜고 나체를 가린 배우들이 입장하기 전에 자리를 떴다.

"방법이 없단다, 뮤지컬 제작은 주연 배우 하나만 해도 터무니없이 비싸고 순수 연극을 고집하자니 스태프들 인건비도 안 나오고 그래서 눈 딱 감고 한번 만들어봤는데 오늘날의 삶들이 이러하지 않냐는 말도 일리가 있더라."

여직원회 내 연극 관람 모임인 '문제집'의 임 부회장이 극단 대표이자 연출가인 형부의 입장을 변명했고 우리는,

"지루하지도 않고 딱 좋네."

"국가가 책임져야지. 규제를 강화하면서 동시에 일자리를 늘려야 돼."

"그 화상 전화방 남자, 아깝더라. 그 인물을 그렇게 망가뜨려놓다니, 참 대단해."

한마디씩 늘어놓고는 지하철과 버스와 승용차로 흩어져갔다.

나는 술을 마시지 않은 청계 지점장의 SM7 옆자리에 타고 안전벨트를 맸다. 44세의 차경옥은 전주, 논산 지점장과 함께 여성 지점장 3인방 중 하나로 서울 지역을 홀로 사수하고 있었다. 내 생각에, 그녀가 임원은 몰라도 지점장 생활이 앞으로 7년 정도는 가능할 걸로 보였다. 미혼인 건 공개된 사항이지만 애인은 베일에 싸여 있었다. 연예인이 아니니 누가 궁금해하지도 않았다. 입사 동기인 최 상무와는 사적인 자리에서 너, 나 한다고 들었다. 심각했을 거 같진 않지만 나는 오래전 둘이 한두 번 붙었다는 쪽에 혐의를 두었다. 지점장 자격이 있는 여자였지만 서울 근무는 최 상무의 입김일 수도 있었다. 작년 가을 이후의 최 상무에겐 회사 안이나 밖 어디에도 내 경쟁자는 없었다. 그녀가 회장으로 있는 연극 관람 모임인 '문제집'에 태연히 가입한 건 임 부회장의 가입 권유에 편승한 내 자신감의 발로였다.

나는 여자 상사를 모셔본 적이 없어 고위직 여성들의 사무실 내 언행을 자세히 알 수는 없었다. 차 지점장은 이런 모임에서는 그냥 이해심 많은 언니 역할에 만족한 터라 때론 직원을 무섭게 몰아친다는 그녀의 다른 면을 엿볼 수는 없었다. 나는 커브 길에서 부드럽게 핸들을 돌리는 그녀의 고집스러운 옆얼굴을 흘낏 쳐다보았다.

"G시에서 내려주면 되지?"

"돌아가는 것 아니세요?"

"그렇지도 않아, 5분도 차이 안 날걸?"

그녀의 집은 Y읍으로 G시에서 15분 정도 더 가면 되었다. 남양주의 강남이라 그런다나? 그쪽 아줌마들의 긍지가 하늘을 찌른다는 얘기를 들었다. 뉴 타운 지정으로 최근에 아파트 값 좀 오른 것 가지고 호들갑은. 강변 쪽 34평이라니 차 지점장도 혜택이 있겠군. 4억? 나는 사물이나 사람이 떠오르면 따라서 값도 떠오르는 편이었다. 영화배우는 출연료가, 축구 스타는 이적료가, 정치인은 뇌물 액수가 동시에 떠올랐다.

"장이 어렵지?"

동대문을 지나가며 그녀가 말했다.

"주도주가 너무 자주 바뀌는 것 같아요."

"그래, 뚜렷한 경기 선도 업종이 없어서 그래. 슬슬 해. 무리하지 말고. 내 지점 직원들에겐 할 수 없는 말이지만."

그리고 웃었다.

"우리, 커피 한잔할까?"

청량리역이 보이는 곳에서 그녀가 말했다. 그녀가 차를 세우자 나는 내려서 롯데리아로 들어갔다. 아메리카노 두 잔을 뽑아 오자 그녀는 차 안에서 담배를 피우고 있었다. 그녀는 아주 짧은 순간 나를 새삼스럽게 훑었고 나는 그녀가 생각보다 영리할지 모른다는 생각을 했다.

"맹 대리도 피워."

커피를 받으며 그녀가 말했다. 1월 중순, 공연 관람 후 호프집 밖에서 담배를 피우고 있을 때 그녀가 나와선 '미리 갈게' 하며 손을 흔들었다. 나는 그녀의 뒷모습을 한참 바라보았다. 나는 나이 든 여자의 일부러 풀어헤친 머리를 좋아했다. 어쩜 최 상무도 좋아했을지 모를 모습이었다. 지금은 내가 그녀의 블라우스를 찢고 팬티를 발가락으로 내렸다. 그 상태로 그녀가 내 머리에서 걸어나가 사라져갔다.

"끊었는데 또 피우게 되네. 작년 10월부터 계속 하락세거든."

지점 실적을 말하는 거였다.

나는 담배를 피우지 않고 뜨거운 커피를 식혀가며 조금씩 마셨다. 밖에는 빗방울이 하나 둘 떨어지고 있었다. 내가 도달해야 할 자리(5년은 더 빨리!)의 여자가 약간 지친 기색을 보이는 게 어색했다. 나는 그런 포즈를 믿지 않았다. 나는 성공한 자의 허무 포즈까지 팔아먹는 드라마를 너무 많이 봐왔다. 사실, 그 정도는 감내할 자세가 되어 있었다. 허무가 아니라 치욕을 당하더라도 내가 도달한 그 자리에서 당하고 싶었다. 그리고 그 치욕을 되갚아줄 용기를 나는 언제나 갖고 있었다.

차 지점장이 시동을 걸었다. 차는 자주 막혔다. 비는 내리는 듯하더니 그쳤고 바람이 부는지 창밖이 추워 보였다. 우리는 오늘 한 편의 예술극을 함께 보았고 내일은 가야 할 지점이, 앉은 자리가, 사고팔아야 할 종목이 달랐다. 말 없는 언니의 입술에 아까부터 푸른빛이 감돌았다. 그 낯선 느낌의 빛이 서늘했다.

7

주말 퇴근을 두 시간 남겨두고 가 과장의 전화가 왔다.

"투자 상담이 필요한데 시간 좀 내주실 수 있습니까?"

"지금 오시겠어요?"

엘리베이터에 브리지 타임까지 15분이면 올 수 있지 않을까?

"지금은 시간이 없고 퇴근 후 개인적으로 뵈면 어떨까 싶어서요."

"그건 곤란합니다. 다음 주 사무실로 오시면 좋겠는데요."

"다음 주엔 일본에 있어야 해서요. 여섯시 반부터 여덟시까지 1시간 30분이면 충분합니다만, 무리한 부탁인가요?"

"동관 38층 커피숍에서 뵙죠, 그럼."

무리일 수가 없는 것이 금방 미지의 전화를 받은 뒤였던 것이다. 미지는 일 때문에 주말을 함께할 수 없다고 통보했다. 목소리에 피곤기가 묻어 있었다.

관리 계좌들의 잔고를 종가 기준으로 죽 훑어보았다. 주간 단위로 3퍼센트나 하락한 P를 감안하면 전체 수익률은 미워 보일 정도는 아니다. 이만하면 선전이야.

나는 서랍에서 선을 빼 이어폰을 꽂았다. 한 번씩 잊고 있었다는 느낌으로 듣는 노래, 뺀질이가 한 달 전에 이어폰을 뺏어 껴보곤 "주현미잖아!" 소리 질렀다. "송대관도 있어." 같은 시디가 차에도 있다. 미지가 타면 외곽 도로에서 차창을 열고 이 음악을 흘려보낸다. 미지가 조수석에서 관광버스 춤을 추면 지나가는 차 가운데 잘생긴 총각들만 꼭 휘파람을 불어주었다. 석양이 깔리면 우린 고수부지로 내려가 차 안에서 긴 키스를 했다. "담배 냄새." 남자의 계집처럼 미지는 눈을 흘겼다. 나는 미지 어깨 너머 흐르는 강을 바라보며 끝자락이 물에 젖은 산그늘의 차분한 색조에 마음을 두곤 했다.

10분 늦게 커피숍으로 가자 그가 일어서서 맞았다.

"먼저 마셨습니다. 사실 배가 고픈데 뭘 먹으면서 얘기하면 안 될까요?"

"시키세요. 샌드위치가 있는 것 같은데."

"저, 저녁은 제대로 먹어야 기운을 차리는 편이라서. 나가서 먹으면 좋겠는데요."

편의를 봐주지 못할 만큼 팍팍해야 할 까닭은 없다. 아직까진 꽤 정중한 고객 아닌가? 엘리베이터가 내려가는 동안 둘은 정면으로 시선을 향한 채 딱딱하게 서 있었다. 공무 집행하러 가는 파트너처럼 보였을 것이다. 중간에 엘리베이터가 몇 번이나 멈춰 서며 퇴근하는 직장인들을 실어 날랐다.

조수석에 남자를 태운 건 오랜만이었다. 최 상무는 처음엔 뒷좌석에 타서 어이없게 만들었다. "정말 거기 타실 거예요?" 했더니 "이상한가?" 되묻고는 앞으로 건너왔다. 아반떼의 뒷자리가 이상하지 않으면? 그래도 신호등 같은 데서 만의 하나 아는 사람에게 포착될 때 뒷자리에 있으면 변명이 되겠구나, 생각은 했었다.

5분의 주행과 15분의 정체, 도합 20분이 걸려 횟집 앞에 차를 세웠다. 테이블이 거의 차 주방 근처 구석 자리로 안내받았다.

"막회데 괜찮죠?"

"그럼요."

"그래도 자연산이라 먹을 만할 거예요. 보세요, 금요일이면 미어터져요."

말 그대로 야채와 버무린 막회가 한 접시 나왔다. 내가 소주를 참이슬 프레시에 동의하자 그는 기쁜 표정이 되었다.

"사실 기대는 안 했어요. 약속이 잡혀 있으면 열흘 뒤로 미룰까 했죠."

어떤 남자의 첫 잔은 어떤 질문처럼 들린다. 7년 전 첫 출근해서 리서치 센터장의 잔을 받았을 땐 가슴이 벅차오르며 만감이 교차했다. 내 인생 2막 이제 시작이라고 생각하자, 한 잔의 소주가 첫 출항하는 망망대해처럼 눈앞에서 출렁였다. 나는 남자의 첫 잔을 비웠다.

"금요일 저녁을 비워둔 꼴이네요."

"주말에 약속 없는 남녀가 자리를 함께한다, 사뭇 씁쓸한 얘긴가요?"

"지금 일 때문에 앉아 있는 것 아니에요?"

"그렇긴 하죠. 한 가지 제안을 할까 해서요."

제안 전의 그의 얼굴은 평온해 보였다. 긴장한 건 나였다.

"맡긴 돈 중에 5천은 맹 대리 마음대로 투자하세요. 종일 사고팔아도 상관없어요. 다 깨먹어도 좋다는 뜻입니다. 나머진 내가 말하는 종목을 사고팔면 됩니다. 어려운가요?"

색다르고 이상한, 그러나 솔깃한 제안이었다.

"듣고 보니 굳이 제가 필요한지 의문이 드네요. 정보가 필요한 것도 종목 선정에 어려움을 겪는 것도 아니라면 온라인으로 직접 핸들링하셔도 무방하지 않겠어요?"

"누가 옆에서 봐줘야 흥이 나는 타입이라서요."

변탠가? 내가 그래.

"너무 장난기 있는 대답이세요."

"누구냐에 따라 다르긴 하지만요."

"지금……."

"작업 거냐고요?"

"정확히."

"좀 친해보자는 건데, 너무 심각하게 생각하진 말아요. 여자와 데이트를 즐기기엔 좀 바빠요, 제가."

"역시 건방지네요. 생각했던 대로."

"제 제의에 아직 답을 안 주셨는데."

"제의가 아니라 지시라고 해도 따라야죠. 특히 다 깨먹어도 좋다는 말이 마음에 와 닿아요."

"그럴 줄 알았죠. 그런데 거기에도 조건이 있어요."

"뭔데요?"

어떤 맥주집이든 나름대로 장점이 있다. 횟집에서 대로 쪽으로 20미터 떨어진 이 집은 야외 베란다의 엔티크한 목조 원형 테이블과 테이블을 둥글게 감싸는 오렌지 빛 조명에 그 장점이 있었다. 단점이라면 안주 종류가 너무 많다는 거였다. 지나친 재량권은 손님을 불편하게 한다. 어떤 가게는 집에 돌아가서야 그곳의 장점이 새삼스럽게 떠오른다. 말 없는 사물의 기품처럼.

카스 두 병만 시켰다. 배가 부르면 안주는 먹지 않아야 한다. 담배를 꺼내 물자 그가 라이터를 가까이 갖다 댔다. 횟집에서는 실내 금연이어서 참고 있었던 것이다. 그도 피우지 않았었다. 지금도 피우지 않기에 "오늘도 담배 구걸할 생각인가요?" 했더니 "피우지 않는데요" 했다. 기가 막혀,

"그럼 그날 꿔간 담배는 뭐예요?"

"수작이죠."

"라이터는?"

"갖고 다녀요, 영업상."

금장의 고급스러운, 그날의 이 라이터는 완전히 타인용이었던 것이다.

"그래도 피웠던 것 같은데."

"피울 줄은 알죠. 끊은 지 몇 년 되었지만 어쩌다 한두 개비 피웁니다. 한 병 더?"

"내 건 블랙으로 시켜줘요."

"독일산?"

"국산!"

나는 소리를 꽥 질렀다.

"저기요, 혹시 직업이 카피라이터 아니세요?"

"카피도 쓰죠."

"감독이세요?"

"디렉터라고 하죠. 광고의 전반적인 업무에 대한 식견을 갖고 있어야 해요."

아, 기업 이사만 디렉터가 아니지? 그와 나는 말없이 맥주를 마셨다.

거리는 어두웠다. 밤은 침입자처럼 어둡게 긴장하고 있었다. 서울은, 세계의 지표를 덮어 내려오는 광대한 밤의 착륙에 대응차 세운 대형 요새 중 하나로 극동 아시아에 위치하고 있었다. 세계의 주요 도시와 공동 전선을 형성한 불빛이 없다면 서울 도심은 거대한 콘크리트 덩어리 반죽이 튀어오른 거친 표면의 타운에 지나지 않을 것이다. 세계는 이제 국가보다도 대도시 위주의 동맹을 맺고 있었다. 서울은 부산, 대구보다는 뉴욕, 베이징의 친구였다. 서울 시민은 이미 그 동맹 도시들의 일원으로 자동 편입되어 있었다.

밤하늘은 수직으로 치솟은 빌딩들의 틈새로 쏘아올린 수많은 인공 별들 중 몇 개만 겨우 살아남아 희미하게 빛나고 있었다. 잠시 도심의 이빨 사이에 잘못 끼인 작은 이물질 같은 서먹함이 찾아왔다. 낯설었고 추위가 빠르게 지나갔다. 이럴 때의 남자는 순간적으로 하나의 물질 자루처럼 그 자리에 놓여 있었다. 가끔 있는 일이었다. 무슨 일이냐는 듯 그가 쳐다보았다. 나는 다리를 옮겨 꼬았다.

"이제 그 조건이라는 걸 말해 보실래요?"

그는 미소를 짓고 내게 시선을 고정시켰다.

"맹 대리가 그 5천을 투자해 이익을 내세요. 그럼 월 단위로 이익금만 인출해 함께 쓰기로 하죠."

"천만 원을 벌어도 그만큼 쓰자는 얘긴가요?"

"어떤 레스토랑은 하루 저녁 통째로 빌리는 데 그만큼 들죠."

이 남자, 로버트 드니로의 「원스 어폰 어 타임 인 아메리카」를 봤다.

"손해 볼 수도 있을 텐데요."

"손해 본 금액에 대해선 묻지 않겠습니다. 대신 가끔 만나 손해 본 원인에 대해 의논하는 과정은 필요하겠군요."

"꼭 장난 같은데 정말 그러길 원하세요?"

"장난칠 만큼 한가하진 않아요. 증권회사 직원들이 실적에 시달리는 건 잘 알고 있어요. 일종의 유혹이지만 돈을 걸고 하는 거니까 제가 진지하지 않다고 보신다면 그건 실례일 겁니다. 나 나름대로는 영업과 여자의 자존심 둘 다 살리고 싶었는데 맹 대리 생각도 같았으면 하고 바라요."

"그런 것 다 그만두고, 그냥 데이트 신청해보세요. 용기가 없으세요?"

"난 내 방식대로 해요. 사람마다 방식은 다른 거죠."

"상대방이 불쾌해도요?"

"그럴 의도가 없었다는 것만 말씀드릴 수 있어요. 제가 형편없나요?"

"아니라는 건 본인이 잘 아시잖아요."

그가 넥타이를 풀었다. 느슨한 넥타이에 내가 약하다는 걸 그가 알 리는 없다.

"일본엔 왜 가시나요?"

"좋은 파트너가 있죠. 얼굴도 보고 정보도 교환합니다. 그리고……."

"……."

"나고야에 애인이 있어요. 정식으로 결별을 알리러 찾아갈 겁니다."

이런 걸 신정보라고 해야 하나? 나는 혼란스러웠다. 그는 천천히 맥주를 들이켰다.

"파트너도 애인도 파리에서 같이 공부한 동료였죠. 파트너의 경우 광고 쪽에서 입지를 굳히고 있다고나 할까요? 배울 점이 많은 친구죠."

"애인은요?"

"프리랜서이다 보니 활동 반경이 넓어요. 나고야, 동경, 서울을 삼각

축으로 돌고 있죠. 이제 그녀의 애인 직에서 물러나려고요."

물러나기 힘든 직인데…… 설마 나 때문에? 그런 생각 자체가 역할 게임에서 기우는 느낌이다.

"그분도 헤어질 준비가 되어 있나요?"

"글쎄요, 어쩌면."

여기서 그만. 내가 그의 사적인 결심을 나고야 여자보다 먼저 들어야 할 이유는 없다.

"그만 들어가봐야겠는데요."

"잠깐 기다리세요."

그가 휴대폰으로 대리 기사를 불렀다. 자주 있는 일인 듯 번호가 입력되어 있었다. 그가 화장실에 간 사이 나는 계산을 마쳤다. 그는 길 건너 테이크아웃 커피숍에서 김이 오르고 있는 커피를 사왔다. 나는 뭘 마시는 대신 심호흡 두 번으로 만족했다. 잠시 후 기사가 와서 성배를 받아들듯 조심스럽게 내 몫의 아메리카노를 처리했다. 기사가 시동을 거는 동안 그가 나를 밀며 뒷좌석에 앉았다.

"혼자 갈 수 있어요."

"얻어 타고 가는 겁니다. 방향이 같아서요."

사실 여부는 중요하지 않았다. 집으로 가는 길은 많다. 어떤 진실도, 그의 집이 분당이라는 사실도 여자를 바래다주는 행위보다 고귀하다고 할 수는 없었다. 차는 다리를 건너자 도심을 벗어났다. 강물 속 붉은 불빛 기둥이 간격을 두고 강의 끄트머리까지 뻗어나갔다. 나는 오른편 강변 풍경을 보고 있었고 그는 나의 왼편 얼굴까지 볼 수 있었다.

스카이 파크에서 처음 보았을 때도 맹소해의 머리카락은 이렇게 이 각도로 흘러내렸다. 그리고 그녀의 시야는 멀리 강 쪽에 닿아 있었다. 그 강을 그들이 금방 지나갔다. 대리 기사의 존재가 그들의 어색한 침묵에 완충 지대처럼 놓여 있었다.

30분 후, 차는 나의 아파트 단지 가까이 다가갔다.

"어디서 내려드릴까요?"

단지 안까지 끌어들이는 건 허벅지를 맡기는 것과 같다고 나는 좀 깊이 생각하고 있었다.

"저기 모퉁이에서요."

차가 미끄러져 섰다. 그가 내릴 수 있게 나도 차에서 내렸다.

"잘 들어가요."

그가 말했다. 나는 고개를 까닥이고 미소를 머금은 채 차에 다시 탔다. 차가 출발했다. 돌아보지는 않았다. 분당으로 가려면 길을 건너야 하는데 건널목은 한참 떨어져 있었다.

8

월요일 장은 하루가 통째로 빠져도 모를 만큼 지루한 장이었다. 장이 끝나자 제자리를 빙빙 도는 비루먹은 말에서 마침내 내려온 기분이었다. 틈틈이 휴대폰을 들여다보았지만 가 과장은 뜨지 않았다.

퇴근 후에 M호텔 시 푸드에서 저녁을 먹고 지하의 바로 내려갔다. 노바텐더는 내가 한 시간째 말없이 술을 마시고 있자, "늦으시나 봅니다" 하고 전과 같은 말을 했다. "혼자 마시러 온 거예요" 하니까 "아, 네" 하고 입을 다물었다.

나는 숄더백에서 책을 꺼내 올해의 첫 소설을 읽었다. 각종 보고서를 한 보따리 읽은 날이면 나는 내 딱딱한 머리에 단편 하나를 선물하기로 했다. 남녀의 슬픈 얘기를 한바탕 듣고 나자 어느덧 두 남자와 남녀 한 쌍이 좌우에서 그 슬픔에 동의하여 술을 마시고 있었다. 나는 책을 덮고 바텐더를 바라보았다.

"9월에도 여기 계실 건가요?"

"올 9월 말입니까?"

"네."

"여기 있을 걸로 봅니다만, 무슨 뜻인지?"

"아니에요. ……행사가 있을 것 같아서."

바텐더는 내 말의 속뜻을 살피려는지 예의 그 신중한 눈빛으로 날 바라보았다. 그리고 뭔지 모르겠지만 모든 걸 자기한테 맡기라는 듯 미소를 지어 보이는 거였다. 그날은 여기 이분이 증인이 되어줄 것이다. 그날의 내 셔츠와 헤어스타일과 자세와 침묵에 대한 그의 증언은 유효하리라고 본다.

'어떤 남자가 있는데…….' 나는 오늘 최 상무가 떠난 공간에 대고 그 말을 하러 온 것이었다. 어떤 식이든 형식이 필요할 것 같았고 그 형식에 대해 아무것도 떠오르지 않았으므로 나는 여기 오는 걸로 대체하기로 했다. 교활하고 도발적이라고 생각한다면 그건 내 본심이 아니라고 말하고 싶다. 하지만 오해받는 건 상관없다.

9

화요일, 아침 회의가 끝나고 지점장은 일어서려는 내게 잠깐 남으라고 말했다. 자주 있는 일은 아니었다. 지점장이 내 쪽으로 몸을 기울였다.

"민원이 들어왔어. 심인태 계좌인데 감사실에서 답변 자료를 보내달라네."

심인태라면 계좌 원장에 직업란이 비어 있는 40대 남자를 말하는 거였다. 작년 12월에 매매가 꼬이면서 내버려두고 있는 계좌였다. 민원 내용은 임의 매매에 따른 손실 보전을 요구하는 것이었다. 먼저 화가 났고 정신이 좀 들자 어이가 없었다. 이건 시간깨나 잡아먹는 작업이었다. 이런 일에 발목이 잡히면 일상이 괴로워진다. 광교로 간 김 대리의 계좌를 넘겨받은 건 작년 11월이었다. 그때 본 심의 그 유들유들한 얼굴이 떠올랐다. 답변 시기는 금요일까지였다.

오전은 주력 종목의 주가가 밀리면서 두통까지 찾아왔다. 울화통 유대리와 점심으로 설렁탕을 먹는데 국물이 숟가락 밖으로 흘러내렸다. 동맥경화가 온 것처럼 팔이 딱딱해졌다. 나는 식탁 밑에서 팔을 주물렀다. 소심해진, 한심한 팔이었다.

오후는 한결 기분이 안정되었다. 매매도 일으켰고 수익도 만족스러웠다. P의 종가도 소폭 반등해 있었다. 심 건은 돈으로 해결한다 해도 8백만 원 이하 건이었다. 최악의 경우가 그 정도이니 그걸로 머리 썩이는 건 좋은 태도가 아니다. 장이 끝나고 하주희에게 심의 입출금 및 매매 관련 자료를 모두 뽑아줄 것을 요청하였다.

밤에는 그 자료를 바탕으로, 매매가 일어났던 날의 통화 내역을 시세 전광판 뒤 창고의 기계실을 연결해 들어보았다. 민원에 제기된 내용으로 보면 맹 대리는 수수료 수입을 올리기 위해 동일 종목을 하루에도 여러 번 사고팔았으며, 계좌주의 의사에 반하여 마음대로 매매함으로써 결과적으로 2천7백만 원의 손실을 입혔다는 것이다. 통화 내용을 검토해 본 결과, 매매 후 유선으로 보고하였고 몇 번은 주가 전망에 관한 의견을 교환했다. 동일 종목의 여러 번 매매라는 건 기관이 즐겨 하는 위험 분산 거래 기법이었다. 여성 관리인만의 섬세한 배려, 이런 것도 문제가 되는군. 한 번에 목표 수량을 사고팔면 시간 절약에 원장도 깨끗하고 계산하기도 쉽다. 사서 고생이란 게 이런 경우였다.

민원이 별나다고 생각한 건 밤 아홉시경 녹음 내용을 들으며 커피를 마시고 있을 때였다. 통상적인 민원은 아니었다. 직원 잘못이 명백할 경우 당사자는 금감원이나 검찰에 서류가 넘어가기 전 고객과 합의를 보는 것이 보통이었다. 그런 마음이 생기지 않는다면 잘잘못은 불분명한 경우가 많았다. 심의 민원은 좀 사납다는 생각이 들었던 것이다.

오늘은 이 정도 하기로 하자. 화장실에서 소변을 보고 약간 지친 얼굴을 거울에 비쳐보며 괜찮다고 자신을 위로했다. 수고한 하주희에게 아까 먹은 김밥 한 줄은 잊고 제대로 된 저녁을 먹자, 말해야지 생각했다. 뭐가 좋을까 궁리하며 지점으로 들어서는데 낯익은 목소리가 들려왔다.

"최 상무랑 몇 시에 헤어질 건데?"

"열한시쯤?"

"기다릴게. 한 가지만. 오늘은 네 아래에 그 사람 흔적은 남기지 마. 금방 알겠더라."

"너 미쳤니? 아주 여편네가 다 되었구나."

"내가 네 여편네 아니니, 뭐든 시중드는."

"끊어, 이 여편네야."

입구에 멍하니 서 있는 나와 눈을 마주친 하가 얼른 시선을 떨어뜨렸다. 하는 고개를 들지 못했다. 그날 밤 사무실로 전화를 걸어왔던 미지의 음성이 추가로 녹음되어 있었던 것이다. 생각나는 것이 최 상무와의 약속 후 휴대폰을 죽여놓았었다. 당시에 최 상무는 약속을 가끔 취소해 아예 그럴 기회를 주지 말아야 했다.

그날 밤 모두 퇴근한 사무실에서 나는 미지가 지껄이는 대로 듣고 있었다. 이제 그날 밤이 엉뚱한 이유로 하주희 앞에서 되살아나고 있었다. 세상에는 최 상무가 엄청나게 많다고 재빨리 생각했다. 여차하면 술집 상무로 둔갑시킬 각오도 되어 있었다. 동성애 부분은 애매했다. 생각하기 나름이었다. 저녁은 취소되었다. 얼굴이 빨갛게 달아오른 하가 서둘러 퇴근하는 걸 지켜볼 따름이었다.

이런저런 이유로 유쾌하지 않은 날이었다. 서류를 책상 서랍에 넣고 키를 돌려 잠갔다. 하주희와 한번은 식사를 해야 할 것 같았다. 본인 입에서 무슨 말이 흘러나올지 들어볼 필요가 있었다. 얌전한 아이이긴 하지만 어떤 일에 대해서 침묵할 줄 아는가는 별개의 문제였다.

10

4월 첫 주 금요일 오전, 정 부장이 내게 감사실에 보낼 답변서를 보자고 했다. 20여 분 후 변명 같은 말투가 빠지고 사실에 의거한 간단한 진술이 포함된 새 답변서가 돌아왔다.

정 부장은 여기 오기 전 목동 지점장이었다. 부서 직원이 고객 예탁금 횡령 사건으로 징계를 받으며 입지가 좁아졌다. 실적까지 떨어지자 본사에선 가차 없이 신사 지점 영업부장으로 발령을 냈다. 부스 하나만 주고 8년 후배인 백 지점장의 영향권 내에 두었다. 백 지점장은 정 부장에게 '신경 좀 써주십시오' 같은 말을 했다. 10년 전 백 지점장은 종로 지점에서 당시 고참 차장이던 정 부장의 영업 팀 초임 대리였다. 세간의 말에 의하면, 지점장은 정 부장의 구두끈이나 매는 존재였다. 술자리를 쫓아다니면서 격려차 떼어주는 실적 부스러기를 얻어먹으며 컸다. 과장된 부분이 있다 하더라도 함께 근무한 건 사실이었다. 지금은 우연찮게 한 사무실에 있지만 실적이라도 뒷받침되어 상호 존중할 수 있기를 서로 간절히 바라 마지않았다.

백 지점장 곁으로 보낸 것이 나가라는 신호로 해석되더라도 정 부장은 제 발로 걸어나갈 수는 없었다. 대학 3학년 아들과 재수생 딸, 3년째 유방암 투병 중인 아내가 있었다. 회사는 아들의 등록금과 아내의 병원비를 꾸준히 부담해왔다. 5년 전 노조의 부분적인 승리로 한층 강화된 복리후생비는 정 부장에겐 든든한 지원책이었다. 그것들이 눈앞에서 갑자기 사라져버리는 건 있을 수 없는 일이었다. 듣자니 아내는 정신 기적 같은 책을 보며 긍정적인 마인드로 무장해 강건하게 암과 싸워나가고 있었다. 실제로 아내는 병원의 정기 검진과 항암 치료를 받는 일 외엔 일반인보다 더 쾌활하고 매사에 적극적이라고 했다.

7년간의 지점장 시절, 누구 못지않게 직원들의 실적을 닦달해야 했던 정 부장은 지금의 백 지점장 입장을 이해한다고 했다. 자신에 대한 비아냥거림도 참을 수 있다는 거였다. 그날은 지점장이 회의 석상에서 공개적으로 정 부장을 비난한 날이었다. 그런 걸 못 참아하는 게 정의라 생각하는 지르기 조 대리가 끌다시피 정 부장을 모신 술자리에 나도 앉아 있었다. 정 부장은 그날 이렇게 말했다.

"누구든 내 처지가 될 가능성은 있다. 처지는 같지만 보유 자산이 얼마나 있는지는 사람마다 다르다. 자산이 많으면 어떤 비참한 상황에서도 웃어넘길 힘이 생긴다. 그렇지 못하면 조용히 비참함을 삼키는 수밖에 없다."

정 부장의 나이는 49세였다. 18년 후의 맹소해에 대해서는 나로서도 알 길이 없었다.

감사실로 답변서를 보내자 주말이 두 시간 앞으로 다가왔다, 금요일 오후 네시, 이때쯤은 주말의 계획이 정해져 있어야 했다. 집에서 밀린 빨래를 하고 감자깡을 끼고 앉아 DVD나 때린다 해도 그 역시 엄연한 계획이었다. 어떤 땐 종일 죽친다는 생각이 유원지를 누비기 위해 새벽부터 서둘러야 하는 스트레스에 비해 아드레날린을 더 많이 생성했다. 어쨌든 사람들은 이번 주말엔 내가 필요하지 않았다.

감사실에선 다음 주에나 자료를 검토한 뒤 의견서를 첨부해 금감원 분쟁조정실로 우송할 것이다. 소송이 걸릴 경우 직원의 책임 범위는 보통 30퍼센트 내였다. 그러므로 금감원은 8백만 원 내에서 협상을 걸어올 것이다.

하주희는 나와 눈 부딪치기를 두려워했다. 업무적으로 말 걸기도 쉽지 않았다. 나로선 태연해질 필요가 있었다. 하양은 두려움이라도 느껴야 하리라.

금요일 오후엔 할 일이 하나 더 있었다. 지난 한 주의 투자 내역을 살피고 성과에 대해 자기 검열을 해야 하는 시점이다. 필요하면 몇몇 투자자에게는 주말 인사 겸 투자 상담을 한다. 판매 중인 펀드도 마찬가지지만 1차 목표는 언제나 코스피 플러스 알파이다. 코스피 상승률보다 수익률이 낮거나 코스피 하락폭보다 크게 떨어지면 투자자들은 운용자에게 미심쩍은 눈길을 보낸다. 30퍼센트 깨먹어도 코스피가 31퍼센트 하락이면 기꺼이 용서되는 게 이 세계다. 코스피 상회는 쉬운 일이 아니다. 프로 중의 프로만이 지속적으로 플러스 알파 수익을 창출한다. 구체적인 통계는 없지만 증권사 영업 직원 대다수가 코스피를 하회하는 수익 구조를 갖고 있고, 거기에서 회사에 바치는 수수료를 제하면 수익률은 더욱 낮아진다.

그러니까 내 최대의 강적은 코스피이다. 코스피를 밟고 올라설 때의 기분은 잊지 못할 쾌감을 내게 여러 번 선사했다. 밟힐 때의 나는 어쩔 수 없이 우울한 빛이지만 장기 레이스에서 앞서겠다는 다짐으로 스스로를 위로해왔다. 그런 내 다짐에 최근엔 P가 자주 제동을 걸어왔다.

P가 전월 대비 8퍼센트의 손실을 기록했지만 전체적으론 아직 목표 수익률에서 완전히 멀어진 건 아니었다. 처음부터 손실을 보는 것보다 벌어놓은 이익금을 까먹는 것이 더 가슴 아프다고 생각하는 투자자들도 있었다. 내게 그들의 사고방식까지 교정할 권리는 없었다.

한잔 마신 후 쉬고 싶다. 집에서 뒹굴더라도 금요일 밤의 취기가 이어지는 그런 시간이 사랑스럽다. 금요일 밤은 마시지 않으면 돌아버릴 것만 같다. 캣우먼처럼 달을 향해 고독한 포효를 해야 한다. 들어라, 모골이 송연해진 남자들이여.

아무도 한잔, 하며 꼬리 치지 않는다. 다들 약속이 있다는 거겠지. 저번 주 금요일엔 신참 고객이신 광고사 디렉터께서 소주와 안주 일체를 제공하고 집 앞까지 에스코트했지만 이번 주는 민원 외엔 괴괴하다. 직통 전화기에 손을 뻗다 멈칫한다. 한 달 전 '한잔 어때?' 수작을 걸어온 성 대리의 문자를 '다음에'로 하품하며 뿌리친 바 있다. 그렇다고 사내놈이 여태 침묵해서야. 삐쳤나? 다시 수화기를 든다. 성 대리는 자리에 붙어 있다.

"할 수 없지. 거긴 느지막이 가서 한 방에 쓸어 담아야지."

포커 판보다 한 끗발 무서운 여자가 나다.

일곱시에 명동의 한방 찻집 계단을 내려갔다. 머리를 짧게 치고 있어서 성 대리는 더 어려 보였다. 넥타이가 달아나고 없다. 주말이니까.

"맹 프로께서 금요일 저녁에 나를 찾다니 실연하셨나이까?"

"프로는 금요일에 약속을 안 잡지. 나를 위해 투자하거든."

"오!"

"아직도 차돌박이 먹니?"

"자제하고 있어."

"잘됐다. 너 3인분 먹잖아."

"언제 적 얘기를 하냐? 나도 다이어트 중이에요. 주꾸미, 장어 이런 걸 주로 드셔주면서 관리를 하고 있지."

"그래, 장어. 오케이?"

"오케이."

명동은 1년도 안 되어 가게 간판들이 줄줄이 바뀌어 있었다. 옷, 신발, 액세서리 가게들이 특히 심했다. 유명한 막국숫집은 그대로 있다고 했다. 당연하지!

"유명한 섞어찌개, 유명한 칼국수, 유명한 돈가스, 유명한 조방낙지는 그대로 있지?"

"유명한 삼계탕, 유명한 샤브샤브, 유명한 따로국밥, 유명한 만두도 그대로 있어."

명동 지점장은 어디 목욕탕이 아쉽다고 했고 경제지 기자 출신의 노투자자는 '국립극장이 없어졌어' 언제 적 얘길 하며 혀를 찼다. 지점 여직원이 명동성당에서 결혼식을 올렸을 땐 우리는 걸어서 갔다. 9개월 전에는 모던 걸인 내가 이 거리를 떠났다. 명동은 미워할 수 없는 동네다. 건물과 업종이 숨 가쁘게 바뀌어도 골목골목 옛 그림이 겹쳐 보인다. 강남에선 가질 수 없는 정서다.

우리은행 건물을 끼고 돌자 새로 탄생한 장어구이집이 나왔다. 아침 일곱시에 빗자루로 장어의 전신인 베트남 국숫집 앞을 쓸 땐 허리가 끊어지는 줄 알았다. 분기에 한 번, 무슨 내용의 띠를 두른 명동 지점 직원들이 쓰레받기까지 들고 여길 왔다 갔다 했다. 식비 5천 원이 배정되었고 나는 국밥 대신 현금으로 챙겼다. 마포와 신사 지점은 주거 개념도 구민 의식도 부족해 빗자루에 대해 무지했다.

"나밖에 없지? 오늘 같은 날 노처녀 상대해주는 남친이."

성 대리는 그 특유의 소주 두 잔 이어 꺾기를 완성한 후 카 하며 잔을 탁 내려놓았다.

"노처녀? 너 강 차장한테 언 놈이 술 취해 주절대었다가 과일 접시로 머리를 된통 얻어맞았다고 하더라. 여긴 불타는 석쇠판밖에 없네."

강 차장은 중계 지점의 입사 17년차로 말 그대로 42세의 노처녀였다. 작년 가을 '레드 폭스' 모임의 뒤풀이 노래방에서 「갈색 추억」을 뽑으실 때 이 몸과 코러스 걸들은 온몸으로 흐느껴야 했다.

"아, 그 노회한 처녀? 아무렴 그건 그렇고, 본론이 뭐야?"

"본론?"

"날 보자고 한 이유를 피력해주세요, 맹 대리님."

"이유 같은 소리 하네. 술잔이나 채우라고 부른 거지, 이유는 무슨?"

"내게 원하는 게 없다, 이거야?"

"할리우드 영화 좀 그만 봐. 원하긴 뭘 원해?"

"그럼 순수한 욕망이다, 이거네. 좋다, 순수한 욕망."

"너 앞으로 여자 만나 그런 식으로 계속 지껄이면 장가 못 간다. 여자는 있잖아, 내가 특별히 가르쳐주는 건데 오버해서 웃기려 드는 남자 싫어해요. 알았니?"

"알겠습니다. 평생 지침으로."

"또!"

소주가 한 병, 또 한 병 비어갔다. 성 대리는 세 병째 마개를 따서 세 번째로 안을 들여다보았다. 나는 소주 회사가 경품 따윈 내걸지 말았으면 싶었다. 우린 이제 소주 하나도 착하게 못 마시나?

성 대리와는 명동 지점에서 2년 동안 근무하며 친구처럼 지냈다. 건설주 꼭지에 물려 거의 사경을 헤맬 때 몇 번 술자리를 같이했다. 그뿐이었지만(주식에 대해선 동료라도 함부로 충고하지 못한다. 어디로 튈지 모르기 때문이다. 충고하면 그걸 기억한 주가가 5퍼센트의 확률 쪽으로 튀어나가는 걸 본 적도 있다) 그는 그런 걸 마음에 두고 있었다.

"그땐 무섭더라. 단순히 실적 경쟁자의 잠정적인 탈락을 기뻐하는 수준이 아니더라고. 내 느낌에 그들은 마음속 깊은 바닥에서부터 웃고 있었어."

그는 동료들의 어설픈 위로를 믿지 않았다. 그는 나를 제외시키고 있지만 면죄부를 받긴 그랬다. 상대적으로 안도의 한숨은 내쉬었으니까.

"내가 웃는 건 못 봤어?"

"봤지. 화장실에서 웃던데."

우리는 함께 웃었다. 남편이 죽고 보험 대박을 맞은 부인이 화장실에서 '멋진 자식!' 하며 웃었다는 명동 지점장의 케케묵은 농담에도 '하하하'

진심으로 웃었던 우리가 아닌가? 나는 민원 건에 대해선 입을 다물었다. 기브 앤드 테이크 식의 위로는 내 방식이 아니다.

"2차는 골뱅이집 갈까?"

고수의 행보처럼 소리 없이 계산해버린 성 대리를 따라나서며 내가 말했다.

"어디?"

"그 집. 2층 전망 좋은 집."

1층은 가게고 앞사람의 엉덩이가 코앞에 불거지는 좁은 계단을 삐거덕 소리를 내며 올라가면 초등학교 걸상과 때가 타 반들반들한 식탁이 짜잔 하고 나타나는 곳. 여닫이창을 통해 좁은 골목이 내려다보이는 거기서 어지간히 마셨다.

"딴 데 가자. 차장들이 거기 있을지 몰라. 어울리고 싶으면 가고."

"아냐, 됐어."

부딪칠 수도 있었다. 그들은 제법 마신다는 자들로, 붙들리면 시련이 예상되었다. 또한 그들은 밤이 되면 여직원을 여자로 인정해주는 자들이었다. 여자가 숨넘어가는 소리로 웃어젖히지 않으면 그 이유로 술을 더 마셨다.

포켓볼은 현명한 선택이었다. 장어 3인분에 밥 반 공기씩 먹고 바로 맥주를 들이붓는 것은 물고문에 가까웠다. 우선 포켓볼을 한 게임 쳐주면 칼로리 소비에 맥주 맛도 살리는 이중 효과를 거둘 수 있다고 성 대리는 말했다. 이런 것이 생활의 지혜 아니겠냐고 그는 결론을 내렸다.

자세는 나무랄 데 없다. 특히 큐대와 허리, 엉덩이를 일직선상에 놓고 고개를 빳빳이 들어 쳐야 할 공을 노려보는 이 고독한 자세는 바로 포스터용이다. 자세에 비해 공의 반응이 시원찮았다. 한 게임을 30분이나 끌다가 졌으니 성 대리도 실력이 는 게 없었다. 두 게임을 치르자 적당히 목이 말라왔다.

명동 R호텔 뒷골목 낡은 건물 2층에 작은 카페가 있었다. 이런 곳의 특징은 주인이 대체로 나른한 스타일이어서 안주는 마른안주 외엔 시키고 싶지 않다는 거고, 지나친 아날로그 분위기 때문에 손님들 사이엔 그런 유의 과장된 동류의식을 가져야 한다는 것이다. 음악은 재즈거나 퓨전 국악류가 많았다.

그곳에서 250밀리 맥주를 두 병 비운 성 대리가 귀가 솔깃한 말을 꺼냈다. 내년 하반기에 런던 지점 책임자 자리가 하나 빈다는 것이었다. 기혼자들은 자녀 교육 때문에 장기 체류를 꺼리는 편이었다. 부서장급들은 해외 체류 중 실적이 부진하면 자리가 위태로울 수도 있었다. 그러나 신임 과장(내년 상반기에 기대하고 있다)에 미혼 여성이라면 얘긴 다르다. 런던은 역사적인 대도시고 런던을 겪어본 여자라는 말이 하찮게 들리지는 않는다. 런던 지점이 존속하는 한 기회는 올 것이다. 영어 공부에 시간을 더 투자해야 할 이유가 생겼다. 지금도 영문 보고서를 읽고 영어 방송을 틈틈이 듣고 있는 터이지만 글로벌 금융기관과 거래하며 각종 서류를 작성하자면 별도의 고강도 훈련이 필요했다. 못 가도 영어는 는다. 나쁜 생각은 아니었다. 아무튼 그건 좀 더 알아볼 필요가 있었다. 최 상무라면 잘 알겠지만 그는 그런 얘기를 한 적 없다.

열한시 넘어 성 대리가 차도까지 나가 택시를 잡았다. 성 대리는 휴대폰에 택시 넘버를 입력했다. 예전에도 회식 끝에 그런 절차를 거쳤다. 30분 안에 문자를 넣고 답이 없으면 직접 전화를 걸어왔다. 그는 그런 유의 책임감 또는 심야의 배려에 정통한 동료였다. 지방 국립대 통계학과 출신의 입사 6년차 대리, 연애에 한 번 실패한 걸로 들었다. 실패란 말보단 '사귀다가 헤어졌다', 그게 듣기 좋다. 택시를 탄 지 20분이 지나 성 대리의 전화를 받았다. 문자가 아니라 신호가 울려서 약간 놀랐다. 내용도 '괜찮냐?'가 아니라 '목소리 한 번 더 듣고 싶어서'였다.

너 미쳤니? 취해도 그렇지, 뭘 생각하고 있는 거야? 아마 내일이면 멀쩡해질 거다. 기억이나 하려나?

G시에 와서 8차선 도로변에 차를 세웠다.

나는 바 '필립'에 가서 맡겨둔 커티삭을 찾았다. 바텐더 손은 "늦었네" 하고 웃었다. 그는 김장이 있던 밤의 내 사나움은 잊기로 한 듯했다. 언제부터 우리가 말을 텄더라? 두 달 전이었을 것이다. 이 바엔 항상 혼자 왔다. 시내에서 누구와 어울리다 집으로 가는 길에 가끔 들렀다. 최 상무가 전화하면 집이라고 둘러댔다. 집에선 자주 음악을 틀어놓는다고 생각했겠지.

그날도 최 상무와 헤어지고 들렀는데 석 잔째인가, "이건 내가 사는 겁니다" 해서 재미있다고 생각했다. 잔을 받으며 "딴마음 없죠?" 했더니 "전투신 출신이에요" 하고 보기 좋은 미소를 지었다. 술 보관할 때 명함을 준 기억이 떠올랐다. 같은 제2금융권이라고 옛날 생각이 난 모양이었다.

"그래요? 근데 여기서 뭘 하세요?"

말이 좀 이상했지만 하여튼 그렇게 나왔다.

"파면되었거든요."

"왜요?"

"업무상 배임 · 횡령이라고, 5년형을 받았어요. 실제론 4년."

"세상에."

"월급은 좀 적지만 여기도 일하기는 괜찮아요."

주범은 미국으로 도주했고 그는 숨겨둔 돈이 없어 감옥에 갇힌 보람도 적었다. 그의 쾌활함이 마음에 와 닿았다. 그래서 나보다 한 살 많은 그에게 선뜻 친구 하자고 했을 것이다. 회사에서도 간혹 크고 작은 사고가 터지면서 도주하거나 감옥에 가는 직원들이 있었다. 그런 직원들보다 더 많은 직원이 손실 배상 각서를 쓰고 파면되는 걸로 마무리되었다. 회사 입장에서 사건화되는 것은 아무래도 부담이 되었다. 대외 이미지로 봐서도 손실이 컸다. 조용히 해결할 수 있으면 그 길을 택하고자 했다. 손은 그렇게 비사법적으로 처리되기엔 말썽을 일으킨 금액이 컸던 것이다. 그 금액은 회사 결산에서 비용 손실 처리되어야 했다.

손은 감옥에 갇힌 4년 동안 방대한 독서를 하고 영어엔 준도사가 되어 있었다. 백 권짜리 세계 문학 전집과 50권짜리 사상 대전집을 독파하고 덤으로 『사기』 10권과 21세기 고전 시리즈 30권도 겉장이 너덜해지도록 읽었다. 기상 직후와 취침 직전엔 성경을 읽었다. 나는 책에 대해 논할 사람은 못 된다고 하자, 그는 사람이 책보다 아름답다고 느끼한 소리를 했다. 그는 새벽 세시에 퇴근해 저녁 일곱시에 출근했다. 석 달 전부터 선배의 의뢰로 어린이용 철학서를 집필하고 있는데 자기 이름으론 출판되지 않을 거라고 말했다. "나중에 내가 출판사 차리면 이름을 박아줄게" 했더니, "요즘 부모는 저자의 학력과 이력을 꼭 봐" 하며 팔리지 않는 책을 내서 뭐 하게 했다.

손은 감옥에 있을 때의 재미있는 일화도 꺼내놓았다. 특수 강도, 사기, 절도, 혼인 빙자 간음, 컴퓨터 해킹 등 다양한 죄목의 죄수를 사귀었지만 출소 후에 만나는 일은 피하고 있었다. 꼭 놀러 오라고 말하고 먼저 출소한 죄수 중엔 유흥업을 경영하는 폭력배도 있었다. 거기 찾아가서 술을 얻어 마신다는 건 생각할 수 없는 일이었다. 실제로 감방 동기를 반기는 자는 많지 않다는 얘기도 감방 안에서 들었다. '찾아갔더니 안면 까더라.' 뭐 그런 얘기를 주고받기도 했다. 거물급도 봤지만 생각보다 야비했다. 조폭 영화는 어떤 놈들이 찍는지 궁금했다.

이 바는 여자 커플도 자주 오는데 분위기가 레즈비언에 관대하다는 느낌을 받았다. 손 역시 곱상한 외모로 봐서는 감옥에서 역할 남 구실을 했을 수도 있다. 문신 여부는 알 수 없지만 감옥이라는 브랜드가 주는 성적 끌림은 있었다. 할리우드의 거친 남자들은 감옥에 갔다 오거나 적어도 감옥에 매우 근접한 인물이었다. 형사도 과격한 수사 기법으로 감옥

입소 예비 명단에 포함되어 있었다. 그런 자들과 하룻밤 보내는 게 여주인공이 할 일이었다. 나머진 보호받는 명분으로 남자를 위험에 빠뜨리는 역이 주어졌다.

나는 4년 전 여름 피서지에서, 내 발에 걸려 넘어진 인연으로 엮인 단역 배우와 관계를 가졌다. 낮의 열기가 남아 있던 해변의 밤이었다. 소주 탓인지 관자놀이가 지끈지끈하면서 내 등이 텐트 바닥 천의 까칠한 모래를 원한다고 생각했다. 끝나고 내가 돈을 주자 그가 뺨을 후려쳤다. 나는 사과하고 돈을 주워 승미와 희숙이 진작 곯아떨어진 모텔로 돌아갔다. 나는 스타가 된 그가 케이블에 출연해 우리 얘기를 각색해서 떠들어대지 않기를 바랐다. 광고주가 붙는 그런 프로그램에 등장해도 좋을 만큼 우리의 얘기가 비쌀 리 없었다. 그 뒤에 한번 와인 바에서 만난 30대 남자는 호텔 룸비를 계산하지 않았다. 또 한 번, 홍대 클럽에서 드럼 치는 아이는 내가 주는 돈을 받았다. 그 아이와는 세 번 만났고 세 번 다 돈을 줬고 그 뒤엔 내가 문자를 씹었다. 하루는 퇴근하는 나를 빌딩 앞에서 기다리고 있기에 포장마차에서 술을 사고 눈물을 닦아주었다. "받은 돈으로 연습실 월세를 냈어요. 미안해요." 나는 아무 말 하지 않았다. 나는 내 돈의 사용처가 궁금하지 않았고 우는 아이는 성욕을 불러일으키지 않았다. 그 이후 나는 미지를 만났고 그녀의 매끄러운 배에 머리를 뉘고 자주 잠들었다. 작년 가을에는 최 상무를 만났다.

손과의 하룻밤도 상상해보았다. 무거운 책더미가 내 몸 위로 와르르 쏟아지고 있었다. 그런 사람과의 섹스는 눈이 침침해질 것 같았다.

단 하룻밤이라면 거친 게 좋았다. 감옥에서 오래 굶주리다 갓 출감한 트럭 운전사, 여자 나체가 실린 화보 외엔 책 따위 전혀 관심이 없는 민소매의 사내, 땀과 알코올 냄새가 뒤섞인 체취로 천천히 다가와 단추가 뜯겨나갈 정도로 거칠게 옷을 벗기는 그런 구닥다리 스탠더드 환상이 나를 달뜨게 한다. 손은 책 커버에 갇혀 있는 남자다. 게다가 나는 이 바를 좋아했다. 손보다도 더. 심했나? 지금 이대로의 손을 포함해서.

스탠드의 좌측 구석, 젊은 남녀 한 쌍이 간간이 웃음을 터뜨렸다. 가운데는 20대 중반의 계집 둘이 밸런타인 17년산 앞에서 턱을 괴고 앉아 손을 가끔 훔쳐보고 있다. 25만 원 정도 매출이면 다정하게 굴 필요가 있지 않냐 하는 표정이다. 내가 나타나 정부이기나 한 것처럼 손과 말을 트고 있는 것이 눈꼴사나웠을 것이다.

"치즈 줘?"

커티삭과 얼음 세트를 내려놓으며 손이 말했다. 세팅 안주엔 치즈가 빠져 있어 가끔 추가로 요구했다.

"됐어."

술을 꽤 마셨으니 석 잔만 입 안에 털어 넣으면 일어날 거야. 천천히 마시면 한 시간쯤 걸리겠지. 계집아이들이 흥미를 잃었는지 계산을 요구하고 일어서 가버렸다.

"가끔 헌팅도 해?"

손이 손가락으로 자기 가슴을 찌르며 나? 소리를 입속으로 삼킨다.

"여기 누가 있어?"

"영업을 생각하면 그런 짓은 못하지. 만인의 리스너로 만족하는 게 내 본분이라고 보는데."

"리스너라니까 생각나네. 어떤 남자 얘긴데, 차마 아무에게도 털어놓지 못할 가슴 아픈 얘기가 있었대. 그는 그 얘길 술집을 돌아다니면서 바텐더에게만 했었나 봐. 그래서 수십 명의 바텐더들이 그의 얘기를 알고 있었대. 아내도 모르고 친구도 모르는 그 얘기를."

"뭔 얘긴데?"

"내용은 중요하지 않아. 누구에게나 가슴속에 그런 얘기가 있다는 거지. 가까운 사람에게조차 털어놓을 수 없는."

그는 장인을 주먹으로 치고 아내와 별거 중이었다. 바텐더의 입은 생각보다 쌌다.

"너도 있겠지?"

"있지만 바텐더에겐 안 털어놓지. 왜냐고? 또 새 술집 찾아 나서는 게 귀찮잖아."

그런 게 있다면 무슨 내용일까? 미지, 최 상무, 그리고 새롭게 등장한 그 남자, 누가 들으면 남자가 가만 놔둘 수 없는 여자쯤으로 격상하겠군. 아냐, 나로선 그런 얘기를 어디서 지껄이고 싶은 건 아니지. 바텐더의 귀가 필요하다면 그건 동업자의 배신, 목격자 없는 강간, 근친상간, 공금 횡령, 외도와 협박, 증오심, 냉담, 갈등, 뭐 그런 내용이 아닐까? 미담을 얘기 못해서 가슴이 터질 것 같은 이는 없을 테니까.

집에 오자 새벽 한시가 넘었다. 책상에 발을 올리고 좀 전에 끓인 커피를 마셨다. 끄지 않아 아침 출근 후 줄곧 보호막을 뒤집어쓴 컴퓨터가 메인 화면을 드러냈다. 이메일함에 새 편지가 와 있었다.

'Y여고 3학년 4반 동창회가 오는 화요일 저녁 7시 무교동 P호텔 2층 태원반점에서 개최되오니 공사다망한 가운데서도 시간을 내어 반가운 얼굴들끼리 오랜만에 함께하여 자리를 빛내주시기 바란다'고 적혀 있었다.

김혜미, 누구더라? 어떤 아이가 아버지에게 부탁해서 쓴 글 같았다. 내 동창 중에 저 정도 의례적인 문구가 가능한 아이는 아무도 없었다. 그런데 왜 3학년 4반일까? 3학년 전체로 하지 않고. 메일에 의하면, 맹소해는 4반이었다는 것이다. 미지에게 물어보면 알겠지. 우리가 진정 4반이었는지. 그런데 미지는 저번 주도 요번 주도 바쁘다. 잡지 일에 남자가 겹친 것이다. 그럼 미지는 정신을 못 차린다.

또 다른 메일은 '證기스칸'이라는 아이디가 보내온 것이었다. 내용은 이러했다.

'금번 저희 환태평양 증권 경제 연구소에서 증권 미래 예측 분야의 권위자이신 주정모 박사님을 모시고 3/4분기 실물경제와 증권 전망 대토

론회를 아래 장소에서 개최하고자 하오니 관심 있으신 분들의 많은 참여 바랍니다. 환태평양 증권 경제 연구소 회장 곽상옥 백. 장소, B호텔 에메랄드 홀 참가비 20만 원(교재비, 제세금 포함) 단체 참여 희망 시 아래 전화번호로 사전 연락 요망. 한정된 좌석으로 인해 조기 마감될 수 있사오니 서두르시기 바랍니다.'

주 지점장께서 언제 박사 학위를 따셨는지 헤아려보기엔 밤이 늦었다. 컴퓨터를 끄고 나는 커피를 마저 마셨다. 그러고 보니 가 과장에게선 일주일째 연락이 없다. 그의 말대로 일본이라 하더라도 로밍해 갔을 거고 문자 하나 보내는 게 어렵지 않을 텐데…… 나고야의 애인이 죽자 사자 매달리나? 여자의 얼굴이 떠오르지 않는다. 본 적이 없으니까.

불을 끄고 침대에 반듯이 누웠다. 술기운에 새삼 머리가 핑 하는데 좀 진정되자 가슴에 미지의 무게가 얹힌다. 최 상무는 안경을 쓴 채 구석에 우두커니 서 있다. 미지의 혀가 얼얼하도록 입 안을 파고든다. 미지는 내 어금니를 하나하나 다 먹는다. 나는 신음을 차례차례 삼킨다. 미지가 일어선다. 최 상무는 알몸에 넥타이를 매고 있다. 길게 늘어뜨린 넥타이 끝이 성기를 가리고 있다. 미지가 최 상무의 넥타이를 끌고 침대로 데려온다. 불쌍한 사람, 나는 돌아눕는다. 둘 다 가고 없다. 가 과장은 멀리 있다. 그와는 테이블을 사이에 두고 있는 것이 편하다. 상상에서조차 그를 침대로 끌어들이지 않는다. 아직 그는 메인 요리가 아니다.

11

휴대폰을 집어 들자 숫자는 11시 23분을 가리킨다. 분까지 알아야 하다니, 디지털 숫자는 신경의 끝을 파고든다. 습관이란 그렇다. 미지와 밤을 보낸 날에도 토, 일요일이면 이 시간에 깨어났던 것이다. 반바지 차림으로 현관문을 따고 얼른 탈지 우유와 신문을 들여놓는다. 우유는 끊겠다고 담당 아줌마에게 연락했는데, 뭘 누구에게 물어본다 하더니 연락 없이 계속 넣고 있다. 나도 그냥 마시게 된다. 계약 해지는 부도덕한 짓이다, 우유 대리점은 그렇게 교육하고 있지 않을까?

소파에 반 누워 잡지 한 권 분량의 신문을 읽는다. 신문을 3년 동안이나 읽지 않다가 6개월 전부터 받아 보고 있다. 사무실에도 여러 신문이 굴러다니지만 집중해서 볼 수가 없다. 오늘은 느닷없이 부음란에 눈이 간다. 20여 망자와 자식들의 이름을 한자 공부하듯 다 읽고 나니 마음이 어딜 한 바퀴 돌아온 기분이다. 이건 조금 전의 내가 아니다.

어젠 좀 많이 마셨다. 필립에서 스카치를 여섯 잔이나 마셨던 것이다. 넉 잔으로 그쳤어야 했다. 마지막에 주고받은 대화는 기억이 가물가물하다. 설마 감옥이라는 브랜드에 성적으로 반응하고 있다고 털어놓지는 않았겠지. 라스트 뮤직만은 기억나는 것이 덱스터 고든의 「돈 익스플레인」이었다. 바를 나와 20분이나 걸어서 집으로 왔던 것인데 왜 택시를 타지 않았을까, 알 수가 없었다. 평상시에 위험한 거리는 아니었지만 미친놈들은 또는 미친놈들보다 더 무서운 미치지도 않은 놈들은 그곳을 위험한 거리로 만들기 위해선 희생자가 필요하다고 생각할 수도 있었다. 특히 공원을 끼고 있는 샛길은 얼마든지 습격 가능한 장소였다. 그래도 술을 마신 건 후회가 없었다. 금요일은 마셔줘야 한다. 이 나이에 텔레비전이나 끼고 그 무료함은 참기 힘들다.

뭘 먹을까? 샤워로 술기운을 날리고 산뜻한 티셔츠와 기분 전환용 짧은 치마 차림으로 집을 나선다.

토요일이 휴일이 되고부터 주택가 근처 식당은 토요일 점심부터 바빠지기 시작했다. 4인용 테이블의 식당엔 출입을 삼가야 한다는 소리다.

역시 만만한 마트 식당에서 번호표를 받아 10분 대기 후 순두부를 먹는다. 뜨거워서 입천장을 델 뻔했다. 가끔 이런 면에선 밝히기 힘든 부주의함이 있다.

내 다리가 왜? 나이키 트레이닝 차림의 50대 남자 시선이 멀리서부터 날아와 꽂힌다. 나와 눈이 마주치자 황망히 비빔밥 그릇에 고개를 박는다. 슬프다.

마트를 나와 느릿느릿 걷다 편의점에서 산 블루마운틴을 휘저으며 공원 벤치에 앉았다. 햇살이 발치 아래 알아서 멈추었다. 지금은 누가 전화를 해도 정겨운 목소리 한마디쯤 얹어준다! 너도 잘 지내고 있지? 끝만 살짝 올려줘도 상대방은 짜릿해지지 않을까? 미지라면 '헤어지고 싶어하는구나' 생각하겠지만. 퉁명하게 '어디야, 미친년, 마음대로 해'는 바로 미지가 듣고 싶어하는 핵심 단어들이다. 그나저나 미친년은 휴대폰 밖 세상에 존재하고 있다. 세상에서 제일 먼 곳이 그곳이다. 커피 잔이 비고 각성제에도 불구, 나른해지며 눕고 싶다.

아이들아 맘껏 뛰어놀아라. 여기, 엄마가 있다. 엄마는 누워 쉴 팔자가 못 되었다. 엄마는 사시사철 과일을 팔았다. 엄마는 떡볶이를 3만 인분 팔고 닭을 1만 인분 팔았다. 팔 게 없으면 품을 팔았다. 엄마는 날마다 세상을 깨워 일대일 맞장 떴다. 세상의 멱살을 부여잡고 흔들어 몇 장 지폐를 털어냈다. 나는 그 돈으로 차비를 하고 참고서를 사고 밤 열한시에 쫄면을 사 먹었다.

지금은 과일이 있으면 먹고 없으면 안 먹는 나의 모친 양순실 여사는 구청 6급 직원인 오빠 맹대해의 평촌 23평 아파트 방 하나를 차지하고 계시다. 열한 살 손녀와 일곱 살 손자의 방과 후 일과를 돌보는 게 주 업무다. 언니 임영숙은 동네 콩나물국밥집에 나가 120만 원을 벌어온다. 아이들의 원어민 영어 과외를 위해서라면 '분골쇄신되어도 여한이 없습니다'이다. 보너스로는 매일 인삼 막걸리 한 잔씩 들이켠다. 18세에 전국 노래자랑 대회 예선에 참가한 바 있는 언니를 닮아 조카들의 음감이 예사롭지 않다. 피아노와 바이올린, 아파트 거실에서 울려 퍼지는 조카들의 합주회를 듣고 있노라면 평촌의 저무는 하루가 아름답다.

엄마 노후가 이 정도로 팔자가 편 것은 가히 기적이다. 철밥통인 오빠의 일터를 생각하면 엄마는 위대한 후반생을 영위하고 계시는 것이다. 엄마는 구청 직원의 모친으로서 평소 아파트 단지 내의 온갖 사소하고 불미스러운 일에 촉각을 곤두세우지 않을 수 없다. 두 경비원은 사건의 전말을 교대로 보고하고 엄마는 솔로몬의 지혜를 짜내 구두 판결 및 행정 처분을 내린다. 물론 피고도 원고도 출석하지 않은 법정이다. 엄마는 본인의 일거수일투족과 평소의 윤리 의식이 아들의 근무 성적에 영향을 미친다고 믿고 있는 것이다. 나는 한 번 웃었다가 엄마한테 크게 혼나고는 이날까지 입을 다물고 있다. 엄마 말이 맞을지도 모른다.

나는 언니에게 엄마 용돈 몫으로 매달 20만 원을 부쳐드렸다. 엄마에겐 따로 20만 원씩 넣어드렸다. 한번은 언니가 빈정거리듯 양순실 여사가 월 10만 원짜리 적금을 들고 있다 하였다. 그건 바로 '신혼살림 장만 혜택 통장'이라는 거였다. 그런 말을 할 때의 임영숙 여사는 내가 언니의 주식 관리인이라는 사실을 잠시 무시하고 있었다. 또 오빠가 교통사고 합의금으로 물어준 돈 천만 원을 누가 부쳐준 건지도 잊고 있었다. 그렇게 아주 작은 것에 엉뚱한 질투심을 드러내는 것 외엔 무난한 며느리였다. 대놓고 노인네를 구박하는 텔레비전의 미친년들보단 윗길이었다.

이렇게 일없이 빈둥거리다 보면 생각이 꼬리에 꼬리를 물고 일어난다. 대개는 쓰잘데없는 공상이다. 상상보다 한 수 아래가 공상이라고 들었다. 맞나? 사람들은 어떻게 인류를 구원할 엄청난 생각을 하게 되는 것일까? 정색하고 혁명을 꿈꾸는 것일까? 종일 주가 생각에 때 되면 뭘 먹을까, 미지, 최 상무, 가 과장, 엄마, 뱅글뱅글이다. 차라리 차분하게 독서라도 해보자. 도서관이 지척이다.

종합 자료실 안내 데스크엔 약 3백여 평의 적막을 총괄 관리하는 두 여직원이 빳빳이 앉아 있었다. 청춘이 썩는구나! 못된 걸로 치면 나도 남부럽지 않았다.

블라인드가 쳐진 창가에 앉아 나는 『월스트리트의 펀드매니저』를 읽었다. 내용 중 일부는 잡지에 부분 연재된 적이 있었다. 세계 최정상의 펀드매니저들은 하나같이 자기만의 원칙을 세우고 또 고수했다. 나의 원칙들 중 하나는 음, 팔고 싶을 때 딴 짓 하기다. 오르고 있는 주식을 너무도 팔고 싶은데 나는 나를 말리기 위해 마구 달려나가 머리를 자르고 온 적도 있었다. 나는 그날 강남에서 미용실 한 채 값의 헤어를 했다. 그날 주식께선 '내가 빛이요, 원칙이니라' 말씀하셨다.

주식에 관한 한 모든 책을 다 읽었노라는 모 차장이 있었다. 그는 실전에서 가급적 뒷북을 쳤다. 대기업의 경제 연구소 소장이나 국립대 경영학 교수도 뒷북이라면 순위를 다투었다. 그가 차라리 아무것도 읽지 않았더라면 수익률이 약간은 올라가지 않았을까? 그러나 최고의 전문가가 되려면 독서는 역시 필수다. 일급 펀드매니저는 경제 외에도 물리학과 철학까지 관심 영역을 넓혀간다. 요즘 사회는 정치, 경제 얘기만 하는 남자는 좀 무식하다고 본다.

여섯시까지 두 권의 책, '알코올과 커피'에 관한 철학 담론서와 수전 손택의 『은유로서의 질병』을 읽었다. 둘 다 희숙이 하도 읽은 티를 내서 분류 번호 검색 후 찾아 읽었는데 이 정도 길이라면 원문으로도 가능했다. 가능하다! 희숙 년이 독해력으로나 심정적으로나 원문에 많이 약해서 인용을 해도 영어로 해야 입 다물고 있지, 아니면 '어머, 넌 그렇게 해석했니? 그건 독창성이 아니고 당시의 편견에 대한 조울증적인 반응 아니었겠니?' 꼭 이 지랄을 떠는 것이었다. 거기에 대해선 근대 여인임이 틀림없는 엄마의 대답이 제격이다. '숭늉 마시고 정신 차려! 이것들아.'

문 닫을 시간이라고 알바 소녀가 일러주고 갔다. 도서관을 나서자 쇠

락한 햇살에도 눈이 부셨다. 공원의 나무가 뿜어내는 축축한 엽록소 내음이 저녁의 대기에 녹아들고 있었다. 북측 산등성이 위로는 먹물 빛을 띤 구름이 천천히 이동하고 있었다. 한차례 바람이 불어와 치마가 허벅지에 감겼다. 보건소 앞을 지나며, 꺼두었던 휴대폰을 켜자 문자가 들어와 있었다.

'동경에는 지금 비가 내리고 있습니다. 나는 동경 거리 이름 모를 4층 건물 입구에서 비를 피하고 있어요. 목요일엔 서울일 것 같군요. 그때 뵐까요?'

'그 비가 다섯 시간만 더 내려준다면 우산을 갖고 갈 수 있어요.'

최 상무가 보면 얼굴이 일그러지겠지. 미쳤지, 내가. 답신은 없었다. 비가 그친 것으로 해석했다. 집에 들어와서 그가 보낸 문자를 또 확인했다. 비 오는 도쿄 거리를 자꾸자꾸 읽었다. 그때부터 일요일까지 나는 열병을 앓았다. 비를 흠뻑 맞은 소녀처럼 땀으로 시트를 더럽혔다.

제3부 여와 여, 타인의 입술

1

전날 밤 술자리에서의 대오각성과 불타는 전의가 다음 날의 영업에 전혀 영향을 미치지 못한다는 걸 되풀이되는 경험으로 깨닫고 있기로는 지점장이나 영업 직원들이나 마찬가지였다. 그저 출근 시간이나 지키면 다행인데, 아니나 다를까 지르기는 회의 막바지에 뒤통수를 긁으며 들어왔다.

"어젯밤에 택시를 탔다가, 글쎄 기사가 뒤를 돌아보는데 얼마나 놀랐는지, 채종식 이사님의 얼굴이 거기 떡."

너구리가 말을 꺼내놓고는 머쓱해 있던 시각이었다. 지점장이 피식 웃고는 그런 얘기 이제 지겹다는 표정을 지었던 것이다. 채 이사고 서 상무고 그런 머저리 같은 인간들이 택시를 몰든 지게를 지든 알 바 없다는 얼굴이었다. 둘 다 대형 비리에 엮여 옷 벗고 재판 계류 중이었다. 택시는, 나 숨겨둔 돈 없어요, 자체 제작 광고 찍고 있다고 보았다.

오히려 지각한 효과는 있어서 전장부터 지르기가 주당 25만 원짜리 유통주를 오프라인으로 3천 주나 때려 월급의 반이 넘는 수수료를 회사에 안기며 건재를 과시했다. 지르기는 네시도 전에 몸살기가 있다며 퇴근했다. 수익이 크게 발생한 날은 늘 몸이 아프거나 집안에 변고가 생겼다. 나는 지르기가 지금 이 시간, 이 빌딩 어딘가에 있는 외국계 탈모 센터에서 8주차 치료를 받고 있다는 사실을 가슴에 홀로 묻어두어야만 했다. 그의 정수리는 탈모를 향한 대장정의 도정에서 전 유럽이 보증하는 최신 발모 요법, 그 전례 없이 강력한 복병을 맞아 쓰라리고도 화끈화끈한 전투를 치르고 있는 중이었다.

백여우는 뒷짐을 지고 지점 안을 빙빙 돌다 너구리와 울화통 사이에 시곗바늘처럼 멈춰 섰다.

"봤나? 역시 실속은 아날로그야. 조 대리에게만 맡겨놓지 말고 당신들도 알아서 좀 뛰어."

수수료 수입이 빵빵한 오프라인 계좌를 말하는 거였다. 오프라인 계좌들이 점점 문화재가 되어가는 마당에 신규는커녕 보전이나 잘하고 있으면 다행이었다. 대답들이 시원찮자 낯을 찌푸린 백여우가 섭외 운운 중얼거리다 나가고 너구리도 뒤이어 자리를 비웠다.

나는 오프라인이건 온라인이건 계좌를 끌어올 만한 데가 없나 싶어 대학 동창 명부를 뒤적거려보다 이내 그만두었다. 이제 더 이상 친해보고 싶은 인간도 남아 있지 않았다. 할 수 없이 새언니의 계좌를 터준 삼총사 오승미에게 전화해 네 남편과 남편 친구들의 모든 증권 계좌를 일주일 안에 이리로 옮기지 않으면 절교하겠다고 선언하자 "해라, 이 원수야!" 하고 탁 끊어버린다. 머리가 아파 아무나하고의 술자리가 기다려질 지경이었다. 이런 사정을 아는지 마침 Y여고 3학년 4반 동창회 모임이 저녁 일곱시에 대기하고 있었다. 오랫동안 연락이 끊겼던 자영이 "널 드디어 보는구나" 선수를 쳐온 건 오후 다섯시경이었다.

지점장이 현 위치를 밝히지 않은 상태에서 곧장 퇴근하겠노라 통보해오자 고질라가 회의를 소집했다. 이사 승진 케이스인 지점장이 요번 사장님 시찰 시 밉보이는 일이 없도록 최대한 수치를 끌어올려보자고 독려했다. 평상시도 중요하지만 요긴할 때 크게 한 번 밀어주는 것이 지점장을 보필하는 영업맨의 자세가 아니겠냐고 고질라가 그 육중한 몸을 들썩이며 침을 튀길 때 우리는 말이 없었다. 아랫입술을 깨물고 있는 울화통이나 두 눈을 비비고 있는 빼질이 둘 다 각오보다는 심적인 압박감에 짓눌리고 있었다. 특히 울화통은 대학 선배인 고질라의 기대치를 꽤 오랜 기간 충족시키지 못한 데서 오는 초조함이 역력한 얼굴이었다. 침묵이 이어졌다.

"그런데 나 차장 이 양반은 어딜 간 거야. 말도 없이."

고질라가 신경질적으로 말했다.

"섭외 나가셨겠죠."

울화통이 말했다

"그래도 말은 하고 나가야지, 별 때깔도 안 나는 섭외."

"나 차장님 오늘 적립식 펀드 두 계좌 트셨는데요."

빼질이가 보고했다.

"그래? 얼마짜리?"

"월 백만 원짜리죠, 아마."

"그게 뭔 큰 의미가 있나? 자네들도 계좌 수만 늘려 면피하려는 생각은 아예 말어. 백만 원짜리 펑크 없이 8년을 넣어도 1억이 안 돼. 범국민 증권 계좌 갖기 운동 차원이지 회사 수익에 기여하는 바가 없잖아. 맹 대리도 저번 주에 1억짜리 주식형 여러 개 터는 것 보고 솔직히 좀 놀랐는데 영업맨은 그런 한 방이 있어야 돼. 위에서 다 보고 있어요. 이 직원이 진정 회사를 생각하는지 한눈에 알아보는 거야."

나는 달갑지 않은 칭찬에 얼굴이 붉어졌다. 그중 반은 실적이 뒤처진다고 유치자가 없는 펀드를 지점장이 잡아준 것이었다.

"소액 계좌도 나름대로 의미 있는 것 아닙니까?"

빼질이가 반발했다. 지르기도 그렇지만 빼질이는 너구리와 특별한 학연, 지연이 있는 건 아니었다. 그저 인간적으로 두루뭉술 통한다고나 할까, 그게 착각이라 하더라도 착각도 한시적인 힘은 갖는 거니까.

"뭐 의미가 없다고 볼 순 없지. 그렇지만 몸통이 있고 가지를 치는 거지. 가지만 무성해선 곤란하다는 거야, 내 얘기는."

40분 가까이 끈 석회는 무리를 해서라도 실적은 띄워놓고 보자는 애초의 발제를 확인하는 차원에서 마무리되었다. 회의 중간에 고질라가 요구해 뺀질이가 갖고 들어온 자료에는, 이번 달 3주차까지 지점장 몫이 포함된 공동 계좌 약정이 27퍼센트, 나머지 73퍼센트는 지르기, 고질라, 냉얼, 너구리, 정 부장, 울화통, 뺀질이의 순이었다. 계좌 배가 캠페인의 경우 계좌 수는 다들 엇비슷했지만 금액 면에서 고질라가 30퍼센트에 육박해 수석 차장이 결코 노는 자리가 아님을 입증했다.

"네, 회장님!"

고질라가 휴대폰 번호를 접하더니 갑자기 차렷 자세로 목소리를 한층 높였다.

"1억 권 두 장, 천 권 석 장, 백 권 네 장, 나머진 현금, 네 알겠습니다. 내일 아침 열시 정각에 준비시켜놓겠습니다."

우리는 천 원권 헌 지폐 같은 얼굴로 슬금슬금 빠져나왔다.

"네, 회장님!"

고질라가 다시 복창하고 있었다.

"아, 너 맹랑 소녀구나! 누군가 했어. 가끔씩 허무맹랑한 소릴 해서 우릴 웃기고 그러지 않았니?"

내 소개가 끝나자 부반장이 말했고 아이들이 와 웃었다. 대학 들어가서 그 별명을 듣지 않게 되자 나는 행복했었다. 마지막 여덟 번째 아이는 하늘빛 투피스에 스카프까지 매고 있어서 자신은 항공사 승무원이 아니라고 거듭 변명해야 할 것 같았다.

"채연희야. 졸업하고 부모님 가게 돕다가 일찍 결혼했어. 남편은 군인이고 아이가 둘이야. 첫째가 아홉 살 아들, 둘째가 여섯 살 딸이야. 난 보험회사에 있어. 라이프플래너야. 나 장사하려고 나온 거 아니니까 너무 신경 쓰지 마. 친하게 지내자."

소개가 끝났다.

Y여고 3학년 4반, 8인의 여고생은 명함을 주고받고 음식을 먹는 틈틈이 술을 마셨다. 부반장이 얘기를 많이 했고 술들이 어느 정도 되자 야, 야 하며 목소리가 커졌다. 음식이 떨어질 때쯤 누군가 작은 목소리로 이수미의 「여고 시절」을 불렀다. 눈시울이 붉어지는 아이도 있었다. 노래 와중에 작은 그릇에 담긴 자장과 짬뽕, 볶음밥이 주문한 대로 3, 3, 2의 배열로 놓였다. 오늘 빠진 34명 중 두 명의 정체가 파악되었다. 결론은 한 아이에겐 아기 병원비 30만 원 빌려주지 말 것, 다른 한 아이에겐 최대 할인가가 25만 원인 명품 선글라스 구입하지 말 것이었다. 나는 한 아이의 이름을 더 떠올렸다. 박미지는 동창회쯤은 간단히 무시했다.

아홉시가 가까워오며 자리는 파장 분위기였다. 누가 차를 가져왔고 누가 음료수만 마셨는지 파악에 들어갔다.

여준이 차를 입구로 몰고 왔다. 흰색 그랜저TG였다. 백화점 커피숍이지만 오너는 오너였다. 하긴 우리 18평대 아파트 단지에도 3천 시시 배기량의 차들이 밤낮없이 어기적거렸다. 머릿기름 바른 남자와 스판 바지 차림의 여자들이 그런 차에 오르락내리락하며 대형 식당과 찜질방을 돌고 다녔다.

나는 내후년까진 차를 바꿀 생각이 없었다. 고객들은 나의 아반떼에 대해 아무 품평도 달지 않았다. 나의 아반떼는 사소한 교통 위반은 재량껏 즐기자는 도량도 갖고 있었다. 팽팽한 제복에 라이방을 낀 여경찰이 POLICE라고 찍힌 하늘빛 순찰차 문을 열고 나와 뉴 시네마의 한 장면처럼 뜨거운 아스팔트를 걸어오던 어느 토요일 오후, 나는 현기증 속에서 그녀가 뭐라고 중얼거리는 소리를 듣고 있었다. 그녀가 돌아가고 나서도 나는 한동안 앞만 보고 있었다. 그날 아반떼는 남양주 북부로 방향을 틀었다. 거기서 미지가 천 년 전의 사랑처럼 날 기다리고 있었다.

나와 자영을 태운 그랜저는 압구정까지 날아가 바 '넥스트' 앞에 멈춰 섰다.

지하는 바다 속이었다. 우리는 고래 뱃속에 창을 내고 앉아 물결처럼 굽이치는 푸른 조명을 보고 있었다. 이 테이블 저 테이블에서 하늘거리는 산호초 손님들이 물방울을 토해내고 있었다. 집에서 볼륨을 올리고 듣던 '라디오 헤드'를 여기선 낯선 이들과 조용히 공유해야 했다. 주꾸미 같은 여종업원이 윈저 17년을 세팅해서 내왔다.

"난 소해 네가 문과를 지망할 줄 알았어. 경영학과를 나와 증권회사에 있다 해서 깜짝 놀랐어."

여준이 말했다.

"책은 자영이가 많이 읽었지" 하는 나의 말에,

"난 고전 요약문 체질이었고, 소설은 여준이 더 읽었어."

홍자영 정치학 석사가 말했다. 그녀가 머리를 쓸어 올렸을 때 손가락의 다이아 반지가 하얗게 빛났다.

"읽기야 내가 많이 읽었지. 명작이 아니라서 그렇지. 그런데 인생은 소설 같지 않더라."

여준에겐 언뜻언뜻 묻어나는 스산한 느낌이 있었다. 그건 여자만이 낼 수 있는 느낌이었다.

"자영인 어때? 무슨 단체에 나간다며."

"응, 전쟁을 반대하는 단체야. 깊이 간여하는 건 아니고 가끔 정치 논문이나 르포를 번역 요약해서 싣고 있어. 정책 연구소 일과 겹치는 면도 있어."

"그래도 너답네."

"사이트가 있으니까 참고해."

"알았어. 여준이 넌 장사 잘돼?"

"무난해. 12층에 오픈 스타일의 커피숍이 또 하나 있는데, 장사는 거기가 잘되지. 우린 회전이 느린 편이야. 또 백화점은 일찍 문 닫아야 해. 피곤한 건 덜한데 밤새도록 하는 커피숍에 비하면 정말 한가한 장사지."

중년 남녀가 꼭 필요한 대화를 나누거나 쇼핑을 마친 미즈가 짬을 내 커피 잔을 입술에 대는 곳, 그렇지?

"근데 소해 넌 연애 안 하니?"

이미 행안부 남편을 하나 챙긴 자영이 말했다.

"10년만 기다리시라. 축의금 없이 야외에서."

"안 간다는 소리는 안 하네. 이왕이면 빨리 가, 이것아. 너 골드 미스라고 뜸 들이는 거 아니니?"

"골드는커녕 브론즈도 안 된다. 아까 걔 누구니, 아이가 둘 있다는, 보험회사 다닌다는 애."

"채연희야."

자영이 말했다.

"응, 솔직히 그런 애가 골드지. 아이가 둘이나 있다니, 국가가 진정 요구하는 존재 아냐? 국가 존립의 근거를 제공하고 있잖아."

"얘, 왜 이렇게 거창하니?"

커피숍이 눈을 동그랗게 떴다.

"누가? 누구 거시기가?"

여준과 자영이 어이없다는 듯 웃었다.

"참 너 증권회사 있다니 잘됐다. 나 한전 조금 있는데 어떡해야 하니?"

여준이 말했다.

"어떡하긴 배당이나 타 먹으면 되지."

"성의껏 좀 대답해줘봐."

"한전 사장도 자기 주식에 대해선 몰라. 그러니 그냥 환갑 때까지 갖고 가."

"환갑 때까지?"

"고희 때까지 갖고 가든지."

"미치겠다. 오르면 팔아야지. 유럽이나 한 바퀴 돌게."

"너 커피숍 전기 요금 많이 나오지?"

"나올 만큼 나오지."

"앞으로 평생 전기료 얼마나 낼 것 같아? 계속 장사하면 꽤 될 거야. 그지?"

"그렇겠지."

"한전 계속 갖고 가면 평생 공짜 전기 쓴 정도의 혜택은 돌아오지 않을까?"

차마 그 한전 조금 있는 것 우리 지점으로 옮기라는 소리는 절대 안 나온다.

"별 논리가 다 있구나. 그럼 KT도 좀 사놓고 가스공사 주식, 라면 주식, 화장품 주식, 골고루 사두면 나중에 다 공짜로 사용한 셈이 되는 거야? 이야, 그거 신난다!"

"얘, 이왕이면 큰 걸로 해. 자동차, 건설, 이런 거. 그럼 에쿠스에 타워팰리스 얻어걸릴지 누가 알아?" 자영의 말에,

"미친년, 대한항공 사지 왜?"

여준이 눈을 흘긴다. 여준과 자영은 코드상으로나 살고 있는 환경이나 그렇게 친하게 지낼 여건은 아닌데 대화에 스스럼이 없다.

"자영이 말도 실현 가능한 얘기야, 30년 뒤에는."

"그래? 알았어. 절약해서 사 모아야겠다. 늙으면 돈밖에 의지할 데가 없지. 어쨌든 조언 고맙다."

신문을 보면 '20대 초반에 노후 대책 세우기'가 유행을 지나 세부적인 실천 과제까지 거론되고 있었다. 재테크에 대한 범국민적 관심과 언론의 호들갑엔 선뜻 동의하기 힘든 광기가 서려 있지만 금융회사 직원이 그걸 지적하면 오히려 우스워지고 만다. 술도 곧잘 마시는 여준의 노후 대책

은 적금이나 펀드 형태는 아닐 것 같다. 어떤 남자가 뒷돈을 대주고 있을까? 커피숍 해서 그랜저 몰고 여기서 커피 50잔 값을 때려 마실 때는 남자 없이는 쉽지 않다. 얼굴, 몸매, 옷차림을 보니 빽 가는 남자가 한 다스 이하는 아닐 것 같다. 그중 우선은 한 놈이 물려 있구나. 사나이답게 예고 없이 찾아와 폭풍 같은 사랑을 주고 빠져나가는.

열한시 넘어 술집을 나섰다. 둘 다 강동구여서 대리 기사를 불러 갔고, 나는 택시를 탔다. 밤에는 습관적으로 택시를 타게 된다. 고쳐야 한다. 불운은 확률이고 그 확률엔 나의 24시도 포함된다. 뉴스에서는 기사가 칼을 빼들거나 주먹으로 내리쳤다. 여자는 카드를 빼앗기고 강간당하거나 반항하다 죽어나갔다. 그런 여자는 언제나 모르는 여자였다. 뭔가 대박이 터지거나 복권이 당첨되어서가 아니라 아무것도 일어나지 않는 것이 행운의 범위에 포함되었다.

2

다음 날 오전, 자영이 가슴을 쓸어 내리는 목소리로 지난밤의 상황을 알려왔을 때 행운의 의미는 또렷해졌다. 어젯밤 11시 30분경 흰색 그랜저가 명일동에서 가로수를 들이받고 범퍼가 찌그러지며 멈춰 섰다. 끼어드는 쏘나타를 피한 직후였다. 먼저 내린 자영은 그 시간에 풍납동 아파트에서 샤워 중이었다. 다행히 차는 종합 보험에 가입되어 있었다. 대리 기사는 어깨를 다쳤고 여준은 목이 삐끗했다. 엑스레이상으론 목의 이상이 발견되지 않았다. 그 정도로 그친 게 천만다행이라고 말한 뒤 나는 전화를 끊었다.

여준이 어젯밤 자살했다는 연락이 왔어도 나는 크게 놀라지 않았을 것이다. 12년 만에 잠깐 본 아이의 삶에 대해 뭐라고 말할 수는 없다. 마찬가지로 내가 어젯밤 교통사고로 죽었다 해서 여준이 오늘 점심을 굶겠는가? 사망보다는 납치, 강간이 더 끔찍하게 받아들여질 것이다. 그건 구체적 공포니까. 서서히 죽어가는 거니까. 모든 것이 어제와 같은데 나 혼자 죽어가고 있는 시간, 내일의 주가가 얼마나 궁금해질까? 가 과장은 왜 여기 없는 거야. 그를 죽여버리고 싶을 거야. 술잔을 들고 고객과 광고 얘기를 하고 있는 그를. 무엇보다 그에게 아무 잘못이 없다는 것, 그 생각이 증오심마저 품게 한다.

실은 맹소해는 1992년에, 1999년에, 2007년에 약간의 오차로 죽음이나 중상을 피해갔을 것이다. 그 오차 중 하나쯤은 대안으로 누군가를 선택하지 않았을까? 분당의 오피스텔에서 머리를 강타당한 여자가 그녀 대안이었는지도 모른다. 운명이 관대해서 그녀의 삶을 지속시켜주고 있는 것은 아니다. 수많은 소멸과 탄생의 틈바구니에, 그 순환의 고리에 그녀도 참여하고 있을 뿐이다. 그래서 오늘을 산다는 건 항상 벅차다.

나는 기지개를 켜고 심호흡을 크게 했다. 오늘따라 주가는 무심히 흘러가고 있었다.

"깔끔하네."

참치 정식이 차려진 상을 보며 신 여사가 말했다. 점심 약속은 일주일 전에 잡혀 있었다. 안과 검진 후 들르겠으니 식사나 하자 했다. 신 여사의 자산은 5억여 원, 채권에 3억, 주식 직접투자엔 2억이 들어 있다. 타 증권사에 간접 펀드가 4억 있었다. 남편이 사립대 경영학과 교수로 대기업 사외 이사를 겸직하고 있었다. 주식 투자액은 시골의 조촐한 밭뙈기를 판 돈이라고 묻지도 않는 말을 했었다. 내가 채권만 들어 있던 신 여사를 직접 설득해 1억 5천의 원금을 2억으로 불린 것이 이제 6개월 남짓 되었다. 타 계좌에 비해 회전을 줄이고 매도 시점도 늦춘 것이 좋은 결과를 가져왔다. 전체 계좌의 평균 수익률은 6개월 기준으로 9퍼센트 내외였던 것이다.

"낮에는 아무래도 그렇지?"

"맥주 한 잔 정도라면 무난하겠네요."

"그럴까?"

원래 낮에는 마시지 않는다. 맥주 한 잔은 술 미만이다.

"둘째 며느리가 대학 병원 안과 의사잖아. 자꾸 검진 한번 하자는데 이상하게 시간이 안 나서."

"별 이상 없으시죠?"

"노안이지 뭐. 신문의 운수란 같은 건 안 보여. 밖에서는 가급적 선글라스를 끼라고 그러네."

"제 어머닌 근시세요. 멀리 있는 게 안 보이신데요."

"나하고 반대네. 아빠가 길 안내를 잘하셔야겠네."

그 말을 하곤 내 눈치를 봤다.

"네에."

나는 희미하게 웃었다. 저승에서 길 안내를 잘해 엄마가 무사하다고 해야 하나?

"어디서 출근해요?"

이건 대답하지 않을 수 없다. 몇 가지 신상 명세를 우연처럼 파악해가고 있다. 결혼 소개소에도 내놓지 않은 신품을 이리저리 뜯어보고 있는 것이다. 고객만 아니라면 언짢은 기색을 내비쳤겠지만 생글생글 웃으며 천연덕스럽게 대답해준다. 장가가야 할 먼 친척이라도 있나 보다. 맹소해 대리 기준에 맞추려면 대기업 초임 과장에 수도권의 24평 전세 아파트 한 채면 과분하다고 생각할 것이다. 아까 눈앞에서 한 바퀴 빙 돌아볼 걸 그랬다. 엉덩이 크기로 출산 여부도 파악해야 하니까. 뭐, 억하심정은 없다. 다 선의 아니겠는가?

신 여사는 자기 몫의 참치는 다 비웠지만 맥주는 한 잔으로 그쳤다. 운전해야 할 차가 아직 지점 차고에 있었다. 나는 주식 이익분만큼 MMF 통장으로 돌려주기를 잘했다고 생각했다. 신 여사는 은행 연리의 15배가 넘는 그 금액을 집 안방에서 다시 확인해보겠지. 엄마는 그 돈이면 내 시집 밑천으로 충분하다고 생각할 것이다. 로또가 당첨되어도 2등이면 족한 게 내 인생이었다. 엄마가 모르는 게 있다. 내게 그 정도의 돈은 주식 형태로 있었다. 언니는 지나가는 말처럼 물었다. "작아도 전세가 좋지 않아요? 월세 그 비싼 돈, 아이고 우리 같으면 엄두가 안 나요." 빨리 전세를 얻어 시집갈 때까진 양순실 여사를 모시라는 얘기였다. 나는 '월세를 미지와 분담한다' '1년 계약이다' 식으로 여러 방패막이를 쳐놓았다. 언니는 '아이들에게 전념하려면 일도 몇 년은 쉬어야 하는데' 하고 후렴처럼 덧붙였다. 엄마가 없어도 아이를 돌볼 수 있다, 그 얘기였다. 그런 속내를 오빠에게 일러바칠 수는 없었다.

서른다섯 넘으면 엄마와 살 수 있다, 격년으로. 지금은 거짓말을 더 보태서라도 혼자 있고 싶었다. 벌거벗은 내 몸 위에 미지와 가 과장(과연!)이 번갈아 기거하는 꼴을, 그 꼬라지를 보게 할 수는 없지. 밤 아홉시만 넘으면 울려 퍼질 휴대폰의 염려를 견딜 수도 없고 먹기 싫은 아침에 꺼억대며 코를 박을 수도 없다. 휴일엔 엄마를 태우고 오빠 집 나들이를 해 조카들과 뒹굴어야겠지. 오, 노우. 당분간 거기 계세요. 엄마를 사랑하지 않는 건 아니지만 우린 현명한 방식으로 사랑해요. 내가 더 자주 찾아갈게요. 엄만, 암에만 걸리지 말아요. 운동하고, 야채 많이 먹고, 탄 고기 먼저 골라 먹지 말고, 무리하게 일하지 말아요. 엄마가 암에 걸리면 난 내 유전자까지 의심하게 될 거예요. 미래가 불투명하다고요. 알았죠? 암엔 걸리지 말아요. 쓸데없는 병원비도 싫어요. 내 말 알아들어요?

신 여사가 카드 결제 하는 동안 거울을 보며 옷매무새를 살폈다. 잘 보였나 모르겠다. 주머니엔 반으로 접힌 봉투가 들어 있었다. 한 번 "아닙니다" 하고 밀쳤지만 "딸 같고 기특해서 주는 거예요. 나이 든 사람의 성의는 무시하는 거 아니에요" 해서, 많이 받아본 사람만이 줄 수도 있는 거지 생각하며 "그럼 감사히 받겠습니다" 했다. 회사 주차장을 빠져나가는 그녀에게 인사를 하고 지점에 들어오니 변 이사가 날 기다리고 있었다. 77세의 빼빼 마른 변 이사는 20년 전 상장 제과 업체의 임원을 지냈다 해서 나도 그 직책으로 부르고 있다.

"식사도 않고 기다리신 거예요?"

"12시 5분 전에 왔는데 자리에 없길래 화장실에라도 갔나 싶었지."

아, 미치겠다. 오늘 맞다. 나는 아무 생각 없이 이중으로 약속을 잡고 변 이사 건은 까맣게 잊고 있었다. 노인네의 수요일쯤은 곧 수요일이다. 오전에 전화로 확인했어야 했다.

"정말 죄송해요. 급히 병원에 다녀오느라 정신이 없어서. 너무 죄송해요."

"어디 아파?"

"아니요. 피부과……. 의사 선생님이 식사 중이라서."

거짓말이 끝이 없다. 그러게 5백만 원짜리 고객이라고 완전히 무시한 뒷맛이 어때? 변 이사는 명동에서 여기까지 자진해서 나를 따라왔다. 한 달에 한 번 내게 점심을 사주는 시간이 기쁨이다. 그 기쁨을 오늘의 내가 앗아간 것이다. 노인은 이제 돈이 없다. 자식 얘기는 아예 하지 않는다. 서류 가방에 노트를 갖고 다니는데, 거기엔 각종 도표와 그래프 등 주가 분석 자료가 빽빽하다. 클릭 한 번에 3년 치 재무제표와 그래프가 복합으로 뜨는데 웬 수작업이냐고 핀잔할 순 없다. 20년째 해온 작업이고 이걸로 차비와 막걸리 값은 벌어왔다고 자처한다. 그는 주식시장의 역사를 좔좔 꿰고 있다. 독립기념관 불났을 때 대림산업이 얼마까지 떨어졌는지, 아웅산 테러 사건 후 며칠 만에 코스피가 회복되었는지, 세세하게 기억을 되살려낸다. 기억은 많지만 투자 금액은 2년 전의 1천7백만 원에서 계속 쪼그라들었다. 2만 원, 5만 원 이렇게 수시로 빼서 쓰는 것이다. 원장을 훑어보다 그런 금액이 눈에 띄면 나는 마우스에 손가락을 댄 채 그대로 있곤 했다.

일어서는 변 이사에게 지하 식당가의 냉면 무료 시식권을 건네려다 그만두었다. 열 그릇이나 먹고 하나 받은 것인데 함께 식사하지 못할 바엔 예의가 아니다. 매매 때문에 자리를 못 비운다고 하자 변 이사는 "김밥 사다 줄까?" 하고 말했다. 나는 웃으면서 고개를 흔들고 엘리베이터 앞까지 변 이사를 배웅했다. 자리로 돌아와 봉투를 열어보았다. 한 시간을 기다려 신 여사에게 전화를 넣었다.

"잘 들어가셨어요? ……네, 저기, 금액이 너무 많아서…… 받아도 되는지 어려워요…… 고맙습니다. 잘 쓸게요."

봉투에는 백만 원권 석 장이 들어 있었다. 명동 지점 모 고객의 경우, 2개월 만에 3억을 벌어주고 연말에 현금 20만 원이 든 봉투를 받았다. 그날 밤 명동의 구세군 냄비에겐 그것이 두 번째로 큰 금액이었다. 첫 번째는 텔레비전에 나온 얼굴 없는 천사의 천만 원권 수표였다. 천만 원권은 금액도 컸지만 동기도 순수했다. 앞으로 동일 종목에 들어가는 여러 계좌가 있다면 신 여사가 가장 싼 호가에 일부를 매수하게 될 것이다. 매도할 때는 거꾸로 순서를 밟으면 된다. 이익금의 6퍼센트 이상을 내놓는 자에겐 당연히 새 순위가 부여된다. 인생을 어렵게 생각하면 가족이 고생한다.

코스피는 막판에 기습적으로 들어온 외국인의 선물 매수에 힘입어 종가가 급반등했다. 저건 흥분할 일은 아니다. 내일 아침 동시호가에 거품이 빠져 나온다. 그 후 올라갈 놈은 오르고 빠질 놈은 빠진다.

주식? 뭐 어려운가? 상한가 종목이 하루에도 여러 개 나오고 3일 심지어 이빨 빼가며 열흘 상한가 치는 놈도 있다. 그런 종목에 풀로, 시쳇말로 몰빵 찌르면 고생 끝이다. 그런 종목 앞에선 세계경제니 중국 관련주니 오일 머니니 뭘 갖다 붙이며 장세를 전망해도 하품을 참기 힘들다. 내 주식이 미친 듯 올라가고 있는데 경제 분석이나 전망 따위가 뭔 소용이 있나? 배경 음악 역할이나 하면 족하지. 빤빠라빠 빠빠빠, 그러니 직장은 무슨? 관광지에서 칵테일을 홀짝이다 한 1년 후에나 슬슬 투자처를 물색해보는 거다. 그런데 그게 좀 힘들다. 돈이 있으면 종목이 보이지 않고 종목이 보이면 돈이 없다. 돈도 있고 종목도 보여 들어갔더니 악재가 터져 급락한다. 심지어 벌지도 못하고 검찰 조사 받으러 오세요, 한다. 그래도 꿈을 버릴 수는 없다. 그런 꿈이 없다면 거래 자체가 일어나지 않는다. 내 주위에도 몇 사람은 단기간에 거액을 거머쥐었다. 그들이 그 비법을 알려온다면 나는 그 돈을 어떻게 관리해야 하는지 가르쳐줄 것이다. 나는 관리에 좀 더 강하다. 장기 레이스가 편하다는 것이다. 스태그플레이션까지 염두에 둔 장기 전략을 짜보는 게 시간 낭비라고 생각하지는 않는다.

3

본인은 금감원 분쟁조정실의 진 대리라고 밝힌 남자는 전화로 오늘 찾아올 수 있겠냐고 물었다. 오전 열시경이었다. 네시로 약속을 잡았다.

오전 장은 코스피가 약보합을 보이는 가운데 주력 종목의 눈에 띄는 졸전으로 이어졌다. 특히 P는 어디선가 의도적으로 누르는 거대한 힘이 느껴졌다. 이게 뭘까? 그래프를 신뢰하는 자들은 주가가 25일 이동평균선을 깨고 내려가 역주행하고 있으니 힘을 못 받고 밀리는 거라고 설명할 수도 있다.

그래프 신봉자는 의외로 많다. 일봉, 주봉, 월봉, 연봉, 심지어 30년 그래프까지 참고한다. 이동평균선, PF 차트, 막대 차트 등 보조 그래프도 적게는 세 개에서 많게는 15개까지 있다. 거기에 머물지 않고 직접 창안

해내는 분들도 계시다. 이름도 참하다, 밀물썰물 그래프, 주역 팔괘 그래프, 9회 말 수비 그래프. 자세히 보면 천지 운행의 오묘함을 깨닫게 되어 있다. 나는 올 1월에 지르기의 친구가 마침내 개발한 선물 옵션 그래프도 직접 보았다. 매매 급소마다 붉고 푸른 화살표가 buy, sell 정확하게 꽂히며 노트북 화면에 신그래프가 찬연히 떠오를 땐 숨이 멎는 줄 알았다. 그래프의 정상급 고수 울화통은 아주 짧은 시간 노트북을 주시했고 이후엔 말이 없었다. 지르기와 발명가는 그걸 들고 타블로이드 주간지 기자를 만나러 갔다. 승률이 100회 매매 기준 55퍼센트(유례없는)라는 그 가공할 신종 그래프에 대한 기사는 왠지 찾아볼 수 없었는데, 발명가는 피치 못할 사정으로 그걸 10억에 급처분할 작정이라고 했다. 나는 거기까지만 들었다.

그래프는 과거의 유물이다. 그것은 과거의 족적을 이용해 미래의 가격과 추세를 유추해내겠다는 낙관론에 근거를 두고 있다. 큰 세력은 그래프를 만들어간다. 개미들이 꾀도록 그래프를 환상의 곡선으로 변모시킨다. 25일, 75일, 150일, 세 이동평균선이 예쁜 정배열을 보이며 주가가 날개를 활짝 펼치기 일보 직전, 그 완벽한 타이밍에 우리는 회심의 미소를 지으며 대량 매수 주문을 건다. 결과는 우리로 하여금 그래프를 거꾸로 들여다보고 컴퓨터를 쥐고 흔들게 만든다. 한번 꺾인 그래프는 말이 없다.

검은 새의 그림자가 덮쳐오는 듯한 어두운 공포감이 밀려왔다. 으스스 한기가 피부를 덮었다. 오늘 깨먹은 3억에 비하면 이 달팽이 좆인지 뭔지 하는 심인태의 민원은 오직 사람을 괴롭히기 위해 존재하는 종이 딱지에 불과하다. 여차하면 어저께 받은 3백에 5백을 보태 8백을 던져주고 깨끗이 잊고 싶다. 잘잘못 따위 따지면 뭐 하리. 그런 일도 일어나지 않으면 그건 세상이 아니다!

"얘, 나는 왜 애인이 없니?"

오후에 배희숙이 좋은 질문을 해왔다. 나는 다른 전화를 기다리고 있었다. 가기인이 현해탄을 건너오는 날이 분명 오늘이었다.

"왜 그럴까? 왜 그럴까? 왜 그럴까?"

"얘, 끊자. 너 상태가 안 좋은 것 같다."

당연하다. 이 전화 끊고 여의도로 기어가야 한다. 습기 찬 땅속으로, 땅속으로, 덜컹덜컹 시속 60킬로 이하로.

"어쨌든 전화로 미리 의논했으면 이런 일은 없었을 것 아닙니까? 그날의 맹 대리 행동엔 어떤 분노 같은 것이 보여요. 고객 우선을 생각해야 할 직원의 신분으로 적절한 행동이었다고 보기 어렵군요."

진 대리는 짧고 뭉툭한 손가락으로 서류를 뒤적거리며 말했다. 그날 보유 주식을 교체 매매한 후 그 사실을 통보했을 때 심이 펄펄 뛰었으므로 나는 수수료 32만 원을 물어가면서 도로 원위치시켜놓았다. 그런데 종가가 역전되자 심이 또 심술을 부린 것이다.

"그렇다고 하죠, 법리적으로도 문제가 있나요?"

"있습니다. 아시다시피 계약서가 없는 상태에서의 일임 매매는 효력이 없어요. 매매 전에 일일이 허락을 받았어야 했습니다. 물론 소송이 걸리면 구두 약속도 판결에 참고를 하고 영향을 미칩니다만 좀 더 신중해야 했습니다. 샀다가 팔아버린 주식이 도로 올라간 건 개인적인 불운이기도 하고요."

일일이 허락, 바로 그걸 내가 놓친 것이다. 그러나 불운은 제한적인 것이었다.

"그건 아닙니다. 대다수의 제 고객은 그 주식으로 수익을 보고 있습니다."

그나마 계좌마다 구색 맞추듯 N을 사놓고 있는 바람에 괴로운 상황 속에서도 은밀히 위안을 받고 있었다. 평균 매수가에서 30퍼센트나 올라 있는 N은 나에겐 애완견 같은 존재였다. 생각만 해도 기분이 좋아지고 때때로 쪽 입 맞추고 싶은. 그리고 가끔 생각하는 것이다. 내가 저걸 어떻게 살 생각을 했지? 정말 내가 기특해.

"그렇군요. 이거, 제 돈을 개인적으로 좀 맡겨도 될까요?"

"제가 오늘 기분이 좀 그러네요."

"아, 미안합니다. 농담이 지나쳤어요. 지금까지 고객과의 분쟁도 없었고, 이런 사소한 걸로 이력에 흠집 내는 것도 그렇잖아요? 민원인과 구두 합의라도 이끌어내려면 맹 대리의 양보가 필요해요. 아량이라 해도 좋고요."

"어떡하라고요?"

"사실 N의 상승분까지 요구하는 건 무리가 있어요. A 보유에 따른 손실 1천6백만 원의 30퍼센트, 그러니까 5백에 합의를 보실 의향이 있습니까?"

나 참, 괜히 잘났다고 원위치시켜놓는 바람에 이게 뭔 꼴이람.

"없는데요."

직원이 나를 물끄러미 바라보았다.

"다시 한 번 생각해보세요. 민사로 가면 시일을 끌어 이 정도 나올 겁니다. 재판 비용과 그로 인해 빼앗기는 시간을 생각해서 말씀드리는 겁니다."

"승복이 안 되어요."

"제가 그냥 금액을 제시하는 게 아닙니다. 저 캐비닛 안에는 수많은 판례가 있어요. 이 컴퓨터 안에도 있죠. 민사재판부의 판결이 내 판단을 실망시키지 않을 겁니다."

"저, 5백만 원 없어요."

직원이 어이없다는 표정을 지었다. 완전 자포녀네, 그런 얼굴이었다.

"생각해보고 다시 연락 주십시오."

통보처럼 직원이 말했다. 금감원은 운영 자금 공급원인 금융회사 직원

편이라는 거, 그거 소비자보호원에서 지어낸 말 아니야?

"안녕히 계세요."

식당 취업에 실패한 시골 처녀의 풀 죽은 목소리, 상처 입은 가엾은 영혼, 안 느껴져요? 무슨 심보냐고요? 방어술이죠. 종일 나를 연구하는데 이쯤이야. 로비로 나와 지점장에게 전화를 했다.

"5백에 합의 보래요,"

"그래? 알았어. 수고했어요. 바로 퇴근해요."

별거 아니네 하는 투다. 그 정도는 네 돈으로 해결할 수 있지? 그 말이 생략되어 있다. 질질 끌면 이래서 여자는 쓰면 안 돼, 소리가 나올 수도 있다. 심이 연락해오면 3백에 해결 볼 것이다. 2백은 남겨 왕창 술이나 마셔야겠다. 명품보다 술이 좋다.

아, 이런! 휴대폰을 죽여놓았지? 전화 온 데는 없다. 문자도. 아까 지상에서 확인했으면서도 짐짓 놀란 척해본다. 목요일에 보자며? 가 과장을 만날 생각에 차도 안 가져온 자신이 한심하다. 어제 하루 금주한 이유가 도대체 뭐야? 열딱지가 오르는데 깜짝이야! 벨이 울린다. 조금 더 울려라. 폴더를 밀어 올린다.

"여보세요?"

"가기인입니다. 사무실에 안 계시던데 어디십니까?"

왼손을 들어 뛰는 심장을 눌렀다.

"지하철인데요."

덜컹덜컹 쿵쾅쿵쾅, 차창 밖은 어둠의 동굴 나라다.

"들어오실 겁니까?"

"아니요. 퇴근하려고요."

"거기서 S호텔이 멉니까?"

"20분 후에 통과할 것 같네요."

호텔 전경이 통째로 머리에 떠오른다. 작년 연말에 택시가 안 잡혀 일부러 그 앞으로 걸어가 탄 적이 있었다.

"거기 로비에서 한 시간 후에 뵙죠."

"그러세요."

커피 값 아낄 줄은 아네. 찬성이야. 계산서 보면 항상 이게 뭐야, 하게 되니까. 호텔까지 25분, 레스트 룸에서 5분, 그럼 30분을 기다려? 기절해 있으면 모를까, 멍청히 앉아서. 그래서인가 S호텔 가는 길에 언젠가 봐둔 액세서리 가게가 떠올랐다. 거기서 블랙 큐빅 귀고리로 갈아 끼웠다. 정든 빈티지 귀고리는 주머니에 쏙 들어가고, 쇼핑 흔적이 남지 않아 좋다. 쇼핑백을 들고 그를 만날 수는 없지. 남자를 만나지 않으면 쇼핑이나 하는 멍청한 것들, 그런 오해를 하는 멍청한 남자가 그가 아니라고 말할 수 없다, 아직은.

"여기 금연석인데."

호텔 뒤 해물탕집에서 그가 말했다. 호텔 로비에서 그저 하나의 윤곽으로 뿌옇게 다가왔던 그가 이제 사람의 형체를 하고 있었다.

"괜찮아요. 참을 수 있어요."

해물이 끓는 동안 밑반찬에 소주 한 병이 비었다. 우린 술 속도가 비슷했다. 끓는 해물이 반도 비기 전에 또 한 병, 세 병째에 신경이 느슨히 풀어지고 있었다.

"주식은 달랑 2천만 원어치만 사다 놨던데."

"천천히 하려고요."

"저기요."

그가 목소리를 낮췄다.

"뭐요?"

나도 덩달아 목소리가 낮아졌다.

"자기 돈이다 하고 사고팔아요. 깨먹어도 좋다니까요. 스릴이 있어야죠."

"좀 기다려요. 눈이 핑핑 돌아가게 해드릴 테니. 근데 바이오피스는 움직임이 없네요."

없긴, 5백만 원 깨먹고 있다. 아까워라.

"아, 좀 더 두고 보죠. 한 병 더?"

"더."

이건 빨리 마시면 취한다. 잔을 받아놓고 뜸을 들인다.

"옮길까요? 담배 생각날 거 아니에요."

언제까지 그렇게 자상한지 두고 보겠다, 가 과장.

"그럴까요?"

네 병째 술은 반이 더 남았다. 여럿이 마시면 꼭 술이 남았네, 어쩌네 하며 끝을 미루는 인간이 있다. 내버려두면 아줌마가 감춰놓고 시름에 겨울 때 한잔 들이켠다. 그런 걸 생각해야 한다.

쪼끼쪼끼로 옮겨 병맥주를 시켰다. 저예요, 하이트 씨.

"일본 간 얘기 들려줘요."

"동경 친구 신세를 톡톡히 졌죠. 밤엔 마시고 낮에는 사무실. 대화야 주로 일 얘기지만."

"광고?"

"그 친구는 광고계의 이단아예요. 상업광고라도 조잡하지가 않아요. 래디컬하지만 그만큼 매력이 있죠."

"예를 들면?"

"사무실로 오면 보여드리죠."

"그런데 가 과장님은요?"

"내 작품요? 실망할 거예요."

"그러지 말고 말해봐요."

"그럼 구청장 선거에서 써먹은 것 하나만 말할게요. 일에는 우선순위가 있습니다. 구민부터 챙기겠습니다. 이건데 막연하죠."

"그래, 당선되었어요?"

"아니요."

우린 잠시 말이 없었다. 그는 의외로 짧은 침묵에 강하다. 그래, 내가 진다.

"하나만 더요."

"이건 공개하면 안 되는데…… 하는 수 없죠. 한 그릇, 주문 감사합니다."

"그게 뭐예요?"

"돈가스 체인점 찌라시 광고요."

"네? 그런 것도 해요?"

"사촌 형이 오픈한 가게거든요."

"그래, 잘 팔려요?"

"한 그릇짜리만 계속 주문 들어온다고 투덜투덜대요."

"어쩌나?"

"투덜대면 안 되죠. 웃으면서 쾌활하게 배달해야 합니다. 맛은 둘째치고 아파트에서 엄마끼리 모여 앉아 무슨 얘기를 하겠어요? 아이 교육 문제 아니면 음식 얘기예요. 제 말대로만 하면 아이들 생일 파티용으로 단체 주문도 들어와요. 인생은 길게 봐야 합니다."

"배우네요."

"에, 그리고 광고인은 아주 작은 것에도 최선을 다하죠. 보셨죠? 한 그릇도가 아니라 한 그릇, 하고 쉼표 들어간 것, 그게 프로와 아마추어의 차이예요."

"감동적이네요. 한잔 따라보실래요?"

그가 따르기 편하게 맥주잔을 기울여줬다. 거품이 차오르는 소리가 들렸다.

"저도 맥주나 한잔 따라보실래요? 이렇게 말할 수 있었다는 것 잘 아시죠?"

"네?"

"그런데 광고가 생각보다 재미있네요. 일하는 것도 재미있겠어요."

"있다가 없다가 합니다. 광고가 먹히고 돈도 벌면 굿이죠. 근데 그게 쉽나요?"

"가 카피님, 우리 회사 텔레비전 광고 혹시 기억나요?"

"전혀."

"나중에 확인해보세요. 아주 잠을 불러요. 세상에 그렇게 보편적인 광고는 첨 봤어요."

"그러죠."

광고 나올 때마다 오 선수가 골을 넣고 있으니 이제 졸린 것이다.

"피곤할 텐데 가서 쉬어야죠."

"한 군데만 더 들렀다 갑시다."

택시를 타고 한남대교를 넘어갔다. 이건 집 방향은 아니다. 술을 마시고 차를 타면 시간은 술 속의 회로를 타고 흘러간다. 지상에서 약간 떠 있는 취기의 계기로 달려간다. 남산 1호 터널은 인생보다 길다, 그렇게 비명을 지르던 내 어린 날의 남친은 지금 어디 있을까? 버스 손잡이에 매달려 터널에 갇혀 있을 때조차 젊음은 부패의 냄새가 없었다. 그게 다르다. 지금은 웃고 있어도 돈 냄새를 풍긴다. 터널을 빠져나와 차창을 열자 4대문 안의 대기가 오래된 창고 냄새처럼 밀려들어왔다.

T호텔 뒤 언덕길에 차가 멈춰 섰다. 그가 돌담 벽에 부조된 듯한 술집 문을 밀자 담배 연기로 자욱한 실내가 펼쳐졌다. 테이블 세 개가 밀집 배치되어 있었다.

"어서 와."

짧은 머리에 화장기 없는 여자가 좁은 나무 스탠드 뒤에서 환영사를 던졌다. 두 테이블은 20~30대 남녀들로 꽉 찼고 남은 한 테이블도 생머리와 곤두선 머리가 차지하고 있었다. 술집 언니는 그쪽 테이블을 턱으로 가리켰다. 여긴 택시 업계도 포기한 합석의 잔재가 남아 있었다. 그가 웃음을 띤 채 앉자 생머리가 한마디 했다.

"이렇게 대놓고 배신 때려도 되는 거야?"

뭔 귀신 씻나락 까먹는 소린가?

"배신은? 니네들이 잘했어봐. 사태가 이 지경까지."

사태라니? 내가 사태의 한 요소인가?

"소개해줘요."

곤두선 머리가 말했다.

"한참 언니야, 맹소해 씨."

"반가워요."

내가 먼저 손을 내밀었다.

"반갑습니다."

둘이 합창을 했다.

"김희진, 이민주. 둘의 이름이지."

둘은 맥주 여섯 병을 세워놓았다. 새우깡 부스러기가 그릇을 벗어나 테이블보에 흩어져 있었다.

"오빠가 오늘 이 언니랑 할 얘기가 있다. 두 병씩 더 마시고 일찍 들어가라."

"사는 거야?"

생머리 김희진이 말했다. 좁은 실내라 다른 테이블의 말소리가 다 들려왔다. 왼쪽은 연극판이고 오른쪽은 문학판 같았다. 그러니까 여긴 무슨 예술 한다는 사람들의 소굴이었다. 저들이 왜 여기 좁아터진 곳에서 몸들을 비비다시피 앉아 있는지 알 수는 없었다. 영화사 기획실장과 사진작가라고 자신을 밝힌 두 처녀는 입에서 담배 떨어질 시간이 없었다.

스탠드의 언니는 레코드판을 갈기 위해 가끔 자리를 떴다. 여긴 아직 제니스 조플린이 먹어주는 곳이었다. 60년대 종이 사람의 가슴을 이렇게 후벼 파도 되는지 모르겠다.

문학판에서 미친 귀신 머리를 한 30대 중반의 남자가 일어나 건너왔다. 손에 맥주병이 들려 있었다. 그는 벽 쪽의 간이 의자를 끌어다 가 과장 옆에 앉았다. 그가 앉은 순간부터 자리는 엽기가 되어버렸다. 그는 시인 소시국, 주로 소말국으로 불리는 자였다.

"이야, 이 자식이 이 통통한 벌레, 자본의 밑씻개, 가 카피가 깔치 하나는 당찬 것 물었네. 돈으로 물었냐?"

"내가 물었거든요, 씨발 놈아."

나는 '깔치' 소리를 평생 처음 들었다.

"카카, 재미있네, 가 카피 이 자식 완전 물건 하나 건졌네. 기업체 나팔수 주제에."

"말국아, 그만 해라. 시끄러워 못 살겠다."

연극판에서 수염이 지저분한 남자가 고개를 돌렸다. 시골 장터 나오는 단막극 장돌뱅이, 너 맞지?

"어, 딴따라! 시끄러우면 가라."

가 카피가 미친 머리의 귀를 잡아끌어 뭐라고 얘기한 다음에야 조용해졌다.

밖으로 나오자 언니가 따라 나왔다. 90년대 전설적인 밴드 멤버 둘이 어깨를 부딪듯 지나쳐 술집 문을 열었다.

"미안해요. 오늘따라 유별나게 지랄이네."

그가 주머니에서 만 원짜리 몇 장을 꺼내 언니 주머니에 집어넣었다.

"뭐야?"

"말국이 택시비. 일찍 보내."

"참 너도 엔간하다. 그 지랄을 다 듣고도."

우리는 어두운 담벼락을 따라 걸어 내려갔다. 택시를 타려면 한참을 가야 했다.

"아까 귓속말로 뭐라고 하신 거예요?"

"아, 그거요? 입 다물면 한 번 줄게 했죠."

나는 그를 쳐다보았다.

"진심은 아니고요, 녀석은 이반인데 커밍아웃을 못했어요. 두려운 거죠. 거친 말 뒤에는 연약하고 두려움에 떠는 자아가 숨어 있죠. 시 한 편에 5만 원짜리 인생의 자괴감에 상처받는. 이 얘긴 그냥 잊으세요."

이반이고 자아고 나는 그런 유의 황폐함에 익숙지 않았다.

"그런데 가 카피님은 화도 안 나요? 그렇게 막말을 해대는데."

"자본의 밑씻개, 기업체 나팔수요? 멋진 말이죠. 난 시를 포기했어요. 재능이 없었죠. 가끔은 녀석을 질투해요."

"시는 시고, 광고는 광고 아니에요?"

"지금은 그렇게 생각하고 있어요. 그런데 가끔 그렇게 욕해요?"

"……누구나 약점은 있잖아요."

"아, 약점…… 내 약점은."

"쉬이!"

나는 손가락을 입술에 갖다 댔다.

"저기 택시 옵니다."

"내버려둬요."

나는 그를 담벼락에 밀어붙였다. 당황한 그 앞에서 까치발을 하고 입술을 훔쳤다. 첫 키스는 죽을 것 같다. 한 쌍의 남녀가 지나갔다. 여자가 뒤돌아봤다. 그런 뒤에도 한참 있다 그에게서 물러섰다.

"길에서 해보고 싶었어요."

"오늘이 무슨 요일이죠?"

"목요일, 왜요?"

"무슨 말이든 해야 할 것 같아……."

"가요."

빈 택시가 불을 켠 채 오고 있었다.

4

"지점장은 본부 들렀다 오실 거야. 우리끼리 진행합시다."

마지막으로(결코 양보할 수 없는) 지르기가 입장하자 고질라가 보던 신문을 접었다. 지점장이 안 계시면 아침 회의라도 신문을 뒤적거리거나 가벼운 정보와 농담을 주고받다가 끝난다. 그러나 오늘은 고질라의 꿈틀거리는 굵은 눈썹 아래 불을 뿜는 듯한 눈길을 보자 불길한 생각이 들었다. 직원들의 마뜩잖은 침묵 앞에 고질라는 판을 벌이기 시작했다. 그중엔 신규 계좌 확대, 기존 계좌 활성화, 기술적 매매 제고 등 아예 외워버린 말도 있었다.

"나는 물에 물 탄 듯 술에 술 탄 듯 미적지근하고 지지부진한 게 제일 싫어. 한번 하면 최선을 다해야만 비전이 있다고 생각해. 디젝트, 이제 시작인데 벌써부터 지치면 정말 의욕 상실이지."

"고 차장, 당신 생각은 잘 알겠는데 또 의미 있는 노력이라 생각하고, 근데 말이야 무리하게 진행하다 계좌가 물리면 오히려 역효과가 일어날 수 있다고. 지금도 다들 희생이 큰데 무리하게 밀어붙여야 하겠어?"

웬일인지 너구리가 반발한다.

"나 차장, 이런저런 이유 갖다 대면 우린 디젝트 진행 못해. 부작용은 디젝트와 상관없이 일어날 수 있어. 조심해도 일어난다고. 결국은 죽도 밥도 안 돼. 내 생각엔 우린 정신 무장이 필요하다고 봐요. 조 대리?"

"네?"

지르기는 가만히 듣고 있으면서도 깜짝 놀라는 표정을 지었다.

"『불가능한 목표 달성을 위한 5단계 전략』, 그거 다 읽었어?"

언제 또 지침을 내렸나?

"아직."

"거봐. 자세가 안 되어 있어. 미스 하한테 얘기해서 오늘이라도 사람 수대로 책 주문해. 자세가 있어야 전략이 있지. 다음 모임엔 그 책을 갖고 토론을 해보자고. 그 책이 그냥 책이 아니에요. 저번 임원 연수 때 교재로 채택된 책이니까 우리가 그걸 읽는 건 당연한 의무일 수가 있어. 난 아무래도 사장님께서 이번 방문 때 그 책을 읽어보았냐고 꼭 물어볼 것만 같아."

아직도 성 앞에 '미스' 붙이는 인간은 고질라밖에 없다. 지점엔 그걸 지적하는 인간도 안 계시다. 그보다 고질라는 지점장이 없으면 지점장의 세 배는 얘기했다. 직원들은 동시호가 마감 30분 전에 풀려났다. 3월 결산 법인인 원원증권의 이사 선임 차기 주총은 13개월 후였다.

장 뚜껑을 열자 나스닥 상승에 장단을 맞추느라 크게 떠서 나온다. 매수할 종목이 마땅찮다. 매도하기엔 목표 가격이 아직 멀었고. 그래서인가 명동 지점의 성 대리 전화가 걸려왔다.

"저번에 맥주 한잔 얻어 마신 게 자꾸 맘에 걸려."

"그러셔. 본론부터 얘기하셔."

"조용히 듣고 있어. 개인 계좌로 C를 조금만 들어가. 10분 후에 한번 밀 거야. 그때 7천 이하로 들어가야 해. 알았어?"

"언제 빠져나오면 돼?"

"마감 한 시간 전에는 나와."

"어디 소스야?"

"끊는다. 행운을 빌어."

이런, 내 계좌는 잠겨 있다. P를 판 천만 원은 뭐에 씌어 주류회사 주식으로 둔갑해 있다. 알코올 중독자의 심정으로 요 며칠 오르지도 않는 그 주식을 흘겨보고 있었다. 지금 종목을 교체해봐야 판 금액만큼만 살 수 있고 어차피 증거금을 걸어야 하는데, 잠시 고민 후 예나연에게 간다. 전표를 내밀며 속삭이듯이,

"7백만 잡아줘. 현금으로."

"선입금? 공문 내려왔어. 걸리면 나 징계야."

바짝 다가간다.

"스테이크 싫어?"

"응?"

"30분 안에 넣을 거야. 밤에 내가 쏠게."

"언니, 30분 안에 꼭 넣어야 해."

"속고만 살았니?"

자리로 돌아와 거짓말처럼 밀리고 있는 C를 본인 계좌로 5천, 신 여사 계좌로 2천 잡았다. 그리고 건물 1층으로 내려갔다. 현금 입출금기에서 마이너스 통장 7백을 현금으로 뽑자니 10분은 걸린다. 못할 짓이다. 현금을 백에 담아 사무실로 올라오니 선입금 잡은 시각에서 정확히 25분 지났다. 예나연은 현금 다발을 기계로 백만 원씩 세어 하나씩 따로 묶는다. 그걸 지켜볼 필요는 없다. 전산화 전에는 선입금 20억도 잡았다는 전설이 있다. 드물게 입금이 펑크 났는데 아주 난리가 났다. 회사에서 대신 입금하고 매수한 주식을 담보로 잡아야 했다.

주식은 내려가 있다. 당장 전화기 버튼을 누르고 싶지만 참는다. 신경이 잔뜩 곤두서 있는데 점심 직전 손님이 찾아왔다. 오승미의 여중 동창생은 아이 하나는 안고 하나는 유모차 뚜껑을 덮어두었다. 승미가 내 협박에 1차 파견으로 반응을 살피는 것이다. 그런데 왜 150만 원이지? 나는

천만 원권 수표를 기다렸으나 그녀는 대뜸 "30년 놔둘 건데 뭘 사야 하나요?" 물어왔다. 그래, 30년 후 인생 60, 또 시작이다. 1950년 그해의 코카콜라 주식 1백 달러가 50년 후 얼마가 되었는지 아는 사람은 안다. 참고로, 나는 숫자를 듣는 순간 깊은 침묵에 빠졌다. 승미 동창생은 삼치구이 점심 특선에 아이 분유 값 2만 원, 신규 계좌 개설 캠페인 사은품으로 나온 와인 잔과 그 따개를 챙기고 두껍기가 우편번호부 못지않은 『상장 기업 재무 분석』 책자는 유모차에 실었다. 그녀는 답례로 "승미가 많이 외로워해요" 미친 소리를 남겼다. 아무튼 30년 후의 빙과회사 주가에 대해 우리는 입을 굳게 다물었다. 비밀이 새어나갈까 봐.

참은 보람이 있다. 식사 후 돌아와보니 C는 산 가격보다 2퍼센트 올라 있다. 주 매수 창고는 H증권이다. 두시경 6퍼센트 올랐다. 매수 매도세가 치열하다. 이빨을 부딪치듯 호가가 부딪는 소리가 난다. 거래가 폭발적으로 늘어나고 있다. 가라 매수가 우선호가 바로 밑으로 20만주 한칼에 깔렸다. 사지 않고 받치는 호가 물량은 시각적 효과를 노리는 것으로 물량의 위압에도 불구하고 십중팔구 가짜다. 거기에 대고 누가 때리기 시작하면 호가는 거짓말처럼 사라지고 만다. 도망가버리는 것이다. 누굴 속이려고? 그쯤에서 때렸다. 수수료 떼고 본인 계좌로 270만, 신 여사는 110만 원을 벌었다. 미소가 사라지기도 전에 이번엔 진짜 물량이 들어와 호가를 띄운다. 8만 주를 한꺼번에 사가는 걸 보니 입이 벌어진다. 판 가격보다 3퍼센트는 더 올라 거기서 공방전이 한참 이어진다. 미련을 버리려면 쳐다보지 말아야 한다. 번 걸로 만족 못하면 정신 장애가 온다. 그건 좋지 않다.

장 마감 후 확인해보니 판 가격에서 1퍼센트 올라 있다. 그 정도면 위안이 된다. 벌 수 있었던 가상의 돈, 이게 정신을 좀먹는 가상의 벌레다. 거기다 P가 보합인 건, 이 불로소득을 온전히 누릴 수 있게 참아준 건 말없는 짐승의 충정이다. 나는 오승미는 잊고 성 대리에게 전화했다.

“고마워서 어찌하나요?”

“하나만 알아주면 돼. 내 할당량이 한 장이었는데 70퍼센트 넘긴 거야.”

“고맙다! 뽀뽀!”

효과음을 확실히 첨가한다.

“아아, 자기, 점심에 뭘 먹은 거야?”

“지랄하는 성 대리니임, 조만간 연락할게요.”

“제발 그러시구려.”

이런 거래는 비교적 손쉽게 수익과 약정을 올린다는 데 기쁨이 있다. 정보를 확신하지 못해 크게 베팅할 수는 없다. 평균 셋에 하나는 물린다. 작전이 내일로 미뤄졌다거나 변경되었다거나 이유는 많다. 다음 날도 그 다음 날도 지지부진, 그러다 회복 불능 지점까지 주가를 끌고 내려가면 정보 제공자와의 우애가 심각한 위협을 당하기도 한다. 남녀 불구, 쪼잔한 인간성의 소유자들에겐 원한을 품게 할 수도 있다. 작년 11월, 9백을 한칼에 날린 적 있다. 증거금만 걸고 1억을 들어갔으니 종가에 때려야 했다. 정보 제공자는 나중에 메일로 당일 매매한 전산 기록 원장을 보내왔다. 자신도 물려 있으니 위안 삼으라는 뜻이었다. ‘안 이래도 돼. 난 잊었어.’ 대범하게 답신했지만 9백을 생각하니 밤에 홀로 참이슬을 따지 않을 수 없었다. 내 돈이었던 것이다. 오늘은 다른 이유로 와인을 따리라.

마감 준비 중인 예나연에게 다가갔다.

“스테이크, 논현동에서 때리자. 주희 씨도 같이.”

“정말?”

카드 할인 20퍼센트를 받아도 4만 8천 원인데 정말 소리가 나올 수밖에. 동생들의 저녁 식탁에 대해 그동안 무심했다.

“언니, 아까 그거 언니 계좌지?”

“조용히 해라.”

"응, 알았어."

킥킥댄다. 이럴 땐 어린애다. 사실 30분 후에 정식으로 입금 잡고 매수했더라면 더 싸게 살 수 있었다. 그런 얘기는 하지 않았다. 사람이 분노하게 될 때는 그런 얘기를 태연히 하는 자가 눈앞에 있을 때이다. 그렇지 않아도 하주희에게 저녁을 언제 살까 했는데, 이게 더 자연스러울 수 있었다. 선약 있다고 빼지 않은 걸 보면 하도 평화를 원하나 보다.

논현동의 이 집 스테이크가 기억할 만하다고 뇌까린 여인은 오승미가 아니라, 하루는 좌경화되었다 하루는 우경화되었다, 근래 들어 도무지 평정심이라곤 찾지 못하는 배희숙이었다.

"청담동 바닷가재의 기억에서 빠져나온 게 언제라고 또 기억을 만드냐?" 그랬더니, "요즘 것들은 처바르기만 하지 속을 명품으로 채울 줄 몰라요. 거기다 그 집의 딜럭스한 분위기는 말이야, 함께하는 사람과의 시간을 명품으로 만드는 것이거든. 무형의 명품이 많아야 진짜 엘레강스해지는 거라고" 하며 목소리를 굴렸다. 뒤이어, "니네 회사에 능력 있고 집안 빵빵하고 키 큰 인간 하나 없냐?" 했을 때 나는 바로 대답했다. "없다."

예나연은 "맛있다" 소리를 본 메뉴 시식 중에 두 번이나 질러댔다. 5만 원짜리 메독도 곁들였으니 입 안에서 녹아도 어쩔 수 없다. 거기다 웨이터는 신중하게 오가며 와인 병을 기울이곤 하지 않는가? 손님들은 모두 게걸스러운 웃음이나 심한 사투리 사용을 자제하고 있다. 냅킨조차 함부로 더럽히지 못하고 입가를 콕콕 찍을 때면 예의 입술이 파르르 떨리는 듯했다. 음악은 카펫을 따라 물처럼 스며들고 벽을 타고 천장으로 갈라져 조명을 받으며 비처럼 흩뿌린다. 통유리 밖 밤하늘은 오늘따라 크기도 다양한, 오묘하게 빛나는 별들의 마차로 분주하다. 저 마차에서 누군가 항아리를 기울여 커피 우윳빛 구름 몇 점을 흩어놓았다.

"사내들이 빠져도 괜찮지?"

"호호, 누구 말이에요? 우리 지점 분들요?"

예가 말했다.

"그래. 삼겹살하고 무슨 전생의 연이 있나? 좀 발전한 게 와인 삼겹살 아니니. 횟집도 전체 회식 할 땐 시장 횟집으로 가는 거 알지?"

"맞어, 언니. 스키다시로 홍합하고 부침개 나오는 집."

하주희가 말했다.

"아마 죽었다 깨어나도 이런 덴 안 올 거야."

나의 말에 예가 대꾸했다.

"애인 만나면 오지 않을까?"

"하하, 그래도 고 차장은 안 온다."

다들 웃었다. 고 차장, 고질라는 야식으로 피자만 시켜도 "양놈 빈대떡이 그렇게 좋냐?" 하고 시비를 걸었다. 모른 척 한쪽 얻어먹으면 좀 좋아? 기러기 아빠 신세에 신토불이 어쩌고 거름 냄새 나는 소리만 해젖혔다. 굵고도 짧은 목을 단단히 조인 셔츠가 임금을 착취한 동남아산 영국 제품인 걸 알 리도 없고 빈대떡이 얼마나 비싼지 물정도 모르고 하는 소리였다.

"언니, 언닌 이런 데 자주 오지?"

예가 부러운 듯 말했다.

"올 일이 별로 없지."

"애인하고 안 와?"

하는 표정이 없었다.

"애인? 그런 거 없어."

"에이, 안 믿겨."

"주희 씨."

"네?"

"얘 말하는 거 좀 들어봐. 애인이 무슨 도깨비 방망이에서 나오기라도 하니? 노처녀 히스테리 일으키려 한다."

하는 조그맣게 웃었다.

"얘, 좋은 데 와서 기껏 사내 얘기 하다 갈 거야? 한 병 더 할까?"

"아니에요, 언니. 너무 비싸요."

"사내들은 룸에서 30만 원짜리도 먹는데 뭐 어때."

한 병 더 시키자 웨이터는 더욱 정중해졌다. 메독이 기울어지며 붉은 액체가 고요히 잔으로 흘러나왔다.

"좋은 시간 되십시오."

삼겹살집 아줌마가 가위 들고 하는 소리완 격이 다르다. 셋은 잔을 부딪쳤다. 쨍 소리조차 운율을 띠고 있었다.

"언니, 많이 나오겠다."

예가 근심 어린 얼굴로 말했다.

"또, 또. 할인이 있잖니. 참 주희 씨, 요즘 서무 장부 누가 정리하니?"

"제가요."

하가 말했다.

"그래? 이따 영수증 챙겨가."

"언니, 접대비로 처리해요?"

"얘는? 자기들하고 먹는 게 접대니? 난 가라 접대는 안 해."

"저번 달에 신규도 많이 트셨잖아요. 그래서 언니 한도가 있거든요."

"그건 놔둬. 나중에 사용할게. 하나 물어보자. 반 대리가 지점장 골프 접대비 챙기니?"

"어떻게 아세요?"

"금요일 오후면 지점장실 들락거리잖아. 영수증 처리 어떻게 해?"

"네?"

"가라 영수증 구하느라 애먹는 거 다 알아. 지점장 접대 골프야 한 달에 한 번? 주말마다 가면 큰 거래가 터져야 하는데 거의 없잖아. 그러니 지점 접대비 한도도 만날 그 자리고."

"전 그런 건 잘 몰라요."

"알려주려고 하는 소리가 아니고, 수시 감사 언제 나올지 모르거든. 영수증 처리 티 안 나게 잘해둬. 대전 지점은 여직원도 징계 먹었나 보더라. 간도 크지. 접대비까지 손댔나 봐. 아무튼 징계 먹으면 정규직은 물 건너가는 거지. 전환시켜주고 싶어도 결격 사유에 걸리잖아."

하의 얼굴이 빨개졌다. 예는 눈만 멀꿍게 뜨고 있다. 겁주려는 것보다 확실히 해두어야 한다. 인간적으로 호소하는 식의 인문학적 방편으로 임시 처방할 수는 없다. 하가 푼돈 몇 푼 챙기는 것 따위야 관심 없지만 여차하면 바로 간다는 신호는 보내야 한다.

"아, 참. 언니가 선물 줄게."

가방에서 문화상품권 봉투를 꺼냈다.

"조카들 있지?"

예는 고개를 끄덕이고, 하는 그냥 빤히 쳐다본다.

"어린이날엔 회사에서 아무것도 안 나와. 어버이날엔 나오지만."

"언니, 받아도 돼요?"

예가 감격한 얼굴이다.

"그럼. 자지 않고 선물 기다리던 나 어릴 때 생각나서 그래."

사실이다. 선물을 기다렸다. 어린이날이 1년에 하루라는 것도 알고 있었다. 아빠는 공책과 연필을 사오셨다. 아이들 동요처럼 크레파스를 사오기도 하셨다. 선물은 1986년까지 이어졌다. 그 이후론 매해 어버이날, 오빠와 함께 카네이션을 만들어 아빠와 엄마 왼쪽 가슴에 꽂아드렸다. 1991년 어버이날, 아빠의 마른 볼에 웃음이 번졌다. 아빠의 볼록한 배도 웃고 있는 것 같았다. 마지막 어버이날이었다. 한 달 후 병원에선 아빠 몸에 흰 시트를 덮어두었다. 화장터에서 엄마가 기절했다. 육군 상병 오빠가 엄마를 들쳐 업고 휴게실로 옮겼다. 힘들고 긴 하루였다.

"나는 그래. 어버이날 나오는 돈 액수는 너희나 지점장이나 같더라고. 회사에서도 부모는 차별할 수 없나 봐. 그런 정신이 좀 더 확대됐으면 해."

"고마워요, 언니."

예가 진심을 담아 말했다. 나는 예를 바라보며 말하기 시작했다

"난 정규직 직원들이 뒷짐 지고 있는 것도 불만이야. 노조도 말로는 비정규직 처우 개선이니 정규직 전환이니 하지만 실제론 모든 책임을 회사에만 떠넘기고 있거든. 자기들은 10원도 손해 안 보려고 해. 지금처럼 이익잉여금이 적립보다 신규 투자로 빠져나갈 땐 비정규직 문제는 정규직 직원들도 일정 부분 희생할 필요가 있다고 봐. 연간 정기 임금 인상분 중 1퍼센트씩만 매년 양보해나가도 결국 다 안고 갈 수 있을걸? 직원들이 그렇게 희생할 때 회사에서도 정규직 전환을 서두를 수 있고 전환 내용도 알찰 거라고 봐. 울며 겨자 먹기가 아니라 회사 발전을 위한 삼각 주춧돌을 놓는 형국이 되거든."

자리가 숙연해졌다. 글쎄, 이건 입에 발린 소리가 아니었다. 대다수가 창구 여직원인 비정규직 문제를 가볍게 볼 수는 없었다. 영업직 남직원과의 술자리에서 위의 발언을 몇 번 한 적 있지만 돌아오는 반응은 시큰둥했다.

"야, 고임금 줘서 기껏 키워놓으면 애 낳는다고 유급휴가 받고. 영업직이 집안 재산 거덜내며 장사해놓으면 서류나 입력하다 월급 때 되면 차근차근 돈 타서 적금 들고 불려서, 나중에 봐 인생 역전이에요. 영업직은 거지 되고 위험부담 한 번 안 진 직원들은 아파트에 퇴직금 챙겨 떵떵거리며 살고 있다니까. 그런데 뭘 희생하고 누구를 봐줘?"

그런 격한 반응에서부터,

"글쎄올시다. 땡 하면 퇴근하고 쇼핑이나 하는데. 돈 더 줘봐야 명품 사는 데 한계가 있겠냐?"

왼왼만 이런지는 모르겠다. 기껏 진일보한 견해라 해봐야,

"회사 임원들보고 좀 내놓으라 그래. 임원 보수 한도는 해마다 높아지잖아? 사외 이사는 또 하는 일이 뭐 있어? 거수기들 월급 그만 챙겨주고 딸 같은 어린 여직원들 좀 보살피라고 그래. 정치판하고 짝짜꿍할 일이 뭐 있겠어? 비정상적으로 덩치를 키우자니 불법 영업을 부추기고 비자금이나 조성하는 거지. 임원들에게 얘기해봐."

최 상무에게 얘기하라고? 금융회사 임원은 상장 대기업 임원 보수에 비하면 한도와 지급 모두 많은 편이 아니었다. 월스트리트에 비교하면 그야말로 조족지혈이다.

뻔한 얘기지만 직원마다 비정규직 내의 비정규직이라도 자리만 있으면 집어넣고 싶다는 무직자들—동생, 처제, 조카가 넘쳐나지 않는 집이 없었다. 그들은 국가가 짊어져야 할 짐이었다. '져야 할'이라고 누구나 주장하고 건의하고 언급하고 다급하게 외치고 있었다. 국가는 청년 실업 얘기가 나오면 뻣뻣한 팔을 뻗어 중장기 플랜 파일을 다시 들쳐보고 '계속 진행토록!' 하고 담당 공무원에게 지시했다.

"사람 하나 내보내는 게 이렇게 힘들어서야. 이러니 올 A 받은 딸애까지 취직 자리가 안 나는 거 아냐."

이렇게 얘기한 당사자는 바로 국가 기관에서 낙하산 타고 온 이 감사였다. 사고 예방 차원의 의례적인 방문 자리에서 이 감사는 영업 책임자들을 앉혀놓고 그렇게 하소연했다. 최근 실적이 부진한 노령자들이 퇴사 종용을 받자 노조가 반발했고 사측은 심기가 불편했다. 저런 퇴물들 때문에 장래가 구만리 같은 우리의 젊은이들에게 일자리를 못 주고 있지 않냐고 강변하니 대의명분은 저들이 더 챙기고 있었다. 따라서 재계약을 하지 않으면 그만인 비정규직의 비율을 적절히 유지하는 것이 신축적인 고용 정책에 절대 필요한 전제가 되었다.

"정규직 직원들은 희생할 준비가 되어 있어요."

작년 말 '심장병 수술 여직원 돕기 바자회' 건으로 만난 여직원회 채수정 부위원장은 비정규직 문제에 대한 내 말에 코웃음을 쳤다.

"회사가 감복할 것 같아요? 회사는 안 움직일 거야. 법안 시행 시기까지 여유도 있고."

"계약직 여직원들이 여자 간부들에게 심리적 거리감을 갖고 있다는 것도 알아요."

"질투심이라고 말하고 싶은 건가요? 내부의 고충들을 모아보면 여자 간부들이 더 지독하게 군다는 사례가 많아요. 우린 얼마 되지 않는 여자 간부들을 공개적으로 적으로 돌리고 싶지 않아요. 지금으로선 정규직 전환 문제에 우리의 역량을 쏟아 부어도 모자랄 판이니까요. 비정규직이 없어지면 동질성을 회복할 테니 그땐 지엽적인 문제들이 저절로 없어지지 않겠어요?"

동질성? 어느 정도까지는 그렇다. 그러나 전환 내용을 자세히 보면 그렇게 단언하지 못할 거다. 정규직 직원들은 적이 아니다. 그들을 움직여 그들과 진심을 나누고 사측을 압박해 들어가라. 그때 속으로 그렇게 말하고 있었지만, 나는 내 말과 생각 자체에 왠지 모를 피로감을 느끼고 있었다. 나는 고개를 끄덕인 뒤 그녀와 악수를 하고 헤어졌다.

그날부터 지금까지 비정규직 문제는 크게 진전된 게 없었다. 여자 간부 탄핵 건이 사내 게시판에 나돌지도 않았다. 아무튼 예나연은 이 자리에서만은 무슨 일이든 언니 편이라는 모습을 보여주려 애쓰고 있다. 좋은 모습이다. 오랜만에 먹어본 스테이크 맛도 여운이 있다. 지금 밤 아홉 시가 지나가고 있었다.

총 5만 원짜리 문화상품권 봉투를 하나씩 챙겨 넣은 예와 하가 지하철역사 안으로 사라진 후 나는 커피숍에 앉아 아메리카노를 마셨다.

미지에게선 연락이 없다. 그러니까 퇴근 후 세 시간 동안 전화도 문자도 없었다. 미지는 제 역할을 다 못하고 있다. 켕기겠지, 전화를 넣어본다. 기다릴 필요가 뭐 있담.

"응, 소해야. 안 그래도 전화하려고 했는데."

그럼 했어야지.

"나도 일 있었어. 지금은 프린데 어디야?"

"인사동. 필자 만나 저녁 먹고 있어. 인터뷰 형식 밟는 거라서."

"인터뷰에 옵션도 끼어 있냐?"

"얘는? 내일 보자. 전화할게."

이별을 원하는 건 이제 나야, 미지야. 서서히 우리에게 찾아왔던 이별에 대한 예감과 징후들, 예사롭지 않았지? 아니, 그전에 우린 변화가 필요해. 감정의 앙금과 육체적 찌꺼기는 순수하게 증류시키고 새로운 느낌으로 서로를 바라보는 거야. 우리 가능할까?

뭐 하냐? 이제. 집에 들어가 발 씻고 자냐? 남자들은 전화방도 가고 '호프와 인생' 같은 중년 여자 혼자 하는 저렴한 술집도 가고 발 안마도 받는다지? 좀 더 거리를 쏘다니고 싶을 때, 집에 가기 어정쩡할 때 말이야.

어두운 B급 영화관, 나는 천천히 더러워지고 싶어. 익명의 입김이 목덜미를 파고들 때 나는 나를 내놓는 거야. 두 시간여 더러운 빗물 같은 자막을 읽어 내려갈 거야.

한 달째 미지는 나를 거절했다. 대신 어떤 자식의 거기에 미쳐 있다. 미지의 육체가 나를 벗어나 방만하게 도로와 숙박 업체를 덮고 있는 것이다.

나는 지린내가 피어오르는 영화관 의자 밑에 미지를 구겨 넣고 익명의 입술에 내 입술을 준다. 난 미지의 구겨진 울음소리를 듣고 싶다. 잘 봐, 다만 입술이야. 남자도 여자도 아닌 다만 입술 그 자체, 붉고 도톰하고 무엇보다 날 미치도록 원하는. 내겐 그런 키스가 필요해.

5

'글로벌 시장에서의 금융 환경과 그 변화!'

4월 셋째 주 화요일, 강남 본부가 있는 개포 지점 객장, 전 회계연도 우수 직원 포상에 앞서 경제 연구소의 국제부장이 직접 나서 특강을 했다.

'세계경제는 제조업에서 서비스업과 금융업으로 급속히 이동하고 있다. 여러분은 지금 미래를 향한 올바른 좌표 위에 서 있다. 그러나 글로벌 경제가 요구하는 인재상의 기준에 못 미치는 자들은 좌절을 맛보게 될 것이다. 미래의 영광과 꿈을 실현시키기 위해선 끊임없는 자기 노력과 혁신적인 창의성이 요구된다. 미래를 향해 노력하지 않는 자는 정체된 자가 아니라 퇴보하는 자이다. 여러분은 우선 여러분이 서 있는 자리에서 출발해 세계 자본의 흐름에 발맞추어 앞으로 나아가게 될 것이다. 여러분의 선택이 현명하기를 기원한다.'

이상, 30분에 걸친 국제부장의 강연을 요약했다. 80여 명의 영업점 책임자들은 묵묵히 강의를 듣고 연사의 퇴장에 맞춰 박수를 쳤다. 뒤이어 우수 직원 포창이 있었다. 매월 수여하고 있지만 분기와 연말 결산엔 그만큼 무게감이 있었다. 연간 실적 우수자들은 선진 금융 타운 연수 명목으로 해외여행 특전이 주어졌다. 신사 지점에선 고질라가 재작년에 차장급 2위를 기록해 2주 동안 월스트리트를 다녀왔다. 나는 미친 매매가 하나 있어 작년 3/4분기에 대리급에서 3위를 했고, 당시 강남 본부장이던 최 상무가 직접 표창장을 주었다. 둘의 관계는 회사 입장에서 본다면 존재하지 않는 것이었다. 그렇게 정신 나간 본부장은 가능하지 않은 존재였던 것이다. 대기업 임원은 연애 따위를 하는 자리가 아니었다. 한다면 그 상대는 돈으로 해결 가능한 존재여야 했다. 사랑이니, 이별이니 하는 건 지난밤의 드라마에서나 듣는 것이었다.

작년 12월 31일 최 상무는 내게 미쳐 있었다. 회사는 결단, 도약, 성취라는 새 모토 아래 송구영신 행사를 동해안 G시에서 전 직원 참여하에 성대하게 개최했다. 관광버스 수십 대와 수백 대의 승용차, 무궁화 열차까지 동해로 동해로 줄을 이었다. 밤에는 G시의 대형 체육관에서 한 해의 성과 보고 및 새해 업무 계획이 공표된 후 인기 가수 공연과 직원들의 청백전이 이어졌다. 나는 그 시간에 체육관 뒤 으슥한 곳, 최 상무의 차 뒷좌석에서 팬티를 내리고 반 누워 있었다. 미쳤어! 소리를 내지르면서도 도저히 허리를 멈출 수 없었다. 새벽에는 모두 바닷가로 이동해 인간문화재 제자들이 북 치며 소맷자락을 나빌레라 하는 가운데 유명 성우가 긴박하게 중계하는 동해의 해돋이를 지켜봐야 했다. 그 시간에도 새해 첫날의 그 장엄한 순간에, 나는 민박집 창틀에 기대어, 떠오르는 붉은 태양과 뒤에서 파고드는 최 상무의 뾰족한 불길을 동시에 감당해야 했다. 나는 그의 정액으로 더러워진 팬티를 입은 채 관광버스에 실려 죽은 듯 서울로 돌아왔다. 훗날 나는 알았다. 그날 밤부터 새벽까지 날 흥분시켜 간 건 다름 아닌 바로 나였다. 나는 나를 거칠게 범하며 나의 일부를 경험하고 있었다. 한 해를 가로질러 온전히, 그렇다는 듯 열려가는 내 육체의 비경에 밤이, 새벽이, 태양이 개입했고, 어두운 차창이, 불온한 대기가, 가없는 수평선이 뒤를 이었다. 전 직원이 원을 그리며 둘러섰고 최종적으로 그들의 대표인 최 상무가 나섰다. 그 사실을 나는 함구했다. 지금 이 시간까지. 그가 표창장을 건네주던 단상 아래 다시 여기까지.

신사 지점에서는 오늘의 주인공이 없었다. 대종상이 수상자로만 진행될 수 없듯이 수상 여부와 무관하게 참석은 의무였다. 본부장은, 다가오는 5월은 강남 본부가 타 본부를 앞지르는 차원을 넘어 타 증권사와의 경쟁 구도에서도 우위를 점하도록 초석을 놓는 달이 되게 하자고 힘주어 말했다. 그 말에 박수 치지 않는 자가 없었다.

모든 절차가 끝나면 본부장은 시상자들과 저녁을 먹으러 갔다. 직원들과 식당이 겹칠 때도 있지만 본부장은 자리를 뒤섞지는 않았다. 멀리서

달려와 넙죽 술을 권하는 직원의 잔을 마지못해 받는 정도였다. 그들의 술값을 따로 계산해주는 일은 없다고, 나는 들었다.

타 지점 남직원의 끈끈한 눈빛이 달라붙을 때가 있다. 매번 혐오스러운 건 아니다. 오늘 눈빛이 들킨 저 세련된 남자는 역삼 지점의 강 차장이다. 36세에 지점장 승진 대상 1순위며 미혼이다. 내 동기 무교의 이 대리가 그의 주위를 소리 없이 맴돌고 있다는 말이 소문의 귀착지인 내 귀에까지 들려왔다. 그를 비켜서 화장실에 다녀오자 그는 사라지고 없다. 미처 밤의 동료를 만나지 못한 남정네들만 우왕좌왕 몸을 비틀며 구슬픈 소리를 내고 있었다. "어이, 진짜 가는 거여?" "약한 모습 보이는 자가 누구야?" 나는 또박또박 걸어가 2층 에스컬레이터에 몸을 실었다. 건물 입구에서 지점 직원들과 부딪쳤다.

"찾았잖아."

너구리 나 차장이 말했다. 울화통과 지르기가 같이 있었다. 고질라는 타 지점 동기들과 휩쓸려 진작 떴다고 울화통이 말했다.

본부 건너편 골목에 조개구이집이 있었다. 이 집에서 아가리를 벌린 조개가 익는 과정을 지켜보는 것은 분명 즐거움이었다. 일주일에 3일은 2, 3차로 마시며 20년을 보낸 선배들이 떠나간 자리, 그곳에서 오늘의 연기가 피어오르고 있었다. 그들의 시간은 이제 가고 없다. 나는 면장갑 낀 왼손으로 조개를 집어 들고 살을 파먹었다.

"요즘 힘들지?"

너구리가 무작정 말했다.

"언제는 안 힘들었습니까? 하는 대로 하는 거죠."

울화통이 대꾸했다. 그는 벌써 소주 한 병을 더 비웠다. 급하게 마셔야 할 이유를 이 자리에서는 찾기 힘들었다.

"이러다간 우리 지점장님 이사 승진은커녕 자리에서 물러나지 않으면 다행 아닌가?"

지르기가 말했다.

"고 차장 열의는 나무랄 수 없지만 각자 여건이 너무 안 좋아."

너구리가 말했다. 간접적인 비판이었다. 고질라 라인인 울화통 앞에선 비판의 수위를 조절해야 했다. 울화통이 지르기의 담뱃갑에서 담배를 꺼내 물었다.

"끊었잖아."

너구리가 깜짝 놀란 표정을 지었다. 회사에서 포상금을 내걸고 금연 펀드를 조성한 작년 늦가을 이래 6개월간의 금연에 성공한 울화통이었다. 그 금연 캠페인에 참여한 여직원은 한 명도 없었다. 여직원이 공개적으로 흡연자임을 밝히지 못하는 이 험악한 구조, 이 뿌리 깊은 편견을 허문다는 건 혁명보다 먼 얘기였다.

"술자리에서 한두 대 피우는 겁니다. 사는 게 너무 밋밋해서."

"벌금 내야 하는데" 하는 너구리의 말에, "봐주십시오. 벌금 낼 형편이 안 됩니다" 했다.

고객과의 분쟁에 휘말려 있다는 건 가끔 새어나오는 유선상의 통화 내용으로 알 수 있었다. "3개월만 기다려 주십시오"라든가 "기회를 한 번 더 주십시오" 같은. 지점은 부상 병동이었다. 여기서 스피드를 더 내면 부상이 악화될 수 있다.

"좋은 방법이 없을까?"

너구리의 제법 고뇌에 찬 표정이 불빛을 받아 일렁였다.

"신규가 좀 터져야 하는데."

지르기가 말했다. 지르기로서도 회전율이 높은 기존 계좌의 한계를 느끼는 시점이었다.

"맹 대리가 신규 좀 트지 않았나?"

너구리가 말했다.

"처음부터 돌릴 순 없잖아요."

못을 박아놔야지. 실적이 저조한 날에 날 쳐다보게 만드는 상황은 좋지 않다. 그 뒤로 시시한 얘기들이 오가다가 소주만 여섯 병 비우고 일어났다.

지르기의 2차 제안에 울화통은 집에 제사가 있다며 먼저 자리를 떴다. 너구리가 바라던 바였다.

"제사는 무슨, 포커방이겠지."

지르기가 말했다.

"세게 하나?"

너구리는 울화통을 전문 포커꾼으로 격상시켰다.

"그럴 돈이 있겠어요? 카드까지 뽑는 것 같던데."

지르기가 멈칫했다. 중립에 가까운 나를 의식한 탓이었다.

"가지, 호프나 한잔해."

너구리의 말에 셋은 상가 건물 내 '호프 앤 치킨'이라고 쓰인 특징 없는 가게로 들어섰다. 드라마를 보고 있던 아줌마는 이 기회를 놓칠세라 자리를 권하고 메뉴판을 급하게 갖다 놓았다. 3천 시시와 북어가 점지되었다. 맥주잔을 쨍 하고 부딪친 후 다들 쭉 들이켰다.

"나 차장님, 제가 구역 조사를 해봤더니 명색이 강남 신사 지점에 강남 사람이 한 분도 안 계시더군요."

지르기가 말했다. 강남 아파트를 자가로 보유하고 있는 지점장은 생각보다 많지 않았다. 임원들은 강남 거주가 대세였다. 최 상무는 10년 전부터 대치동이었다. 임원 될 사람은 부동산 보는 눈부터 날카로워야 했다.

"지점장님은 송파고, 고 차장님은 분당, 유 대리는 강동."

"송파면 강남 바로 턱밑이야, 분당은 미니 강남이고. 강동도 진군 중이잖아. 강북하고도 상계는 정말 두통 나는 곳이지."

"상계동에서 몇 년이세요?"

"7년, 집값이 은행 이자는 나왔나 모르겠다. 주식으로 치면 저가 대형주지. 바닥을 기는. 일산은 상계에 비하면 그래도 나은 것 같더라."

"최근에 좀 올랐어요. 그래도 시세가 분당의 반값에도 못 미치는 것 같아요. 우리 애 엄마가 분당 사는 아줌마 제일 싫어하잖아요. 동서도 분당 산다고 질투한다니까요."

"그래도 자가잖아요. 전세, 월세 사는 사람 생각도 좀 해주셔야죠."

내가 말했다.

"무슨 자가냐? 대출 빼고 나면 전세나 마찬가지야."

너구리가 변명했다.

"빨리 지점장 나가셔서 불쌍한 우리 좀 데려가주세요."

지르기가 읍소했다.

"고 차장이 먼저 나갈 거야."

"고 차장님요? 그래서 그렇게 쪼아대나?"

"디젝트엔 본인의 지점장 발령 옵션이 붙어 있는 거야. 그 밀약에 따라 우리를 총알받이로 쓰려는 거지."

너구리와 나의 눈이 부딪쳤다. 나는 맥주잔을 입술에 댔다.

"그건 거의 음모 수준이네요."

지르기가 말했다.

"우리나 음모라고 생각하지, 그들은 그렇게 생각 안 할걸?"

"그럼?"

"용병술이지."

울화통이 고질라의 대학 후배인 건 어쩔 수 없는 얘기이지만, 지점장이 그들을 편애해야 할 이유 같은 건 찾기가 힘들었다. 지점장은 장사 잘하는 직원을 다달이 바꿔가며 편애했다.

"그럼 우린 어떻게 해야 합니까?"

지르기가 나를 흘낏 보았다. 너도 이제 우리다, 이런 눈빛이었다.

"투수가 부상으로 2군에 가는 게 이상하게 보이나?"

"……."

"팔을 너무 쓰면 그렇게 되지."

"누구 좋으라고 죽어라 던질 수는 없다, 이 말씀이군요."

"맹 대리?"

"네."

"내가 지점 편 가르기를 하는 것 같나?"

"이미 갈린 것 같은데요."

"위화감 조성한다고 생각해도 할 수 없네. 회사는 여자라고 봐주지 않는다는 건 알고 있겠지?"

"원하지도 않아요. 역차별까지 안 가면 고맙죠."

"오늘 얘긴 오프 더 레코드로 하고 이만 마실까?"

지르기가 좁은 통로의 앞 손님을 제치고 계산대 앞으로 갔다. 선봉장의 정찰 요원이 지뢰를 제거하러 가는 모습 같았다. 기껏 너구리의 신권 3만 원을 보호하기 위해서.

너구리가 먼저 택시를 타고 나는 지르기와 헤어져 좀 걸었다. 머릿속이 복잡하게 얽혀드는 느낌이었다. 지점으로선 좋지 않은 경우였다. 화합만이 실적 신장의 주 엔진은 아니고 분열이 악영향만 미치는 것도 아니다. 경쟁 구도에서는 오히려 실적이 신장될 수도 있다. 그러나 그 분열이 개인의 욕구를 반영하는 쪽으로만 나아가면 지점은 좌초 쪽으로 키를 틀 가능성이 다분하다. 너구리는 오늘 평소보다 말이 많았다. 용병술? 어디서 그런 표현이 떠올랐을까?

화장품 가게에 들러 미지에게 줄 선크림을 샀다. 워낙 대낮에도 돌아다니니 떨어질 때가 되었을 것이다. 미지의 수화기는 꺼져 있다. 벌써 자지는 않을 거고, 샤워나 조깅 중? 일주일에 이틀은 밤에 공원을 뛰곤 했다. "발정 났냐?" 그랬더니 "그래" 무미건조한 대답이 건너왔다. '밤엔 위험해.' 그 말은 꺼내지도 못했다.

한 남자가 공중전화 부스 안에서 수화기를 들고 있었다. 이마에 머리가 흘러내려온 남자의 옆얼굴이 수화기에 반쯤 가려 있다. 나는 저 남자의 전화를 받고 싶어졌다. 그의 얘기를 끝까지 들어주고 필요하면 욕을 하리라. 저렇게 전화하고 있다는 이유만으로 그의 여자가 되고 싶어진 건 벌써 두 번째였다. 한 번은 비 오는 날 공원에서였다. 남자의 급박한 구조 신호는 빗소리에 파묻혀 자주 끊어지고 있었다.

집 전화가 끊겨 공중전화로 아빠에게 전화를 한 적이 있었다. 그 기간이 3개월이었다. 아빠가 개인택시를 경마장에 헌납한 이후였다. 엄마가 아빠의 얼굴을 퍽 소리 나게 주먹으로 내리치자 아빠는 풀썩 주저앉았다. 다음 날부터 아빠는 친구 부동산 가게에 출근했다. 한 달이 지나도 돈은 갖고 오지 않았다. 경기는 올림픽을 앞두고 3저 호황으로 접어들었는데, 아빠는 산에서 강으로 바위에서 낚시 의자로 옮겨 앉았을 뿐이었다. 엄마가 식당 일을 나가고 오빠는 재수 끝에 사립대 행정학과에 입학했다. 2년 후 아빠가 간경화로 병원에 입원하자 식구는 집을 팔고 전세로 옮겼다. 오빠가 군에 있는 동안 아빠가 돌아가셨다.

볕 좋은 어느 날 병실에서 아빠가 나에게 말했다. "경영학과가 최고다." 열네 살이었지만 그 말의 의미는 알고 있었다. 지방대 사학과를 졸업한 아빠는 구조 조정으로 퇴사하기 전까지 페인트 회사 인사부장으로서 간부들과 그들의 지인들 학력까지 외우고 있었던 것이다. 생전에 얻은 한 줄짜리 교훈을 담담하게 읊고는 딸의 야무진 모습에 미소를 띤 후 아빠는 잠시 눈을 감으셨다. 이승의 햇살이 이젠 힘에 겨운 듯했다.

택시를 타고 미지의 아파트로 향했다. 이렇게 찾아가는 나는 기다리는 나와는 약간 달랐다. 나는 시간을 좀 떼어주는 남자의 느낌을 맛보고 있었다. 그런 느낌을 신물처럼 되새김질하고 있었다. 오늘 나는 반항하는 여자의 속셈을 알아야 했다. 최 상무 대타로 자신에게 집착하는 꼴은 못 봐주겠다? 뒤늦게나마 주도권을 쥐고 싶어졌다?

벨을 눌러도 기척이 없다. 벌컥, 녹슨 쇳물 덩어리를 토해내는 수도꼭지는 고쳤겠지? 키를 꺼내 문을 땄다. 우리는 서로의 키를 갖고 있었다. 3개월 전만 해도 키는 빈번히 사용되었다. 미지가 베란다용 티 테이블을 샀다며 커피 타임을 자주 갖자고 속삭였기 때문이었다. 2천 보증금에 월세 50만 원짜리 경기 북부 소형 아파트라고 비낭만적일 수는 없었다. 별자리는 왜 집을 벗어나서야 찾게 되는지, 왜 좀 더 아름다운지, 그건 잃어버린 영혼의 고향을 그리워해서라고 여기서 꽤나 거창하게 생각했었다.

어둠 속 거실 텔레비전에서 뒤집힌 자동차가 바퀴를 돌리고 있었다. 그렇다면 저건 드라마였다. 반쯤 열린 침실 문틈으로 스탠드 불빛이 새어나왔다. 나는 침실 문지방에 섰다.

침대엔 미지와 한 여자가 알몸으로 잠들어 있었다. 등을 돌린 여자의 감아올린 머리 밑 깨끗한 목선이 어깨 쪽으로 유려하게 흐르고 있었다. 여자의 하체는 통통한 엉덩이에서 두 갈래로 갈라져 커피색 종아리로 빠져나갔다. 허리에는 검붉은 전갈 문신이 있었다. 전갈은 이제 수요가 뜸했다. 초기에 공급이 지나쳤던 탓이다. 골반 바지를 입으면 저 초기 넘버의 전갈은 팬티 라인 바로 위에서 숨쉴 것이었다.

미지는 얼굴을 천장으로 향하고 있었다. 침대 밑으로 늘어뜨려진 시트 옆에 성급히 벗은 옷가지들이 널브러져 있었다. 침대 옆 소형 탁자엔 와인 병과 눈에 익은 와인 잔 두 개가 놓여 있었다. '모가지가 길어 슬픈 사물이여.' 가늘고 긴, 푸른 유리 막대를 살짝 쥐고 있던 미지의 그 섬세한 왼손은 이제 낯선 여자의 허벅다리에 닿아 있었다. 오른발은 삼각자처럼 접혀 있었다. 씻지 않아 분비물이 미지의 그곳에서 조용히 말라가며 털과 엉겨 붙어 있다는 확신이 들었다. 심할 경우 만지면 털이 부서질 수도 있다는 생각을 했다.

나는 거실로 나가 냉장고를 열었다. 냉장고 불빛이 거실 바닥을 좁게 드러냈다. 불빛은 인공적인 느낌을 줬고 차가웠다. 냉장고를 닫고 싱크대의 수돗물을 컵에 따라 마셨다. 베란다로 나가 담배를 피웠다. 밤공기는 서늘했다.

침실로 가 침대 머리맡에 놓인 미지의 휴대폰 전원을 복원했다. 벽에 기대 휴대폰 넘버 4를 눌렀다. 신호가 가자 미지는 눈을 감은 채 손을 더듬어 휴대폰을 집었다. 여자가 몸을 움찔했다. 엉덩이 밑이 어두웠다. 미지가 폴더를 열어 발신인을 확인했다. '이게 어떻게 해서 켜져 있지?' 의아한 듯 신호음을 죽인 채 내려놓았다.

"받지그래?"

"뭐야!"

화들짝 놀란 미지가 눈을 동그랗게 떴다.

"받았으면 이렇게 오지 않았지."

"너, 미쳤니! 거기서 뭐 하는 거야?"

미지의 고함에 잠을 깬 여자가 기겁을 하고 얼굴을 다시 돌렸다. 얼핏 본 그 얼굴은 낯이 익었다.

"너, 안 비켜?"

미지가 소리쳤다.

"이런 생각을 한 적이 있어. 우리가 침대에 있을 때 누군가 방 모서리에서 우릴 지켜봐야 한다고. 냉정하고 사려 깊고 용의주도하기까지 한 어떤 사내를 떠올리곤 했지. 그럼 느낌이 오곤 했거든. 상상만으로도."

"미쳤구나!"

"언제 네가 내 앞에서 알몸을 부끄러워했는지 기억이 가물가물해. 그게 2년 전인가, 우리가 처음으로 그 침대에 그렇게 알몸으로 누워 있던 때가."

미지가 침대에서 일어났다. 바닥의 옷을 집어 여자에게 건넸다. 일어나 앉은 여자는 셔츠를 입고 아랫도리는 시트 밖에 방기한 채 나를 쳐다보았다.

"담대하네. 이름이 뭐야?"

나는 여자의 이름과 나이를 알고 있었다. 호지애, 38세, 뜨는 화가였다. 두 달 전에 인터뷰했다는 미지의 얘기를 듣긴 들었지만 뻔질나게 텔레비전과 신문에 얼굴을 비치지 않았다면 천재 예술가라 하더라도 알아보지는 못했을 것이다.

"맹소해라고 합니다."

"둘 사이에 내가 끼어든 거야?"

"내가 끼어든 거죠."

"나 때문에 문제가 생긴다면 내가 빠질게."

"그럴 필요 없어요."

나는 팔짱을 풀었다. 옷을 꿰입은 미지가 물끄러미 나를 쳐다보았다.

"할 일이 딱 하나 남았구나."

나는 주머니에서 열쇠 꾸러미를 꺼내 이 집 것만 따로 떼어낸 뒤 바닥에 던졌다.

"내 거도 줘야지."

우리는 거실로 나왔다. 미지가 백자 항아리에서 열쇠를 꺼냈다.

"겁먹지 말라고 그래. 안 떠들고 다닐 테니."

"소해야, 내일 만나. 지점 앞으로 갈게."

"오지 마. 나 시간 끄는 것 싫어하잖아. 설명은 없어도 돼. 넌 남이야."

미지는 입을 다물었다. 나는 아파트를 나섰다. 엘리베이터는 방금 아래로 내려가 한참을 기다려야 했다. 여기서 출근할 때는 조바심을 치기도 했지만 지금은 그럴 필요가 없었다. 약간 짜증이 날 뿐이었다. 그러고 보니 아까도 침실의 문지방에 서 있을 때 짜증이 났던 것 같다. 일이 잘 풀린 것 같은, 그래도 이런 식은 아닌데 하는 생각, 처음 맡아보는 살 냄새, 이 상황이 주는 심술 맞은 쾌감 등 짜증날 요소는 여럿 있었다.

아파트 단지 앞 도로변 가게에서 담배를 샀다. 오로지 시장 원피스만 고집하는 50대 아주머니는 이 얼굴을 알고 있었다. 여자는 혼자 아니면 104동 처녀와 함께 왔다. 가게 앞에 차를 세우거나 택시에서 내려 걸어오기도 했다. 여자는 휴대폰이 울리면 물건을 고르다 말고 밖에 나갔다가 다시 들어왔다. 2만 원 이상은 카드로 결제하고 그 이하는 현금으로 지불했다. 담배는 말보로 레드였고 생수는 삼다수, 맥주는 카스, 라면은 신라면이었다. 카카오70과 웰빙 커피, 믹스 넛, 동원 살코기 참치, 제철 과일을 사가기도 했다. 주로 밤 여덟시 이후에 왔고, 휴일엔 오전에도 트레이닝 차림으로 들렀다.

아주머니는 이런 성향의 여자가 이 담배를 끝으로 여길 들르지 않으리라는 사실을 알 수는 없었다. 자주 오던 사람이 갑자기 오지 않는 경우는 흔하다면 흔했다. 이사를 갔다거나 드물게는 사망 소식도 들려왔다. 두 달이 지난 어느 날, 가게에 들른 미지는 내 소식을 묻는 말에 대답할 것이다. 무슨 말이든, 가급적 짧게.

집까지는 택시로 20여 분, 지난가을에 새로 뚫린 외곽 도로를 타고 작은 다리를 하나 건너 구(舊) 도로로 접어들면 되었다. 아파트 입구에 내렸을 땐 자정이 넘은 시각이었다. 나는 우편함에서 관리비 청구서와 백화점 카탈로그를 챙겨 집으로 돌아왔다.

창문을 열어 환기를 하고 냉장고에서 캔 맥주를 꺼냈다. 미지의 실수는 냉장고에서 맥주 캔을 남김없이 치워버린 것이었다. 화가 때문에 전적으로 실망한 건 아니었다. 언제나 나를 위해 적당히 냉각된 캔 맥주를 준비해두었던 미지였다. 처음 보는 이온 음료는 정말 실망이었다. 나는 천천히 거품을 들이켰다.

이게 맥주 맛이야, 나는 웃지 않았다.

제4부 여, 사랑의 형식

1

사장님이 오시는 날 월요일 오전, 지점은 그 옛날 어가가 행차하는 고을의 관청과 다름없었다. 청소는 기본, 각종 시설물 작동 여부 및 점검이 재차 이어졌고 지점장은 사학 연금의 매매 오더를 사장님 방문 한 시간 전에 터뜨림으로써 극적 효과를 가미했다. 그 요란한 축포를 신호탄으로 영업 직원들도 사력을 다해 키보드를 두들겨댔다.

비서실 편 과장은 사장님 방문 40분 전에 이미 도착, 지점장과 마주 앉아 있었다. 그는 지점장에게 사장님이 최근에 꼭 던지는 질문 '경쟁력 강화를 위한 지점의 차별화 전략과 지점장의 각오'에 대한 답변을 사전 연습시켰다. 그는 휴대폰을 무전기처럼 세워 지금 서초 지점을 시찰 중인 사장님의 예상 출발 시각을 체크하고 지점에서 준비한 영업 자료철을 꼼꼼히 살펴보았다.

다가오는 5월 주총에서 연임이 확실시되는 사장님은 오전 10시 40분에 도착해 11시 15분에 출발했다. 그 35분 사이에 지점의 현황과 문제점을 파악하고 객장을 돌며 영업 직원 하나하나의 손을 힘주어 흔들었다. 내 앞에 와서는 노골적으로 가슴을 바라보았다.

"한자로 어떻게 씁니까?"

나는 왼쪽 젖가슴의 명찰을 내려다보았다. 아빠가 지었다는 내 이름.

"작을 소에 바다 해입니다."

"나중에 손녀 이름으로 지어주고 싶은 이름이네. 좀 빌려가도 되겠어요?"

"사위가 맹씨만 아니면 좋습니다."

"맹씨는 사귀지 말라고 하지요."

그 말을 하고 57세의 멋쟁이 사장은 잔뜩 얼어붙은 지르기 앞으로 이동했다. 헝겊으로 광까지 낸 명찰을 단 뺀질이가 새가슴 대신 아랫배를 잔뜩 내밀고 업무 창구 앞에서 차렷하는 모습을 보자 쿡 웃음이 터져나왔다. 사장님을 수행하던 백여우가 돌아보며 눈을 찌푸렸다. 나는 입술을 깨물었다.

"요새 유행입니까?"

사장님은 지르기의 스리피스 슈트에 관심을 보였다. 유행 아닌데?

5년 후, 최 상무는 맹소해 수석 차장이 근무하는 지점을 방문한다. '다니기 불편한 점은 없습니까?' 그가 묻고, '없습니다' 나는 대답한다. 나는 지난날을 뒤돌아보지 않는다. 그는 윈윈증권 대표이사 최태수이고 그것이 그의 공적인 직함이다. 대표이사도 여직원의 사생활엔 접근 금지되어 있다. 한 여자의 쓸쓸한 회상엔 남자가 오래 들여다보기 지루한 지점이 있다.

사장이 다음 지점으로 출발한 후 직원들이 참았던 숨을 몰아쉬기도 전에 지점장의 메시지가 내려왔다. 장 마감 때까지 실적을 고도 수평으로 유지하는 게 중요하다는 것이었다. 사장이 가자마자 실적이 다운되는 것을 사장은 무척 불쾌하게 생각한다는 편 비서의 언질이 있었던 것이다.

그 가자마자는 당일이 지나고도 해소되지 않았다. 지점장이 가자마자의 범위를 일주일로 잡고 있었던 것이다. 한 가지, 사장님이 미처 언급하지 못한 책자, 『불가능한 목표 달성을 위한 5단계 전략』의 단계별 핵심 요점 암기 과제도 무기한 유예되었다.

"사장이 왔다 갔어?"

양평 해장국을 앞에 놓고 언니는 본 적도 없는 사장이 사촌 오빠이기나 한 것처럼 땀으로 번지르르한 얼굴을 들어 말했다. 우리가 함께 모셨던 사장은 3년 전 카드사로 자리를 옮겨 모 경제지 칼럼에서 올바른 신용 사회 정착에 대해 한 보따리 떠든 인물이었다. 사장 취임 1년이 지나자 기념이나 하듯 사철 풍경을 담은 그림 전시회를 열어 토요일의 인사동 거리를 양복쟁이들로 가득 메웠는데, 언니 당시에 구조 조정을 단행한 바로 그자였다.

5년 전까지 도봉 지점 차장이었던 금발 마녀(미녀보다 폭이 넓다)와 동행한 젊은 남자는 현 사장 이름을 듣더니 모 개그맨 형님 되지 않느냐는 엉뚱한 소리를 했다. 사장 동생은 현 국회의원으로 민주화 운동과 정치 자금법 위반으로 감옥을 두 번이나 다녀온 자였다. 그를 개그맨이라고 생각한다면 이자는 도대체 누구인가?

"퍼펙트 노랑이네."

"왜, 보기 싫어?"

나이 마흔에 그레이에서 금발로 색상 전환을 했으니 배짱이 두둑하다고 해야 하나, 그런 배짱이 데이트레이더의 매매에까지 확장 적용되고 있었다. 마녀는 불세출의 데이트레이더였다. 영업 직원으로 근무하던 10년간 3만 회 이상의 주문을 넣었던, 매매와 시세에 닳고 닳은 백전노장의 징그러운 부활, 황금을 주조하는 새 연금술사의 탄생을 약여하게 과시했다. 동시호가 직후의 투매 받아먹기, 때리고 밑에서 훑기, 오름 시세에 달리며 시간차 빠져나오기 등 매매 기법은 더욱 다양, 정교해졌다. 그날의 목표 수익을 올리면 오전 9시 5분에 컴퓨터를 꺼버리는 결단력도 돋보였다. 손해 볼 때도 느낌이 좋지 않으면 바로 자리에서 일어났다. 화투판이 아니므로 감히 눈 흘기는 자는 없다.

마녀의 투자액은 2천만 원, 6개월 동안 원금은 변함이 없었다. 버는 족족 수익금을 은행 통장으로 이전했다. 통장으로 6개월간 천2백만 원이 건너갔는데 그건 그녀와 열두 살 아들의 생활비였다. 6개월 수익률은 60퍼센트, 수수료를 감안할 때 환상이었다. 게다가 가외 수입이 있었다.

내가 반도 더 남긴 해장국을 마녀는 땀까지 흘리며 깨끗이 비웠다. 감탄하는 마음으로 바라보고 있는데,

"아침을 안 먹잖아."

하며 웃는다.

누군 먹나? 30대 총각들과 친하게 지낸다는 건 집에는 아무도 발을 들여놓지 못한다는 뜻이다. 이혼 5년차에 실직 5년차면 국선 총각이라도 제공해야 하는 게 국가의 의무다. 남자는 이름도 들어보지 못한 주식을 들먹이더니 이번 신제품이 터지면 주가가 산 위로 올라갈 거라고 말했다. 남자가 내게 조만간 부딪치자고 하자 언니가 끼어들었다.

"네가 뭘 아니? 그냥 맡겨."

"언니가 관리하지 왜?"

"난 싫어, 얘."

언니는 남자를 향해 살짝 눈을 흘겼다. 주식과 남자는 분리해야 한다고 믿는 듯했다. 남자는 시계를 들여다보더니 "일 좀 봐야겠구먼" 말하고 계산대를 막 바로 지나쳐 나가버렸다. 그는 '특'으로 먹었다.

언니는 레스토랑 세대이다. 양송이 크림수프 냄새 나는 지하 레스토랑, 촉도 낮은 조명이 떨어지는 테이블보 앞에 그림처럼 앉아 있는 게 어울리긴 하다. 언니는 담배 연기를 내뿜으며 가루 설탕 넣은 커피 잔을 휘젓는다. 내가 봉투를 내밀자 말없이 핸드백에 찔러 넣는다. 일금 20만 원, 언니는 저번 달에 온라인으로 17억을 매매했고 수수료는 약 2백만 원이었다. 그중 10퍼센트를 돌려주는 것이다. 이건 회사가 모르는 거래고, 설령 안다 해도 이런 거까지 간여하면 화가 나려고 한다. 이렇게 덜어주고도 나는 지난달 기준으로 17억 약정 거양(擧揚)과 함께 연봉에 부과될

누진 세금을 제한 약 15만 원의 이득이 있었다. 고마워, 언니. 당일 약정 내역을 쳐보고 이렇게 속삭인 날도 있었다. 지난달엔 언니 소개로 자산 4천만 원대의 온라인 고객을 관리 계좌에 등록시켰다. 언니가 몰고 온 고객은 분기별로 정산, 계산하기로 합의를 보았다.

"그대는 어떻게든 버텨라. 나와보면 개털이야. 영업력이 소문났거나 계좌를 몰고 다니지 않는 이상 면접 볼 기회도 없다니까. 알파걸 어쩌고 떠들지만 관공서와 일부 전문직 외에는 기껏 데커레이션 타입의 일자리고, 아직 여자는 아니야. 멀었어. 남자들이 다 잡고 있어. 자진해서 물러나면 1년 치 임금 더 준다 해서 덜컥 사표 낸 내가 미친년이지."

"한번 찍히면 거의 못 버티잖아요. 언니 나가고 다들 차례차례 그만뒀어요."

5년 전 구조 조정 바람이 휘몰아칠 때 많은 고참 언니들이 그만뒀다. 여자 나이 35세가 넘으면 남자 나이 50은 먹은 것처럼 몰아치니 견디기 힘들었을 것이다. 당시 언니 한 사람 임금으로 비정규직 두 사람을 쓰는 게 얼마나 이익인지 회사는 주판알을 튕기고 있었다. 결과적으로 회사가 옳았는지는 모르겠다. 다행히 지금은 그렇지 않다. 최근의 침체 분위기에도 불구, 그간의 장기 랠리 덕분에 회사는 많이 너그러워졌다. 실적 압박은 여전하지만 감원은 신중해졌다. 여자 간부 비율도 증가하는 추세다. 이제 내 나이 31세는 그냥 31세로 통한다. 정확하게는 29세다. 40이 되어도 11월 생일이 돌아오기 전까진 미국식 계산으로 38세다. 국회의원과 구청장 출마자의 나이가 미국 기준인 건 화면 프로필을 보면 알 수 있다.

"혹시 이직 생각 있어? 종금사 과장 자린데 지금 연봉이 어떻게 돼?"

"누가 내 얘기 해요?"

어쩨 한 달이 아직 안 되었다 싶더니, 이 얘길 하러 온 모양이다.

"응, 전에 내가 모셨던 이사가 거기 상무로 계셔. 주식 부문을 강화하기 위해 팀원을 구하는 중이야."

"생각해줘서 고맙지만 이직은 전혀 생각 안 해요."

"윈윈이 그렇게 좋아?"

"아직까진."

"아무튼 생각이 바뀌면 언제든지 말해줘. 나는 안 되냐고 그랬더니 미안하다고 하더라. 오래 쉬다 보니 고객이 하나도 없는데 뭘 어쩌겠어. 네 나이가 부럽다."

다수의 어린 아가씨를 하나의 수첩에 확보하고 있는 룸살롱 마담처럼 고액 계좌를 몰고 다니는 일부 간부급 여직원은 회사 이직 시 그만큼 프리미엄을 요구할 수도 있었다. "저 이번에 외국계로 옮기거든요" 간단히 통보하고 "언제 나가서 계좌 이전할까?" 이런 대답을 들으려면 평소에 고객 관리가 물샐틈없어야 한다. 나의 경우 회사 이직은 놔두고 지점 이전에도 몇 계좌나 따라올까? 30퍼센트? 그것도 장담 못한다. 언니는 나를 잘못 알고 있는 것이다. 이직을 원했다면 경쟁사의 애널리스트 자리를 제의받았을 때가 적기였다. 그때는 '2년차가 배은망덕하게' 그런 소리가 무서웠고 새 환경도 부담이 되었다. 아무튼 언니의 제안은 날 바짝 정신 들게 한다. 이 업계에서 제값 받고 팔리는 인력이 되려면 시일과 노력, 열정이 더 필요하다.

"언닌 금쪽 같은 아들이 있잖아. 나도 언니가 부러워."

"그놈이야 뭘로도 바꿀 수가 없지. 근데 제대로 키우려면 돈이 한두 푼 드니? 뭘 해야 좋을지 모르겠어. 언제까지 데이트레이더로 살아갈 수도 없고. 최근엔 벌기도 힘들어. 감이 떨어졌나 봐."

"결혼하는 건 어때요?"

기술을 배우라, 식당에라도 취직하라, 그런 소리가 나오지 않는다.

"애 하나 딸리고 무직에다 재산이라곤 전세 값밖에 없는 여자? 남자들이 눈이 삐었니?"

"어디 모임 같은 데라도 나가봐요. 요즘 좋은 모임이 많잖아요."

나는 아까의 '특' 남자는 싹 무시했다. 계좌 들고 제 발로 찾아올 위인이 아니다.

"모임? 수필 동호회도 있고 등산 클럽도 있어. 그래도 남잔 눈에 안 띄더라. 눈에 띈들 내 차례가 오겠니?"

"인연이 있을 거예요, 진짜로."

나는 일어나기 전 따로 준비한 봉투를 내밀었다.

"뭐야?"

"토요일이 모친 고희라며."

"그대가 어떻게 알아?"

"그러니까 블로그에 그런 거 남기지 말라니까."

"거긴 내가 푼 돈이 얼만데 안 올리니?"

언니는 기분이 좋아진 듯 담배 연기를 맛있게 내뿜는다. 엄마는 고희가 한참 멀었다. 그전에 휴가를 내서 함께 타이완을 다녀올 거다. 이번엔 지킨다. 우수 직원 포상으로 왕복 항공권과 호텔 숙박권을 탔다고 말해두어야 하겠지? 누구에게 못내 감사의 말을 올려야 하느냐고 물어오니 사장님은 유럽 출장 중이셔서 비서에게 전했다고 하면 통하려나? 여자 나이 고희! 강남의 고상하고 우아한, 그러니까 고아한 할머니들은 스테이크 써는 법도 정확하던데 엄마는 잔칫집 뷔페에서 비닐봉지에 떡 싸기 바쁘니 그 차이에 대해 내가 뭘 논하랴? 어쨌든 집에 오면 색깔도 다양한 그 떡들을 맛있게 먹어주곤 했지 뭐야.

찻값은 내가, 하며 계산대로 가는 언니의 청바지 뒤태는 아직 30대 초반이다. 맹소해의 뒤태는 20대 초반까지 내려가지는 않는다. 지금은 꽉 조여두는 게 필요한 시점이다. 성장은 멈추었으니까. 버스 정류장으로 향하는 걸 보니 급하진 않은 것 같고 그럼 오후 매매는 생략하려나 보다. 저 버스가 어디서 언니를 내려놓을진 언니만 안다. 언니와 열두 살 아들 사이의 중간 지대, 역마차의 커튼이 내려온다. 육체는 정신보다 외롭다.

그게 다시 정신을 쓸쓸하게 한다. 거리엔 눈부신 차창을 단 오후 한시의 버스들이 차례차례 와서 떠나가고 있다.

P가 폭삭 주저앉았다. 오후 두시 반경이었다. 이유는 알 수 없었다. 종가까지 남은 시간은 30여 분, 주가를 돌리기에는 시간이 부족했다. 심장을 옥죄어오는 불안 속에 종가는 전일 대비 7퍼센트 하락으로 끝났다. 다시 말하지만, 이 주식에만 65억을 묻어두었다. 오늘 하루, 여섯 시간 동안 4억이 추가로 날아갔다.

마감과 함께 책상을 정리하고 사무실을 나섰다. 차를 몰고 한강 쪽으로 달렸다. 드라마를 볼 때마다 나는 말했다.

"쟤들은 왜 꼭 한강에 가서 얘기하니? 찻집에서 얘기하지 않고."

그럼 미지가 말했다.

"몰랐니? 방송국이 가깝잖아. 사람들 통제하기도 수월하고."

지금은 진정으로 원해서 여기에 왔다. 한강 둔치의 시멘트 계단에 앉아 녹차를 마시며 담배를 피웠다. 휴대폰을 꺼놓은 건 영업 직원답지 못한 행위였다. 그건 알고 있지만 고객의 문의에 일일이 답변하기가 두렵다. 괜찮을 거라고, 곧 반등하지 않겠냐고, 고객은 실망 속에서도 그런 대답을 원한다. 지금은 아무 말도 못할 것 같다. 잠시 혼자 있고 싶다.

보유 종목의 폭락은 손실 확대와 고객 이탈, 실적 부진, 승진 탈락 등 복합적인 문제를 야기한다. 당뇨가 합병증을 일으키는 것과 같은 이치다. 스트레스로 장기 손상을 입기도 한다. 심근경색으로 곧장 이어지는 경우도 있다. 4년 전 청량리 지점의 양 대리는 한밤중에 호흡 곤란으로 입원했다가 다음 날 퇴원했다. 지금껏 별 탈이 없는 건 아직 젊기 때문일까?

여러 번 힘든 고비를 넘겨왔지만 이번엔 예감이 좋지 않다. 치명적이지는 않아도 회복하는 데 시간이 걸릴 것 같다. 그사이에 입을 대미지는 생각보다 크리라. 녹차를 진작 비우고 담뱃갑을 구겨 던질 때까지 아무 방책도 떠오르지 않는다. 그래, 주가가 반등하는 것 외에 무슨 방도가 있겠는가? 석 달? 넉 달? 어떤 땐 주가가 무너진 선을 뚫고 본격 상승하는 경우도 있다. 하락하는 과정에서 계좌주들이 대폭 물갈이되기 때문에 매물 부담이 상대적으로 줄어드는 것이다. 작년 F기업이 그런 경우여서 17억이 빠졌다가 8억 이득을 주었다. 팔고 다른 종목으로 갈아타는 과정에서 대거 약정이 발생하며 우수 직원의 영예까지 안겨주었다. 그런 행운을 또 기대해도 되는지는 모르겠다. 지금 고객 중 그때의 고객은 반도 되지 않는다. 새 고객들도 똑같이 인내를 가져줄지는 확신할 수 없다.

강 건너 아파트와 건물들이 높이를 다투며 들쭉날쭉 늘어서 있었다. 나의 두 눈이 저 뭉툭한 직사각형의 콘크리트 입체물, 차가운 무관심과 회색의 정적 덩어리들을 남김없이 쓸어 담고 있다는 사실에 나는 놀라고 있었다. 이런 경악은 때로 생활의 하중을 무시할 수 있는 힘을 순간적으로 부여했다. 주식이 1억 배나 뛴다 해도 이렇게 놀랍지는 않으리라. 자신의 목에서 소리가 나와 사람들이 그 소리에 반응한다는 사실을 도저히 믿을 수 없다고 말한 남자는 결국 정신병원에 갇혔지만 그는 진실을 말한 게 아니겠는가? 지금 이 시각 그는 자신의 고함을 듣고 달려오는 간호사를 놀라서 바라보고 있으리라

차 안으로 돌아가 휴대폰을 켰다. 그사이 국 원장과 목 전무, 김 사장에게서 전화가 왔다. 나는 그들에게 일일이 전화를 걸어 지금 시점에선 주식과 함께 간다고 비장하게 말한다. '실적은 배신하지 않는다'는 이승엽식 멘트도 남긴다. 실적이 예상을 빗나가면? 그럼 다음 분기 실적이 있다. 그 실적이 나쁘면 또 다음 분기. 젠장, 1년 만기 정기예금 이자가 얼마야? 특정 금전신탁은? 채권 수익률은? 그것보다 나으면 되는 거지. 낙관적으로 생각하자, 힘을 내고. 지금이 가 과장에게 전화하기 좋은 시간이다. 밤에는 또 우울해질지 모른다.

"네…… 그럴까요?"

운전석 의자를 눕히고 음악을 틀었다. 재즈지만 곡명을 모른다. 공기의 성분을 따지지 않듯, 햇살의 맛을 모르듯 어떤 음악은 그냥 듣기만을 요구한다. 중간에 너구리가 전화해 괜찮으냐고 물어봐주었다.

"배고파요."

"우리 맹 대리 뭐 사줄까?"

"내일요. 돈가스 먹고 싶어."

내일 점심에 꼭 돈가스가 먹고 싶어져야 한다.

친절한 너구리 씨는 P기업의 주식 담당자에게 주가가 빠진 이유와 실적 전망까지 캐물었다. 순진하기는, 주식 담당자가 전화로 익명의 주주에게 하는 얘기를 정보라고 볼 수 있나? 답답한 투자자의 자기 위안이지. 너구리에게 고맙다고 한 뒤 특별한 이유는 없다고 말한 주식 담당자가 배 터지게 저녁을 먹고 푹 쉬기를 기원했다. 오늘 무척 바빴을 테니까.

40분쯤 지났나, 기인 씨가 택시에서 내리고 있었다. 이런 데로 택시가 들어서면 범죄 영화가 생각났다. 그는 형사 역에는 어울리지 않는다. 지는 해가 한강 둔치 넓게 오늘의 마지막 햇볕을 펼쳐놓았다. 강물은 은빛 비늘을 뒤채며 서남쪽으로 흐르고 있었다. 그가 다가오고 있었다. 좌석을 세우고 조수석 문을 열어주었다.

"회의 있었어요?"

여의도에서 온 것으로 생각한 모양이었다. 나는 대답 대신 고개를 끄덕였다. 자세히 보면 희미한 미소가 떠올랐다 꺼졌을 것이다. 거짓말하고 싶지는 않지만 사실을 말하고 싶지 않을 때도 있다. 지금이 바로 그런 때였다. 회사 일로 그의 위안을 받고자 한다면 그건 나쁜 버릇으로 발전할 수도 있었다. 그런 일이 반복되면 그도 지치리라. 그냥 두면 그는 남아 있을 수 있다. 신선하고 보기 좋게.

"저녁 생략하고 마시는 술 어때요?"

시동을 걸며 내가 말했다.

"밥만 안 시키면 돼요."

그런가? 그렇구나. 아는 것도 많다. 조금 급하게 차를 출발시켰다. 의논 끝에 간판이 가느다란 비에 젖고 있는 아귀찜으로 합의를 봤다. 대리기사를 자청한 그는 소주 한 잔으로 두 시간여를 버티는 수도자의 풍모를 보여줬다.

빗줄기가 점점 더 거세어졌다. 이 정도면 우산에서 후드득 소리가 들려온다.

비는 기억을 몰고 온다. 툇마루가 있는 마당에 쏟아지는 장대비, 한밤중 천지를 메우며 사납게 쏟아지는 폭우, 찻집 통유리에 번지는 빗방울 빗방울, 남대문시장 좌판 가게의 비닐 덮개를 타고 주르륵 바닥으로 떨어지는 빗물, 그 정경들 속으로 몇몇 남자가 걸어 들어왔다간 이내 멀어져갔다. 아빠와 5년 전 그 남자, 그리고…….

거리에 내리는 비, 달리는 자동차와 우산을 쓴 행인들, 저것들을 과거의 어디서 본 것 같다. 이미지의 환생 같은 것, 삶은 기실 거대한 공허인가? 거기서 온갖 이미지가 생성되어 변주되며 환몽을 꾸게 하는. 나는 이런 잡념에 오래 머무를 자신이 없었다. 꿈에서 깨어나듯 시선을 거두었다. 나는 기인 씨의 오피스텔 창가에서 돌아섰다.

실 평수 13평치곤 답답하거나 심란하지 않았다. 광고 프로듀서의 방을 연상하고 있었던 탓일 게다. 원룸의 벽을 장식하는 커다란 광고 포스터, 촬영 기기 세트, 철제 가구, 푸르스름한 조명, 이런 것들은 눈에 띄지 않았다. 30인치 삼성 텔레비전, 마란츠 오디오, 엘지 컴퓨터, 디자인을 부각시킨 이룸 책상과 인체 공학적 기능의 의자, 그 외 식탁, 소파는 낡고 평범했다.

나는 소파에 앉았다. 그가 뜨거운 커피를 두 잔 타왔다. 설탕이 생략된

인스턴트커피였다. 내가 아는, 잘못 끓이기가 힘든 맛이었다.

그가 다가왔다. 내 기억이 맞다면 두 번째 키스가 시작되었다. 그의 입술은 부드럽고 따뜻했다. 입을 부딪치는 이 원시적이고 모호한 광기야말로 진정 행위라고 부를 만했다. 몸은 떨어져 있고 얼굴만 살짝 기울여 다가온 그 입술에 고요히 입술을 맞대고 있자니 시간은 과즙처럼 상큼한 향내를 풍겨왔다. 떨어질 듯 그의 입술이 다시 부딪고 조심스럽게 맛을 보듯 혀끝을 대었다 물러났다. 눈을 뜨자 그의 두 눈이 저만치서 웃고 있었다.

나는 창가로 가 담배를 피웠다. 바람이 빗줄기를 사선으로 몰고 갔다.

"안아줘요."

그가 다가와 뒤에서 안았다. 스킨 냄새가 났다. 이 스킨은 거칠고 낯설다. 그러나 그의 목덜미 체취는 다르다. 좀 더 풋풋하고 땀에서는 사내 냄새가 난다. 엉덩이에 부딪는 그것의 느낌은 묵직하다. 처음부터 커서 오지는 않았다. 그래서 좋았다. 커가는 그 감각을 엉덩이가 받아들일 때 나는 움찔하며 몸을 약간 비틀었다. 재를 몇 번 바닥에 떨었다. 그의 서늘한 입술이 뒷목덜미에 닿았다. 천천히 몸을 비틀어 빠져나왔다. 윗도리를 찾아 입고 여자가 빠져나간 자리에 그대로 서 있는 그를 향해 미소 지었다.

"우산 하나 빌려줘요."

2

한 주 후 다시 월요일, P는 2만 7천 원 선을 배회하고 있었다. 첫날의 7퍼센트 하락에서 추가로 18퍼센트가 더 빠져 닷새 동안에만 무려 25퍼센트나 떨어졌다. 그사이 E증권과 U증권에서 150만 주를 매도했다. 매수

창고는 특징이 없었다. 실망한 고객들은 대책을 요구했다. 이유를 알 수 없다니, 그게 할 말이냐는 추궁이 이어졌다. P가 빠지는 동안 오히려 코스피가 올라간 것이 그들의 화를 더욱 돋우고 화의 당위성을 뒷받침했다. 이제 선물로 한 방에 만회해야지 다른 방도가 없다고 확신한 이는 정유소도 사장이었다. 그는 기진맥진했는지 선물 계좌 트러 오지도 못했다.

어제 오후만 해도 '차라리 죽자' 생각이 거짓말처럼 떠올랐다. 추호도 그럴 의도는 없었지만 죽음이 추상이라면 죽는 것도 나쁘지 않다는 생각은 분명히 했다. 손해 본 20억을 개인적으로 벌려면 50년은 개처럼 일해야 할 거라는 절망적인 생각도 들었던 것이다. 오늘 날짜로 아프리카 짐바브웨의 하라레 지점 개설 위원으로 발령을 명함! 컴퓨터를 잠그고 지점을 걸어나가 다시는 돌아오지 않는 것이다! 죽을 때까지 짐바브웨에서 살아가는 게 뭐가 불만이리! 이것이 내가 '죽자!'의 차선으로 생각한 것이었다. 그런 심정이었으니 열한시 넘어 P가 시골 마당쇠 배치기 하듯 버티는 걸 보자 감격스럽지 않을 수 없었다.

일전에 호텔에서 만난 탁 실장의 전화가 걸려온 건 김밥으로 점심을 때우고 난 오후 한시 반경이었다.

"어떻게 지내시나 궁금해서요."

상황을 다 알고 있다는 듯한 말투였다.

"궁금하실 이유가 있나요?"

"얘기 들었습니다. 곤경에 처해 있다고요."

"누가 그런 소리를 해요?"

"우군입니다. 나쁘게 생각하지 마십시오. 듣고 보니 좋은 종목을 가지고 계시더군요. 애들한테 스터디를 좀 시켜봤죠."

"이보세요. 뭔 상관이라고 스터디 같은 소리를 하십니까?"

"진정하세요. 도와주고 싶어서 그러니까 색안경 끼고 보실 것 없습니다."

"그래요? 뭘 어떻게 도와주실 건데요?"

"저녁 식사나 할까요? 이번엔 그냥 가시면 안 되고, 아, 확인차 종가는 살짝 관리해드리죠. 그렇다고 추가로 매입하면 곤란합니다. 그럴 리야 없겠지만 말입니다."

"저기 실례지만, 무슨 수작인데요?"

"만나서 말씀드리죠. 최 상무 안부도 전해드릴 겸."

"뭐라고요?"

"여섯시 반에 전의 그 호텔에서 뵙죠."

"일곱시요."

6시 30분에 미지를 길 건너 배스킨라빈스에서 보기로 했다. 10분 안에 얘기를 끝낼 작정이었다. 관리는 뭐고, 최 상무 안부라니? 통화 중인 미스 하를 바라보았다. 하가 너구리의 정보원? 스테이크 먹던 날 바보처럼 굴던 건 뭐였지? 복잡하다고 머리가 지끈지끈 쑤셔온다. 두시 반경부터 O와 D 창구에서 7만 주가 들어와 주가를 급반등시켜놓는다. 7만 주면 20억이고 20억이면 닷새 동안 날아간 그 금액이다. 우연인가? 어쨌든 저걸 말 한마디로 움직인다면 보통 세력은 아니다. 종가는 상승에 달라붙은 일반세까지 가세해 8퍼센트가 올랐다. 4억을 만회시켜준 것이다. 아무래도 저녁은 먹어야 할 것 같다.

미지는 보기 드물게 핼쑥한 얼굴로 앉아 있었다. 약간 빠진 게 어울리는구나, 그런 걸 말해줄 사람이 있을까?

"길게 말할 것 같으면 다른 날 잡아야겠다. 45분에 일어나야 해."

"길게 할 말도 없어. 한마디 하려고 왔어. 넌 사랑은 해도 어디 가서 우정에 대핸 얘기하지 마. 그것까지 팽개치려 할 줄은 몰랐어. 그 말 해주려고 이제라도 온 거야."

"시간이 지나면 하나는 회복될지도 모르겠다. 가능하면 우정이 좋겠지. 지금은 나도 혼란스러워서 뭐라고 얘기하곤 싶지 않아. 이해해라."

"네가 궁금해할진 모르겠지만 그 여자하곤 정기적인 관계 아냐."

"그래? 별로 위안이 안 되네. 남자 같았으면 웃고 말았겠지. 하긴 너로서도 우리가 헤어져야 할 이유를 구구절절 설명할 필요도 없고 어차피 잘된 것 아닌가? 그날 말이야, 어서 와서 새 연인을 좀 보라고 전화까지 꺼놓고 그렇게 누워 있었다고 내가 생각해도 되니?"

"언제 네가 내 허락 받고 생각이란 걸 했니? 난 다만 언제가 될지 모르지만, 우리가 좀 편안해질 날이 올 거라 보고, 그사이라도 우리가 미워하는 일은 없었으면 해서."

"좋은 얘기네. 먼저 일어나도 되니?"

"나가자."

미지가 카페라테 값을 치렀다. 미지가 계산하면 아직도 부담스럽다. 건널목의 신호를 기다리면서 나는 저만치 걸어가는 미지의 뒷모습을 바라보았다. 미지는 오늘 올라가는 여자였다. 카키색 부츠도 올라붙고 노란 스커트도 올라가 있었다. 재킷과 스커트 사이에 맨살이 삐져나왔다. 저런 발랄한 자존심으로 나를 대적해보겠다니, 저렇게 순진한 애가 바로 미지다.

우리의 구겨진 시트가 정돈되고 벗은 등에 맺힌 땀방울이 채 식기도 전에 미지가 떠나간 건 아니었다. 충분히 시간을 주었지. 바쁘다는 전화, 떨떠름한 끝맺음, 당황한 말투, 알면서, 파트너를 확인하곤 어리둥절했지만 약간의 배신감, 그 감정을 존중하기로 했지. 나 자신을 정당화하는 건 사실 진정한 나는 아냐. 이기적인, 아직도 어리석은 자아지. 저 모퉁이를 돌면 나타나는 카페에서 우린 카푸치노와 아메리카노를 시켜놓고 선글라스를 번갈아 뺏어 끼곤 웃었지.

나는 기억해. 가는 눈발이 흩날리던 초겨울 저녁, 여행에서 돌아와 기차역에 내렸을 때 네가 기다리고 있었지. 네가 나를 끌어안고 나는 그 자리에 짐을 내려놓은 채 쏟아지는 네 키스를 받고 있었어. 노란 등이 켜진 플랫폼에서, 타고 내리는 사람들, 떠나가는 기차 옆에서 우린 오랫동안 그렇게 서 있었어. 그날의 우릴, 눈발 사이로 기울던 잿빛 하늘을 잊을 수 없어.

작년 여름 동해안의 바닷가에서도 우린 연인이었다. 밤의 모래사장에서 나눈 키스는 별빛을 받아 빛나고 부서지는 파도의 포말에 녹아들었다. "사랑해?" 바보처럼 네가 물어서 "죽고 싶어"라고 말했다. 그것은 대답이 아니라 참았다 뱉어내는 호흡 같은 것이었다. 가끔은 미치도록 너를 탐했다. 다다를 길 없는 밤의 바닥으로 한없이 내려가며 너를 추구했다. 돌아오는 길을 잃어버려야 할 것 같았던 시간들, 채워지지 않는 갈증, 파고드는 손톱, 발화점을 향해 끓어오르는 분화구, 그러나 폭발의 순간은 드물게 혼절과 함께 찾아왔다. 난 살점이 다 떨어져나가고 뼈가 녹아 사라지고 아래가 통째로 날아가버리는 줄 알았다. 그곳에 아래의 그 깊이에 채울 것이 없어 다시 흐느꼈다. 넌 그걸 방치하고 분비물이 흘러 허벅지를 적시도록 내버려두었다. 폭풍이 지나고 잠든 듯 누워 있는 내 곁에서 넌 말이 없었다. 가끔 몸을 뒤채고 텔레비전 채널을 돌렸다. 우리의 미래는 파도 소리에 섞여 웅얼거림으로 들려왔다. 확실한 건 없었다. 불투명했고 우린 앞날과 지금의 시간을 사랑했다.

"브랜디를 약간 타주세요."

홍차에 따로 주문을 덧붙이며 나는 웨이트리스와 미소를 교환했다.

"선약이 있어 여기서 일을 좀 봤습니다."

예의 없이 먼저 커피를 시켜 마신 남자가 변명을 했다.

"그것보다 정보원부터 알아야겠는데요."

"정보원 보호 규정이라는 게 있어서요. 대신 약속은 하겠습니다. 그 정보원을 내일부로 해임하는 걸로."

"친절하시네요. 아까 그게 무슨 말씀인지, 최 상무 안부라니요?"

"아, 별거 아닙니다. 제가 아는 분이 최 상무 소개로 맹 대리에게 주식을 맡긴 적 있다고 해서요."

"발이 넓으시네요."

뭔지 모르지만 탁 실장의 엷은 미소 뒤로 복잡한 그림이 숨겨져 있다. 이런 불투명함이 켕기지만 이 능구렁이를 상대로 더 이상 알아내기는 힘들다. 최 상무 이름이 탁 실장의 입술에 묻어나는 게 불쾌할 따름이다.

"하나 더 물어볼게요."

"말씀하십시오."

"주가를 뺀 것도 그쪽의 의도예요?"

"아, 아닙니다. 그건 오해예요. 그런 일은 하지 않습니다. 알아본 바에 의하면 N세력이에요. 대주 전문 집단으로 주 타깃은 맹 대리가 아니에요. U팀이 그 종목을 대량 보유하고 있는데 N이 노린 것이죠. 둘은 반목이 있어요."

나는 미간을 찌푸렸다.

"계속 말해줄 수 있으세요?"

"이거 얘기해도 되려나, 대외빈데. 하지만 좋습니다. 맹 대리니까 내가 믿고 말씀드리죠. 맹 대리는 두 세력 간의 싸움으로 피해를 보고 있는 거예요. 너무 걱정 말아요. U팀에서 곧 반격이 있을 겁니다. U팀은 동남아 기지에 외국인 행세를 하는 계좌를 다수 갖고 있어요. 그래봤자 예전처럼 외국인 약발이라고 다 먹히는 게 아니니까 지금은 자제하고 있죠."

"그렇게 되나요?"

"처음부터 반격하지 않는 건 그쪽의 자금력이나 의도를 살피는 겁니다. 어차피 한번은 띄워야 할 주식이니까 이번 기회에 매도 세력을 타파하고 크게 갈 수도 있어요. 잘된 건지도 모르죠."

"그럼 오늘 매수를 한 게?"

"하하, 세력들의 싸움에 어부지리라도 보려면 주식을 보유하는 게 우선이죠. 맹 대리 백기사 흉내를 낸 게 아니라 개인적인 판단으로 매수한 거예요. 부담 가질 것 없습니다."

"그렇군요."

"조사하다 보니 제가 알고 있는 맹 대리가 상당 물량을 보유하고 있더군요. 흥미로웠죠. 우린 처음에 맹 대리가 U세력권인 줄 알았어요. 그건 아니더군요."

"정보망이 방대하고 정확하네요."

"칭찬으로 듣겠습니다."

이건 뜻밖의 선물이었다. 가슴을 짓누르고 있던 먹구름이 가시고 희망이 솟아났다. 웃고 싶었지만 참았다.

"주식이 세력들 간의 다툼에 엮였다고 하죠. 그래도 궁금한 게 작전 들어가긴 너무 건전한 주식 아니에요?"

"우량주라고 건전한 건 아니에요. 주식 분산이 미흡하고 주주 우대 정책이 모자라면 불건전한 거죠. 한마디로 대주주를 협박할, 고상하게 충고할 거리가 충분한 거죠. 이건 대주주의 지분 확대 의욕을 불러일으킬 거고, 오랜 방치 끝의 대주주 매수는 곧 주가 폭등으로 이어진다는 건 어린아이도 아는 사실이죠. 한 가지 의혹은 지금 매도 세력이 주식을 싸게 사들이려는 대주주의 하부 조직이 아닌가 하는 점이에요. 그럼 자금력이 무시 못하지만 그건 그것대로 복안이 있어요. 사실 이런 얘기까지 내가 할 필요는 없죠, 우리 같은 자들은 맹 대리 같은 선의의 취득자들이 헐값에 주식을 팔고 나가길 기대할 뿐이죠. 그래야 싸게 사서 버는 돈이 많아지니까요. 그렇지 않습니까?"

"그렇겠죠. 그런데 제게 이런 큰 선심을 쓰는 이유는 따로 있겠죠?"

"그 얘긴 저녁 먹으면서 하면 안 될까요?"

"뭘 좋아하세요?"

밤 열시 넘어 집에 돌아온 나는 호텔 뒤 일식집에서 있었던 탁 실장의 새로운 제의를 생각해보고 있었다. 만의 하나, 문제가 생겨 신분상 불이익을 당했을 경우 자신들의 합법적인 사업체 간부직을 제공하겠다는 것이었다. 아마도 전망은 이쪽이 훨씬 좋지 않겠냐는 말도 덧붙였다. 또한 본인이 원하면 적극적인 개입을 할 수도 있지만 그럴 경우 위험도와 공헌도에 비해 수익이 배분될 것이라고 했다.

"사실 한번 크게 승부를 거는 것도 멋진 일이 아닐까 싶네요. 외국에선 딜러건 브로커건 마흔 전에 승부가 갈립니다. 그 이후까지 남아 있는 자들은 임원 아니면 찌꺼기들이죠. 마흔 전에 최소 수백만 불을 갖고 은퇴하는 게 그들의 소박한 꿈입니다. 그 이후엔 동물적인 감이나 머리도 녹슬고 변화 대처 능력도 떨어져 용맹전진할 수 없게 되죠. 피터 린치 보십시오, 인생의 절정기에 은퇴하지 않았습니까? 아름다운, 숨 막히는 승리의 은퇴죠. 자신의 펀드를 운영하기엔 너무 늦은 사람들이나 가능성이 희박한 사람들, 적성이 맞지 않는 사람들에겐 우리 방식이 괜찮습니다. 뭐 특별히 피해 보는 사람도 없어요. 주식시장이 원래 위너 아니면 로저, 둘로 나뉘게 되어 있지 않습니까? 특정 종목에 몰리는 투자자들은 애초부터 투기 성향이 강한 자들이에요. 그들이 머니게임에서 승리하기 위해선 흐름을 잘 타야 하는데 탐욕스러운 데다 흘린 정보에 휘둘리다 보니 마지막엔 당하게 되어 있어요. 우리가 아니더라도 어차피 누군가에게 깨지게 되어 있는 인생이죠. 그들을 동정할 필요는 없어요. 우리가 교훈을 주면 그들도 다음번엔 보다 현명해질 겁니다. 단련이 되는 거죠. 그리고 한 가지 꼭 알아두셔야 할 것, 여긴 아직은 절대 남자의 세계입니다. 세계적인 여성 펀드매니저의 이름을 들어보셨습니까? 이름을 떨치려면 여자는 골프나 음악을 해야 해요. 앞으론 그림도 괜찮겠군요. 조직에서 살아남는 것도 여성에겐 벅찬 과제입니다. 여지점장이 탄생했다고 경제 신문에 인터뷰가 나가고 여성 임원이 탄생하면 잡지사에서 동시 인터뷰가 들어가는 것 자체가 아직은 그것이 드문 경우라는 걸 말하는 거죠. 불행히도 그들은 마흔 넘어서까지 미혼인 경우도 많더군요. 가정을 포기하면서까지 도달한 지점이지만 그들이 정점에 도달하기도 전에 동창생의 아들이 그 자리를 위협하게 될지 모른다는 사실을 기억해두는 게 좋을 것입니다. 제 진심 어린 제의가 맹 대리의 실적에 보탬이 되는 작은 기여에서 끝날 수도 있고, 이걸 기회로 보다 큰 세계로 웅비하는 우리가 될 수도 있지 않겠습니까? 다음에 만날 땐 구체적인 얘기들이 오가는 자리였으면 좋겠습니다. 아이디까지 갖고 나오신다면 더 바랄 나위 없고요. 술을 조금만 드셨네요. 좋습니다. 아주 유익한 시간이었습니다. 그만 일어날까요?"

외국의 헤지 펀드 업계엔 70세 넘어서도 날카로운 분석력과 사자 같은 용기, 놀라운 혜안으로 왕성한 활동을 하는 노익장의 투자 전문가들이 심심찮게 있다. 그들이 운영하는 수십억 달러 규모의 펀드명을 탁 실장이 들어보기나 했을까? 천만 달러짜리 저택과 개인 비행기도 보지 못했겠지. 자선사업은 너무 흔해서 화젯거리가 못 된다는 얘기도. 남자 부하 직원들을 맹렬히 채찍질하며 거대 자금을 운영하는 여성 펀드매니저의 이름들도 『포천』지에 오르내리고 있다. 그런 걸 감안해도 남자의 말이 워낙 교묘해서 큰돈을 만질 수만 있다면 어느 정도의 위험부담은 당연한 것 아닌가 하는 생각도 들었다.

오늘은 월요일, 주말까지 이 문제는 내버려두자. ID 확보도 보통 일이 아니다. 신용 불량자나 금융상의 문제가 있는 자들은 채권자의 가압류 위험성이 있어 결코 간택할 수 없다. 문제가 없고 또 여차하면 계좌를 통째로 먹겠다는 야심이 없는 자를 고르는 게 만만할 리 없다. 그사이 남자 말대로 P가 어떻게 움직일지도 지켜보자.

샤워 후에 기인 씨에게 전화를 했다. 의논할 마음은 아니고 이 번잡한 상황에서 잠시 벗어나보고 싶은 생각은 있었다. 신호가 두 번 갔는데,

"어디예요?"

대뜸 그가 말했다. 대뜸 받아주는 거, 대뜸 물어봐주는 거, 그건 고도의 전략 아닐까? 역발상의. 나보다 한 수 위서.

"집이에요."

"일은 잘 끝났고요?"

낮에 고객과 저녁 약속이 있다고 하자 그는 '큰손?' 물었다. '기관'이라는 대답에 '잘하세요!' 힘차게 응원했다.

"네, 그게 나의 일 아니겠어요?"

"오, 그렇군요."

"그런데 댁도 집?"

"일주일에 나흘은 이 시간에 집에 있다고 생각해주시면 고맙겠어요."

"착하네요."

"촬영 현장에 나가지 않는 한, 저녁 자리는 열시 이전에 끝냅니다. 중요한 얘기는 이미 마무리된 데다 그 이후부턴 술값도 배는 더 들어가서 말이죠."

"난 똑같은데."

"근린 상가 1종을 이용하면 그렇죠."

"아하, 그쪽은 유흥업소 1종이시죠? 보통 몇 시에 자요?"

"열두시 전에는 잡니다. 당일 취침을 원칙으로 하고 있습니다."

"아, 그래요? 당일…… 30분밖에 안 남았는데."

"그렇습니다. 전화 통화는 5분 이상 해본 적이 별로 없어 어색하기도 하고요."

"자요, 그럼."

"내일 11시 30분 정각에 전화 드리죠. 점심 약속 잡지 말아요."

"분부대로."

"잘 자요."

통화가 끝났다. 소녀가 된 기분이다. 주식 문제에 서광이 비치자 다른 감각들도 살아났다. 제발 사랑이 모든 것을 극복한다고 주장하지 마라. 요 며칠 그의 전화도 별 위안이 되지 못했다. 같이 점심을 하면서도 얼굴빛을 관리해야 했다. 그의 계좌에 P가 없다는 것이 그나마 다행이었다. 본인 계좌론 6백만 원을 깨먹고 있었는데, 그건 큰 문제가 아니었다. 맹소해가 나라는 건 정말 유리해, 이딴 식으로 생각하고 있었으니까.

3

"지점 사람들은 양식 코너까진 안 와."

주노의 지하 식당가 파스타 하우스에서 나는 기인 씨의 면도하지 않은 까칠한 턱을 보고 있었다. 직원들과는 주로 탁 트인 카페테리아에서 먹는 편이지만 전문 음식점은 소스 하나라도 다르다고 믿었다. 이 집의 해물 토마토 소스 파스타는 내 입맛에 맞았다.

"나만 맛있나?"

진척이 빠르지 않은 기인 씨를 바라보며 내가 말했다.

"간식으론 괜찮겠네."

웃으면서 그가 말했다. 파스타 괜찮으냐고 물어봤을 때 싫어, 하고 말하지, 바보. 근데 프랑스에선 주로 뭘 드셨나?

"어떡해, 맛없나 봐."

"그렇진 않고, 간단한 요기론 쓸 만하다는 얘기. 그것보다 표정이 무척 밝아 보이는데 좋은 일 있어?"

"있지, 비밀."

P가 어제에 이어 오늘 오전에도 7퍼센트 반등해 그간의 손실 절반 가까이 만회했던 것이다. 남자의 말대로 주포가 슬슬 준동을 시작한 건가,

매도 세력이 가만있을까? 궁금했지만 좀 더 지켜봐야 했다. 이건 수천 명에 이르는 엑스트라에 수십 차례의 밀고 당기는 전투 신이 요구되는 전문적인 전쟁 드라마였다.

"난 웃기는 얘기도 준비해 왔는데, 상태를 보니 보따리 풀 필요까진 없겠네."

"안 돼! 준비한 건 풀어야지."

"한 대 피우며 할까?"

그의 제안이었지만 반말이 어울리는 연인이 따로 있는 건 아니었다. 반말 덕분인지 한 번씩 그의 옆구리를 꼬집고 싶을 정도의 친밀감도 솟아났다.

파크로 이동해서 나란히 벤치에 앉았다. 도심의 정경은 여전했다.

스카이라인의 변화가 눈에 들어오려면 잠실에 110층짜리 초고층 빌딩이 솟아나야 하는데, 그건 몇 년 후의 일이었다. 150층짜리 용산의 복합 타운은 또 그 이후의 일이고, 서울의 랜드마크도 결국 그곳이 되겠지. 그곳 복합 타운의 초대 지점장은 맹소해야. 그 빌딩과 사무실의 정경, 직원들의 자리 배치와 공간 활용까지 난 다 볼 수 있어. 사무실의 주조색은 밝은 브라운이고 내 방은 10평 미만, 텔레비전 대신 오디오를 설치하고 소파는 타원형의 회의 탁상으로 대체할 거야. 작은 옷장이 필요해. 저녁 모임의 성격을 감안해야 하니까. 75층, 이중 창틀 사이로 바람이 들어올 거야, 구름의 깃털이 섞인 바람, 창 너머 구름 위로 내 눈빛을 실을 거야. 잠깐, 그런데 이 연기는 뭐야, 문틈으로 소리 없이 기어들어와 실내의 아랫도리부터 삼켜가는, 먹구름을 풀어놓은 듯한, 메케한 숨 막히는 이 연기는?

"뭐 해?"

과거로의 여행, 용산에서 빛보다 빨리 지금 이곳으로 탈출. 네가 있군.

미안, 그대를 생각 못했어. 그곳은 잠시 아름다웠어.

"그냥 둘러봤어. 뭐 하나 물어봐도 돼?"

"어서."

"불나면 전화해도 돼? 나 구하러 올 거야?"

"타워링 생각하는 거야? 내가 듣기엔 화재경보기와 스프링클러 둘 다 완벽하게 작동한다니 걱정 붙들어매도 될 거야. 초고층 빌딩은 스프링클러 고장이 가장 큰 문제거든."

"고가 사다리가 15층 이상 못 올라간다며?"

"글쎄, 15층? 20층? 옥상에 헬리포터가 있지만 우린 여기서 헬리콥터 타자. 우린 저 글라스를 열고 함께 탈출하는 거야. 나만 믿어."

아니, 나를 믿을 거야. 탕비실 수돗물에 적신 타월을 입에 대고 낮은 포복으로 비상구를 찾을 거야. 30분 안에 스카이 브리지를 건너지 못하면 나는 죽는 거야. 죽을 때 고통이 참을 만했으면 좋겠어. 그전에 정신을 잃었으면 해. 자긴 어떡할 거야?

"피, 치사하게 담배에 불내고 있어."

그는 보란 듯 담배 연기를 내뿜었다.

"아, 이제 가기인표 유머 시리즈 1편, 시작합니다. 뉴스를 들은 남친이 여친에게 탄탄 가구가 부도났다고 말했어요. 그랬더니 여친이 어떡해, 하며 발을 동동 구르는 거야. 왜 그러냐고 하니까 여친 왈, 얼마 전에 탄탄 가구를 샀다는 거야. 얼마큼 샀냐고 했더니 18자로 샀다고 그랬다는 거야."

나는 그를 쳐다보았다.

"안 웃겨?"

"웃겨. 그런데 웃음은 안 나와. 하나 더 해줘."

"좋아. 철이가 첫눈에 순이에게 반했는데 데이트 신청을 하고 싶어도 백수 신세라서 망설였대요. 그러나 상사병이 나서 도저히 견딜 수 없어

데이트 신청을 했대. 아니나 다를까, 순이가 물었어. 직업이 뭐냐고? 철이는 무직이라고 솔직히 대답했지. 잠시 침묵 후 순이가 말했대. 마침내 나의 이상형, 유머가 풍부한 사람을 만난 것 같다고."

이번에도 나는 웃지 않았다.

"그만 갈까?"

"부도도 맞아본 적 없고 백수도 아닌 사람이 그런 잔인한 농담을 해도 되는 거야?"

"?"

"하하, 놀랐지? 당황하는 것 좀 봐."

"악취미가 있네."

"난 필요하면 웃음을 스스로 생산해내. 그런 썰렁한 유머로는 역부족이죠."

"호, 그래요? 그럼 본격적으로 썰렁한 주문 하나 해볼까? 네오 바이오피스를 3천 주 들어가지. 적당한 가격에."

"저번 것도 빠져 있는데?"

바이오피스는 코스피의 견고한 상승에도 불구, 매입가에서 10퍼센트 하락해 있었다. 반면에 내가 산 주식은 신협 이자 세 배는 벌고 있었다. 역시 프로와 아마추어의 차이를 알겠지? 하는 심정이었다.

"상관없으니 주문 들어가시어요. 알겠습니까?"

"그러죠. 3천 주면 주가가?"

"2만 천 원대이니까 한 6천만 되겠지?"

"온라인으로 들어가. 수수료가 20만 원은 차이 난다니까."

"그래? 그냥 백 원 싸게 사줘."

"……쉽네."

"가자."

브리지가 있는 층까지 함께 엘리베이터를 탔다. 브리지를 건너가기 전에 그가 내 손을 살짝 잡았다 놓았다. 그때 무엇이 왔다가 갔다. 그 무엇이 온기라도 된다는 듯 나는 주먹을 조그맣게 말고 있었다.

"장 끝나고 시간 나면 놀러 와."

"봐서."

엘리베이터에 미국 S은행 여직원이 들어와 뽀얀 목덜미를 드러냈다. 서브프라임 모기지 여파로 중동과 아시아의 국부 펀드에서까지 돈을 꾸며 그 위상이 크게 흔들린 S그룹의 주저앉는 무게를 여직원이 가녀린 몸매와 두 다리로 애써 견디고 있는 걸로 보였다.

오후에 그의 사무실로 가지 못했다. 장 마감 후 회의가 길어졌던 것이다. 최근 들어 계속 가라앉는 실적 때문이었다. 지점장은 피곤한 표정을 지었고 고질라가 지휘관처럼 독려의 말들을 내뱉었다. '주식이 안 되면 파생이라도 수치가 올라가야지!' 했는데 마치 소리를 지르는 듯했다. 파생 상품에 대해선 좀체 입을 열지 않는 것이 묵계였다. 폭탄을 함부로 다루면 안 되기 때문이었다. 바다 건너지만 한 번 터지면 몇조 원 운운하는 초대형 금융 사고 소식을 접할 때마다 오늘날 핵폭탄 다음으로 무서운 무기가 파생 상품이라는 생각을 떨칠 수 없다. 그 여진이 어디까지 언제까지 미칠지 모른다는 점에서도 그렇다. 사소한 말다툼이 살인까지 부르는 과정을 지켜볼 기회가 있다면 파생 상품의 파괴적인 확장 경로를 유추해볼 수 있지 않을까?

고질라의 강점은 본인의 실적이 부진한 날에도 태연히 직원을 윽박질러가는 그 무모한 배짱에 있지만 파생 얘기만은 말았어야 했다. 하여튼 그만큼 지점 상황이 좋지 않아 기인 씨의 5천만 원 한도라도 재량껏 돌려볼까 싶었다. 왠지 그의 계좌는 손대기 싫어서 더 조심스럽게 운용하고 있는 상태였다.

회의를 끝내고 나오니 예나연이 처음 보는 휴대폰 번호를 건넸다. 신호가 가자 여자가 받았다.

5분 전에 도착했는데 벌써 와 있었다. 난해한 프린트의, 시폰 블라우스 차림의 여자가 미소를 지었다. 옆 의자에 걸쳐진 트렌치코트는 느슨히 끈을 풀고 있었다. 의자 등받이가 깊었다. 나는 의자가 원하는 자세를 취할 수 없었다. 주문을 받으러 온 여종업원이 호지애를 보더니 입을 가리고 웃었다. 우리는 커피를 시켰다.

"미지가 그러데. 앞으로 결혼해서도 남편 바람피우는 현장에 출몰하지는 않겠다고. 많이 놀랐나 봐."

"가끔 놀라는 편이죠. 비가 와도 놀라고."

"혹시 내가 잘못한 게 있나?"

"아뇨."

"내가 남자였다면 문제 될 게 없었다며?"

"그랬을 거예요."

"이해해. 나는 남자를 모르지만. 남친과 얼마 전에 헤어졌다고 들었는데."

"맞아요."

"내가 아는 게 기분 나빠요?"

"자신의 것이든 타인의 것이든 사생활을 공개적으로 떠들고 다니는 사람들을 경멸하는 편이죠."

"남친과 헤어진 충격이 남아 있을 거라는 얘기는 들었어."

"그것도 내 감정이에요."

"충고 하나 할까?"

"……."

"그날도 느꼈는데 당찬 건 좋지만 쌀쌀맞게 대답하는 건 나쁜 버릇이야. 혹시 멋이라고 생각해?"

"저 아까 질문에 아직 대답 안 했는데요."

"……?"

"충고하지 마세요."

"하하, 그래요. 그럼 나도 취소야. 충고한 적 없어."

"절 보자고 한 용건이 있지 않나요?"

"맹소해 씨, 이상한 인연이긴 하지만 우리가 저녁 한 끼 한다고 문제될 거 있나?"

"그게 용건이에요?"

"어쩌면."

"좋아요. 저녁 사실 거면 여긴 제가 낼게요."

한정식치곤 저렴한 두당 1만 5천 원짜리 상차림을 놓고 소주 한 병을 비웠다. 잡채는 대충 할 거면 안 나왔으면 좋겠어, 그런 생각을 하고 있는데,

"미지를 그날 이후 한 번 봤어. 저녁만 먹고 헤어졌지. 난 일이 있기도 했지만 당분간은 혼자 있고 싶었고."

하고 여자가 말했다.

"미지가 이중으로 상처받을 수 있다는 생각 해보셨나요?"

"글쎄, 남의 상처에 둔감해서. 그런 거 일일이 신경 썼으면 오늘날 내 작업, 이름도 없었을 거야."

"본인은 상처를 받지 않을 사람처럼 얘기하네요."

"혹시 내 소문 들었어? 대부분 근거가 없지만."

"모 정치인 부인과의 스캔들이 있더군요."

"부인을 파멸시켰다는 거? 그건 사실이야. 내사까지 받았지. 진실은 내가 알고 있었지. 궁금해?"

"궁금해요."

“현대 예술은 거래야. 전부는 아니지만 대부분 그래. 그 정도만 말할 수 있어.”

“비슷하네요. 우린 거래는 예술이다, 라는 소릴 듣고 자랐죠. 펀드매니저는 하나의 소우주를 경영하는 냉철하고 유연하며 귀족적인 예술가라고 보는 견해죠.”

“흥미 있네. 나도 개인적으로 관심 있는 중남미 국가의 주식이 편입된 간접 펀드에 들었는데, 펀드 이름이 기억 안 나네. 3년은 기다려야 하겠지?”

“옛날 군대는 3년 36개월을 채웠다고 하더군요. 군대 간 애인을 기다려본 경험이 있으면 3년은 기다릴 수 있을 거예요.”

“그런가? 어떤 땐 하루도 길던데. 뭔지 알아?”

“그날 같은 날?”

여자는 웃었다. 유혹도 자책도 아닌 제3의 웃음이었다. 저 웃음의 끝에 거래가 이뤄질 시간이 다가오고 있었다.

여자가 택시를 잡고 택시는 사거리 두 개를 지나 호텔 앞에 멈춰 섰다. 종업원이 문을 열어주었다. 지나치게 친절한 건, 친절 속에 정중함이 없다는 건 특급 호텔이 아니라는 방증이다. 나이트클럽은 지하에 있었다. 2년 전부터 나이트클럽의 음악이 시끄럽게 들려와서 가지 않는 편이었다. 직장 동료들은 여직원이 끼면 단란주점이나 시설 좋은 노래방으로 발길을 돌렸다.

실내는 전체적으로 어두웠다. 천장 조명이 회전하며 빛을 분사하는 가운데 비트와 블루스가 번갈아 나왔다. 시간이 일러서인지 테이블은 3분의 1 정도 찼고 홀에도 춤추는 파트너들이 적었다. 그들은 얼룩말 무늬 불빛에 친친 감겨 있다가 음악이 바뀌면 작열하는 조명을 받아 동작 하나하나가 정지 화면처럼 번쩍번쩍했다. 뱀쇼용 회전무대나 끈 팬티 밖으로 다 드러낸 엉덩이를 튕기는 디스코 걸이 없는 걸 보니 나름대로 정통 나이트라 부를 만했다. 6인조 밴드는 열시는 되어야 출연할 예정이었다.

여자가 스카치블루를 시켰다. 외국에서 오래 살다 온 이들도 국내에선 이 술을 많이 찾았다. 최 상무도 좋아하는 술이었다. 나는 임페리얼을 더 좋아했지만 그것도 어떤 땐 소주보다 못했다. 우리는 첫 잔을 부딪쳤다. 술이 몇 잔 돌고 음악이 블루스로 바뀌자 여자는 "춤출까?" 하고 말했다.

우리는 홀의 조명 속으로 걸어 들어갔다. 정식 교습은 받지 않았어도 블루스는 선수들과 춰본 적이 있어 이끄는 동작만 정확하면 따라 출 수는 있었다. 여자는 몸을 밀착시키고 아주 조금 움직였다. 쏘는 느낌의 향수가 코에 끼쳐왔다. 코스닥 기업처럼 향수 이름도 외울 수가 없다. 손바닥에 땀이 배어왔다.

여자의 가슴이 가볍게 닿았다. 물컹한 그리움이 왔다. 미지와 집에서 음악을 틀어놓고 춤춘 적은 여러 번 있었다. 그러다 깔깔대며 미지는 침대로 쓰러졌다. 술잔을 엎고 누워서 나의 입술을 기다리며 미지는 행복했던가? "야, 배꼽에서 백세주 퍼먹는 건 우리가 최초 아니니?" 그 넘치는 웃음과 뜨거운 포옹을 뒤로하고 미지는 이 여자의 어디에 빠져든 것일까? 그걸 알아내는 게 어렵지만은 않을 거다.

여자의 어깨 너머 30대 여자 한 쌍이 춤추고 있었다. 저 춤은 육체의 섬에서 보내는 조난신호며 자가방출하는 에너지다. 저들이 곧 레즈비언은 아니다. 저렇게 쌍으로 외로운 그녀들은 어느 날 파트너를 구하는 남자에게 부킹되어 술을 제공받고 자정 너머 24시 모텔에서 호흡이 거칠어진다. 순수한 쾌락은 관념을 지향한다. 신상 명세가 보호되고 성병만 예방된다면 낯선 남자와의 섹스는 존재론적인 차원으로 여자를 순간 이동시킨다. 그 앞에서 남자는 이전이나 이후나 여전히 동물이다. 그중엔 내 휴대폰 번호를 묻는 하마도 있었다.

자리로 돌아와 콜라에 얼음을 채워 마시자 갈증이 가셨다. 여자는 손가락 사이에 담배를 끼운 채 언더록스 잔으로 술을 마셨다. 웨이터 다니엘이 와서 점잖으신 신사 분들께서 부킹을 원하신다고 했다. 어떤 인간들인지 보이지도 않았다. 홀 안쪽 유리문이 달린 룸에 좌정하고 계신가 보았다. 여자가 만 원짜리 두 장을 꺼내 주었다.

"왜 주는지 알아요?"

다니엘이 씩 웃었다.

"귀찮게 하지 말라고 주는 거야. 끝날 때까지 오지 말기. 알았어요?"

다니엘이 두 눈을 동그랗게 뜨더니 고개를 숙이고 물러났다. 나는 다니엘이 오지 않는 그런 힘든 대가로 2만 원이면 싸다고 생각했다.

전갈의 집은 한강변에 있었다. 동작대교가 보이는 언덕 위 고층 아파트 17층, 평수는 크지 않았다. 24평 정도. 자가라면 6억은 넘지 않을까? 그녀가 싱크대 앞에 서 있는 동안 베란다로 나가 앉았다. 도심의 불빛이 강을 수놓고 있었다. 이걸 조망권이라고 부르기에는 어폐가 있었다. 불빛의 범벅이었다. 컬러풀한 이무기가 길게 드러누워 꿈틀대는 모습, 강은 그 자체로 흐르는 광고판이었다.

제대로 강을 보려면 서울을 벗어나야 한다. 고즈넉한 어둠 속에서 드문드문 켜져 있는 불빛만이 아스라한 그리움을 불러일으킨다. 백화점 외벽을 뒤덮은 루체비스타도 그런 불빛 하나를 당해내지 못한다. 그런 불빛은 나를 멀리 끌고 간다. 루체비스타는 그들 자신조차 그 자리에서 한 발짝도 움직이지 못한다.

화려한 불빛 속 도심의 저 많은 빌딩과 그을음을 뿜어내는 자동차가 강으로 투신해 바다로 실려가면 어떨까? 도시 전체가 떠내려가는 거지. 실종, 서울. 일부 사람만 남아 신석기 시대처럼 움막을 짓고 사냥을 하고 물고기를 잡아먹는 거야. 밤에는 별빛 사랑, 달빛 사랑을 나누지. 그렇지 않아도 강 건너 하류 쪽으론 선사 시대의 유적지가 진작 발굴되어 전시

되고 있었다.

그러나 지금은 서울, 서울의 밤. 나는 내게 이방인의 느낌을 주는 서울의 힘, 그 무정한 힘에 매료되고 있었다.

"무슨 생각?"

"강으로 투신 생각."

"정말? 강을 매일 보면 우울증에 걸린다고 들었지만, 난 잘 모르겠던데."

그녀가 술잔을 건넸다. 보라색의 달콤한 액체였다. 최음제 아니면 마약 성분? 30퍼센트는 섞어도 좋은 밤이 있다.

"혼자 있으면 잘 안 만들게 돼."

"여기 방문객에게 특별히 제공하는?"

"두 번째야. 술 제공하긴. 2년 전이었는데 그 여잔……."

"……."

"죽었어. 버지니아 울프의 절반 나이에. 강이 아니라 바다였고 주머니에 돌 대신 아령을 넣었지."

"시인 아니에요?"

"맞아. 신문에 났지. 당시의 애인이 누구였냐 하면 소시국이라고 돼지 멱 따는 듯한 시를 쓰는 자였어."

여기 우연의 음악이 있다. 나는 소시국과 죽은 여자가 돼지와 염소가 되어 서로의 얼굴을 혀로 핥으며 섹스하는 장면을 떠올렸다. 그토록 슬픈 장면이 뒤늦게 선물처럼 내게 왔다.

"왜 자살했죠?"

"모르지. 세간의 말들이야 믿을 수 없는 것들이고. 소시국이 한 번 찾아왔었어. 그 여자와 난 라디오 프로그램에서 만나 기껏 두 번 사랑을 한 것뿐인데 내가 뭘 알겠어? 소시국 그자는 삼류 주제에 무슨 대단한 예술적 고뇌가 있다고 대화 도중에 번번이 먼 산 따위를 바라보더라고. 난 그가 죽은 여자를 시의 질료로 삼으려 한다는 걸 알아챘지. 아무려나 난 그 여자를 그가 몽땅 가져가버리기를 원했어. 내 마음에 눌어붙은 기억까지. 허리의 감촉이나 겨드랑이 냄새 따위도 말이야."

"여자는 어떤 시를 썼나요?"

"주술적이고 수다스러웠어. 운율은 굉장했지. 일급이란 뜻은 아니고. 이, 삼류들의 특징이 뭔지 알아? 자부심은 없고 자만심만 있다는 거야. 둘 다 남 헐뜯는 데 왕성한 식욕을 보였어. 꼭 그럴 때만 생생하게 살아 있는 자들 같았지."

"예술가들도 그러는군요."

"더하지. 자신이 예술가라는 망상이 들면 망상 땜에 인생이 꼬이는 거야. 여자는 포즈일망정 괴로워라도 했지만 소시국 그 작자는 여자가 혹시 목걸이를 벗어놓지 않았냐는 웃기는 얘기나 하더군. 동정심이라곤 참새 눈곱만큼도 없는 인간이었어."

나는 소시국이 진짜 예술가가 아닐까 하는 생각을 얼핏 했다. 돼지 멱 따는 시를 변치 않는 마음으로 쓸 수 있다면 말이다.

"언니는요?"

"난 날 인정해. 남들은 뭐라고 할지 모르지만 작품 제작에 들어가면 난 내 전부를 걸어. 매번. 그러니 좀 비싸게 산다 해도 결국은 남는 장사가 되지. 그런 게 예술이야."

여자가 예술의 정의를 내렸다. 난 아직도 소시국과 죽은 여자의 환영에서 벗어나지 못하고 있었다. 술잔 바닥의 보랏빛 침전물에서 무슨 외침이 들려오는 느낌에 소름이 돋아났다.

"해마다 값이 뛸 거라 믿나요?"

"침체기도 있겠지. 그러나 궁극적으론 침체된 만큼 더 비싼 값을 치러야 될 거야. 21세기 화가는 생전에 자기가 이룬 거대한 부를 직접 대면할 수 있어. 단순히 보는 게 아니야. 느끼고 호흡하고 품게 되는 거지. 좋은 일 아닌가?"

한국, 중국, 러시아, 중동의 기업들과 세계적인 대형 펀드들이 그림의 주 고객으로 부상하고 있다고 들었다. 고흐와 르누아르를 천정부지로 끌어올린 80년대 말과 90년대 초 일본 기업의 무지막지한 베팅에 비하면 꽤 합리적이고 조심스러운 접근이라고 한 유명한 화상은 얘기했다. 그런데 그게 그녀와 상관이 있나? 그녀는 좀 들떠 있는 것 같다.

"작업실은 어디예요?"

"양수리. 원한다면 지금 갈 수도 있어."

나는 웃었다.

"웃는 게 예쁘다는 소리 들었어?"

"웃으면 누구나 예쁘죠."

그녀의 입술이 다가왔다. 마중을 나가는 기분으로 가볍게 받아들였다. 그걸 신호로 가슴에 손이 뻗어왔다. 팔을 돌려 그녀를 안았다. 침대로 쓰러지기까진 잠깐이었다.

"씻지 않아도 돼. 씻으면 좋은 건 다 씻겨나가."

좋은 것? 분류가 가능한 취향이었다. 나의 셔츠 단추를 그녀가 차례차례 열었다. 브래지어가 튀어나오자 함부로 열어젖혀 맨가슴이 빠져나오게 했다.

"진짜 친절을 기대해봐."

귓바퀴에 대고 그녀가 속삭였다. 뒤로 손을 가져가 스스로 브래지어 호크를 열었다. 그녀의 잇새에 왼쪽 유두가 끼어들었다. 그녀의 치마가 접혀 올라가 희멀건 허벅지가 드러났다. 목이 타오르고 거길 어루만지고 싶었다. 손을 뻗었다. 그녀가 내 손을 접어 내려놓았다. "가만." 그러더니 엄지손가락을 입 안으로 밀어 넣었다. 조심스럽게 빨았다. 윗니가 손톱 상단에 가 닿았다. 손가락 마디 하나하나를 차근차근 깨물었다. 손이 빠지고 발가락이 들어왔다. 씻지 않은 발가락들이 뿌리까지 입 안을 메워

오며 파고들었다. 빨지 않고 뱉지도 않고 가만히 있었다. 발가락을 빼더니 철썩 뺨을 때려왔다.

"빨지 않고 뭐 해. 건방진 년!"

흐트러진 머리카락 사이로 전갈의 얼굴, 그 붉은 껍질이 보였다.

"미지는 울면서 애원했어. 그동안 네가 무심했던 거지."

그녀는 침대에서 내려가 의자에 앉았다. 팬티를 내리고 다리를 벌려 그곳의 주름지고 갈라진 갈색 구멍이 길게 드러나게 했다. 검은 털이 사타구니 비탈을 따라 치켜 올라가고 있었다.

"이리 와."

무릎으로 기어서 그녀 앞으로 갔다. 얼굴을 숙여 그녀 발가락을 빨았다. 그녀가 손바닥으로 공중에 뜬 나의 엉덩이를 철썩 소리가 날 정도로 세게 때렸다.

"밑도 빨아야지."

무릎 사이에 얼굴을 박고 그녀의 시큼한 그곳을 빨았다. 혀로 외음부를 핥았다. 간격을 두고 그녀가 엉덩이를 때렸다. 그녀의 그곳에서는 분비물이 한 번씩 쏟아져 흐르는 듯했다. 그녀가 나를 돌려세웠다. 나는 엉덩이를 들고 얼굴을 바닥에 깔았다. 그녀가 채찍을 가져와 미묘한 고통이 파고들도록 엉덩이를 내리쳤다. 열 번, 스무 번, 그리고 조용해졌다.

"그만 가."

감정이 실리지 않은 목소리로 그녀가 말했다. 나는 일어나 그녀의 입술에 키스했다. 입술 밑 마른침 자국을 혀로 핥았다. 그리고 옷을 찾아 입었다. 그녀의 푸른 치마도 내려져 있었다.

"언제 봐요?"

"연락할게."

그녀가 등을 돌렸다.

아파트 앞에서 택시를 탔다. 옷차림이 어딘가 흐트러진 느낌이었지만 마음은 차갑게 정돈되어 있었다. 미지에게 심하게 군 적은 없었다. 우린 부드러운 키스와 애정 어린 시선을 교환하고 감각세포 하나하나를 불러 활성화했다. 그걸로도 밤의 미세한 혈관까지 파고들 수 있었다. 미지는 좋은 아이였다. 가끔 조용히 흐느꼈다. 형태는 조금씩 다르지만 누구에게나 심연의 어두운 욕망이 있다. 그걸 일깨워준 건 화가가 아니다. 미지가 그녀를 사용하고 있는 것이다. 나를 벗어나기 위해 숙주가 필요했던 것이다. 믿을 수 없지만 그런 추론에 마음이 기울고 있었다. 몇 가지 생각해보았지만 이 추론에서 벗어나기가 쉽지 않았다.

"손님, 여기서 어느 쪽으로 갈까요?"

"저 앞 삼거리에서 우회전해주세요."

생각에서 빠져나오자 집 앞 5백 미터 전방에 골프 연습장이 나타나 '저게 왜 저기 있지?' 하는 심정으로 바라보았다.

4

"거절하는 것도 용기가 필요한 일이죠. 그 용길 좋은 데 쓸 수가 있을 텐데."

전화 속의 남자는 누구에겐가, "기다리라고 그래" 소리치곤 다시 말을 이었다.

"게다가 너무 많은 걸 알고 있어서 말이죠."

낮게 깔리는 협박이었다.

"이봐요. 내가 캐내기라도 했다는 거예요? 그리고 어디 가서 떠들어대고 싶을 만큼 그 일이 흥미 있다곤 생각 안 하는데요."

요 며칠 생각에 생각을 해봤지만 그 제의를 받아들이는 건 어리석은 짓이었다. 그건 회사 생활이 얼마 남지 않은, 이래도 저래도 인생이 펴지지 않을 때, 그래 이거라도 한번 하고 덤벼드는 늙은 영업맨에게나 어울리는 일이었다. 나는 아직 젊고 유망한 직원이었다. 무엇보다 이루어야 할 꿈이 있었다. 일급 펀드매니저는 그런 과거를 보유해서는 곤란했다. 정치가만 도덕성 검증이 요구되는 게 아니었다. 비록 가끔 정보에 편승해 부스러기를 얻어먹기도 하는 본인이지만 그렇다고 작전 세력 본체에 대한 혐오감을 완전히 거두어들이지는 않고 있었다. 보급품을 빼 팔아먹는다고 전쟁 명령을 수행할 수는 없다. 그래서 더 미룰 것 없이 오전에 탁 실장에게 전화를 한 것이다.

"전화로 이런 말씀 드리기가 저희도 민망합니다만, 최 상무에게 안부를 좀 전해도 될까요?"

"무슨 뜻이에요?"

"좋게 끝난 걸로 알고 있는데, 둘의 관계가 회사에 알려져서 득 될 게 없지 않겠습니까?"

"좀 기다려봐요. 끊지 말고."

나는 휴대폰을 들고 지점 밖으로 나갔다. 비상문을 열고 계단으로 내려섰다.

"여보세요?"

"말씀하십시오."

느리고 징그러운 목소리가 흘러나왔다.

"실장님, 날 협박하시는 모양인데 한번 건드려보세요. 간통 죄목은 있어도 불륜이란 죄목은 없거든요. 알아들어? 이 좆같은 새끼야."

"아이고, 이게 뭔 소리여. 뭐가 이렇게 시끄럽당간."

"당신, 잘 들어. 10원어치만 건드려라. 내가 날려줄게. 범죄 예방 신고센터도 국가 돈 들여서 세워놨거든. 나나 최 상무 둘 중 하나가 길 가다 넘어지기만 해도 니네들은 막 바로 고발되는 거야. 그러니까 니네들은 평소에 우리가 몸조심하도록 빌기나 하라고."

"야, 찬물 좀 갖고 와라. ……맹 대리 우리 이렇게 하자고. 서로 약점 잡고 늘어지는 짓거린 그만 하고 인간적으로 대화를 해보자고. 어차피 제일 큰 도둑놈은 정부나 증권회사 아니오? 서민 피 빨아먹는 조직이 그거 아녀. 우리야 피라미인데 뭔 해를 그리 끼치겠소? 마음 가라앉히시고 다시 통화하도록 합시다. 최 상무 얘긴 내가 사과하리다. 눈들이 많으니까 조심하라는 차원에서 얘기한다는 게."

"됐어요. 전화하지 말아요."

일단 엮이면 최 상무를 끌어들이는 건 시간문제였다. 녀석들이 노리는 건 내가 아니라 나를 통한 최 상무의 힘, 바로 그것일 것이었다. 그들은 범죄 조직이었다.

"걔들, 거지잖아."

작전 세력 얘기만 나오면 콧방귀 뀌며 비아냥거리던 마포 지점의 허 차장이 꼭 틀린 것만은 아니다. 주식 작전이란 것이 부유층의 게임은 아닌 것이다. 부유층은 자기 돈이 위험해지고 돈의 성격이 노출되는 그런 게임에 뛰어들지 않는다. 작전 세력은 로또에 매달리는 서민 입장에선 상상할 수 없는 돈으로 드라이브를 걸지만 그런 돈은 대개 본인 돈이 아니다. 비싼 이자 물고 끌어들인 돈이거나 다단계처럼 불법 모금한 돈일 수밖에 없다.

그에 비해 내부자 거래는 일급 정보에 접근해 있는 관료나 기업체 임원들의 전유물이다. 차명 계좌로 호재가 있는 기업의 주식을 끌어 모으고 재료가 뉴스를 타면 고점에서 조용히 팔고 나간다. 좀체 수면 위로 떠오르지 않지만 내부자 거래의 규모는 상상 이상이다. 있는 자가 더 버는 구조, 정당하지 않지만 그 유혹에 저항할 만큼 자제력(양식이 아니다) 있는 관료나 경영인은 드물다는 게 우리의 결론이다.

작전에 관해 내가 들은 가장 이상한 얘기는 1996년에 발생한 '적자 만세' 사건이었다. 투자자들은 적자가 날수록 좋은 회사라며 3년 연속 적자, 대규모 적자 회사를 찾아내느라 혈안이 되어 있었다나? 적자 그 자체만으론 얘기가 안 되니까 적자 회사만 골라 신제품 개발 재료를 합성시켜 띄웠다고 했다. 이제 그런 얼치기 시절은 갔다고들 얘기하지만 또 아나? 새로운 형태의 광풍이 불면 난 앞뒤 잴 것 없이 일단 뛰어들어볼 작정이다. 이머징 마켓의 신위력이라 진단해도 좋을 중국 열풍은 기회란 게 무엇인지 똑똑히 보여주었다. 꼬마들이 마법 천자문을 찾을 때 이미 알아봤어야 했다. 언론이나 경제 연구소가 부지런히 위험 경고를 남발했지만 '당신은 하세요' 하며 경고를 번번이 무시한 자들만 중국 펀드나 국내 중국 관련주로 돈을 쓸어 담았다. 주가의 정점이 이미 꺾여 투덜대면서 팔아도 매도 대금의 숫자는 여전히 눈이 부실 지경이다.

투자의 세계에선 현자가 따로 없다, 벌고 나면 현자가 된다. 센 강이 보이는 아파트는 아니어도 한강의 지류가 10평방미터라도 보이는 아파트를 구입한 자의 침묵은 증권 방송에서 떠들어대는 모든 전문가들의 분석과 전망을 뛰어넘는다. 비밀은 잡음 속에 있지 않다. 비밀은 침묵 속에 있다. 나는 그 침묵에 귀 기울인다. 아무것도, 아직은 희미한 바람 소리만 들려올 뿐이다.

전설, 닉네임 거북, 40대 후반, 작지만 단단한 웰터급 체격, 90년대 반도체와 이동 통신으로 막대한 부를 거머쥐고 밀레니엄 전에 은퇴, 은퇴시 자산은 현금만 5백억대, 이후 복지 재단 설립, 직함은 재단 이사, 천주교에 귀의해 봉사 활동에 주력, 성당 자매님의 친구가 지점장의 부인, 그 인연이 거북의 원주 목장 바비큐 파티로 이어짐.

그 정도가 내가 알고 있는 내용이었다. 지점장은 펀드 몇 계좌를 트러 온 전설을 공항까지 모셔다 드리라고 말했다. 그는 오늘 미국으로 떠날 예정이었다. 뒷좌석에 무시무시한 자를 태운 내 애마 아반떼는 오후 다섯시의 서울을 벗어나고 있었다. 오전에 탁 실장과 주고받았던 얘기는 그만 잊으라고 애마는 바람을 가르며 속도를 올렸다.

"주식에 관한 한 바보가 살았습니다. 그 바보가 한 일은 다가올 차세대 주도주를 저가에 상당 물량을 확보하고 시장을 잊는 거였죠. 시장의 눈부신 머니게임에서 철저히 소외된 자의 자발적인 은둔처럼 말이죠. 그동안 무슨 일이 있어났는지 잘 모르겠지만, 어느 날 시장은 잭팟처럼 수십 배의 금액을 토해내기 시작했습니다. 나는 팔았어요, 그리고 모두 인출했습니다. 어리둥절한 채로요."

5백억을 해명하라면 거북이 늘어놓았어야 할 내용이었다. 그러나 거북은 다른 말을 했다.

"맹 대리처럼 젊은 사람들을 보면 가끔 이런 생각이 듭니다. 그들 자신이야말로 최고의 주식, 다가올 날의 최고 유망한 주식이라는 생각 말이에요. 여기엔 다른 설명이 필요 없습니다."

막대한 돈과 안정된 생활, 심지어 영적인 활동도 젊음을 대체할 수는 없다? 나는 아무 말도 하지 않았다. 백미러 속 거북의 눈이 감겨 있었다.

'어디야?'

기인 씨 문자가 왔다.

'식구 접견 중, 통화는 23시 이후.'

'여직원과 본다. 괜찮지?'

'저녁도 꼭 사주길 바라.'

뮤지컬은 날아갔다. 식구는 맞다. 윈윈의 고객을 우린 아름다운 식구라고 부른다. 문자는 자주 강아지 같다. 귀찮게 졸졸 따라다닌다. 내 문자는 뱀처럼 날름댄다. 조심하셔, 한눈팔면 물어버린다. 제목이 뭐? 비(妃)의 사랑? 값만 싼 게 아니라 내용도 고루한 창작 뮤지컬이 얼마나 많은데……. 어디 제대로 고른 것 같으니 둘이서 실컷 재미를 만끽해보셔.

항공권을 교환해온 거북은 공항 커피숍에 앉아 있는 나를 향해 웃으면서 걸어왔다. 입구에 내려주고 차를 돌리려 했지만 공항 커피가 특별히 맛있다고 한 그의 거짓말을 묵인한 건, 아니 거짓말에 가담한 건 전설의 신비에서 얼른 빠져나오고 싶지 않은 숨겨진 본능 때문일 것이었다. 이런 자에겐 시간이 국내 시간에 한정되는 게 아니다. 공간적으론 국제 시간 속의 국내 시간이며 항목으론 커피 타임 중의 투자 상담과 자본 집행 의사 결정 시간이다. 그러나 나는 거북에게 추가로 팔 상품을 떠올리지 못하고 있었다.

"여길 오면, 공항 분위기를 좋아한다고, 그런 게 자기 체질에 맞다고 고백처럼 말한 어떤 여자 생각이 납니다."

"젊은 여잔 거의 그래요."

"그 여잔 나보다 나이가 많아요. 우리 나이엔 시장 장터를 좋아한다고 말하긴 쉬워도 공항 대합실을 좋아한다고 말하긴 꺼려지거든요. 소박함에 대한 편애가 있어요."

"우리 세대는 그렇진 않아요. 좋으면 좋은 거죠. 저도 시장 장터를 좋아하지만 한 시간만 좋아한다고 말할게요. 삶은 돼지 머리 냄새를 오래 못 맡거든요."

"외국에 나가면 자연히 재래시장을 둘러보게 되죠. 거기 우리나라와 똑같은 서민들이 나와 앉아 있습니다. 세계 각국의 서민들이 생활을 외치고 있어요. 난 가끔 그곳에서 감동을 받습니다."

선착장과 기차역 대합실이 결이 큰 거친 울림과 긴 여운을 준다면 국제공항 로비는 잘 세공된 보석의 투명하고 섬세한 결을 만지고 있는 기분이다. 갈수록 도떼기시장 같다고 지겨운 표정을 짓는 여자들이 내 주위에도 늘어나고 있긴 하지만.

지금 나는 외국 여행 경험이 짧은 여자의 내부를 보고 있다. 그는 한 시간 후에 출국 게이트를 통과할 예정이다. 나는 미소를 지으며 잠자코 커피를 마셨다. 그가 조용히 나를 바라보고 있었다. 나는 휴대폰을 꺼내 시간을 확인했다.

"저기, 전 이제 그만."

"그래요. 늦었군요. 내 생각만 했어요."

거북은 출입문까지 따라 나와 안에서 손을 들어 보이며 웃었다. 이날까지 남자를 공항에서 배웅한 적은 없었다. 같이 비행기를 타기는 했다. 5년 전의 그 남자와 태국과 싱가포르를 다녀왔다. 함께였으니 배웅하는 기분은 알 수 없었다. 오늘은 다소 무리한 일정이었다. 공항은 거북의 조용한 두 눈과 결정적으로 수면 아래의 막대한 현금 뭉치와 잘 어울렸다.

돌아오는 길은 길었다. 두 시간 거리라는 걸 알고 있었고 음악을 듣는 동안 거북의 허전한 웃음을 떠올리거나 기인 씨의 따뜻한 입술을 기억해 내곤 했다. 기인 씨의 입술에선 평소보다 오래 머물렀다. 넌 나중에 그렇게까지 부자가 되진 마, 쓸쓸해질 거야. 우리 오늘 한번 할까? 내 생각이 나를 웃게 했다. 어느덧 영종대교 좌우로 서해 밤바다가 펼쳐졌다. 창을 열자 바람이 펄럭이며 비릿한 바다 냄새가 폐 가득 밀려들어왔다.

5

아까부터 빼질이 반 대리가 휘파람을 날리며 객장을 배회한다. 허리에 두 손을 얹고 객장의 미니 시세판 앞에서 포즈를 잡는가 하면 휴대폰에 대고 "한잔해야지?" 하고 청아한 목소리도 냈다. 젠장, 우선주가 상한가를 친 것이다. 평소 거래도 잘 안 되는 제약주 우선주를 비밀 제의의 초를 사 모으듯 수집하던 빼질이였다. 메이저 신문의 오전 인터넷판에, 일부 기업이 배당 압력을 받고 있는 우선주의 보통주 전환을 계획하고 있다는 기사가 뜨자마자 그만 빨간 불이 켜지면서 우선주들이 너나 할 것 없이 무더기로 달리기 시작한 것이었다. 시세판 사이사이 일부러 심어놓은 듯한 우선주가 벌겋게 달아올라 불꽃이 피어나고 있었다. 1년에 몇 번은 꼭 저 난리를 치는데 그중 한 번이 바로 오늘이었다.

"의결권이 뭐 필요 있어? 우리가 대주주야? 1퍼센트라도 배당을 더 받는 게 낫지."

뺀질이의 우선주 투자 철학은 이처럼 간단명료했다. 의결권이 없는 대신 배당을 더 주는 우선주는 대체로 보통주의 절반에서 80퍼센트 사이에 가격이 형성되어왔다. 그런데 발행 수량이 극히 적은 일부 우선주는 보통주의 수십 배, 수백 배까지 아주 엽기적인 가격대를 형성하고 있어 투기 세계의 불가사의함을 웅변하고 있었다. 물론 그 가격대에서 팔려면 스스로 자기 주식을 사는 수밖에 없는 비극적 상황이 발생했다. 그럴 경우 아마도 소방차의 경고음이 마구 울려 퍼지는 가운데 거래가 이루어지리라는 상상을 하게 되는 것이다. 10년 동안 일반 매수세는 전무한, 절해고도의 뜬구름처럼 유유한 그 가격대를 홀로 유지시켜온 자가 있었으니 그는 그 주식을 유산으로 상속하리라는 각오를 해야만 했다. 뺀질이는 그런 우선주는 아니고 하루에 그래도 2천 주는 거래되는 종목에 투자하고 있었다. 내일 오전에 팔 수 없다면 조만간 주가가 원위치하리라는 걸 나는 손쉽게 예측할 수 있었다. 뺀질이의 촐랑대는 모습이 얄미워서가 아니라 우선주의 운명이 대저 그러했기 때문이었다.

그러나 오늘만은 나와 지르기, 하주희가 뺀질이를 이대로 객장에 방치해둘 수가 없었다. 우리는 바지락 칼국수에 왕만두를 두 접시 시켜 입이 미어지도록 축하를 건넸다. 식탁 밑의 휴대폰을 가지러 가는 등 계산대 앞까지 우여곡절로 이어지는 뺀질이의 일관성 없는 동작 때문에 우리는 한참을 조마조마했다. 뺀질이가 계산대 바로 앞에서 중심을 잃고 휘청거릴 때는 두렵기도 했으나 마침내 우리는 커피를 뽑아 올린 후 비감했던 우선주의 모진 세월을 함께 회상하며 눈시울이 뜨거워지고 말았다.

오후에는 오랜만에 기인 씨의 주식도 움직였다. 바이오피스가 무려 10퍼센트나 치솟으며 대번에 평균 매수가를 뛰어넘어 깜짝 놀라게 했다.

나는 곧바로 그에게 전화했다.

"그래? 남은 돈으로 마저 사 넣지."

"10퍼센트나 올랐는데?"

"그러니까 사라는 거야. 자기에게 일임한 5천, 그건 분리된 거니까 섞지 말고."

이럴 땐 꼭 프로 같다. 상승세 초기에 편승하는 건 프로의 전형적인 수법이다.

"뭐 있어?"

"내가 묻고 싶은데?"

"정말 몰라?"

"장 끝나고 사무실로 와."

"기다려."

기인 씨의 계좌에 주식을 사 넣고 내 계좌로도 천만 원어치 샀다. 우린 주식부터 먼저 섞는구나, 그것도 생각이라고 했다. 문득 그가 정보를 갖고 있지 않나 하는 의혹이 떠올랐다. 충분히 가능한 일이었다. 광고를 찍다 보면 회사의 고위층과 만나고 회사 기밀 사항을 접할 기회가 있을 것이다. 그가 뭘 들은 게 틀림없다. 이 주식은 중견 바이오 업체로 그동안은 매출 신장, 신제품 개발, 미 FDA 승인, 대규모 수출 계약 등 으레 따라붙는 주가 상승 요인이 없어 보였다. 말하자면 특별한 메리트가 없는 회사였다.

두시에 상한가로 밀어붙인 바이오피스는 이후 사자만 35만 주 깔린 상태에서 종가에 3천 주 물량이 출회된 데 그쳤다. 이건 이유가 있어야 했다. 종목 뉴스엔 PM 1시 37분발로 획기적인 다이어트 제품을 개발한 것으로 나왔다. 다이어트 제품은 원래 획기적이지 않은 건 개발되지 않았다. 재료 부족에 시달린 꾼들이 이걸 기화로 주식을 매집, 단기간에 시세를 분출하고 일반인에게 물량을 떠넘기며 단기 차익을 따먹겠다는 의도로 보였다. 그러나 이것도 시세다. 오르면 오르는 대로 이유를 따지지 말고 챙기는 것이 장땡이다. 어쨌든 10퍼센트 상승에도 잘 따라잡았지 않나. 내일 오전에 얼마나 떠서 나오느냐가 문제다. 내일도 상한가면 오랜만에 상을 먹게 되니 감회가 새롭지 않을쏜가. 모든 개미의 꿈이자 증권맨의 오매불망인 상한가를 따라 먹어본 게 실로 6개월도 넘었던 것이다. 그것도 하루 상한가였고 다음 날 후장에 바로 꺾였다. 선배들이 무용담을 늘어놓는 자리에선 6일 상한가도 모자라 감리 묶인 반상한가로 5일 더 먹었다는 얘기가 들려왔지만 상상만 할 따름이었다. 하루 등락 제한폭이 15퍼센트로 확대된 1998년 이후론 상한가의 등장이 매우 귀해졌다. 연속 하한가는 자주 있었다. 부도난 주식의 경우였다.

세력들 간의 파워 게임인 듯 플러스권에서 전장에 요란하게 치고 받던 주력 종목 P는 후장에 소강 상태를 보이다 종가엔 오히려 마이너스권으로 떨어졌다. 최근 며칠간의 단기 반등에 따른 차익 매물 출회로 보였다.

웬일로, 웬일은 아니다. 너구리가 오랜만에 기관 물량을 끌어와 지점 약정의 60퍼센트를 혼자 감당해 지점장을 충격으로 몰아넣었던 것이다. 회의가 없는 걸 확인하고, 브리지를 건너 서관 66층으로 올라갔다. 그러고 보니 파크에 갈 땐 나는 9층을 올라가고 기인 씨는 9층을 내려왔던 셈이다. 별게 다 의미를 가져 웃었다. 엘리베이터 안의 사람들도, 자신들도 틈만 나면 혼자 웃는다는 듯 그 웃음을 내버려두었다.

사무실은 빈 책상이 더 많았다. 내가 들어서자 기인 씨가 자리에서 벌떡 일어섰다. 그 동작으로 봐서 우리는 아직 오래된 연인이 아니었다. 그는 나를 사무실 가운데 덩그러니 놓인 소파로 안내했다. 여직원이 와서 차 마시겠냐고 물었다. 어제 이 여자야? 파도처럼 다가온 스커트 길이가 절묘하다. 관능적인 정숙, 입술이 들리고 눈은 어둡다. 속은 잔인한 면이 있어 남자가 싫어지면 가차 없이 냉소를 날릴 스타일이다. 냉수를 부탁

하자 더 묻지 않고 큰 유리컵에 얼음을 담아 가져왔다. 너나 정신 차리라는 거다. 아무래도 어제 한 번 뛴 것 같다. 남자는 안 보면 전봇대도 올라간다.

"지점에 비하면 초라하죠?"

그가 존댓말로 물어왔다. 그녀를 염두에 두고 있는 것이 분명했다. 뭐 그렇다면.

"예쁜데요" 하고 씩 웃었다.

한쪽 벽에 걸린 식품 광고 옆에 중동 분쟁 지역의 부상당한 아이들 사진에서 눈이 머물렀다.

"여기 사장이 걸어놓은 거예요. 아이들을 좋아하죠. 매달 세계의 분쟁 지역이나 가난한 국가 아이들을 위해 수익의 일부분을 내놓습니다. 허영심이라 해도 좋은데, 돈 버는 목적이 분명한 사람이죠. 언젠가 전 재산을 내놓을 각오가 되어 있는 선배예요. 좋게 봐요. 난 그럴 생각이 없지만."

그 허영의 사장은 자리에 없었다. 그런 목적이 어떻게든 광고 수주와 제작, 유통에 도덕적 위안을 부여한다면 거기에 대해서도 할 말은 없었다. 그러나 저런 사진은 늘 위협적이다. 나는 돈으로 지탱되는 내 삶이 공격받는 소리를 듣는다. 기어코 나는 아빠를 불러온다. 1950년, 피란길의 폭격에 양친을 잃은 열 살 어린이는 혼자 남았다. 나는 그 아이의 딸이다. 그제야 나는 사진 속 아이들을 똑바로 쳐다본다. 저 공포의 눈길 속에서도 생명의 빛은 서려 있다. 그 빛은 이어질 것이다. 나는 그 증거다.

"잠깐만요."

그가 일어서더니 캐비닛에서 DVD를 꺼내 기계에 걸었다. 반군 지도자로 보이는 젊은 남미계 여자가 협상 테이블에 앉았다. 얼굴이 검게 탄 그녀는 정부군 지도자와 악수를 나누고 휴전 협정에 서명을 한다. 주위를 둘러싼 쌍방의 무장 군인들이 박수를 친다.

"일본 친구 건데 잘 보세요. 상상력이 우리의 허를 찌릅니다."

협상장을 걸어나오는 여자의 땀에 젖은 얼굴이 클로즈업된다. 그 인고의 얼굴에 기자들의 플래시가 터진다. 아무 설명이 없다. 대신 화면 하단에 화장품 주식회사 글자가 떠오른다. 화장품 광고란 말인가?

"무슨 뜻일까요? 이제부터 평화가 와 화장품을 사용할 거라는 뜻일까요? 그렇게 간단하지가 않습니다. 이건 텔레비전에 방영되면서 시끄러웠습니다."

"상식 밖이네요."

"그건 다른 뜻이 아니에요. 상반되는 이미지를 광고를 통해 돈으로 사는 것입니다. 차이를 인정하는 차원에서 더 나아가 차이를 사들이는 전략, 광고 기법은 이렇게 예측할 수 없는 방향으로 흘러가고 있어요."

알 것 같기도, 그러나 모호하다.

"하나 더 보죠."

그가 리모컨을 다시 눌렀다. 샐러리맨 같은 남자가 우산을 쓰고 도심의 건널목을 건너고 있다. 비가 들이쳐 양복의 어깨 부분과 가랑이가 젖는다. 그 모습이 망원렌즈로 몇 차례 찍힌다. 화면 하단에 18시 43분, 숫자가 뜬다. 이어지는 카피. 17분 전. 그가 정지 버튼을 눌렀다.

"다예요?"

"네."

"음, 이번 건 나도 알겠어요. 일곱시에 약속이 있는 남자군요."

"네, 사실 상당히 대중성이 강한 작품이죠. 애인에게 이 옷을 선물하고 싶어하는 여성들이 꽤 많았다는 것만 말해두죠,"

"재미있네요. 감각이 있는 친구예요."

매일 신문, 잡지, 인터넷, 텔레비전, 옥외 광고판에서 수도 없이 무차별로 광고를 접하지만 특별히 신경 써서 본 적은 없었다. 유치하군, 멋있다, 재미있네, 역겨워, 그런 반응들이 순식간에 일어났다 사라질 뿐이었다. 텔레비전에 나왔을 때 일부러 보게 되는 건 자동차나 휴대폰, 금융기관 광고 정도였다. 각자 취향이 있으니까 광고에 대해 따지듯 얘기하는 사람은 없었다.

"바람 좀 쐴까요?"

눈치는 빠르다. 담배가 당기고 존댓말도 신경질이 나려 한다. 곰 같은 남자는 싫다. 코 골며 나가떨어진 곰 곁에서 밤은 무거운 외투를 끌며 한없이 느리게 지나갈 것이다. 그도 곰이 되나? 나이 들어 곰의 형상으로 부풀어 오르나?

그도 담배를 피운다. 전혀 예측하지 못한 각도에서 그의 포즈가 잡힌다. 연기는 허공으로 흩어진다. 서관 휴게실은 처음이다. 좀 달리 꾸미지, 자매의 취향이 같아.

"말해봐. 뭐가 있는 거지?"

"다이어트 신제품 개발이라고 종목 뉴스에 뜨지 않았어?"

"모두가 아는 그런 거 말고, 자기가 아는 것."

"짐작했는지 모르겠지만, 그 회사 광고를 찍기로 했어. 제품의 우수성이나 효능에 대해선 확신할 수 없고, 다만 최고의 광고를 만들겠다고 결심은 했지."

"찍었어?"

"아직. 배우 섭외 중이고 콘티도 손봐야 하고."

"그럼 광고 찍는다는 것 하나로 매수하셨다는 거야?"

"내 광고가 제품을 히트시킬 것으로 믿으니까."

"대단하시네. 콜 옵션과 비슷해. 미래의 시점을 산다는 의미에서."

"어쩜 꿈을 매수한 거지. 난 이런 식의 도박이 좋아. 무생물이나 물질에 나를 걸어보는."

"주식으로 배수진을 치고 광고를 만든다? 주식은 단지 광고에 전념하기 위한 보조 수단이다? 말 되나?"

"주가 상승이 광고 히트에 전적으로 달려 있다곤 생각 안 해. 주가는 변수가 워낙 많으니까. 하지만 엄청난 광고를 만들면 광고가 제품 구매로 확실하게 이어지면서 주가가 장기 상승 트렌드를 탈 수도 있다고 봐. 신제품이 매출에서 차지하는 비중에 따라 트렌드 각도가 달라지겠지만."

"광고가 아무리 뛰어나도 제품의 품질이 뒷받침 안 되면 오래갈 수 없잖아."

"맞기도 하고 틀리기도 해. 유해한 제품도 이미지로 포장되어 장기간 팔리기도 하거든. 광고 시장에서 확실한 건 없어. 뭐든 가능하지. 영화가 히트하는 걸 봐도 그렇지 않아?"

"주식은 이제 그냥 들고 가면 되는 거야?"

"광고 나오면 다시 얘기해."

나는 광고 속 여자처럼 그를 바라보았다. 나의 유효 기간이 끝나면 그는 나를 용도 폐기 처분할 건가? 더 이상 구매 의욕을 일으키지 못하는 여자, 난 여전히 나인데도.

퇴근길에 청담동으로 갔다. 며칠 전 엄마가 전화로 "네 오빠 바람났다" 선언하기에 새언니 속을 뒤집어놓았다는 그 휴대폰 문자의 주인공이 엄희영 아닐까 싶었던 것이다.

"오빠 바람났나 봐."

스탠드에서 카스를 기울이며 언니를 쳐다보자 언니는 "그래?" 하고 입가를 약간 실룩였다.

"내가 탐정이야? 엄마가 여자의 정체를 알아내라고 왜 날 닦달하는지 몰라."

"알고 싶어?"

언니가 턱으로 내 뒤를 가리켰다. 카운터의 부양? 이제 스물다섯인데.

"어떻게 된 거야?"

"잘 들어. 오빠가 여기 몇 번 왔어. 내가 아는 건 그것뿐인데, 어느 날 둘이 전화를 주고받더구나. 밖에서 오빠가 기다리기도 하고."

언니는 의도적으로 천천히 말했다.

"뭐 그런 경우가."

"세상일이란 게 예측을 자주 빗나가잖니. 이건 아주 이상한 일은 아냐. 애비 몰래 계모하고 붙어 다니는 놈도 내가 봤어. 차선 끼어들기도 못하는 놈인데 그래."

다시 뒤를 돌아보았다. 카운터가 비어 있었다. 맹대해가 저 밑 건물 모퉁이에서 서성이는 게 아니라 2층 여자 화장실에서 5분 치기로 하고 가는 거 아냐? 스물다섯이면 열세 살 차인데 임영숙 여사가 알게 되면? 맥주를 하나 더 시켰다.

"언니, 오빠 생각하면 사실 짜증나지?"

"어떻게 알았니? 딱 그 심정이야."

"잭 짜르지만 말아줘. 초저녁부터 오빠가 돌아다니는 꼴은 못 보겠어."

"뭔 수로 짜르니? 사랑이 죄니?"

25세면 내가 바로 그 남자를 만나던 나이였다. 남자를 죽도록 사랑하기에 최적정의 나이가 아닐까? 부양이 불쌍한 건 맹대해 같은 남자를 만난다는 거였다. 뭘 기대하나? 구부러진 페니스와 맥주 값 정도 들어 있는 지갑, 7년째 타고 있는 쏘나타2. 그래도 좋다고?

돌아온 부양은 휴대폰을 만지작거리고 있었다. 저건 그저 습관일 가능성이 높았지만 '조심해야겠다' 따위의 맹대해 문자를 해독 중일 수도 있었다. 카운터로 가서 그녀 앞에 똑바로 섰다. 맥주 두 병 값을 치르고 '안녕히 가세요' 소리를 듣는 데는 채 1분도 걸리지 않았다. 웃는 모습이 보기 싫지는 않았다. 뭐라 할까, 건강한 식모, 대리모, 함바집 장녀, 느낌이 거기서 맴돌았다.

6

"돌아버리겠네."

지르기가 키보드를 신경질적으로 때리고 자리에서 일어섰다.

"왜 그래요?"

내가 쳐다보자 그는 허리에 두 손을 짚고 컴퓨터를 노려보았다.

"아, 어떤 잡놈이 종가를 이 지경으로 밀어놔!"

그의 보유 주식이 마감 동시호가에서 크게 밀린 모양이었다. 바이오피스도 어제의 상한가 기세는 온데간데없고 장중 내내 물량이 쏟아져 매수가 밑으로 떨어지며 마감했다. 역시 획기적인 다이어트 제품이란 걸 믿는 게 아니었다.

"누가 인위적으로 때렸으면 내일 올라오겠죠."

나는 바이오피스의 종가가 주는 침울함에서 애써 벗어나려는 듯 큰 소리로 말했다.

"고객들에게 보고할 생각을 하니까 그렇죠."

그놈의 한물간 게임 업체 주식을 오늘 또 끌어 모았단 얘긴가.

"당장 팔 거도 아니잖아요."

"그렇긴 하지만…… 생맥주 한잔합시다."

"벌써요?"

"한잔 마시고 보고하든가 해야지."

저렇게 마음이 약해서야.

"내일 해요."

장 마감 후 대자산가에게 전화를 넣었다. 온라인으로 5백만 원씩 아이들 딱지놀이 하듯 사고파는 150억 자산가를 실패한 섭외로 보기엔 아직 이르다는 것이 나의 판단이었다. 일주일에 한 번은 전화로 인사하고 가벼운 투자 상담도 곁들였다.

남자는 카자흐스탄의 알마티에 아파트를 한 채 구입해볼까 하는데 어떻게 생각하느냐고 물어왔다. 본심은 국제적인 인사의 시큰둥한 말투를 본인 입에서 본인 귀로 흘리고 싶어서이다. 투기판이라고까지 들었지만 여전히 유망해 보인다고 대답했다. 부동산은 폭격을 맞아도 대지 소유권은 남는다. 금 투자를 생각해볼 시점이라는 조언도 했다.

"많이 올랐는데?"

"20년 전 가격에서 이제 배 올랐는데요."

"그건 그래."

벤츠 뒷자리에서 고개를 주억거리는 남자의 모습이 눈에 선했다. 자산상담사, 세무사, 변호사, 법무사 등 명함만 수십 장 갖고 있지만 젊은 여자의 멘트를 듣는 것도 기분 전환은 된다고 생각할 것이다. 지점장이 "그 자산가 언제쯤이면 소꿉장난 그만두고 본격적으로 투자하시려나?" 묻곤 했지만 "바닥이 길면 시세가 크게 난다는 격언 모르세요?" 하고 말을 잘라버렸던 것이다.

책상을 정리하고 컴퓨터를 잠가버렸다. 어제 전갈이 '오늘 볼까?' 문자를 넣었다. '내일요.' 바로 답했다. 먼저 그녀의 기를 꺾어둘 필요가 있었다. 하루쯤 마음속 지옥을 맛보라지. 그런 여자는 정염이 타오르기 시작하면 뭘로도 끄기 힘들다. 미지가 그녀의 상대가 되다니, 결코 숙주로 만족할 그녀가 아니다.

다섯시가 안 되었는데도 실외에는 주차 공간이 없다. 지하 3층에 주차하고 곧장 호지애의 아파트로 올라갔다. 엘리베이터 거울에 비친 나는 검은 아이섀도 덕분에 눈이 깊어지고 투명한 연분홍 리퀴드 립스틱을 바른 입술은 도톰하게 올라 있었다. 검정 스커트에 붉은 셔츠 바람의 그녀가 입가에 올라붙는 미소를 지으며 나를 맞았다.

"어서 와."

거실 소파에 앉았다. 저번 밤보다 실내가 평범하다는 인상을 받았다. 창밖의 강은 바람이 없어 그런지 흐름이 느껴지지 않았다.

도시의 심장을 관통하는 강, 그런 강한 느낌은 영화 동아리 친구 아파트에서 범람할 듯한 한강을 내려다볼 때 솟구쳐 올랐다. 모든 것을 삼킬 듯 소용돌이치며 콸콸 흘러가는 강물을 내려다보며 격랑에 휩싸인 정염의 한가운데 있는 느낌을 받았던 것이다. 대학 시절이었고, 처음으로 여자와 키스를 나누며 젖가슴 사이에 얼굴을 묻었다. 그때 강물이 두 사람의 몸을 관통하며 뒤집어놓았다. 그날 꽤 멀리 아주 낯선 곳으로 떠내려갔다. 미지는 두 번째 여자였다.

그녀가 커피를 내왔다. 검은 강철 마우스를 문 듯 강하고 진했다. 우리 함께 내부를 단련하자는 요청으로 보였다.

"일 끝난 것 아니잖아."

"고객을 만나고 있잖아요."

"그래? 만기가 다가오는 예금이 있나 한번 살펴볼까?"

"천천히요."

"그러자."

집 전화가 울리자 그녀는 잠깐만 하는 눈신호를 보냈다.

"어머, 피에르 장, 언제 들어온 거야? ……나? 난 10월 전시 건은 작품이 있고 지금은 좀 쉬고 있는 중인데…… 아냐, 그렇게 서두를 필욘 없지. 여기 화랑도 좋아. 중국이야 너도나도 나가 있고. 자금력은 뉴욕에 비교할 순 없지만 파리 못지않지. 그 문젠 한번 만나서 얘기 해. ……고마워요. 그래, 괜찮아, 화요일에 봐요. 그래요."

전화를 끊고 내 쪽으로 돌아섰다.

"화상이야. 국제도시를 오가며 거간꾼 역할을 하지. 돈도 벌고 자기 커리어도 쌓고. 내가 입맛에 맞나 봐."

주석을 덧붙이며 웃었다. 나도 웃었다. 그 세계에 무지하다는 의미로.

"저녁 먹긴 좀 이르지?"

그녀가 커피 잔을 내려놓았다. 다가와 선 채로 나를 안았다. 나의 이마가 그녀의 편편한 배를 눌렀다. 나는 팔을 돌려 그녀의 허리에 손을 얹었다. 오른손이 미끄러지며 엉덩이에 닿았다. 그녀가 팔을 뒤로 뻗었다. 스커트가 미끄러져 떨어지자 팬티에 감긴 하복부가 드러났다. 그녀는 나의 머리를 그곳의 둔덕으로 끌어왔다. 입속에 면 팬티와 그곳의 털이 한꺼번에 잡혀 들어왔다. 두툼한 살의 살에 속이 보이는 얇은 채소를 싼 형국이었다. 그녀가 비치볼의 바람이 새는 듯한 특이한 신음을 냈다.

굳이 눈을 가릴 필요는 없었다. 그녀는 나의 발치에 엎드려 있었다. 발가락 하나하나를 정성스럽게 빨고 있었다. 자유로운 발로 그녀의 젖가슴을 뭉개고 젖꼭지를 비틀었다. 그녀가 신음을 냈다. 고개를 들게 하고 가슴을 발바닥으로 밀었다. 그녀는 두 다리를 든 채 과장되게 뒤로 넘어졌다. 다리를 발로 툭 치자 재빨리 일어나 발치에 엎드렸다.

개 사슬로 탁자 다리에 그녀의 손을 돌려 묶었다. 발가벗긴 엉덩이가 바닥에 닿았다. 다리를 벌리게 하고 그녀의 그곳을 채찍의 갈기로 쓸어내렸다. 나는 셔츠에 팬티 차림으로 의자에 앉아 그녀를 관찰했다. 그녀가 소변이 마렵다고 했다. 싱크대의 스테인리스 대접을 갖고 와 바닥에 두었다. 그녀는 내 눈앞에서 어렵게 소변 보는 데 성공했다. 한번 뿜어져 나오자 한참을 소리 내며 나와 큰 대접을 반 이상 채웠다. 나는 대접을 옆으로 치웠다. 거품이 일며 지린내가 났다. 채찍으로 그곳과 아직은 탱탱한 젖가슴, 살찐 허벅지를 건드리자 발가락까지 꿈틀댔다. 자국이 남지 않을 정도의 강도로 옆구리를 길게 쳤다. 내가 미소 짓자 그녀는 음탕하고 애걸하는 눈빛으로 나를 올려다보았다.

채찍을 버리고 나는 무표정한 눈으로 그녀를 바라보았다. 시간이 흘렀다. 침묵이 그녀와 나 사이에 가로놓였다. 그녀의 퀭하고 어두운 눈동자의 빛이 사그라지며 결박된 육체의 미세한 균열이 감지되는 가운데 배설

할 길 없는 쾌감의 썩은 거품 이는 냄새가 끼쳐왔다. 그 모든 것들을 무중력 같은 이 공간의 한 지점에서 드러내며 그녀는 늙어가는 진행형의 개처럼 나의 발치에 방치되어 있었다. 이것이 그녀가 원하는 삶과 죽음 사이 회색 지대의 형식, 시간의 결에 육체의 마모를 아로새기는 방식이었다. 밤이 오면서 그녀의 모습이 어둠 속으로 잠겨 들어갔다. 대신 하나의 형체가, 웅크린 등의 뭉치가 떠올랐다.

나는 의자에서 일어나 베란다로 나갔다.

"이리로 와."

미지가 동과 호수를 다시 물었다. 문자를 넣었다. 미지가 도착할 때쯤 문을 열어놓고 나가면 된다. 계단을 이용해 내려가는 게 좋을 것 같다. 한참 걸리겠지. 그 느린 나선형의 하강이 소용돌이치며 눈 속에 떠올랐다.

제5부 남, 영혼과 육체

1

움직임을 멈춘 주가는 불온하다. 전일 오후 세시에서 당일 아침 아홉 시까지, 침묵의 시세판은 저녁의 이른 냉기가 몰려오며 얼어붙은 밤으로 이어졌다 서서히 달아오르는 사막과 같다. 그 고원의 밤을 뚫고, 태평양을 건넌 뉴욕발 돌풍이 회오리치며 당도했을 때, 오늘 아침 시장은 부서지듯 요동치다 급속히 안정을 되찾았다. 시장은 기관의 선물 매수를 신호로 팻말을 뒤집듯 시세를 회복했다.

5월 첫 주 금요일 새벽의 CNN에서 다우가 3.4퍼센트나 빠진 걸 보고 나는 깜짝 놀랐었다. 내구재 소비 둔화가 그 충격을 줬다면 시장 기반이 확고하지 않다는 얘기였다. 그러나 국내 시장의 탄력은 놀랄 만했다. 이건 국력이야! 성급한 탄성이 나올 뻔했다. 코리아 마켓의 골밀도가 강화된 건 분명하고 시원한 보폭으로 새 목표를 향해 성큼 내디딜지는 좀 더 두고 봐야 한다. 어쩜 성장 말기 아이의 하루치 반항에 불과할지도 모른다. 까딱하지 않고 물량을 계속 푸는 외국인들을 보면 녀석들은 코리아의 거친 몸짓에 살짝 눈살을 찌푸리고 있을 뿐이라는 생각도 든다.

오전엔 쭉 지켜보다 오후 들어 장세가 흔들리기에 P 일부를 처분했다. 계좌당 30퍼센트의 물량을 매수가 대비 10퍼센트 수익을 내고 현금화했다. 최악의 시점에서 한 달 만에 40퍼센트 이상 올라온 셈이다. 더 올라갈 수도 있겠지만 물량을 일부 줄여보자는 제안에 김 사장을 제외한 모두가 따라주었다. 김 사장은 "이제 올라가기 시작하는데?" 하고 심드렁하게 말했다. 일부 정리하는 거라고 했더니 끝까지 가보겠다고 했다. 그 정신에 경배하며 전화를 끊었다.

김 사장의 사무실은 무교동에 있었다. 작년 11월 최 상무의 소개로 찾아갔을 때 사무실엔 김 사장과 부장이라 불리는 남직원, 볼이 통통한 여비서 이렇게 세 사람이 있었다. 구체적으로 뭘 하는 덴지는 알 수 없었지만 자산 관리 및 투자 결정을 내리는 헤드 분위기가 났다. 정치가들의 자서전이 몇 권 쌓여 있어 이 사무실의 인적 · 물적 네트워크를 일부 삐죽 과시하고 있다는 느낌을 받았다.

계좌명은 낯선 이름이었고 나는 40억 원의 주식 위탁 의뢰를 받았다. 우량주 위주로 투자하되 자주 사고팔지는 말라고 했다. 예탁금은 3억 정도는 유지해야 했다. 2천~3천만 원씩 현금 출금이 잦았다. 자금 세탁으로 보였지만 현금 거래 5천만 원 이하는 의심 사례로 신고할 의무가 없었다. 나의 관심은 김 사장 너머의 존재가 아니었다. 자산을 불리는 능력 있는 관리자로 인정받는 것이었다. 나 이외에도 몇 명의 관리자가 수익률 경쟁을 벌이고 있다고 봐야 했다. 돈의 성격은 모르면 모를수록 차후 있을지 모를 금감원 조사에도 유리했다. 선의의 관리자, 그는 금감원이나 검찰의 조사 대상이 아니었다. 최악의 경우 참고인이지만 피의자는 결코 될 수 없었다. 지난 연말엔 떡값으로 주는 현금 백만 원도 받았다. 대가성 없는 돈이었다.

갖고 가겠다는 김 사장이 더 벌 수도 있다. 그러나 이런 상황에선 감정을 자제해야 한다. 두 세력 간의 쟁투라 하지만 상승 쪽으로 승부가 끝난다고 확신할 수도 없다. 의외로 시간을 질질 끌 수 있다. 새로운 종목을 발굴해내고도 싶었다. 마음에 두고 있는 종목이 있으나 믿음까지 가는 건 아니었다.

이번 주의 선도주는 오랜 바닥에서 탈피한 통신주로, 따라잡기엔 그 상승폭이 만만치 않았다. 더 가는 것도 시세지만 주당순이익으로 보나 성장세로 보나 선뜻 좇아 뛰어들기가 꺼려진다. 하향 안정세를 보이고 있는 은행주도 상승 쪽으로 턴하기 위해선 크게 빼는 경우가 있으므로 지켜봐야 한다. 본인 계좌는 P를 50퍼센트나 팔았다. 나는 자신이 틀렸기를 바랐다. 그런 경우가 많았다. 그래서 타 계좌들보다 20퍼센트를 더 팔았고, 이건 주술적인 힘이 있다고 나는 믿었다.

20억이 온 · 오프 라인으로 매도되었으니 지점 수수료가 7백만 원 떨어졌다. 정부도 순식간에 6백만 원을 챙기고 시치미를 떼고 있다. 어느 각도에서건 정부의 얼굴은 표정이 없다. 기계적으로 돈만 수거해간다. 차가운 금속성의 얼굴이 웃는 모습을 상상해보라. 그건 악몽이다. 장중에 지점장이 '마시는 인삼 한 뿌리'를 장난스럽게 책상 위에 탁 놓았다.

"마셔가며 해."

"더 할 것 없는데요."

"안 사 넣을 거야?"

판 만큼 빨리 사라고? 그럼 뭐로 보이겠나, 섣부른 교체 매매야 약정 욕심으로밖에 더 여겨지겠나.

"수도라도 되어야 사죠."

매도 대금 수도는 모레다. 수도 전에도 판 만큼은 1초 내에 살 수 있게 프로그램화되어 있지만 그 성능을 지금 시험해보고 싶지는 않았다. 어떨 땐 전산 센터에서 하는 일이, 어떡하면 투자자가 최소한의 손동작으로 눈 깜짝할 사이에 과도한 물량을 사고팔 수 있을까, 고심에 고심을 하여 개발한 프로그램을 컴퓨터에 까는 거라는 생각이 들 때가 있다. 거의 확신까지 들지만, 고객에게는 오로지 고객의 편의와 수익률 제고를 위해 엄청난 개발비와 천재들의 피나는 노력을 가미해 만든 슈퍼 뉴 프로그램이라고 소개할 수밖에 없다. 이렇게 되면 타사 프로그램은 시대에 뒤떨어진 구형으로 깎아내리는 효과도 덩달아 거둘 수 있다. 전산은 어디 증권! 이런 범죄자의 발언 같은 공식을 아직까지 유통시키려는 경쟁 회사를 견제해야 할 의무가 있다. 애사심이란 게 있다면.

두시 넘어 기인 씨가 빨리 나오라고 전화했다. 파크가 있는 57층 비상계단에서 다짜고짜 끌어안고 키스를 퍼부었다. 양치도 안 했는데, 억, 그러나 숨 막히게 좋았다. 불길을 만난 버터처럼 녹아내렸다. 계단과 벽 모서리가 있는, 물러설 수 없는 섹스를 꿈꿔왔어! 널 밀어붙이고, 네 바지를 내리고, 널 헐떡이게 할 거야! 그는 내 눈이 하는 말을 듣지 않았다. 내 이마에 짧은 키스를 찍고 물러섰다. 헤어지기 전 내 손바닥에 초콜릿을 쥐여주었다. 마트에서는 살 수 없는 것이었다. 오늘은 우리가 함께 떠나는 날인데도 그는 사전 배려를 한다. 이런 건 누구한테서도 기대하지 못했던 거다. 그가 더 좋아지고 있다.

P의 종가는 소폭이지만 판 가격보다 올라 있었다. 여기가 투자자의 성향을 알 수 있는 대목이었다. 70퍼센트가 남아 있으니 오른 걸 기뻐해야 이치에 맞지만 상당수는 30퍼센트 판 주식에 미련을 갖고 기분이 언짢아진다. 이런 성향은 실생활에도 적용된다. 가진 것에 만족하지 않고 없는 것, 처분한 것, 과거의 실수에 집착하는 것이다. 편견 같지만 경험상으론 여자들에게 이런 경향이 더 강하다. 강남이건 강북이건 한 푼의 손해도 보지 않으려는 악착같은 여자들은 말할 수 없이 피곤한 존재다.

신 여사는 달랐다. 그녀는 P가 떨어지는 동안 인내심을 갖고 기다려주었다. 오늘 통화가 되자 "그동안 마음고생 심했지?" 하며 나를 위로했다. 그 말을 듣는 순간 뜨거운 게 치밀어 오를 뻔했다. 남자는 자기를 알아주는 자를 위해 목숨을 바친다고 하지만 여자라고 다를쏘냐 싶었다. 넉넉한 재산과 사회적 안정에서 오는 여유가 사람을 관대하게도 만드는가 보았다. 한때 지나치게 완벽해 보이는 가정을 보면 식구 중 누군가는 암에 걸리거나 교통사고라도 당해야 균형이 맞지 않나 생각했다. 그런 생각은 대개 머릿속에 떠오르자마자 기포처럼 사라져버렸다. 거기에 오래 머물게 된다면 사람이 이상해지리라. 생각의 음험함보다는 그로 인해 자신의 심신이 상하는 게 더 싫다.

산으로 둘러싸인 산정호텔에 체크인한 시간이 밤 아홉시 반이었다. 4층 룸의 창문을 열어 환기시키고 난 다음에야 기인 씨가 나를 안았다.

"두 시간 정도 걸릴 거야."

팔을 풀며 그가 말했다. 무슨 임무를 수행하러 가는 사람처럼 목소리가 비감했다. 당숙의 장례가 그 어떤 임무보다 덜 중요하다는 건 아니지만 지하 핵시설을 파괴하러 가는 007의, 본드 걸을 배려하는 미소가 그럽단 말이야. 입술도 줘야지. 나는 발을 들어 그에게 키스했다. 일곱 시간을 늦춰온 키스였다.

어제 여행을 가자고 해서 왜 하필 D시인가 싶었다. 가보면 안다기에 함께 있는 게 중요하니까 "그래" 했던 것이다. 당숙의 장례는 D시의 생고기집에서 들었다. 애초부터 장례식 참여가 목적이었다. 왜 이제야 얘기하느냐니까, 미리 말했으면 따라왔겠냐 해서 더 이상 대꾸하지 않았다.

샤워 후 보습까지 하고 나니 한 시간이 흘렀다. 커피포트로 녹차를 끓여 마시고 텔레비전을 보았다. 서울 드라마가 왜 여기서 나와? 가끔 이렇게 바보가 된다. 케이블 하단에 띠처럼 흘러가는 오늘의 주가를 보고도 '어쩜, 종가가 같잖아!' 감탄까지 했으니까. 이런 정신 상태론 런던은커녕 제주도 근무조차 어렵다. 유일하게 1분 이상 고정시킨 시사 뉴스도 머리에서 겉돌았다. 나는 아직 호텔에 혼자 묵는 여자가 못 된다. 사업 구상이라니? 누구 얘긴가. 고독한 결단? 그물 팬티 말인가. 시간은 자정을 넘겼다. 2시간 30분이 흘러갔다. 청바지와 티셔츠로 갈아입고 호텔 현관으로 나가보았다.

호텔 밖, 산비탈 쪽 벤치에 앉았다. 사방이 산인 이곳의 공기는 피부가 느낄 정도로 맑았다. 폐가 차가워지며 더운 입김이 뿜어져나왔다. 누구와 함께 있고 싶다는 욕구가 이렇게 강했던 건 5년 전 그 남자 이후 처음이었다. 그 남자와 다른 점은 안 보면 죽어버릴 것 같은 고농축 감정이 아니라 따뜻한 물처럼 온몸을 휘감아오며 고조시켜가는 부드러운 기대감이었다. 이 변화에 대해 나는 긍정적으로 생각하기로 했다. 누가 나보고 사랑에 빠진 여자 역할을 재연하라고 종용하지는 않았다. 아프면 몸에 열이 나듯, 사랑의 모든 제 증상들, 두근거림과 벅차오름, 그러다 일순 가슴이 찢어질 것처럼 시려오는 느낌을 또다시 예감해보는 이 밤은 감히 신비로웠다.

그가 다가오고 있었다. 생각에 잠겨 있느라 그가 택시에서 내리는 것을 놓쳤다.

"왜 나왔어?"

내가 기다린 남자다.

지하에 바가 있었다. 나이트클럽과 바의 장점만을 살린 공간으로 술을 마시며 앙증맞은 무대에서 춤도 출 수 있었다. 미국의 중서부 지방 바와 진배없지만 바텐더가 덜 수수께끼 같고, 계산서에 텍스가 붙는다는 게 다른 점이었다. 우리는 스탠드에 앉아 기네스를 마셨다.

"원래 밤새워야 하는 것 아니야?"

"발인까지 보면 좋지만 서울 사람은 그런 걸 할 줄 모르지."

변명도 자책도 아니다. 그는 무슨 득이라도 본 사람 같다.

"아주 어릴 적 왕래가 있었고, 그 뒤론 거의 연락이 끊겼거든. 오늘 온 것만 해도 놀랐을 수 있어."

아빠가 돌아가셨을 때 화장터에 있던 사람들. 식당으로, 버스로, 소각장으로 몰려다니고 내리며 줄을 지어 걷던 모습들. 흰옷, 베옷, 두건, 소각로의 검은 구멍, 우중충한 건물들, 거무칙칙한 산들, 뭉게구름, 그리고 오후의 비. 그 모든 것이 뒤죽박죽된 슬라이더처럼 한꺼번에 떠올랐다 지워졌다. 그 뒤로 친인척의 장례식엔 가보지 않았다. 엄마와 오빠가 갔었다. 이제 엄마 대신 다닐 나이가 되었다.

"당숙은 어떤 분이셨어?"

"공무원으로 퇴직하시고 공원 매점을 운영하셨지. 그냥 평범한 인생이었어. 이제 68세에 대장암 말기였나 봐. 2남 1녀를 두었는데 장남은 형 되고 나머진 동생. 아들들은 직장 생활 하고 다 장가 시집갔고 애들도 있고 그래. 아, 아주머니는 건강하시지. 다리를 조금 저시지만."

"비록 장례식장이지만 오랜만에 만났는데 서울 간다고 그냥 나온 거야?"

"아주머니 땐 발인을 지켜봐야겠지. 먼 훗날이 될지 모르지만."

"우린 들키면 안 되겠다, 응?"

"안 되지, 절대로."

함께 웃었다. 죽는다는 건 두려운 일이다. 어떻게 아무것도 모르게 될 수 있나? 이 세상이 나 없이도 존재하며 지속된다는 게 가능한 일인가? 그런 루머를 누가 이해할 수 있다는 건가? 운이 아주 좋으면 앞으로 60년간은 이런 생각을 간간이 떠올릴 기회가 있겠지. 나는 죽음이 아주 멀리 있다는 걸 확신하고 싶다. 거기에 너를 좋아한다는 이 확신이 보태져 행복의 구체적인 질감을 만져보며 밤을 건너가고 싶었다.

음악이 「이메이징」으로 바뀌어 플로어에 나가 춤을 추었다. 그의 가슴이 내 앞에 있었다. 선율이 만화영화에서처럼 음표를 거느리고 떠다니는 것을 보았다. 음표는 황금 가루를 입힌 듯 반짝이며 허공에서 흘러갔다. 그의 등을 감은 손에 힘을 주었다. 마법처럼 음악은 우리를 띄워올렸다. 나는 밤의 부드러우면서도 완강한 팔 안에서 고양이 혀 같은 인공조명의 핥는 열기를 느꼈다. 미열이 이마에서부터 조용히 퍼져나갔다. 이 몰입이 그를 통해 나의 숨은 길을 열고 들어가 미처 열어보지 못한 우리의 길로 다시 나아가리라는 짐작만 어렴풋이 떠올랐다.

새벽 두시, 상체를 비스듬히 기울인 그가 위에서 입술을 눌러왔다. 왼쪽 젖가슴은 그의 손바닥 안에, 그리고 그는 입술에서 목덜미, 남은 젖가슴으로 여행을 떠났다. 나는 그의 엉덩이를 움켜잡았다. 근육의 섬세한 탄력이 손바닥에 뭉쳐왔다.

나는 장례식에 다녀온 남자의, 삶과 죽음의 경계에서 피어오르는 향냄새를 맡는다. 냄새는 기억을 되살려내고 재조합한다. 병원 침대의 아빠에게서 나던 그 퀴퀴한 냄새는 장례식장에서 이틀 넘게 피어오르던 향냄새에 의해 마침내 씻겨나간 듯했다. 그러나 향냄새가 빰을 비빌 때의 그 달착지근한 술 냄새까지 앗아갈 순 없었다.

그 시절의 나에게 아빠는 어떻게든 지속되어야 했다. 아빠는 부르면 나타나야 했다. 술 냄새로, 해진 코트로, 구부정한 등으로, 쉰 목소리로 되살아나야 했다. 향냄새로 그것들을 지우게 할 수는 없었다. 아빠는 쉽게 도망가서는 안 되었다. 내 존재의 근거, 내 생명의 원천, 내 행복의 젖줄이 아빠로부터 왔다. 아빠는 이 세계, 이 세계를 구성하는 시간과 공간, 모래와 자갈과 바다와 산맥과 나무와 짐승의 탄생을 함께했다. 아빠는 모든 것에 관여했다. 아빠는 과거이자 현재며 끊임없이 현재화되는 미래였다. 아빠는 나를 통해 나의 육체와 의식을 빌려 다시 살아가고 있었다. 이 시간의 마디마디 밀려오는 쾌감은 그에게 바치는 것이고, 그를 환하게 밝히는 것이다.

목덜미가 입술 형태로 빨리고 배꼽에 침이 고이고 마침내 아래가 헤집어졌을 땐 고독한 벌집을 건드린 듯 정의할 수 없는 신음이 끊어져 나왔다. 팽창한 그의 그것이 안쪽 허벅지를 뭉툭하게 눌러왔다. 가볍게 움켜쥐자 그것은 다시 한 번 그 내부 밀도의 팽창 속에 외연을 확대해나갔다. 상스럽게 표현하면, 그것은 껄떡거리고 있었다.

그는 거칠게 몸을 밀착해왔다. 다리를 벌리고 그를 맞이할 준비를 했다. 그의 것을 외음부에 마찰시키며 입구의 자줏빛 공간을 확보해나갔다. 적응 기간은 짧았다. 그가 들어오고 있었다. 내 속의 그가 서서히 움직였다. 미끈거리는 해초처럼 그의 것을 감아쥔 나의 그것은 긴장과 이완의 왕래 작용을 수행하고 있었다. 그는 상체를 세운 채 하체 근육을 충분히 사용하여 쾌락의 경전을 경작해나갔다. 믿기 힘들 정도로 쾌감이 고조되었다.

그가 몰고 온 장례식의 향이 마취제처럼 머릿속까지 파고 들어와 강력한 최음 효과를 냈다. 죽음은 언제나, 바로 지금 네 삶을 확인해보라고 속삭인다. 나는 죽음의 회랑에서 걸어나온 그가 꿰뚫을 듯 격렬하게, 나의 육체를 통해 삶의 생생한 증거들을 파헤치고 있는 현장을 목도했다. 그렇게 나는 온몸의 주름 하나하나까지 온 감각세포의 미세한 혈 하나하나까지 삶을 증거하고 뿜어내며 그를 밤의 태양이 빛나는 생명과 환희의 광장으로 이끌었다.

밤의 태양 바퀴를 단 마차 속 여인의 얼굴을 요구해보라. 나의 얼굴을 비춰주리라. 탁자의 결에, 지나가는 유리창에, 거리의 물웅덩이에, 죽은 자의 밀랍 피부에 나의 얼굴을 비추리라. 이것은 웃고 있는, 고통과 비참의 산물이 아니라 삶의 건강한 탐욕스러운 얼굴, 만족을 모르는 그러나 지지 않고 죽음의 두 눈을 피하지 않는 얼굴, 생의 개화를 보여주리라.

그의 움직임이 긴박하게 빨라졌다. 거친 호흡이 귀를 파고들었다. 지금이야, 나는 끝을 향해 파고 들어오는 그의 몸 밑에서 거대한 폭발과 은하계 가득 산화되어 퍼져나가는 별똥별의 무수한 잔해를 보았다. 그것은 살아가고 있는 죽음, 생명을 잉태한 죽음의 속성을 띠고 있었다.

말발굽의 편자처럼 나의 양 손목을 누르고 있던 그의 손아귀에 스르르 힘이 풀렸다.

불붙은 담배를 나의 입에 물려주고 기인 씨는 소파에 앉아 캔 맥주를 마셨다. 나는 테이블에 발을 올려놓은 그의 옆모습을 가만히 바라보았다. 내가 아는 남자들은 섹스가 끝나면 어딘가로 자신의 몸뚱어리를 끌고 갔다. 남자는 거기서 자신을 만나고 재충전해야 했다. 그런 다음 그들은 제 발로 다시 찾아왔다. 물론 나를 사랑하고 나에게 엄청 사랑받고 싶어서.

케이블 방송이 녹화된 야구 중계를 내보내고 있었다. 타자가 친 공이 포물선을 그리며 날아가 스탠드 상단에 꽂혔다. 홈런을 친 타자가 기쁨을 억누르며 묵묵히 베이스를 돈다. 베이스를 도는 저 모습을 보기 위해 야구를 본다는 최 상무의 말은 지금 이해가 갔다.

이렇게 누워서 아무 프로그램이나 보다가 어느새 잠드는 것이다. 깨어나면 기인 씨가 있을 것이다. 옆에, 실물로, 베드에 실린.

2

어둠 속에서 눈이 뜨였다.

꿈에 기인 씨가 커다란 회의실에서 브리핑을 하고 있었다. 영사기가 쏘아대는 화면에는 여자 광고 모델들이 이리저리 움직이고 있었다. 그가 화면의 모델들과 실물처럼 인사를 나누는 동안 내 옆의 뚱뚱한 50대 남자가 통통한 손으로 나의 허벅지를 쓰다듬었다. 나는 그가 이 모습을 볼 수 있도록 남자를 뿌리치지 않고 가만히 있었다. 질투로 눈먼 그와 시선을 마주치길 기대하며 점점 대담해져가는 남자의 손을 영사기가 비춰주기를 바랐다. 나는 쾌감을 느꼈는데 오래가진 않았다. 홀의 불이 나갔다. 웅성대는 소리가 들려오고 나는 그를 찾아 앞으로 달려나갔다. 그러다 무엇엔가 걸려 넘어졌다. 무릎에서 피가 흐르고 있었다. 어둠 속에서도 피는 선명하게 비쳤다. 아프지는 않았다. 그를 놓쳐버린 것 같아 두려워하며 다시 일어섰다. 갑자기 불이 들어오고 이번에는 텅 빈 증권사 객장에 홀로 앉아 있는 자신을 보았다. 백남준의 비디오 뭉치가 돌아가고 있었다. 비디오 속에는 푸르고 붉은 주가가 명멸했다. 숫자가 나의 벗은 몸을 띠처럼 두르며 흘러갔다. 내 몸이 비디오 속에서 유영했다. 백남준이 이제 나를 소재로 삼는구나, 나는 얼마짜리 주식인가? 꿈에서도 그런 생각을 했다.

나는 혼자였다. 눈을 떴지만 옆에 그가 있다는 생각은 하지 못했다. 집의 침실로 생각했던 것이다. 매트리스의 느낌이 이상했고 어둠 속에서 희미하게 비쳐오는 사물의 윤곽이 달랐다. 순식간에 모든 것이 이해되었다. 옆을 돌아보았다. 그가 웅크린 자세로 돌아누운 채 잠들어 있었다. 여긴 D시의 산정호텔 405호실이었다.

오디오에 연결된 푸른 전광 시계는 새벽 '05 : 20'분을 가리켰다. 그러고 보니 자면서도 소변이 마려웠다. 눈 비비며 일어나 소변을 보고 이를 닦았다. 머리는 좀 더 자고 나서 감으면 될 테고 약간 충혈된 눈 흰자위의 가는 실핏줄도 오전 중으로 잠잠해지리라. 나는 나를 비추는 새벽녘 거울에서 5년 전에 헤어진 남자의 벌겋게 충혈된 눈을 떠올렸다.

애널리스트로서 내가 담당하고 있던 무역회사의 기획실 과장은 충혈된 바로 그 눈으로 자료 요청차 막무가내 찾아오는 맹소해를 6개월째 유심히 지켜보고 있었다. 남자는 홍보성 정보와 기밀의 경계선상에 놓인 자료를 커피숍 테이블에 올려놓고 "사무실에선 곤란한 자료입니다" 하고 말했다. 남자는 행정고시 1차 패스 경력이 있었고 CNN을 하루 두 시간씩 듣고 술을 2차에서 끝내고 주말엔 업무와 상관없는 골프를 즐겼다. 입사 1년차인 나는 파스텔 빛 슈트가 잘 어울리는, 대표이사의 야망을 키워가는 32세의 학사 장교 출신 남자와 데이트의 모든 코스를 밟아나갔다.

새벽의 수영장과 색소폰 뮤지션이 있는 재즈 바, 거짓 주소가 통하는 무궁화 세 개짜리의 중급 호텔 객실, 팸플릿을 옆구리에 끼고 하나하나 내려가던 오페라 극장의 돌계단, 허겁지겁 순댓국밥을 집어넣다 마주 쳐다보며 웃던 우리의 남대문시장 골목, 사랑한다는 소리를 들으며 사랑한다고 속삭였던 밤, 그리고 새벽, 철없던 대학 시절의 취기 속 모든 남자가 흘러가고 나에게 찾아온 첫사랑이 그인 것에 감사하며 왜 그여야만 하는지 묻지 않았던 시간들, 때로 느닷없이 터지는 그의 신경질에 토라지고 이유 없이 관대해진 그의 품에서 다시 잠들며 오후 네시에서 여섯시 사이의 휴대폰 벨 소리를 기다리며, 혼자 잠드는 밤에도 끊임없이 그에게로 달려가는 생각에 목이 메던 그 열병의 날들에 나는 자신의 은폐되었던 모든 여성이 부화하는 소리를 들었다.

남자가 변하기 시작한 것은 거리에 낙엽이 밟히던 초가을의 어느 날이었다. 남자의 전화 목소리에서 녹슨 쇳내가 묻어날 때도 다정했던 시절을 생각하며 그의 변화를 받아들이지 않았다. '곧 괜찮아질 거야. 우리 회사 남자 간부들을 봐, 걸핏하면 죽을상을 하고 있잖아.' 그러나 그런 자기 위안은 점차 힘을 잃어갔다. 죽을상 같은 얼굴도 보여주지 않던 그는 수화기 너머에서 계속 바빴다. 그리고 이해할 수 없는 결별의 순간이 찾아왔다. 실핏줄이 터진 충혈된 눈에 참혹하게 일그러진 얼굴, 토사물의 구취에 섞여 나오던 이별의 말을 내가 어떻게 이해할 수 있었겠는가? 나의 오피스텔 앞, 새벽 두시의 더러운 거리에서 그는 짐승처럼 울었다. 그를 보내고 오피스텔 창에 부조리하게 떠 있던 환한 보름달을 쳐다보며 박명의 뿌연 시간까지 앉아 있던 기억이 난다. 울었던가, 소리 없이 흐르던 눈물이 또 기억이 난다.

이유를 듣지 못했고 그를 극복하는 방법은 끝까지 이유를 묻지 않는 것이라고 생각했다. 마지막으로, 그의 구취를 사랑하면서 그 힘으로 그를 잊고자 했다. 그는 잊혀졌던가? 그렇다고, 나는 생각했다. 하지만 5년 후 무릎을 꿇은 최 상무가 조심스럽게 내 발등에 입 맞췄을 때 이 남자가 5년 전의 그가 아니라고 말할 자신이 없었다. 그는 이렇게 변한 것이다. 이렇게 착해졌어. 이렇게 성공했는데도 아주 가난해 보일 정도로 나를 원해. 그의 머리를 쓰다듬으며 나는 슬픔이란 감정을 생각했다. 어떤 슬픔은 내재된 복수의 다른 이름일 수 있다는 건 더 나중에 떠오른 생각이었다.

다시 눈을 떴을 땐 룸에 아침의 기운이 가득했고 그는 팬티 차림으로 내 곁에 바짝 붙어 있었다. 온전히 잠에서 빠져나오지 못한, 가수면 상태에서 나를 갈구하고 있었다. 시간은 '07 : 40'분이었다. 나는 그를 향해 돌아누웠다. 머리카락이 붙어 있는 그의 이마에 키스하고 입술에 입술을 갖다 댔다. 그의 긴 속눈썹이 내 눈을 간질였다. 그가 두 팔을 돌려 나를 꼭 안았다.

"깬 거야?"

허벅지에 그의 그것이 힘차게 반응해왔다.

"어머, 얘도 자고 일어났나 봐."

그가 나의 허벅지를 꼬집었다. 소름 같은 행복이 돋아났다. 자의식의 혼돈 없이 자신의 내부를 환하게 열어두는 이런 아침은 예전엔 없었다. 상대방을 사랑한다고 생각했지만 확신하지 못했고, 확신을 주었던 남자는 한밤중에 구토하며 떠나갔다. 남자들은 이 육체를 더 풍부하고 탐구할 만한 다른 육체의 세계로 나아가는 발판으로 삼았다. 아무려나, 나중엔 상관없었다. 나도 그들을 떠나보내며 다산의 여신처럼 풍부해져갔으니까. 메마름과 풍요는 종이의 앞뒤였다. 아무도, 떠나간 남자도 차버린 남자도, 나에게 사막의 메마름을 강요할 수는 없었다. 그 남자들 모두가 나를 거쳐 또 다른 세계를 배회하는 나의 사생아들이었다. 그들이 원하건 아니건.

아침은 뭐든 가벼운 것이 좋다. 키스와 포옹, 엉덩이 두들기기, 뺨에 닿는 머리카락의 느낌, 그런 것들이 사랑스럽다. 가벼운 터치가 잠자던 감각세포를 일깨워 아침의 정기 속에 눈 뜨게 하고 거리로 나설 준비를 하게 하는 것이다. 먼저 씻은 내가 창문을 열고 머리를 말릴 동안 그도 샤워에 면도까지 하고 나왔다. 중급 호텔 스킨 냄새는 거의 이런 거구나,

남자용이지만 그건 여자용이 되어야 해.

이곳이 어떤 부부의 단칸방이고 그들의 주말 아침이 이제 막 시작되었다면 결단코 그들은 서로를 증오하게 될까? 소리 없이 파고드는 권태에 물든 증오, 체념과 무신뢰, 욕구 불만의 아침을 서로에게 떠넘기려 하면서. 그러나 기인 씨는 그런 생각조차 잊게 만든다. 젖은 머리로 그가 다가올 때 나는 어떤 생의 의지가 솟구쳐 오르는 걸 느꼈다. 밤의 욕망과 등가의 가치를 지닐 법한 밝고 수직적인 에너지의 생성, 그것이 나를 살게 하고 살아 있다는 느낌을 부여했다.

나는 거울에 비친 우리의 모습을 바라보았다. 거울은 두 사람을 정확히 비추고 있었지만 거울 자체는 텅 빈 내부, 비쳐오는 모든 사물의 무한정한 포식자였다. 우리의 이 모습을 거울에서 끌어내 품고 다닐 거야. 변형된 모습과 변주된 목소리로 우리의 모든 배경들과 함께 대기 속으로 울려 퍼지는 합창을 하며, 나는 속으로 말했다.

체크아웃을 하고 나니 열한시가 5분 남아 있었다. 차는 호텔을 빠져나가 어젯밤에는 다만 캄캄한 도로였던 곳의 깨끗이 뻗어가는 노란 선을 보여주었다. 운전석 쪽의 어두운 남빛 덩어리들이 짙푸른 산이라는 것도 알 수 있었다. 조수석 쪽은 얕은 계곡이 형성되어 있어 물줄기가 가늘고 긴 띠를 이루며 흘러가고 있었다. 수면의 햇살 조각이 무리 지어 톡톡 뛰어다니는 모양에 눈이 부셨다. 어제의 약한 황사는 가시고 나무와 풀 냄새가 섞인 대기는 싱그러웠다.

차는 도심으로 들어서 기차역을 지나 예식장 건물을 끼고 돌아 백화점과 마트, 대형 의류 할인점, 금융가를 차례차례 지나갔다. 낯선 도시에 와도 모든 것이 있었다. 지방은 작은 서울이었다. 커피 전문점과 아이스크림 가게, 햄버거 하우스 들은 서울과 똑같은 간판을 내걸었다. 그들은 아프리카와 중동, 아시아의 시티를 돌아 여기 D시까지 균질한 제품을 판매하고 개당 5달러 이하의 요금을 징수하고 있었다.

대한민국 어딜 가나 건물 3, 4층은 학원 차지였다. 학생들은 전국 곳곳에서 학원을 다녔다. 이 학원 저 학원으로 부유하는 여학생들이 길가에서 아이스크림을 먹으며 웃고 있었다. 환한 햇볕 속 한 장의 스냅 사진, 저 모습을 현상해 세계의 끝, 대양이 시작되는 극지로 부쳐볼까? 그곳에서 시간이 멈춘 듯 여학생들은 영원히 웃고 있으리라. 눈보라에 휩쓸리고 파도에 올라타고 폭우에 찢기면서도 터져나오는 웃음을 멈출 수 없으리라.

나의 여고 시절, 뜰에는 지금도 낙엽처럼 빛바랜 사진들이 뒹굴고 있었다. 도서관 지하 식당 앞, 주머니 속 땀에 젖어 붙은 동전을 세어보며 돌아서던 그 여름의 오후보다는, 대학 합격 통지문을 쥐고 교정의 눈을 뭉쳐 던지며 소리 높여 웃던 겨울의 한때가 왜 더 가슴 시린지 설명할 수가 없었다. 12년 후 그 소녀를 태운 승용차는 시내를 빠져나와 한적한 도로를 달려나갔다. 소녀의 옆에는 남자가 타고 있었다.

멀리 강의 다리 위로 주황빛 태양이 쟁반에 담긴 듯 환히 타올랐다. 거대한 붉은 불기둥이 다리 밑 강물 깊이 뻗어 내려가고, 해는 다리 뒤 일직선상으로 물러난 산등성이 너머 빠른 속도로 가라앉았다. 강물 속 불기둥이 가느다란 붉은 막대로 변하더니 그마저도 지워지고, 해가 진 산 주위, 거친 붓의 터치 같은 주황빛이 강 위에도 흩뿌려졌다. 바람이 불어오고 높이 뜬 헬리콥터 두 대가 프로펠러 소리를 내며 귀대하고 있었다. 해가 졌다. 헬리콥터가 사라지자 새 몇 마리가 유연히 강을 따라 날아올랐다. 어둠은 그 뒤에서 서서히 자신을 엷게 펼쳐 보이고 있었다. 강 건너 인가들이 등불을 켰다.

모텔 주인은 특실만 하나 비어 있다고 말했다. 강가의 예언자는 금테 안경 너머 비싼 특실을 넘길 작자들의 얼굴을 신중히 바라보았다. 하루가 지난 흰 셔츠를 입은 종업원이 키를 돌리며 특실 손님의 차를 가지러

2백 미터 떨어진 쏘가리탕집으로 갔다. 양수리로 빠져서 쏘가리탕에 소주 세 병을 곁들였던 것이다. 차 넘버를 가릴 필요가 없는 이런 남자는 얼마 만인가? 최 상무는 차를 공용 주차장에 세워놓고 모텔에 들어갔다. 당연한 조치였다. 누가 최 상무를 협박한다면 분할 입금으로 5억까지 가능하리라는 게 내 생각이었다. 그는 아내보다는 대주주와 회사 고위 임원들을 조금 더 두려워했다.

특실이란 거실과 침실이 분리되어 있고 창을 통해 밤낮으로 강이 흘러가는 룸의 다른 말이었다. 커피에 텔레비전으로 두 시간을 보냈다.

졸음이 쏟아지려 하는데 기인 씨가 나를 침대에 쓰러뜨렸다. 입술은 아무 때나 덮치면 안 되나? 꼭 전초전의 매뉴얼로 기획되어 있어야 하나. 생각은 짧았고 그의 입술은 뜨거웠다. 단 하루지만 그의 몸을 알았고 다소 익숙해진 그 몸이 새로운 흥분을 야기했다. 남자의 몸, 그중 두 번째 겪는 몸이 내겐 특별했다. 그 기억들이 자주 떠올랐다. 그 뒤로는 좋을 때도 시들할 때도 있었다.

옷을 입은 채로 난공불락의 상태에서 긴 시간을 애무받아야 한다. 거칠게 벗기려는 시도를 저지하며 그 과정을 늘이며 애타는 쾌감에 젖어들자. 이 게임에 그가 동참할까? 거의 물고 뜯는 수준의 오프닝이 끝나고 둘은 침대에 나란히 누웠다. “좀, 쉬자.” 그가 말했고 이게 화근이었다. 둘 다 잠들어버린 것이다. 술이 증발하지 못하고 온돌방의 온기처럼 몸 구석구석 알맞게 퍼져 있었던 것이다. 어쩜 몸이 지난밤의 격무를 기억해 곧장 휴식 모드로 전환시켰다고 볼 수도 있었다.

3

눈을 뜨자 햇살이 환했고 청바지는 줄이 일어서며 구김이 가 있었다.

여기 캐빈 클라인의 남양주 모델이 떴군. 이 구김엔 지난밤 미숙했던 사랑의 흔적이 얼키설키 직조되어 있어. 바지가 '나도 말 좀 하고 살자' 그러는군, 맹소해 모델의 하체를 빌려서.

기인 씨도 옷을 입은 채로 잠들어 있었다. 허리춤에서 빠져나온 저 폴로 체크 셔츠는 입고 자도 구김이 없다. 소매를 걷어 올렸다 내려도 마찬가지다. 5년 전 그 남자의 폴로셔츠를 나는 한동안 버리지 못했고, 어느 날 밤은 유령처럼 입고 앉아 있었다. 분리수거함에 때 묻은 셔츠를 버렸을 때는 아무 느낌이 없었다. 나는 나를 알아갈 수는 있어도 알지는 못하고 있었다.

늘어지게 기지개를 켰다. 내가 사랑하는 것 중 하나가 자고 나서 빠드드득 켜는 기지개였다. 최 상무 앞에선 하지 않았는데 다음엔 이 남자가 깜짝 놀라거나 신기해하는 모습을 보고 싶다.

나는 변기에 걸터앉아 상형문자가 떠오를 때까지 습기 찬 욕실 타일을 뚫어져라 바라보았다. 책도 잡지도 없이 분홍 공중 변기라니! 아프리카 밀림에서 엉덩이를 까고 앉아 있는데 사자가 날 보고 있었다. 조금만 불편하면 나는 그 그림을 떠올렸다. 샤워를 하고 나올 때까지 그는 여전히 자고 있었다. 그의 입술에 키스했다. 시큼한 냄새가 났다. 젖은 머리가 뺨에 닿자 한기를 느꼈는지 그가 눈을 떴다.

"씻어. 산책하고 올게."

1층 카운터엔 수건들이 쌓여 있고 아무도 없었다. 모텔의 아침은 어디나 같았다. 그 일회용 세면도구 냄새, 햇살이 차단된 좁고 긴 복도의 붉은 조명과 발바닥에 달라붙는 양탄자의 눅눅함, 어느 코너인가 슬리퍼 끄는 소리, 빈방에서 시트를 감아 나오는 몸뻬 아줌마의 무심한 시선, 현관 유리문을 여닫을 때마다 비집고 새어 들어오는 싸한 공기.

나는 마당을 가로질러 모텔 뒤편 비탈을 따라 강가까지 내려갔다. 거기 작은 바위에 걸터앉아 담배를 피웠다. 아침 여덟시의 강가에서 피우는 담배는 혈관까지 연기가 들이찼다. 눈앞에서 모터보트가 긴 레인을 남기며 빠르게 지나갔다. 레인은 검게 일어서며 폭을 넓혀가다 수면 위로 흔적 없이 스러져갔다.

룸에서 여기까지, 시간은 그와 나를 꼬챙이처럼 비스듬히 꿰뚫고 있었다. 여기서 나는 그를 볼 수 있었다. 변기에 앉은 그, 샤워 꼭지 밑의 그, 창틀에 기댄 그에게 나는 일일이 손을 흔들었다.

기인 씨와의 이틀째 아침, 열시 넘어 출발했다. 일요일 오후의 국도는 중간중간이 주차장이었던 것이다. 수목원이 들어서고부터 가족 단위의 행락객이 엄청 늘어난 탓이었다. 수도권의 산림원과 수목원은 완전히 새 세상을 맞이하고 있었다.

G시의 아파트에 도착했을 땐 열한시가 조금 넘어 있었다. 그를 차에 둔 채 옷만 갈아입고 나왔다. 방이 지저분해 들어오라고 할 수 없었다. 같이 살면 같이 어지를 수 있지 않을까? 그런 생각이 들긴 했다. 옷은 연두색 주름치마에 하얀 니트였다. 필살의 패션으로 그의 눈이 동그래졌다. 무척이나 우아해 보인다는 건 미지가 말해주기 전에도 알았다. 나는 이걸 가을이 오기 전에는 다시 보여주지 않을 작정이었다. 어울리는 패션이 있다는 걸 깨닫게 해주면 되었다. 그걸로도 매번 입은 효과를 낼 수 있다.

점심은 복지리를 먹었다. 우리는 술을 자제했다. 남녀가 만나면 굶는다는 생각은 말아야 한다. 혼자 있으면 고구마 하나로 때우기도 하지만 연애는 에너지도 많이 들고 뭔가 하며 시간을 보내야 하기 때문에 식사가 중요해진다. 그래도 기인 씨가 아침을 먹지 않는 건 유쾌한 일치다. 아침을 물이나 커피 한잔으로 대신하면 점심에 과식한다고 어떤 의사가 말했나? 이토록 기품 있고 자제력까지 구비한 숙녀에겐 실례되는 말씀이다. 점심도 그녀(의사)보다 더 적게 먹는다고 숙녀는 주장한다.

기인 씨는 대학 복학하고부터 줄곧 아침을 생략해왔고 지금까지 불편을 못 느낀다고 했다. 파리 유학 시절에는 돈 아끼느라 더 안 먹었다고 말했다. 눈을 보니 파리 유학, 돈, 금식 이 셋 중 하나는 거짓이었다.

아깝다, 누군지 그의 여편네는 좋겠다. 농담처럼 왜 그런 생각을 했을까? 실은 아침을 생략한 그가 어떤 여자와 거실에서 상쾌한 키스를 나누는 장면이 떠올랐기 때문이었다. 세컨드 라이프에 등장하는 사이버 여자가 아니라 실내 드레스 차림의 평범한 이웃집 여자였다. 이 여자를 질투해야 하는지 애매했다. 결혼은 하지 않는다는 것이 애초의 내 생각이었고 계속 그 생각을 밀고 나가고 있었다.

결혼은 그의 하품에 대고 '이리도 귀여울 수가!' 따위로 생각하기를 그만 때려치우라고 말할 것이다. 그게 두려운 건 아니었다. 온갖 법적 제약이 수반되는 결혼보단 차라리 동거가 낫지 않을까? 아이는? 그 문제는 30대 중반에나 다시 생각해봐야 할 것 같았다. 지금으로선 내 침대에서 한 남자를 3일 이상 보고 싶지 않았다. 나를 더 원하면 집에 가서 옷을 갈아입고 오면 될 것이다. 보름에 하루는 호텔이 좋다. 바에서 한잔하고 새벽 한시에 침대에 들 때 남자의 기능은 최고조에 달한다. 믿기 힘들겠지만 정액의 농도도 가장 짙다. 한 달에 한 번은 방음이 전혀 되지 않는 여인숙이 좋다. 나의 신음을 모두 듣기 바란다. 외로운 한 남자가 옆방에 있어 그를 위해 아침에 다시 한 번 아리아를 부르리라. 일터로 나가기 전의 아리아는 쾌활한 구석이 있어야 한다. 외로움을 떨쳐버리게 하는.

뿔을 맞대고 한참을 밀고 당기던 두 싸움소 장남과 왕눈은 시간이 흐르자 콧숨을 내쉬며 지쳐갔다. 관객들은 그들이 승부를 내기를 바랐다. 옆구리에 피를 흘리고 머리에 구멍이 뚫리기를! 기우뚱 넘어지거나 풀썩 무릎을 꿇고 입가에 거품을 뿜어내기를! 장내 아나운서는 이 지루함에 책임이 있다는 듯 장남 주인이 얼마 전에 손녀 돌잔치를 벌였다고 큰 소리로 말했다. "장남 주인님, 맞지요?" 재차 말하니까 장남의 주인은 모자를 벗고 인사를 했다. 사람들이 박수를 쳤다. 이윽고 왕눈이 네 발로 모래바람을 일으키며 거세게 밀어붙이자 수세에 몰려 있던 장남은 울타리 근처까지 밀려나 고개를 돌리고 도망갔다. 우우, 사람들의 고함이 잦아들었다. 승부는 끝났다.

나는 벌써 네 번째 승부를 맛보았다. 고수부지 내 모래판을 둘러싼 원형 가설무대의 관객 절반은 여자였고 그들은 뜨거운 햇볕을 가리는 모자 아래 상기된 얼굴로 모래판을 주시하고 있었다. 싸움소들은 혓바닥을 늘어뜨린 채 질질 침을 흘리며 오줌을 싸고 극도로 지친 놈은 그 자리에서 똥을 내질렀다. 그들은 주인의 눈치를 보면서 상대 소의 내공을 가늠하며 승부의 결과를 두려움 속에 예측해보고 있었다. 그리고 우리는 돈을 내고 이 자리에서 1톤의 무게들이 부딪치며 내는 둔중한 충격을 감내하고 있었다. 나는 기인 씨가 내미는 손을 잡고 그 손바닥의 축축한 땀을 느끼며 가설무대의 임시 계단을 조심스럽게 내려갔다. 오후 다섯시, 우리는 볼 만큼 봤다.

불 마켓, "강세장의 상징인 황소를 봐야 하지 않겠어?" 기인 씨의 말에 나는 고개를 끄덕였다. 그러나 실제로 무엇을 보았던가? 운명의 검은 쇠사슬, 피가 고픈 자들의 고함 소리(째지는 듯한 여자들 소리까지), 황토색 등가죽에 내리꽂히는 햇살의 작살들, 들끓는 적의와 그만 끊고 싶은 욕구 사이를 오가며 뿔을 대고 견디는 시간의 땀방울들, 그리고 뜨거운 대기 속 짐승의 거친 호흡.

걸어가는 내 등 뒤에서 관객들의 고함이 다시 터져나왔다.

모텔로 가 밤 아홉시까지 있었다.

이곳에 남녀가 머문다. 존재는 소리를 내고 액을 흘리며 기진맥진한다. 결합과 해체, 다시 분열, 존재는 죽음을 향해 걸어간다. 죽음은 서 있거나 앉아 있거나 누워 있다. 죽음은 공중제비를 한다. 죽은 태아들이 하늘을 가로질러 끝없이 떠간다. 탯줄이 내려온다. 사막과 강과 도시에, 마구간과 돌담벽과 모텔의 창에, 썩은 동아줄처럼 그치지 않는 빗줄기처럼. 5년 전 그 병실에서, 수술대의 차가운 빛 아래 나는 혼자였다.

기인 씨의 등을 감았던 나의 두 팔이 침대 위로 미끄러져 떨어졌다. 땀에 젖은 지금 이 무게를 기억할 거야.

4

황소는 화요일 시장으로 진입해 들어왔다.

장은 대폭등하고 P는 폭락했다. 세계 경제의 패권을 노리는 차이나 시장이 다시 힘차게 가동하자 국내 증시도 즉각 파트너임을 자처하며 환영의 박수로 붉은 손들을 치켜 올렸다. P가 그 틈에 왜 얼음에 담근 듯 푸르딩딩한 얼굴로 고개를 처박고 있었는지는 알 수 없었다. 홀로 잘나가던 주식이 전반적인 강세장에서 자중하며 소폭 빠지는 일은 낯선 풍경이 아니었다. 그러나 5퍼센트가 넘는 양보는 인내를 넘어서는 일이었다. 나는 즉각 탁 실장 얼굴을 떠올렸다. 눈에 핏발이 서는 기분이었다. 이 와중에 장난치냐? 때가 없어서?

내 관리 계좌들은 P의 역주행에 전체 수익률 0퍼센트 내외를 뽐내고 있었다. 빗발치는 전화에 대고 나는 P는 건재하며 독자 행보의 길을 갈 거라고 말했다. 나는 '그들은 후회하게 될 거'라고 누군가에게 말했으나 그게 무슨 말인지, 그들이 누구인지, 내가 알 리 없었다.

장이 끝나고 무거운 침묵이 흘렀다. 영업 직원들은 통화 중과 통화 대기 사이를 오가고, 창구 여직원은 평소의 업무에다 주권 출고까지 겹쳐 본사를 왕복하느라 바빴다. 그런데도 그 분주함의 틈새로 무거운 기압의 침묵이 흐르는 것은 실적이 5월 들어 가장 저조한 하루였기 때문이었다. 폭등장에선 발빠른 교체 매매보단 가만있는 게 정석이지만 모두들 동시에 손 놓고 있는 건 경우가 아니었다. 너구리의 분투 이후 고개를 좀 드나 했던 지점 실적이 이 한 방으로 다시 수면 밑으로 가라앉고 있었다.

한시에 심상찮은 실적을 확인한 지점장이 고질라를 통해 독려 메시지를 내려 보냈지만 서로 누군가 하겠거니 미뤄서 그런지 마감 무렵까지 수치가 오르지 않았다. 비상이 걸리며 다들 마감 동시호가에 잔뜩 끌어모아 거래해보았지만 강남 본부 내 꼴찌를 벗어나기에는 역부족이었다. 꼴찌가 예상된 양재동 지점이 비겁하게도 막판에 대형 오더를 터뜨렸던 것이다.

직원들은 컴퓨터를 통해 본인과 지점 실적을 이미 체크했다. 그래서 모두 숨을 죽이고 있었다. 지점장실의 침묵이 더욱 무겁게 다가왔다. 사적 전화에서도 목소리를 낮췄다. 직원들은 고개를 돌리지 않고도 지점장실 문이 열리며 백여우가 입구를 향해 침통하게 걸어가는 모습을 환히 눈에 떠올릴 수 있었다. 보다 예민한 직원은 곁눈질만으로 지점장의 외출용 금강제화를 포착했다. 지점장은 노기를 띠고 사라지려는 것이었다. 설령 이발소나 안마 시술소를 가는 거라 할지라도 그 무거운 등의 의미는 퇴색될 수가 없었다.

지점장이 사라진 10분 후, 고질라가 직원 소집을 명했다. 4시 20분이었다. 모두들 휴대폰을 죽이거나 진동으로 바꿔놓았다. 회의가 길어질 걸로 보았는지 예나연이 머그잔을 들고 들어왔다. 커피 머신에 갇힌 물이 고통스럽게 끓어올랐다. 평소 지점장이 앉아 앉던 소파의 상석은 '부재란 무엇인가?' 묻고 있었다. 나는 평소의 지정석, 너구리와 울화통 사이에서 자세나마 곧추세웠다.

"내 잘못이 큽니다."

고질라가 입을 열었다. 서두야 어떻게 꺼내도 좋았다.

"나부터 긴장이 풀어진 것 아닌가 싶어요."

"오늘은 일반적인 경우는 아니지. 어이가 없긴 한데."

너구리가 말했다.

"나 차장한테 좀 섭섭한 건, 내가 신경을 못 썼을 땐 일찌감치 지적을 해주셔야 했어."

"누구한테?"

실권자는 너 아니냐는 찌푸린 말투로 너구리가 턱을 들었다.

"그렇게 물으시면 안 되지. 하여튼 지난 얘기고 오늘 같은 날이 다시는 없어야겠지만 내일 당장 오늘 몫까지 해놓는 게 급선무야. 첫째, 지점 영업이 침체에 빠진 게 아니라는 걸 본부에 보여줘야 하고 둘째, 우리 스스로를 독려하기 위해서지. 지점장님의 상심에 대해 공유의 책임을 지고 한번 해봅시다."

'상심에 대해 공유의 책임을 지고'는 어려운 문장이었다. 고질라는 가끔 저런 모호한 표현으로 마무리하는 버릇이 있었다. 전에는 '지점의 운명에 우리의 책임 의식을 가집시다' '강남 본부는 우리의 수미일관된 자세를 주시하고 있습니다' 등 나름대로 궁리했을 그 문장들에 직원들은 혼란스러워했다. 때문에 모든 끝 문장은 그냥 '잘해보자', 이걸로 순식간에 번역해서 들으면 별 탈이 없었다.

'해봅시다'를 끝으로 일어설 수 있는 것은 아니었다. 개인별로 구체적이고 납득할 만한 행동 지침이 서 있어야 했다. 울화통은 만만한 노란 바지 아줌마 계좌로 단타를 치겠다고 했고 지르기는,

"제가 알아서 하겠습니다."

무뚝뚝하게 말해서 고질라와 눈싸움을 일시 벌여야 했다.

"어떻게 알아서 할 건데?" 하는 수석 차장의 지적에, "장이 서면 알게 되겠죠" 해서 그 골이 잔뜩 난 듯한 과묵함에 고질라도 그만 입을 다물어 버렸다.

"전 현금 남은 걸로 만들어볼게요."

나는 지르기보단 구체적으로 대답했다. 고객들은, 오늘 같은 폭등장에서 이딴 회의나 하며 인상을 쓰고 있는 영업 직원들을 보면 대체 저들은 어느 나라 사람인가 하겠지만 이쪽 사정이라는 게 있다.

"나도 찾았어?"

문이 열리고 정 부장이 들어섰다 .

"부장님, 오늘 지점 실적 보셨죠? 내일 크게 한번 해주시죠."

고질라가 말했다.

"으응, 알았어. 지점장은?"

"나가셨어요."

내가 말했다.

"장은 내일도 서. 힘내라고" 하며 정 부장은 도로 나갔다.

내일도 선다? 그러니까 이렇게 결의까지 하지. 그런데 우리는 내일 모두 출근할 수 있을까? 그 확률은 장이 설 확률보단 떨어지기 마련이었다. 심지어 나 하나로 국한해도 마찬가지였다. 전쟁이나 천재지변으로 평일 시장이 서지 못할 확률은 내가 교통사고나 돌연사로 사망, 또는 중한 병으로 앓아누울 확률보다 훨씬 적을 것이었다. 시장은 강한, 두려운 생명력의 물질이었다.

백 년 후에도 3백 년 후에도 여전히 장은 서고 누구도 자본주의의 이 놀라운 산물, 이제는 자본주의의 두려운 미래를 열어가는 주식시장의 행보를 저지할 수 없을 것이다. 삶의 불확실성 속에서 주가는 그 숫자의 명확함만으로도 존재 의의가 빛나고 있다. 숫자는 차갑고 명징하며 정밀한 데다 빈틈없다. 나는 나를 하나라고 불러주는 숫자의 친절에 감사하고 있다. 주가는 숫자로 시작해 숫자로 마감한다. 우리는 주식 종가의 엄밀함, 그 싸늘한 침묵에 우리의 침묵을 접목한다. 두 개의 침묵, 그 합일은 종가가 진리, 그리고 미의 차원에 이르러 있음을 의미한다.

여전히 숫자로 대변되는 미래 사회에서 우리의 후손은 아프리카 유전공학 회사의 주주총회에 참석하기 위해 초음속 개인 제트기를 몰고 날아갈 것이다. 적도의 태양, 자외선의 열기를 뚫고 은빛 날개를 좌우로 흔들며. 후손은 대차대조표와 손익계산서의 숫자를 짚어가며 창궐하는 신종 악성 질병 백신 개발을 위한 기술과 생산 설비, 유통 구조의 혁신을 확인하고 싶어할 것이다.

그때도 하루 여섯 시간의 거래는 유지되지 않을까? 후손은 저녁 전에 서너 시간 휴식을 취할 수 있다. 그 시간에 우주 기지 건설 플랜트 업체의 사업 수익성을 검토해보고 투자 보류 결정도 내려야 한다. 아쉽다면 신경 과로로 헐어버린 위점막이 또다시 쓰라려온다는 정도이다.

5

D가 솟구쳤다. 관 바닥의 시체가 벌떡 일어서는 기세였다. D가 아래를 완전히 벗어던지고 회오리치듯 상한가에 진입하자 나는 짝짝 손바닥을 두 번 부딪치고 어느새 다가온 지르기와 하이파이브를 했다. 반 대리까지 가세해 우리는 스크럼을 짠 럭비 선수처럼 지점 한가운데서 지축을 울렸다. 우리는 이 종목에서 60퍼센트를 잃고 있었는데, 오늘은 회복의 첫날이었다. 윈윈증권 신사 지점에서는 냉얼, 지르기, 뺀질이만이 D를 걸었으니 우린 무덤에서 걸어나온 동지인 셈이었다.

동지들은 작년 10월, 비밀 계좌인 강직순 명의로 방송 콘텐츠를 제작하는 엔터테인먼트 업체인 D에 각자 150만 원씩 총 450만 원을 걸었다. 그들은 이걸 적어도 1천5백만으로 튀겨 미국의 정크 본드(부실 채권)에다 승부를 걸어보기로 했다. 이 안을 지르기가 들고 나왔을 때 D는 상한가를 일곱 번 치고 숨 고르기 중이었다. 드라마가 시청률 45퍼센트를 오르내렸고 아직 초반이었으므로, 거기다가 차기작이 대박 조짐이 있다는 정보까지 캐낸 뒤였으므로 시세는 아직 창창하다고 그들은 보았다. 그들은 그걸 술집에서 결의하고 다음 날 미처 검토해볼 시간도 갖지 못한 채 지르기의 성화에 돈을 내줬는데 시세는 그들의 매수를 신호탄으로 광란의 내리막길을 걸었다. D가 드라마의 성공에도 불구하고 3백억 원대의 빚을 감당할 수 없을 거라는 비관적인 전망이 나돌기 시작했던 것이다. 그럼에도 그들은 450만 원이 재가 될 때까지 D와 함께하기로 결심을 굳혔다. 서브프라임 폭풍이 쓰나미처럼 쓸고 간 요즘처럼 아메리카가 만만할 때가 없었고 그들은 무 아니면 정크 본드, 정크 본드 아니면 무를 달라며 기도하고 있었다. 사실 그건 브레이크 없는 투자였다. 그들은 시세의 황야에 뼈를 묻을 각오가 되어 있었다. 그들은 모두 150만 원을 초개처럼 아는 대담한 단독자들이었다.

상한가 기념 오찬이 끝나가는데도 지르기와 뺀질이는 계산 생각이 없어 보였다. 그들은 하품을 하고 이를 쑤시고 물잔을 들었다 내렸다 했으므로 나는 카드를 뽑지 않을 수 없었다. 비빔밥이 7천 원이라니 물가가 미친 것 아닌가 싶었다. 그들은 물가에 초연한 얼굴로 화장실 쪽으로 슬슬 걸어갔다. 꼴도 보기 싫어서 나는 바로 엘리베이터로 직행했다.

오후 3시 10분, 가방을 메고 일어서자 지르기가 쳐다보았다.

"어디 가요? 회의 있는데."

"회의가 싫다고 전해줄래요?"

입을 벌리고 있는 지르기를 내버려두고 사무실을 나섰다. 10분 전에 너구리에게 "오늘 저 바쁠 거예요" 했더니 중동 특사를 대하듯 고개를 끄덕였다. 자세히 얘기하지 않는 건 내 맘이다.

나는 스파를 하고 경락 마사지를 받고 헤어에 김을 쐬었다.

저녁 6시 50분, 머리를 틀어 올려 커피색 반점이 두 개 찍힌 목덜미를 드러낸 묘령의 성숙한 여인이 M호텔 로비를 가로질러 갔다. 블랙 투피스에 초승달 귀고리, 옅은 화장의 여인은 붉은 카펫이 깔린 넓은 계단을 천천히 올라가 2층의 엘리자베스 홀 앞에 멈춰 섰다. 호흡을 가다듬고 문을 열자 긴 테이블에 앉아 있던 사람들의 시선이 일제히 나를 향했다.

"아, 오셨구먼."

청색 슈트에 니나리찌 핑크 넥타이를 매고 희끗희끗한 머리를 단정히 빗어 넘긴 70대 신사가 활짝 웃었다. 공기업 사장을 지내고 지금은 모 중견 그룹의 부설 기관인 경영 연구소 회장으로 있는 이인수 씨였다. 호텔 로비 안내판에서 '이인수 회장님 74세 생신 축하 가족 모임'이란 안내문을 읽었기에 지갑 세트를 따로 준비하길 잘했다고 생각했다. 며칠 전 이 회장은 전화로 그냥 가족 모임인데 식사나 하자고 했다. "최 상무에겐 얘기할 것 없네. 퇴근 후까지 괴롭힌다고 생각하지 않겠나?" 이 회장에게 나는 최 상무의 먼 친척뻘이었다. 최 상무는 여전히 건재했다.

이 회장은 가족을 일일이 소개했다.

"내 큰아들, 포스타전자 이사로 있고 그 옆이 며느리와 특목고 1학년 손자고. 며느린 예일대 영문과를 나와 지금 S대학 전임으로 있네."

내가 인사하자 전임강사가 입가에 웃음을 만들었다. 날 좀 아래로 보는 웃음이었다. 이사님은 맏이라고 얼굴에 써 붙여놓았다. 맏이는 10대 이후에 지속적으로 근엄, 거룩해진다.

"그 옆이 둘째 아들, 세무사네. 사무실이 역삼동에 있고 며느린 고등학교 물리 교사네. 세무와 물리, 공통된 게 없는 것 같은데 하여튼 잘 살고 있네그려."

세무사는 하관이 빨고 눈매가 날카로웠다. 절세보단 탈세 전문가의 얼굴이라고 해야 하나? 물리 교사는 뺨이 창백하다. 연구하는 사람은 저래야 한다.

"마지막으로 우리 막내, 대학 병원 소아과 의사네. 옆에 사위는, 가만

자넬 뭐라고 소개해야 하나?"

"아빠, 이이는 음악가로 불리고 싶어해요."

소아과 의사는 이 자리에서만은 아이들 편이 아니었다. 아이들과 명품은 그 속성이 상극이다. 사위는 머리를 올백했다. 그룹 코리아나, 「손에 손잡고」, 어린 나이에도 정말 찡했는데.

"그래 강 서방은 첼리스트네. 부업으로 운수 사업을 경영하고 있지."

작가인데 부업으로 장관이네, 그렇게 들렸다.

"그리고 집사람. 추리소설 작가네. 난 읽지 않지만 자식들이 범인이 누구인지 가르쳐주지."

작가는 따로 있다. 도리스 레싱의 20년 전 모습에서 굵은 주름을 제거하고 눈동자 빛깔을 바꾸면 돼. 심술궂긴 레싱이 더하지.

"당신은 사건 자체를 모르잖아요."

60대 후반의 부인이 말했다. 부인은 오랜 세월 사건을 추적해온 자의 통찰력이 번득이는 눈매로 나를 바라보았다. 난 뭔가를 들켜야 할 것 같았다.

"사건이야 아홉시 뉴스만 틀면 쏟아지잖아. 미해결된 것만 해도 엄청 많아."

재미있는 집안이었다. 이들이 이룬 부, 차지한 직책, 정서적 여유, 거기에 한 가지 주식에 대한 투자 정보가 약간 미진해 나를 부른 것이었다.

"해마다 내 생일이면 모여서 밥을 먹는데, 그러고 뿔뿔이 흩어지니 아쉬운 감도 들고 그래서, 올해는 뭔가 의미 있는 내용이 있었으면 했네. 맹 대리 생각이 난 거네. 주식은 공통된 화제이기도 하고 말일세. 맹 대리가 내 자산 관리자이긴 하지만 따로 초청해서 들으려면 무척 비쌀 것 같고, 그래서 이런 편법을 썼네, 밥 한 끼로 때우려고 말이야."

이 회장은 간접 펀드에 5억이 들어 있고 직접투자는 1억 이하로 제한하고 있었다.

그 나이에 직접투자에 치중하는 건 점잖지 못하다고 생각하는 듯했다. 그나마 내가 코스피 정도의 수익이나마 내지 못했다면 이 자리도 없었을 것이다. 나는 언제 어디서나 누구보다 먼저 고객을 만났다. 내 연봉은 그들로부터 나왔다. 거짓말 같은 일이 하나 있었다. 2년 전 어느 일요일 오후, 심한 편도선염으로 응급실 침대에 누워 있는데 고객의 전화가 왔다. 급히 쓸 데가 있어 내일 오전 동시호가로 주식을 일부 팔았으면 싶다고 잠긴 목소리를 냈다. 그런데 맞은편 환자의 보호자 되는 40대 여자가 눈에 띄었다. 우린 놀란 얼굴로 서로를 바라보았다.

"그냥 밥이 아닌데요. 제가 함부로 끼일 자리가 아닌데 이렇게 불러주셔서 정말 감사드려요. 부족하지만, 아는 범위 내에서 설명해보겠습니다. 뭐든 물어봐주세요."

식사는 디너쇼에서 흔히 볼 수 있는 10만 원 내외의 스테이크였다. 내용보다 값으로 기억하다니 바로 천민 티가 나는 것 아냐? 맹 대리, 기죽을 것 없잖아. 마흔의 널 너는 알잖아? 전문가끼리 서로 인정하고 존중해주는 사회, 너도 그 일원으로 살아가게 될 거야. 더 멋있게, 얽매이지 않고 더 자유롭게. 오늘은 두바이, 내일은 부에노스아이레스에 있을 거야. 호텔 밖에서 남자를 걷어차고 싶어. 사소한 결점이 짜증날 때가 있잖아. 타국의 장관을 만날 거야. 공직이 좋아. 비밀 데이트 하기엔.

그들은 추가로 투자할 만한 펀드가 있는지 코스피 상승은 어디까지 이어질지 궁금해했다. 생명공학의 미래가 화제에 올랐을 땐 소아과 의사가 진지한 눈빛을 보였다. 첼리스트는 전 세계 자동차 기업의 주가 수준과 그 비교 분석에 관심을 보였고, 포스타전자 이사는 경쟁 업체의 예상 실적에 귀를 쫑긋했다. 세무사 아내인 물리 교사의 투자액이 적지 않은 걸로 보였다. 교사는 단기 매매는 하면 아니 되어요, 학생을 가르쳐야죠. 적금 들듯 조금씩 사 모으든가 길게 보고 우량주를 묻어두든가, 직업에 맞는 투자 행태를 취해야지 휴식 시간에 컴퓨터로 시세 확인하면 안 되어요. 내 눈에서 그걸 듣기엔 물리 교사는 시세 연구에 너무 깊이 빠져 있다. 뭔가 증명해내고 싶은 것일까?

'은행 이자, 오늘은 얼마 붙었나?' 그걸 확인하는 직장인 있나? 주식도 마찬가지, 사면 웬만하면 놔둬요. 돈은 엉덩이로 번다는 말도 있잖아요. 진득하게 놔두고 본업에 충실하면서 한 달에 한 번 시세 확인해보면 오죽 좋아요? 왜 그렇게들 촐랑대나요? 아, 돈 벌어줄려고요? 증권회사가 수수료로 가져가는 게 너무 적다고요? 그래요. 그래야 먹고살죠. 우리 직원들이 성과급을 챙기지요. 그런데 당신들 모두 주식을 하고 있군요. 가입한 펀드도 다양하고요. 비싼 과외를 시키고도 월수입이 남으니 그걸 다 은행에 넣어둘 수는 없지요.

저는 오늘 밥값은 한 것 같아요. 종목을 하나 콕 찍어드렸으면 좋겠지만 당신들도 그런 촌티 나는 투자 권유는 믿지 않죠? 엘리트고 전문인이고 사회 지도층이고 여론 주도층이고 무엇보다 교양인이잖아요. 세계인이고 문화인이에요. 한참 어리지만 전문직의 자질을 인정해주고 이렇게 나이를 떠나 정보를 교환하고 얘기를 나누니 얼마나 좋아요? 나도 당신들이 싫지 않아요. 어차피 우린 각자의 길을 갈 거지만 앞으로도 당신들이 보고 싶을 거예요. 전문적인 정보, 경험, 재치 있는 대화, 무엇보다 자금력도 궁금하군요.

당신들의 영화는 이번 세대에서 끝날 것 같지 않네요. 지금 이 시간 학원에 있는 자녀들이 대를 이어 상위 5퍼센트의 대기권에 진입하겠죠. 천민들의 입김이 뒤섞여 있는 지상의 불결한 대기에서 벗어나 천상의 신성한 천기가 감도는 그곳에서 그들은 동급의 샘플을 만나고 3대, 5대에 걸쳐 세습적인 지위를 누릴 것이 분명해요. 당신들은 갑자기 돈벼락을 맞은 졸부가 아니에요. 그런 자들이 주위에 있으면 불쾌하시죠? 교양이 빠진 즉물적 인간이 모임에 얼굴을 들이민다면 슬플 거예요. 당신들은 교육받은 자들이에요. 세계 각국에서 교육받고 세계적인 지식, 자본의 흐름을 꿰뚫고 있죠. 기초 공사가 잘된 그런 교육적 기반은 당신들의 세대가 허약하게 무너질 리 없다는 뜻이에요.

난 당신들과 발전적인 관계를 맺고 싶어요. 당신들이 날 안다는 사실이 자랑스러운 날이 올 거예요. 약속해요. 우린 좋은 파트너예요. 물론 본격적인 교제를 위해 회장님이 직접투자에서 발을 빼실 때까지 기다려야지요. 우리가 너무 친하면 회장님이 섭섭해하시죠. 회장님은 표현력이 약해서 그런 걸 괘씸하다고 말한답니다. 아, 다음 모임은 언젠가요? 1년을 기다려야 하나요? 추리 작가인 사모님께선 오늘 이 자리를 서두로 해서 장편소설을 한 편 쓸 수 있지 않을까요? 안됐지만 회장님이 오늘 밤에 돌아가시게 됩니다. 왜? 누가? 흥미진진하군요. 주식 브로커를 초대했다는 설정도 좋았어요. 돈이 개입되어야 리얼리티가 생기니까요. 돈 자체가 갖고 있는 탐욕, 질시, 부패, 낭비, 혼란, 이런 거야말로 좋은 소재죠. 이 자리가 좋아요. 정말입니다.

"케이크가 왜 이렇게 딱딱해?"

디저트로 나온 케이크를 포크로 파헤치면서 특목고생이 말했다. 누구도 아무 말도 하지 않았다. 호텔 케이크는 딱딱해야 하는 것이고, 그들은 지금 머릿속에서 투자 정보를 선별 취사, 정리 중이었다.

땡 땡 땡 땡 땡 땡 땡 땡 땡, 밤 아홉시, 벽시계가 괘종을 치고 있었다. 보이지 않아도 들을 수는 있었다. 소리는 파장을 그리며 퍼져나가 천 년의 적막을 깨뜨리고 오싹한 기운을 퍼뜨렸다. 창문에 검은 나무 그림자가 비쳤다. 나뭇가지 사이로 구름을 벗어난 달이 떠오르고 몇 장의 잎사귀가 현장에서 지고 있었다. 추리 작가가 소리 없이 일어나 밖으로 나갔다. 알리바이를 만들러 가는 것이다. 나는 정신을 바짝 차리고 앉아 깊이를 알 수 없는 암갈색 커피를 조금씩 마시며 작가의 귀환을 기다리고 있었다.

첼리스트가 잠실까지 데려다 주었다. 나는 렉서스 뒷자리에서 조수석의 소아과 의사와 함께 그가 연주한 첼로 곡을 들어야 했다. '정보를 얻고도 보답해드릴 건 없고 음악이나 한 곡' 하며 시디를 꽂은 것이었다. 첼로는 역시 주업으로서 손색이 없었다. 이런 자가 천재가 아니라고 함부로 말하지는 못한다. 부업 때문에 신경이 분산되어 제 실력을 온전히 발휘하지 못하고 있을 뿐이다. 내리기 전, 첼리스트가 시디를 뽑아 나에게 건넸다.

"저 주시는 거예요?"

"많이 있습니다."

"이 차를 타면 의무적으로 가져야 해요."

소아과 의사가 말했다. 나는 이 친절한 부부에게 신의 가호가 있기를 바라며 차에서 핏빛 하이힐 한 짝을 들어 거리에 내려놓았다.

화보 촬영을 끝낸 기인 씨를 만났다. 기인 씨는 웨이브가 들어간 헤어에 아찔한 하이힐을 신어 키가 훌쩍 커진 나를 보고 잠시 놀란 얼굴이 되었다. 지하도 만남의 장소를 빠져나오니 공원까지 이어지는 긴 산책로가 놓여 있었다. 밤 열시의 가로등이 빛나고 가로수 그늘이 군데군데 밤의 바닥을 짚어가는 보도를 걸어가며 그는 말이 없었다. 바람이 거리의 먼지와 부서진 잎사귀들을 공중으로 감아올리며 한차례 지나갔다. 날이 제법 쌀쌀했다.

그가 윗도리를 벗어 걸쳐주었다. 사복 차림에 샘플 립스틱을 바른 여고생은 극장에서, 남자의 윗옷을 입고 센티하게 앉아 있거나 걸어가는 여배우를 부러워했다. 브래드 피트의 단추가 열린 사파리, 마이클 더글러스의 감색 슈트, 로버트 레드퍼드의 회색 레인코트, 조지 클루니의 푸른 와이셔츠 등이 숨을 막히게 했다. 돌이켜보면 가장 입고 싶었던 것은 아빠의 겨울 외투였다. 아빤 겨울밤 집에 들어오실 때 그 커다란 검은 털외투를 입고 계셨다. 때론 그 외투의 어깨 부분에 눈이 쌓여 현관에서 털기도 하셨다. 손을 잡고 겨울 골목을 걸어갈 때면 아빠의 외투에서 전해오는 온기를 느낄 수 있었다. 아빠가 돌아가시고 엄마는 외투를 불에 태웠다. 나에게 한마디도 물어보지 않은 엄마가 미웠다. 그 외투 주머니엔 눈깔사탕과 토큰과 벙어리장갑과 꼬깃꼬깃한 지폐가 접혀 있었다. 자질구레하지만 필요한 모든 것이 그 주머니에서 나왔다. 그것은 이제 기억 속의 외투, 기억의 갈피에 접힌 호주머니가 되었다.

공원으로 들어가는 입구 쪽 깊숙이 정자가 있었다. 그곳에서 담배를 피우는 동안 그는 꽤 멀리까지 캔 커피를 사러 갔다. 팔각정 형태의 정자 구석에서 두 여학생이 쉬지 않고 떠들었다. 한 아이는 필요 이상 목소리를 높여 어떤 남자 아이를 성토하였는데 그 아이를 좋아하는 것 같았다.

한 시간 전의 나는 어디 가고, 나를 긴장시킨 호텔의 그 가족들도 어디 가고 튕겨나온 것처럼 여기 앉아 나는 시간의 덧없음과 무자비를 생각하고 있었다. 모든 것이 흘러가면서 몇 가닥 기억과 함께 어김없이 혼자로 돌아오는 이 과정엔 습격 같은 낯선 느낌이 있었고, 그것은 존재의 비의처럼 내 가슴을 찔러왔다. 나는 이 이상한 고독이 어디에서 오는지 밤의 해변에 던져진 하나의 조약돌처럼 어둠 속에서 귀 기울이고 있었다. 깎아지른 절벽 같은 고층 빌딩 틈, 지상의 작은 공간에 우연한 물음처럼 밤 10시 30분의 내가 있었다.

그가 멀리서 걸어오고 있었다. 주위가 어두워 다가올수록 그의 얼굴이 드러났다. 돌아온 지아비처럼 그가 내 곁에 앉았다. 그는 카푸치노를 나는 원두커피를 마셨다. 여학생들은 이제 속삭이고 있었다. 밤의 축축한 공기가 그들 주위를 감싸고 꽤 많은 별들이 어디서 한꺼번에 몰려온 것처럼 빛났다. 잠시 후 할머니 한 분이 지팡이를 짚고 힘들게 걸어오고 계셨다. 할머니는 우리와 여학생들 사이에 앉았다. 80이 넘어 보이는 할머니는 그저 앞만 바라보고 계셨다.

"밤이 되이까 춥네."

분명 나를 보고 하는 소리 같았다.

"네, 할머니."

금방 일어나려 했는데 할머니를 배척하는 꼴이 되어 망설여졌다.

"어제는 여기, 학생들이 와서 담배도 피우고 그랬어. 키가 나무만 한 애들이."

어떤 나무를 말하는지 알 수 없었다. 할머니는 그저 얘기를 하고 싶을 뿐이었다.

"왜 혼자 나오셨어요?"

"혼자 오지 그럼 누구랑 와. 할배는 저 세상 있지. 아들은 아직 회사에서 안 왔지. 손녀는 학원에 있고 집엔 며늘아기밖에 없어."

그건 보통 가정이었다. 가장이 직장 생활을 하니 일단 기둥은 서 있고 손녀가 학원 다니는 건 당연한 일이고 며느리가 집에 있다니 문제없는 집안이었다. 할머니가 돌아갈 곳이 있는, 단란은 몰라도 견고한 가정이었다.

"바람 쐬러 나오신 거예요?"

"그렇지 뭐. 바람도 쐬고 아들 오나 보기도 하고."

"아드님 오는 게 여기서 보여요?"

"보이지야 않지만 그래도."

그는 두 사람의 대화를 흥미 있게 듣고 있었다.

"식사는 하셨어요?"

"먹었어. 먹어야 살지."

나는 가방에서 상품교환권을 꺼내 할머니에게 드렸다.

"할머니, 이거 며느님 주세요. 상품교환권인데 보면 아실 거예요."

"응? 아, 왜 며느리한테 줘? 내가 가면 안 돼?"

"가셔도 되지만 지점 위치를 아셔야 해요."

"찾으면 나오겠지. 이래 봬도 내가 70년대에 일일 동장까지 한 사람이야."

"아, 그러세요. 그럼 할머니 여기 전화로 물어보면 위치를 말해줄 거예요. 아니면 아드님한테 알려달라고 하세요."

"그려. 염려 말어. 근데 이 비싼 거를 날 줘도 되는 거여?"

"비싼 거 아니에요. 회사에서 선물로 나온 거예요. 할머니, 그럼 전 가야 하니까 쉬었다 가세요."

"갈려고, 그려. 고마워. 총각도 잘 가요."

나와 그는 꾸벅 인사를 하고 일어섰다.

"아줌마, 우리도 하나 주면 안 돼요?"

아줌마 소리에 피가 거꾸로 솟는 느낌으로 돌아봤다. 할머니도 총각하는 판에 총각의 파트너를? 뭐가 좋은지 킥킥대던 여학생들이 동시에 입을 다물었다.

"너네들 고삐리냐?"

"네?"

오른쪽 입술 끝에 조그마한 구슬 박힌 애가 눈을 동그랗게 떴다.

"고삐리냐고 묻잖아."

"고 1인데요."

"고삐리 맞네. 아줌마 상품교환권이 다 떨어졌거든. 내 말 이해되니?"

"네."

"그래. 이해해줘서 고맙다."

말이 잇새로 새어나왔으므로 고삐리들이 느꼈을 공포는 상당했을 것이다.

"자긴 아직 연구해볼 만한 여자야. 그러고 보니 할머니 계신지 안 물어봤네."

걸어가면서 그가 말했다.

"친할아버지, 할머닌 한국전쟁 때 돌아가셨어. 피란 가다가 폭격을 맞으셨대. 믿겨?"

"미안하다."

"괜찮아. 가끔 할아버지 할머니가 나 같은 손녀가 있다는 걸 아시면 얼마나 놀랄까 생각해. 그 두 분의 오래전 죽음이 내게 사소한 불평불만을 앗아갔어. 살아 있다는 것, 그건 행운과도 같은 거라고. 만약 두 분이 아빠를 낳지 않고 돌아가셨다면 나는 태어나지도 못했겠지? 아빠는 열 살이셨는데 엄마는 그때 다섯 살이었어. 아빠는 그 이후 아빠의 외삼촌 집에서 학교를 다녔어. 난 그분들을 몰라. 돌아가셨다는 것밖엔. 외할머니는 지금 계셔. 할아버진 돌아가셨지만. 결국 네 분 중 한 분만 계시는 거지만 그래도 다행이라 생각해. 할머닌 오래 사실 것 같거든. 이모가 모시고 계신데 건강하셔."

"소해는 누굴 닮았다 그래?"

"난 돌아가신 아빠를 닮은 것 같아. 아빠를 많이 좋아했어. 여름이었을 거야. 방학 때라서 친구와 놀다가 집에 오니까 오후 서너시쯤 됐는데 아빠가 혼자 술을 마시고 계신 거야. 얼마나 놀랐는지. 아빤 회사에 있어야 했거든. 아빠가 말했어. 회사 창립 기념일이다. 그건 가을이었어. 내 생일 일주일 전이 창립일이었어. 그리고 창립일은 봉투에서 돈을 꺼내 외식하는 날이었어. 난 그때의 아빠 모습이 잊어지지 않아. 건드리면 조용히 옆으로 누울 것만 같았던, 병약한 육체라는 말이 떠올랐거든. 그 모습이 왜 그날 보였는지 몰라. 아빤 경쟁에서 지셨어. 훗날 난 맹세했지. 난 유약하게 지는 일은 없을 거라고. 재미없지?"

"교훈적이니까."

"자긴 나라는 존재가 얼마나 많은 사람에게 빚지고 있는 줄 알겠지? 누구나 그렇겠지만, 난 하늘에서 떨어진 게 아냐. 마치 그런 아이처럼 행동하고 지금은 담배 빌리러 온 사내를 좋아하고 있지만."

"한잔할 거야?"

"아냐. 우리 슬픈 얘기 그만 하고 집으로 가자. 바래다줄 거지?"

"택시 잡자."

"버스 타. 여기서 한 번에 가는 것 있어."

"그럴래?"

"당근. 자길 소개하고 싶거든, 불특정 다수에게."

"만원 버스가 좋겠네."

버스 정류장까진 한 블록이었다. 안내 푯말 앞에 사람들이 줄 서 있었다. 그 줄 끝에 섰다.

"집까지 30분이면 가."

"그렇게 빨리?"

"여기 이 장소하고 버스 번호하고 잘 봐둬야 해. 우리 집 오는 길 잊어먹으면 안 되니까."

"너 귀여운 구석이 있다."

"사회가 거칠어서 그렇지 원랜 귀여운 여인이에요. 체호프 아저씨 알지? 귀여운 여인!"

나는 그 작품을 읽지 않았다. 체호프의 작품은 대학 연극부의 워크숍 공연으로 본 「벚꽃 동산」이 유일했다.

버스가 왔다. 좌석 버스는 크고 길었다. 버스에 올라타 나란히 의자에 앉자 마치 공인된 연인이라는 느낌이 드는 것, 훼손할 수 없는 우리만의 영역이 있어 보이는 것, 차가 달릴 때 우리가 익명의 존재로 사람들 속에서 오히려 사람들의 주의를 벗어나 멀리 떠나가는 것, 두 존재의 얽힌 시간에 운명을 태우는 것, 그런 기분들을 한꺼번에 맛볼 수 있었다.

나는 기인 씨의 손을 잡아 내 무릎 위에 살포시 올려놓았다. 손가락 끝으로 그의 손에 돋아난 푸른 혈관을 밀듯이 짚어나갔다. 그레이 셔츠가 빳빳한, 멋쟁이 기사 아저씨는 우리를 실은 버스를 재빨리 한강 이북으로 옮겨놓았다. 강은 높이 뜬 달 아래 소리 없이 흘러가고 있었다.

6

오전부터 미친년 널뛰듯 왔다 갔다 하는 장을 보자 나는 어지러워서 매매를 자제했다. 오늘도 그렇고, 요 며칠 마녀의 매매가 없어 원장을 띄워보니까 주식 담보 대출이 풀로 잡혀 있었다. 휴대폰으로 걸자 남자가 받았다.

"화장실 갔습니다."

자르륵 자르륵, 기계음 사이에 "32번 다이, 원단 잭팟 축하드립니다!" 경악하는 종업원의 고함이 들려왔다. 오전 열한시부터, 아니 오전이니까 비밀 오락실의 어두컴컴한 실내에 틀어박혀 있나 보았다. 한참 후에 언니 전화가 왔다.

"전화했니?"

"언니, 어디야?"

"으응, 학원이야. 나 드라마 작법 배운다아. 아까 우리 작가 선생님이 전화 받았지?"

슬롯 머신 선생님과 함께 눈에 핏발이 서는 인생 드라마를 쓰고 있나 보았다. 남자와 함께라면 결과는 뻔했다. 나는 내 고객 명단에서 마녀 이름을 지워나갔다.

오후 들어 진공 상태와 같은 5분을 이용해 단 두 계좌로 오늘의 약정을 채워 넣는 신기에 가까운 매매를 했다. 13억 약정에 매매 수익은 7만5천 원이었다. 셔츠에 식은땀이 배었다. 격전을 치른 코스피는 종가에 핏빛을 띠고 있었다. 0.3퍼센트 상승이었다.

기지개를 켜는데 손님이 와 있다고 예나연이 말했다. 상담실 문을 열자 남자가 있었다. 그동안 잊고 있던 민원인이었다. 작년 11월의 투자 상담 이후 두 번째 대면이었다. 오늘은 명백히 대치 상태에 있는 사이였다.

"미리 연락을 주시지요. 오신다고."

내가 인사를 하자 그는 고개 하나 까딱하지 않았다.

"연락하면 도망갈지 어떨지, 내가 어떻게 알아?"

"뭐라고요?"

"당신 답변서 내가 잘 봤어. 사람을 거짓말쟁이로 만들어?"

"계속해보세요."

"당신이 아무리 얄팍한 수작을 부려봐야 증거가 다 있는데 통할 것 같아? 착각하지 마."

"그래서요?"

나는 팔짱을 끼었다.

"한 푼도 못 깎을 줄 알아. 콩밥 먹든가 당장 일주일 내에 돈 갚든가."

"가라, 씨발 놈아."

"뭐 이년이, 너 지금 뭐라 그랬어?"

"가라고, 씨발 새끼야. 가서 소송해. 여자 앞에서 똥폼 잡지 말고 꺼지라고."

남자가 부르르 떨었다. 나는 문을 열고 나와버렸다.

"너 거기 안 서!"

남자의 소릴 뒤로하고 곧장 57층의 파크로 갔다. 담배를 연거푸 두 대 피웠다. 기인 씨에게 문자를 넣었다.

'공원인데 어디야?'

금방 답신이 왔다.

'기다려. 지금 갈게.'

잠시 후 그가 왔다. 나는 그의 손을 끌고 비상계단으로 내려가 매달리듯 안았다. 격렬한 입맞춤에 그도 나를 꼭 껴안았다.

"무슨 일 있어?"

내 눈을 들여다보며 그가 말했다. 나는 고개를 흔들었다. 이 빌딩 전체를 통틀어 연인은 우리가 유일무이하지 않을까 착각하고 싶었다. 그 생각은 사실 여부보다 신선했다. 그 옛날 한 마을보다 많은 사람들이 이 12만여 평의 터전에서 바삐 움직이고 있었다.

“바쁜데 불러낸 것 아냐?”

“맞아.”

“피, 언제라도 나와야 해. 알았어?”

나는 주먹을 내밀었다.

“여부가 있겠습니까?”

“가자.”

그의 엉덩이를 툭 쳤다. 치면 이렇게 가만있는 게 좋다.

엘리베이터를 기다리는데 휴대폰이 울렸다. 지점 전화다.

“언니, 나연이에요.”

“응, 왜?”

“지금 어디예요?”

“공원. 지점 들어가려고 하는데.”

“오지 마세요. 그 사람 아직 안 갔어요. 지점장 만나겠다고 버티고 있어요. 안 들어오실 거라 해도 막무가내예요.”

“그러니까 내가 가야지.”

“나 차장님이 구슬리고 있으니까 그냥 거기 있어요. 제가 전해드릴게요.”

파크로 도로 가기도 그렇고 아예 1층까지 내려가 밖으로 나갔다.

길 건너 이면 도로로 한참을 내려가 찾아낸 PC방에서 담배를 피우며 뉴스를 보고 있자니 속이 뒤집힌다. 막무가내로 나오면 법으로 대응해야 하는데 자신의 행동에 책임을 못 지는 사이코라면, 끔찍하다. 광교 지점에 전화를 걸어 김 대리를 찾자 “감사합니다, 김도원 대리입니다” 라디오 목소리가 흘러나왔다.

“신사의 맹 대리예요. ……네 그럭저럭. 하나 물어볼게요. 심인태 고객, 어떤 사람이에요? ……대호증권요? 거기서 왔어요? ……알겠어요. 네, 고마워요."

이번엔 너구리에게서 직접 전화가 왔다.

"갔다. 들어와."

차라리 로비에서라도 부딪치길 바라며 빌딩으로 걸어 들어갔다. 지점은 무슨 일이 있었냐는 듯 조용했다. 곧장 너구리에게 갔다. 너구리가 의자를 내줬다.

"금치산자나 정신병자는 주식 못하나?"

"……아닐걸요?"

"그럼 조용히 해결 봐야겠다."

"이젠 돈보다도 자존심 문제예요. 굴복하고 싶지 않아요."

"우리의 예측 범위를 벗어난 자야. 두고두고 괴롭힐 수도 있어."

한숨이 나왔지만 속으로 삼켰다.

"고마워요. 생각 좀 해봐야겠어요."

하주희에게 심의 전입 서류를 확인시켰다. 작년 4월, 대호증권 신사지점에서 전출 올 당시의 자산은 6천3백만 원이었다. 작년 11월, 계좌를 넘겨받을 당시의 자산은 7천2백만 원으로 20퍼센트 불어나 있었다.

대호증권은 길 건너 우측으로 백여 미터 떨어진 20층 빌딩 내 13층 절반을 사용하고 있었다. 빌딩보단 지점 내부 시설이 더 뛰어나 그 괴리가 서먹서먹했다. 수탁 여직원에게 명함을 내보이고 작년 4월까지 심인태 계좌를 관리했던 담당자를 만나고 싶다고 했다.

"왜 그러시는데요?"

껌을 씹으며 여자가 말했다. 이 모습을 사이트에 올리면 여자는 견책이다. 뭘 먹었으면 양치를 해야지 지점 내에서 껌을 씹어서는 안 된다.

"뭘 꼭 여쭤볼 게 있는데, 부탁드려요."

여직원은 힐끗 나를 쳐다보더니 컴퓨터로 조회한 뒤 수화기를 들었다.

"국 차장님, 원원증권에서 손님 오셨는데요. ……네. 저쪽 끝으로 가보세요. 국천빈 차장요."

구석 부스에서 중키의 국 차장이 자리에서 일어났다. 명함을 받아 들곤, "무슨 일이신가요?" 했다.

나는 간단히 상황을 설명하고 나서 고객이 지나친 행동을 보여 대처할 방법을 찾고 있다고 말했다. 국 차장은 주의를 기울여 듣더니 놀라운 말을 했다.

"상황은 잘 알겠습니다만, 도와드릴 수가 없네요."

"네?"

"아시다시피 영업 직원은 고객에 관한 사항이라면 비밀을 지켜야 할 의무가 있습니다. 전출을 갔더라도 마찬가지입니다."

"제가 이 얘길 노출시킬까 봐 그러나요?"

"전 원칙을 바랄 뿐입니다. 저의 어머니께서 절 통해 주식을 하지만 아버진 모르십니다. 고객이 원하질 않아서요."

"지금 말씀하셨네요."

"그렇습니까? 어쨌든 도와드리지 못해 미안합니다."

"할 수 없죠. 귀찮게 해드려 죄송해요."

자리에서 일어서는 나를 그가 눈으로 좇았다.

"힘드시면 접근 금지 가처분 신청을 하는 것도 방법 같네요. 앞으로의 재판에도 유리한 형세를 제공할 수 있고."

나는 미소로 답했다.

지점으로 돌아와 금감원 담당자에게 보내는 문건을 작성했다.

'위탁계좌 034-81-712010의 계좌주 심인태 고객이 상궤에 벗어난 언행으로 당 지점의 정상적인 업무에 지장을 주고 있는바, 차후 이런 일이 다시 발생할 시 형사 고소 당할 수 있음을 인지시켜주시기 바랍니다. 따질 것이 있으면, 정식 재판을 걸되 어떤 협박성 발언도 용납하지 않을 것

임을 엄중히 경고한다고 전해주십시오.'

문건을 메일로 보내고 심의 주소로도 같은 경고문을 작성해 하주희에게 내용증명 우편으로 부쳐줄 것을 요청했다. 뭔가 빨리 행동을 취하는 게 도움이 되리라고 보았다.

7

기인 씨는 차창 밖으로 눈부신 듯 나를 바라보더니 직접 내려서 조수석 문을 열어주었다. 이렇게 꾸미지 않으면 남자는 예의를 지킬 줄 모른다. 토요일 오후, 나는 패션에 신경을 좀 썼다. 아파트를 빠져나간 차는 팔당대교를 넘어가자 속도를 내기 시작했다.

산 중턱의 가건물 밖은 붉은 노을이었다. 노을을 배경으로 여러 차례 플래시가 터졌다. 나는 그만 찍으라고 손을 내저었다. 우리는 건물 안으로 들어섰다. 잠시 멈추었던 개구리 울음소리가 따라 들어왔다. 광고 촬영 장소로 쓰는 이곳에서 기인 씨는 날 남기고 싶다고 말했다. '남긴다'는 말이 어려웠지만 나는 5월의 밤하늘 아래 만 29세 여인의 현존을 남기기로 했다. 승낙을 하고 나자 작품 사진을 갖고 싶은 욕구가 이전부터 내게 있어왔던 것처럼 여겨졌다. 거기다 나는 민원이다, 탁 실장이다 해서 신경이 훼손되고 근육도 손상된 느낌이었으므로 더 망가지기 전의 내 벗은 몸을 잡아두고 싶었다. 상체만 벗고, 하체만 벗고, 나중엔 하이힐을 신은 누드로 정면, 측면, 뒷모습을 찍었다. 나는 카메라엔 잡히지 않는 생각 하나를 더 갖고 있었다.

"난 소리를 지르고 싶어. 이해해?"

작업이 끝나고 소품인 소파에 앉아 나는 기인 씨를 똑바로 보았다. 잘 이해가 되지 않는지 기인 씨는 고개를 갸웃했다.

"섹스 중에."

그가 기분 나쁘게 웃지 않아 다행이었다. 나는 그가 다가오는 것을 보고 있었다.

혀와 치아가 부딪치고 타액이 뒤섞인다. 소파 등받이 뒤로 상체가 꺾인 나는 그의 목을 휘감은 팔에 힘을 준다. 나는 팔을 천천히 떨어뜨려 그의 허리를 지나 팬티 속 엉덩이를 움켜쥔다. 거부하듯 움찔하며 튕겨오는 엉덩이의 탄력이 손바닥 감촉을 타고 중추신경까지 뻗어오는 느낌에 나는 몸을 떤다. 이빨이 다시 격렬하게 부딪치고 내 젖꼭지가 마개를 따듯 비틀린다.

"침대로 데려다 줘."

그는 나를 안아 접이식 침대에 눕혔다. 몸 위로 적당한 중량감이 천천히 압박해왔다. 그는 나를 빨고 쓰다듬고 핥는다. 젖가슴, 허벅지, 엉덩이를 그에게 주고 나는 쾌감을 번다. 3주 사이에 기인 씨는 다족류처럼 뻗어나갔다. 그는 서두르지 않고 나의 온몸, 감각 하나하나를 차례차례 열어젖혀 마침내 그것들이 유기적인 하나의 쾌감 줄기를 형성할 때까지 세세한 정성을 다하는 모범생이 되었다.

"들어와."

나는 약간 애원조가 되고 싶다. 지금의 이 허스키한 중성엔 아직 미지의 그림자가 남아 있다. 이제는 익숙한 그것이 흥건히 젖어버린 그곳에서 더할 수 없이 부풀어 올라 꽉 찬 느낌, 그 느낌마저 또 팽창하는 듯하다. 그가 움직인다. 그것이 서서히 리드미컬하게, 그러다 점점 속도를 높여 터널을 파듯이 꿰뚫을 것처럼. 엉덩이가 들리고 그의 목덜미를 있는 힘껏 끌어당긴다. 나는 목구멍 깊숙이 신음을 삼키다 조금씩 소리를 흘려보낸다. 쾌락에 떠는 자신의 신음을 자신의 귀로 듣는 건 즐겁다. 흐느끼듯 그러다 헐떡이듯 나는 견딜 수 없이 몸이 떨려오며 나도 모를 소리들을 내지른다. 그는 엄청난 힘으로 나를 으스러져라 껴안았다. 내 신음은 이제 비명으로 바뀌고 나는 모든 부끄러움을 던져버린 채 고함을 지르기 시작했다. 이것이, 고립무원의 장소에서 원없이 한없이 쾌락의 신음을 내지르는 게 나의 오랜 바람이었다. 그 생각만으로도 나는 시트를 적시곤 했다. 단 한 번이라도 그걸 겪으면 오랜 강박관념에서 벗어날 수 있을 것 같았다. 나는 고함과 눈물이 뒤범벅된 얼굴로 그의 등을 양 주먹으로 번갈아 때리며 엄청난 쾌감에 휩싸였다. 그 후폭풍으로 몇 번이나 경련을 일으키며 정신을 놓아버렸다. 이윽고 격렬하게 움직이던, 도저히 멈출 것 같지 않던 그가 크게 몸을 떨더니 조용해진다. 잠시 후 달래듯 그의 머리를 쓰다듬자 그는 아직도 부풀어 있는 그것을 빼낼 생각도 못하고 한참을 움직임 없이 엎드려 있다.

텔레비전에서 사내의 욕설이 터져나온다. 여자의 다급한 비명, 죽은 남자가 살아 돌아왔다. 비행기 굉음이 들려오고 창밖 멀리 불빛이 깜박인다. 그가 빠져나가고 있다. 분비물에 흠뻑 젖은 그것은 아직 발기 상태이다. 그가 나의 이마에 가볍게 입술을 갖다 댄다. 나는 미소 지으며 그가 안아주기를 기대한다. 그가 팔을 벌려 넓은 가슴에 나를 꼭 가둔다. 다리와 다리가 감기고 코끝에 자극적인 그의 땀 냄새가 느껴진다. 내가 내지른 고함의 여진이 아직까지 내 내부에서 지속적으로 파문을 일으키고 있다.

세 번? 아니야, 네 번이었을 거야. 큰 폭발이 있고 작지만 강도 높은 폭발이 세 차례가 이어졌어. 사랑했던 남자는 꽤나 성급했지. 전희래야 젖가슴을 함부로 움켜쥐고 비트는 정도였어. 엉덩이를 거칠게 끌어당기고 그것을 재빨리 쑤셔 넣었어. 그래, 그건 쑤셔 넣는 거였지. 대학 시절 술로 엉망이 된 미팅 상대보다 더 서툴렀어. 그래도 난 그런가 보다 했지. 사실 섹스에 큰 의미를 두지는 않았어. 그가 좋았고 그를 보면 가슴이 뛰었으니까. 그가 큰 소리를 내지르며 나가떨어질 때도 그가 얼마만큼 만족했는가에 더 신경이 쓰였어. 콘돔 속의 죽은 정액마저 그것이 분출되었다는 사실만으로 뿌듯했고 느닷없는 그의 방귀 소리도 나에 대한 신뢰의 팡파르로 들렸어. 사랑했기 때문에 그가 존재한다는 사실만으로도 가슴이 터질 것 같았어.

내게 섹스는 사랑하는 사람과 함께하는 시간이었지, 그를 만지며 그를 갈구하며 그에게 나를 주고 그의 욕구에 몸을 떨며. 왜 그는 나의 사랑하는 사람이었을까, 어떻게 이 세상에서 단 한 사람 그가 나의 사랑하는 사람이 될 수 있었을까? 하지만 기인 씨, 지금은 널 좋아해.

그 남자, "사랑해" 하고 내가 말하면서 가슴이 터져버릴 것 같던 그 순간에 난 미소 짓지 못했어. 무한궤도의 기차를 타고 세상 끝을 향해 달려가고 있는 기분이었으니까. 그가 사랑한다고 내 귓가에 속삭였을 때 난 죽어도 좋아 하고 속으로 말하고 있었어. 사랑받고 있는 그 순간을 붙들어놓기 위해선 영혼이라도 팔 수 있었어. 그를 꼭 껴안고 은하계의 무한 공간을 무중력 상태에서 영원히 떠돌고 싶었어. 그런 영원한 사랑의 형벌을 꿈꾸었어. 기인 씨, 그 모든 것들이 오래전에 지나갔어. 별똥별처럼 불타버리며 까마득한 곳으로 떨어져갔어.

그리고 세월이 흘러 지금은 내 곁에 기인 씨가 있어. 당신을 사랑해.

8

바이오피스는 소외된 주식의 전형적인 특징, 거래량 감소와 시장 변화에 비탄력적인 반응을 보여주며 주어진 하루 여섯 시간을 지루하게 견뎌내고 있었다. 다시 한 번 다이어트 주식을 사면 돼지가 되어도 좋다, 하고 나는 생각했다.

P는 전체 장의 숨 고르기에도 불구, 홀로 오르며 도깨비처럼 웃고 있어 어이없게 만들었다. "놀라셨죠?" 탁 실장의 전화가 왔을 때 나는 이미

침착해 있었고 가볍게 코웃음 칠 준비도 되어 있었다. "깨작거리지만 말고 제대로 한번 띄워봐요. 심장 약한 분들 아니에요?" 내 말을 듣더니 탁 실장은 껄껄대며 웃었다. "조용할 때 얼굴 한번 봅시다. 맹 대리의 그 성깔, 그리고 호기, 요즘 증권사 직원들은 그런 게 부족해요. 암, 부족하고 말고죠."

시장의 주 흐름은 반도체주가 쥐고 있었다. 그간 굴뚝주에 주도권을 빼앗긴, 돌아온 IT주의 명예 회복이 뚜렷한 한 주였고, 그 지속성이 예감되었기에 일정 부분은 반도체와 디스플레이로 대변되는 IT에 담가놓아야 했다. 나도 그렇게 했다. 일시적이라도 주도주에서 소외된다는 건 곧 쓸쓸한 사람이 된다는 뜻이다.

후장 들어 지르기가 바빠졌다. L이 움직였기 때문이다. "L이 뭐 있냐?" 어제 오후 당일 매매 사항을 체크하던 지점장이 지르기가 신용까지 동원해 집중 매입한 걸 보고 물었었다. "움직임이 좋아서요." 재료도 확인 안 해보고 들어갔단 얘기다. 그런 전략을 나무랄 수만은 없다. 재료란 거래량, 움직이는 패턴에 포함되어 있다고 보는 견해가 일리 있다. 애인이 거짓말을 하면 그 내용은 몰라도 말투나 표정으로 사실 여부를 눈치 채는 것과 비슷하다.

지르기는 천성이 분석을 싫어하고 즉흥적으로 움직이는 편인데, 그런 게 제대로 매치되면 오늘처럼 이익으로 보상된다. 내용도 모르고 산 것이니 팔아도 아깝지 않다. 더 가든 말든 일단 때린다.

"먹어라! 준다. 여러분, 줄 때 받아드시라 이 말씀이야!"

떠들어야 신이 나는 지르기다. 벌고 수수료 올리고 이 이중의 효과를 노린 매도, 물량이 커서 잠시 주가가 출렁이는 걸 확인할 수 있었다. L은 강력한 재료가 있는지 지르기의 물량을 다 잡아먹고 밧줄을 잡고 올라가듯 휙하니 날아버린다. 그래도 태평이다.

“너 잘 걸렸다! 내가 아예 도리를 해주지. 이리 와, 한 방에 드셔줄게!”

지르기는 L 판 돈을 몽땅 Z에 집어넣었다. 어떤 거지 같은 사모 펀드의 인수 합병설로 일주일 사이에 50퍼센트나 오른 데다 눈이 돌아갈 만큼 호가가 바뀌는 종목이었다. 겁이 안 날 수 없는데 태연히 질러 들어간다. ‘역시 지르기야’ 소리를 듣고 싶어하는 것 같다. 그런데 Z도 막판에 또 상으로 밀어붙여 어안이 벙벙해지는데 지르긴 상한가에 그걸 다 때리니 오늘 약정과 수익 두 마리 토끼가 펄쩍펄쩍 뛰는 보기 드문 날이었다.

백여우가 어느새 지르기 뒤에 나타나 “오늘 어디로 자리 잡을까?” 했다. 지르기의 오늘 약정은 무려 120억 원이고 회사에 떨어지는 수수료는 온 · 오프 라인 합이 1천5백만 원이었다. 정부는 1천8백만 원을 먹고 물러났다. 전체적으로도 오늘은 놀고먹는 자가 없어 수수료 수입만 파생상품까지 합쳐 6천만 원에 달했다. 며칠 전 꼴찌의 굴욕을 갚아준 데다 전체 직원 한 달 인건비가 빠진 날이어서 한잔하지 않을 수 없었다.

일곱시에는 강남의 H호텔 뷔페에 전원 집합하여 각자 접시를 들었다. 홀 한쪽엔 10여 명의 일본인이 젊은 아가씨를 하나씩 대동하고 앉아 있었다. 좀 떨어져서 마담뚜로 보이는 30대의 화사한 여자가 전자수첩을 들여다보고 있었다. 한국 접대부의 인솔 책임을 맡은 듯했다. 그 무리들과 직원 사이에 난기류가 흘러들었다. 엔화가 다시 강세인가? 3월물 니케이 지수를 공략해봐? 도쿄 지사는 모두 퇴근했겠지? 뭐든 시장과 연관시켜야 직성이 풀리는 건 나쁜 버릇이지만 난 꽤 진지하게 니케이 선물을 고려해보고 있었다. 전 자금을 동원해 풀로 선물을 걸어? 몇십억을 거머쥐거나 월세에서 다시 시작하거나. 난 신경이 좀 피로해져 있었다. 평소엔 결코 하지 않을 생각이었다.

음식은 예전보다 진화한 게 없지만 여전히 과분했다. 나는 문어나 새우 등 그간 먹어볼 기회가 없던 음식을 야채에 곁들여 먹고 포도주도 두

잔 마셨다. 포도주는 '샤또 마고'도 '메독'도 아니었다. 나는 포도주 상표를 일곱 개 이하로 외우고 있었다. 집에서는 그중 하나인 복분자 와인을 마셨다. 스르르 취하는 것이 서방 팔자 없는 년이 온돌방 아랫목에서 홀로 옷고름 푸는 느낌이라면 전혀 이해가 안 가는가?

뷔페는 고기집이나 일식집보단 2차를 부르는 소리가 활기차지 않다. 자리가 자리인 만큼 의기투합이 잘 안 되고, 조직과 인간을 씹어댈 수 있는 오늘의 파트너가 누구인지 짐작이 가지 않기 때문이다. 그래서 호텔 입구에서 차를 타고 휑하니 가버리기 일쑤였다. 차 안에 들어서서야 느끼해진 뱃속을 달래느라 마음 놓고 트림을 하게 된다.

차를 갖고 오지 않은 직원은 주로 얻어 타게 되는데 예나연은 너구리 차, 하주희는 울화통 차, 이렇게 분류되었다. 나는 이사하기 전엔 고질라 차를 가끔 탔다. 고질라가 내 차를 탈 때도 있었다. 어떤 날은 조수석에 앉아 "애인이 담배 피우나?" 하고 태연히 지껄였다. "엄마가 피우거든요" 했더니 입을 다물어버렸다.

고질라의 쏘나타3은 주행 시 소리가 이상하게 안 나는 차였다. 소음 죽이는 장치라도 했나, 혹시 너는 스파이가 아니냐? 물어볼 수도 있었다. 기러기 아빠답게 부인과 두 아이, 애지 · 수지 사진을 세워두었다.

"집 이사하지 않았어?"

음식에 관한 사소한 불평을 끝으로 침묵을 지키던 고질라가 야탑이 가까워오자 입을 열었다.

"오빠 집에 가요."

오빠 집은 어제도 오늘도 평촌이다. 알 게 뭐야.

"이번 방학 때는 다 같이 오시겠죠?"

"내가 가는 게 낫지. 항공료도 덜 들고."

"캐나다는 처음인가요?"

"가게 되면 처음이지. 플로리다나 뉴욕은 낯익지만."

"많이 버셔야겠어요."

"뭔 지랄인지 모르겠다. 여편네 말만 듣고 애새끼들을 거기 보내놨으니."

"영어, 학위. 한국 사회가 정확히 요구하고 있는 것, 그것 아니에요?"

"맹 대리."

"네."

"솔직히 쪽팔려서 어디 가선 얘기하기 싫더라. 그렇잖아. 뭔 자랑도 아니고 돈지랄한다 소리밖에 더 듣겠어? 들어도 싸지. 매달 5백씩 송금해봐라."

"성과급을 더 받아야겠어요."

"실적이 마음대로 되나? 말이 나왔으니 말인데, 디젝트 그거 내가 중간에서 괜히 설친다고 생각하는 시선이 있다는 것 다 알아."

"본인 욕심 채우는 것도 아니잖아요."

너구리 얘기도 있고 해서 슬쩍 떠봤다. 뉘앙스라도 살펴보자는 속셈이었다.

"이 지점은 전통적으로 이사를 배출한 곳이고, 그건 이전 직원들이 그만큼 능력을 발휘했다는 얘기지. 우리가 없는 걸 만들어서 하는 건 아니잖아."

"그렇죠. 성공하면 당연한 거고 실패하면 흠이 될 거예요."

"우리 모두 무능력한 영업 사원으로 찍히는 수가 있어. 실적은 아무도 커버해줄 수 없는 거야."

차가 수서에 가까워지고 있다.

"저쪽 코너에 세워주시겠어요?"

거기서 건널목이 가깝다.

"좀 도와줘. 항상 오늘 같을 수는 없을 거 아냐."

나는 웃음으로 대신하고 차에서 내렸다. 지점장의 이사 승진 그 자체로 손해 볼 직원은 지점에 아무도 없다. 무리한 영업으로 대미지를 입는 걸 개인적인 불행으로 돌려버리고만 말면.

나는 길을 건너 기인 씨의 오피스텔을 향해 천천히 걸어갔다. 아까 분당 입구에서부터 가슴이 이상했다. 나는 잠시라도 내가 살았던 동네에 약했다. 지금도 불광동을 지날 때면 거기서 보낸 15년의 세월이 시린 옆구리를 파고들었다. 그 뒤 몇 차례 이사를 했고 그때마다 좁고 울퉁불퉁한 골목들을 새로 사귀어야 했다. 동네 친구가 된 못생긴 골목은 아침이면 환한 얼굴로 내 다리에 힘을 실어주고 늦은 밤엔 외등을 밝혀 지친 나를 대문 앞까지 바래다주었다. 지금도 거길 가면 뒤늦게 포장된 골목이 시멘트 밑에서 내미는 흙 묻은 손을 잡을 수 있다. 분당은 5개월 만에 쌀쌀한 얼굴로 돌아가 있다. 동네가 아닌 도시의 얼굴이다. 나를 잊은 그 얼굴은 왠지 오늘의 나를 닮아 있다.

강아지 한 마리가 따라오고 있었다. 푸들종이었다. 내가 멈춰 서자 강아지는 수북한 흰 털 사이 물기 젖은 두 눈으로 나를 올려다보았다. 갑자기 강아지가 컹컹 짖으며 뒤돌아서 쏜살같이 달려갔다. 그때서야 해피를 부르는 여자의 목소리가 들려왔다. 먼 곳에서 여자가 펄쩍펄쩍 뛰어오르는 강아지를 향해 무릎을 굽히고 있었다. 그 만남 사이에 내가 서 있을 자리는 없었다. 나날의 전투가 심장의 물기를 빨아먹어 말라버린 몸에서 건조한 모래바람이 불어왔다.

'오르거나 떨어지거나 그거 아닙니까?' 어떤 스님이 주식에 대해 말한 것이다. '바람이 동으로 불거나 남으로 불거나 거기서 무슨 의미를 찾으려 합니까?' 그런 자세는 훌륭하지만 부자나 초월, 또는 허무주의에 빠지는 것이다. 이 세속의 세계에선 버는 것만이 정당화된다. 그다음에 초연한 태도를 보이는 것도 세인들에겐 멋져 보일 수 있다.

나는 가던 길을 마저 갔다. 오피스텔의 3분의 1은 창이 환했다. 많은 사람이 아직 사무실이나 술집, 거리에 남아 있었다. 기인 씨는 거기서 솜씨 좋게 빠져나와 저기 6층의 환한 불빛 속에 있다. 그가 사랑한다고 말한 지 일주일이 지났다. 나는 그 말을 믿기로 했다.

9

“내일이 토요일이고 마음도 좀 한가한 이런 날을 택했습니다.”

탁 실장이 웃음 띤 얼굴로 말하자 족제비는 고개를 끄덕였다.

“이 시간엔 클럽에 있어야 하는데 탁 실장 초대를 거절할 수도 없고 말이죠. 요즘은 다들 필드 전날 모여 일종의 두뇌 게임을 하는 데 사소한 재미를 붙여놔서.”

“마작이라도?”

“에이, 다들 직함 있는 사람들인데. 유럽, 남아메리카, 아프리카, 아시아, 구체적으론 파리, 보베스파, 상하이, 요하네스버그 지수의 시간차 차이를 예측해보는 게임이라 할까요? 아주 재미있어요. 지난주엔 브라질에서 대규모 합병 발표 건으로 지수가 오차 범위를 벗어난 적이 있었죠. 그럼 배당이 크게 떨어지지요. 주말에 부동산 잔금을 치러야 했는데 돈을 따로 찾을 필요가 없었으니, 허허.”

“눈코 뜰 새 없이 바쁘신데도 불구하고 정말 감사합니다. 여긴 원원증권의 맹소해 대리입니다. 성격이 아주 화통하십니다.”

“아, 말씀 들었어요. P 땜에 고생이 심하셨다고.”

“관심 가져주셔서 고맙습니다.”

내가 말했다. 탁 실장과 삼성동 일식집 청조의 다다미방에서 일곱시에 보기로 했는데, 족제비는 예상치 못한 인물이었다. 탁 실장이 저녁 식사를 제의해왔을 때 거절하지 않은 것은 P에 대한 추가 정보가 필요해서였다. 그리고 작전 합류는 내 관심 밖이며 협박 따위도 그만 잊어달라고 정중히 권유할 참이었다. 이런 나의 까다로운 입맛을 탁 실장이 기분 좋게 맞춰주리라 기대하는 게 아니었다. 그가 기다리고 있는 이 방에 들어선 지 5분 만에 제3의 인물이 나타나 꼴값을 떨고 있는 것이다.

"참 맹 대린 우리 복 회장님에 대해 잘 모르실 겁니다. 구대주물산의 회장님이시고, 민족당 양천구 위원장을 역임하셨고."

"아, 그만, 쑥스럽게 무슨."

탁 실장을 제지한 족제비가 안주머니에서 명함을 꺼내 내밀었다. 나는 두 손으로 명함을 받아 일별한 다음 수저 옆 오른편에 내려놓았다. 이 명함을 거두어들이는 방법은 한두 번 더 눈길을 주다가 자연스럽게 가방에 집어넣는 것이다. 명함엔 구대주물산 회장이란 직함 하나가 앞면엔 한글로 뒷면엔 영어로 'CHIEF. BOK'이라고 박혀 있었다. 원래 깔끔한 성격이든가 참모의 조언이 있었을 것이다.

나도 명함을 건넸고 회장은 "잘 보관하겠소" 하며 껄껄 웃었다. 이 족제비가 물주인가? 아니야, 물주가 이렇게 얼굴을 드러내며 가볍게 처신할 리 없지. 여기가 마약 거래 현장이고 내가 변장한 강력계 검사라면? 많이 위험한가? 심야의 케이블에서 도려낸 듯한 필름 한 컷이 이 자리와 겹쳐 떠올랐다.

휴대폰이 울렸다. 일부러 죽이지 않고 나온 것이다. 무슨 일이 있을지 모르는 데다 중간에 휴식을 취할 수도 있으니까. 액정에 호지애 이름이 떴다. 그것만 확인하고 휴대폰을 껐다.

"아니, 받지그래요?"

족제비가 말했다.

"아닙니다. 미리 꺼두어야 하는데 실수했습니다."

도망가는 자세론 안 되겠다. 정면 돌파한다.

"일전에 제가 맹 대리에게 실수한 것도 있고 해서 사과도 할 겸 만나자

한 겁니다."

이 사실에 대해 족제비에게 양해를 구해야 한다는 듯 탁 실장이 조심스럽게 말했다.

"숙녀 분께 실수를 하면 안 되지, 허허. 술 좀 합니까?"

족제비가 조니 워커 블루를 들었다. 이 집은 단골이어서 술은 차 트렁크에서 꺼내 와 마신다고 했다. 현명하시네, 술값이 50만 원은 할 테니. 나는 잔을 받아 살짝 몸을 틀어 마셨다. 왜 이 좋은 술을 마다하겠나, 기회가 자주 있는 게 아니다. 돈이 있어도 혼자 마시긴 그런 술이다.

"그래, P는 어떨 것 같소?"

족제비의 눈이 가늘게 찢어졌다.

"현재로선 매수가 강합니다. 더 흥미로운 건 매도 측이 언젠가는 매수로 돌아서야 한다는 점입니다. 이건 겁 없이 대주를 친 거나 마찬가지죠."

탁 실장이 말했다. 더 올라간다는 얘기고, 미래의 어느 시점에 폭등할 수도 있다는 뜻이다. 간사하게도 팔아버린 5만 주, 총 물량의 30퍼센트가 떠올랐다. 그의 말이 맞다면 지금 시점에서 더 사야 하는 건가?

"지원군은?"

"애널리스트의 보고서는 일단 대기 상태입니다. 물량 확보가 끝난 다음에나 활용할 가치가 있습니다. 순서가 우리, 펀드, 애널리스트 이렇게 가는 게 맞습니다. 우선 우리가 중요하지요."

어떤 애널리스트? 내 동료만 아니라면 그 이름까지 알고 싶지는 않다. 펀드매니저는 음성적인 빚이 많거나 사생활이 문란한 자인 경우 일단 포섭 대상이다. 콜타르 같은 끈적끈적하고 시커먼 고뇌에서 빠져나올 수 있는 단 하나의 방법, 뇌물 수수의 유혹은 매혹적이고 강력하다.

"물량은 어디까지 확보할 수 있겠소?"

"네 장 정도는 지금 가동되는 계좌로도 가능합니다."

"전력이 있는 계좌 말고 어디 깨끗한 계좌 없나? 이 주식 저 주식 건드려서 너덜너덜해진 계좌 말고. 사람도 중요해. 노숙자 하나가 뒈지는 바람에 상속 문제까지 걸려 골치 아파진 친구가 있거든."

족제비는 그 말을 하고 주름 잡힌 눈으로 흘낏 나를 보았다.

"그래서 말인데요."

내게 술을 따르며 탁 실장이 목소리를 깔았다.

"제일 좋은 건 계좌가 푸어한 거죠."

푸어? 가난? 그게 아니라 순수라는 건 이어지는 얘기로 알 수 있었다.

"계좌 성격 못지않게 계좌 관리자가 누구냐가 중요합니다."

"그래서?"

족제비가 몸을 앞으로 숙였다.

"맹 대리께 부탁을 넣어보십시오. 맹 대린 오래전부터 그 종목을 여러 계좌로 보유하고 있는 관리자입니다. 지금 추가로 더 산다고 해서 전혀 문제 될 게 없죠. 양쪽 세력과도 무관하고 그야말로 푸어합니다. 금감원 시선은 물론 세력에 노출될 염려도 그만큼 적습니다. 증권회사도 중요합니다. 지금의 주 창구에서 외연을 넓혀가야 합니다. 너무 좁아서 그물망에 걸려들기가 쉽습니다."

나는 남자를 빤히 바라보았다. 빤히 바라보는 거라면 누구 앞에서도 자신 있었다.

"좋은 생각이긴 하지만, 초면에 실례가 아닌가 해서 말이야."

"이미 우린 한 배를 탔습니다. 맹 대리를 신뢰하지 않았다면 정보를 제공하지도 않았겠죠. 그렇지 않습니까?"

탁 실장의 목소리는 본래의 느글느글함으로 돌아가 있었다. 나는 잠자코 있었다. 여종업원이 주방장 스페셜 서비스 회를 한 접시 들고 왔다. 탁 실장이 지폐를 두 장 건네자 '고맙습니다' 고개를 숙이고 뒷걸음질로 물러갔다. 족제비가 회 한 점을 떴다. 탁 실장이 헛기침을 하고 말을 이었다.

“게다가 찬스이기도 합니다. 맹 대리 고객 돈을 크게 불릴 기회고 신규 고객까지 확보하게 됩니다. 명심해야 할 것은, 주포는 어디까지나 우리이기 때문에 지금부턴 타 계좌에 대해선 물량 확보에 제한이 있어야겠다는 거죠. 맹 대리 개인 계좌엔 이미 꽤 들어가 있죠?”

탁 실장이 비열하게 웃었다. 아, 저 입술에 매달리는 여자들도 있으리라. 비열한 남자를 좋아하는 여자가 항상 조금 더 많으니까.

“제가 그런 얘길 한 적 있던가요?”

나는 차갑게 말했다. 내 사적 욕망이야말로 탁 실장이 박수를 치는 장면이다.

“아, 그렇죠. 친밀감이 들다 보니 진행이 좀 빨랐습니다.”

“자, 그럼 본론으로 들어가서 맹 대리, 우린 P를 추가로 매수했으면 합니다만.”

족제비가 말했다.

“원래 공략 대상이 따로 있지 않았나요?”

“있긴 하지만 그건 급하지 않아요. 또 뒷돈이 두둑할수록 공략하기도 쉽지. P는 덩치를 키울 기회인 것 같은데.”

“정확하게 제가 뭘 어떻게 하길 바라는 겁니까?”

“기다리면 연락이 갈 거요.”

족제비가 간첩에게 지시하듯 말했다.

“그런데 왜 하필 저한테.”

“하필은 무슨, 우린 업계 사람들 아닙니까. 서로 도우며 살아야죠.”

업계, 참 오랜만에 듣는 말이었다. 이젠 그 의미가 상당히 광범위해지거나 극히 좁아지거나 둘 중 하나였다.

“제가 P를 갖고 있고 그 주식에 대한 정보를 얻어들었기 때문에 제의를 수락해야 한다는 겁니까?”

"무슨 섭섭한 말씀, 친하게 지내자는 거죠."

"약속이 있어 먼저 일어나겠습니다."

"그래요? 데이트이신가?"

족제비가 껄껄 웃었다.

"내일 통화하시죠."

탁 실장이 말했다. 나는 대답 없이 일어나 목례를 하고 나섰다. 그저 앉아 있기만 했는데도 엮여들고 있었다. 푸어란 용어만 빼면 탁 실장의 제안은 처음부터 지금까지 미련할 정도로 일관적이었다. 즉 내게는 단순한 낚싯바늘 이상이 필요하지 않다는 뜻 같았다. 따라서 푸어가 확보되면 다음엔 최 상무일 것이다. 협박당한 그가 법인 자금으로 작전주 뒷바라지하는 건 정해진 수순 아닐까?

9만 원짜리 회 정식에 조니 워커 블루 석 잔, 나는 차라리 그 느낌 속에 남아 있기로 했다. 호지애의 전화를 피할 것까지는 없다. 커피 빈의 창가에서 전화를 걸었다. 호지애는 '겐죠'라고, 나도 아는 압구정동의 퓨전 일식집 이름을 대었다.

나보다 5분 늦게 들어선 그녀는 화장기 없는 얼굴에 노란 뿔테 안경을 쓰고 있었다. 그녀는 얼굴에도 원색이 받는다. 랩 스타일의 원피스 가슴선이 깊다.

"어울리네요."

"가질래?"

그녀가 안경을 벗었다. 나는 웃으며 고개를 흔들었다. '다찌'에 앉은 우리는 꼬치안주에 사케를 시켰다.

"꽤 됐지?"

"……."

"잘 지냈어?"

"네."

"대담한 아이라고 생각했지만 그 정도인 줄 몰랐어."

"미안해요."

"아니야. 기억에 남고 좋잖아. 어차피 거기에 큰 의미를 두진 않겠지?"

"그럼요. 내 애인을 뺏어갔으니 그 정도면 보상받은 기분이에요."

"진심이야?"

"모르겠어요. 일어난 일에 대해선 관대한 편이라서요. 하여튼 우리 모두 깊은 내상은 입지 않았으면 해요."

"미지는 혼란스러워하지. 걘 우리하곤 다른 피를 갖고 있어."

"당신도 나하고 같지는 않아요. 당신에겐 모든 게 덧없고 찰나적인지 몰라도 난 그렇지 않아요. 당신보다는 훨씬 여리죠. 미지는 바보고요."

그 말을 하고 나자 가슴 한쪽이 아파왔다.

"바보는 아니지. 그렇게 보일 뿐이야."

"그런가요? 새로운 소식이네요. 그런데 당신 같은 유명인을 다루게 되면 어떤 힘을 얻을 줄 알았어요. 그건 아니더군요. 좀 쓸쓸해졌다고나 할까."

그녀에 대해선 기인 씨가 상당 부분 상쇄시켜주었다. 거의 잊어먹을 정도로.

"알면 됐어. 난 다음 주 토요일에 파리로 가. 거기서 두 달 후엔 뉴욕으로 갈 거고. 3개월 후에나 돌아올 수 있을 거야. 가기 전에 소해를 한번 봐야겠다는 생각을 했어. 네가 전화를 하고 싶어도 받는 사람이 없는 경우를 만들긴 싫었다고 말할게."

"전화 줘서 고마워요."

"내가 돌아오면 자산 상담이나 받자. 종합 진단을 받아야 할 필요가 있거든."

"앞날의 작품까지?"

"그래. 엄청 비싸게 팔려 언젠가 최고 소리를 듣는 게 꿈이야."

"그러다간 제가 매니저로 전락하겠는데요. 아, 전락이 아니라 발탁인가요?"

그래, 그림이 펀드보단 오래 살아남겠지. 개개의 펀드는 어느 날 정리 해체하면 실체가 없어지는 거니까. 그러나 보통명사로서의 펀드는 운영자를 바꿔가며 언제까지고 지속될 거야. 당신으로선 대형 펀드가 당신 그림을 한 점 산다면 그게 바로 시작이지. 내가 산다면 그건 내부자 거래가 되는 거고. 훗날 우린 파트너가 될지 모른다. 내 파트너는 작품성을 떠나 야심 있는 여자라야 한다. 망설임 없이 세속의 성공을 추구하는 탐욕스러운 영혼, 우린 공통점이 있다.

그녀의 손이 무릎에 얹혔다. 접촉 부분에서 열이 퍼져나갔다. 10분 후엔 그녀의 어깨에 잠시 기대었다.

"진심으로 대답해주실래요?"

사케를 마저 비우고 내가 말했다.

"뭔데?"

"자신이 예술가라고 생각하세요?"

말이 없었다. 나는 기다렸다.

"아니."

"고마워요."

"지금 그 질문을 잊지 못할 거야."

한참 후 그녀가 말했다.

일식집 뒷골목에서 키스를 나누었다. 누구의 것인지 모를 정도로 혀가 얽혔다. 담벼락에 기댄 채 그녀가 말하는 것을 들었다.

"사랑해."

나는 가만히 있었다. 사랑받는다는 건 드문 경험이었다.

제6부 그들 그리고 나, 계속되는 이야기

1

지점은 하나의 무기질 생명체다. 연속성이 있고 사소한 기억들을 간직한다. 봄 야유회도 그런 기억 중 하나였다. 산행이라고 했지만 다들 심각하게 여기지 않았다. 예전엔 복지후생비로 등산복도 단체로 맞추었으나 지금은 그런 짓이 의미가 없었다. 모두 유명 등산복과 등산화를 갖추고 나오기 때문이었다.

일행은 덕유산에 도착하여 아점을 먹고 차 한 잔 후 산에 올랐다. 평소의 건강 상태도 중요하지만 산을 자주 타는 사람들의 숙련된 보행은 그렇지 못한 사람들의 무거운 발걸음과는 차이가 있기 마련이었다. 뺀질이와 너구리가 선두에 섰고 고질라는 꼴찌 줄에서도 대열 이탈에 신경 써야 할 정도였다. 나는 1진 뒤를 바짝 붙어 따라갔는데 조깅과 헬스가 근력을 키웠다고 생각했다. 그래도 오후 세시경에는 낙오자 없이 모두 정상을 밟을 수 있었다. 회사 등반은 관례적으로 정상에 약하다. 정상에 올라 단체 사진을 찍어 경리부에 보내야 하는 것이다. 그래야 경비 집행이 정당해진다나, 말 같지 않은 소리지만 정상에서 함께 찍은 사진이 나중에 보면 나쁘지는 않았다.

사고는 하산 집결지를 30분 남겨둔 지점에서 일어났다. 울화통이 쓰러진 것이다. 가파른 길이어서 처음엔 넘어진 줄 알았는데 그게 아니었다. 심근경색으로 거품을 물고 쓰러진 것이었다. 이 예상 밖의 참화에 경험 있는 자들도 없었다. 인공호흡을 할 수 있는 자도 없고. 울화통을 그늘로 옮긴 다음 119에 구조 신청을 했다. 나는 1진과 앞서 내려가고 있다가 휴대폰 연락을 받고 급히 뒤돌아갔는데, 그때는 상황 끝이었다. 여직원들이 소리 내어 우는 가운데 고질라가 몰려드는 하산객을 손짓으로 내려 보내기 바빴다. 한 시간 후에 구급 대원들이 왔고 죽은 울화통이 들것에 실렸다.

시신은 서울로 올라와 강남의 대학 병원에 안치되었다. 유 대리의 부모, 형제가 급하게 차에서 내려 달려 들어왔다. 직원들 모두 병동 근처에서 서성이고 지점장과 나중에 온 본부장은 본사 임원들과 수시로 연락을 주고받았다. 지점장이 나와서 여직원과 대리들은 일단 집으로 가라고 했다. 여기 다 있어봐야 도움 될 게 없다고 했다. 하주희는 가고 나머지는 병원 앞 호프집에 자리했다. 유 대리가 죽었다! 모두 망연자실하여 맥주만 들이켜는데 뺀질이가 한숨을 쉬며 말했다.

"과장 나가서 날 부려먹어야 하는 거 아냐? 시시한 인간!"

예나연이 흐느꼈다. 지르기가 그녀를 다독거렸다. 내일이 월요일이라는 게 끔찍스러웠다. 유 대리는 내일 귀신이 되어 출근할 것이다. 사고팔아야 하지 않겠어? 손가락이 안 보일 정도로 키보드를 치며 저가주를 공략해야 하지 않겠어? "지금 들어가요. 밀릴 때 사야지, 뭐 해요?" 화가 난 그 얼굴을 다시 보여줘야 하지 않겠어?

광화문에서 일 보고 있는 기인 씨에게 집으로 와달라 하고 직원들과 헤어져 택시를 탔다. 집에 도착해 욕조의 뜨거운 물로 뭉친 근육을 풀었다. 기인 씨는 열두시가 다 되어 초인종을 눌렀다. 맥주 한 캔씩 마시고 침대에 누웠다. 그가 나를 옆으로 돌려세워 뒤에서 들어왔다. 흐느낄 정도로 큰 파도가 밀려왔다. 기인 씨는 사정한 후에도 빠져나가지 않고 한참을 있어주었다. 휴대폰이 울려 받으니 예나연이었다.

"언니, 나 무서워. 너무 무서워서 잠이 안 와요."

그리고 또 울었다.

"혼자 자지 말고 식구더러 있어달라고 해. 괜찮을 거야."

그녀의 울음소리가 더 이어졌다.

"언니 말대로 할게요. 고마워요, 언니."

무슨 일이냐고 기인 씨가 물었다.

"그게…… 누가 죽었어."

"그래? 누군데?"

"우리 지점 직원."

아침에 그의 차를 타고 출근했다. 한남대교는 오늘도 밀리고 사람들은 묵묵히 정면을 보고 있었다. 아침 햇살이 강물 위에 반짝였다.

"힘들면 전화해."

"괜찮을 거야."

그의 뺨에 키스하고 차에서 내렸다. 나는 주노의 회전문을 향해 걸어 들어갔다. 나는 보도에 울리는 내 발소리를 듣고 있었다.

로비의 짝수 층 엘리베이터 앞에 서 있는데 울화통이 뛰어왔다. 울화통이 가쁜 숨을 몰아쉬며 "안 늦었죠?" 하고 웃었다. 나는 땀에 젖은 그의 손을 잡고 나란히 엘리베이터에 탔다. 엘리베이터가 48층에 멈춰 서자 그가 내리지 않고 손을 흔들었다. 문이 서서히 닫히고 있었다. 그를 태운 엘리베이터는 빌딩 꼭대기까지 올라갈 것이다. 거기서 내린 그는 어디로 가려나? 문이 닫힌 옥상 앞에서 돌아선 그는 다시 1층으로 내려오겠지. 그는 엘리베이터를 타고 영원히 오르락내리락할 거야. 웃으면서, 안 늦었죠? 웃으면서.

2

발인은 나흘 후에 있었다. 유족은 회사와 처리해야 할 문제가 남아 있다고 보는지 장례 일정을 길게 잡았다. 이번 경우는 업무상 재해로 유권 해석될 가능성이 커 회사의 위로금 지급 문제는 순조로울 전망이었다. 증권사 초기엔 이런 문제로 유족과 회사가 첨예하게 맞서면서 지점의 책상이 뒤엎어지는 등 시끄러운 적도 많았다. 지금은 회사가 커지면서 사건에 대한 판례가 쌓이고 사규도 진화하여 웬만하면 조용히 해결되었다.

그동안 장이 끝나면 직원들이 교대로 상가에 가서 발품을 팔았다. 월요일 아침에 제일 먼저 한 일은 지점장실에 앉아 유 대리의 관리 계좌 파악과 고객들을 찢어 나눠 갖는 일이었다. 고객들이 놀라긴 하겠지만 친인척이 아닌 다음에야 자기 주식 걱정부터 앞설 것이었다. 영업 직원들은 유선상으로나마 조문을 받은 뒤 새 관리자와의 새 관계 출범을 상호 확인했다. 일부는 새 관리자 선정을 거절하고 직접 핸들링하겠다 했고, 몇 분은 상가로 조문을 오셨다.

유 대리 책상은 휑하게 치워져 사물은 유족에게 가고 고객 관리 대장 같은 영업에 관련된 파일은 지점 앞으로 귀속해놓았다. 서랍에서 나온 제주도 왕복 전자 항공권의 출발 시각은 다음 주 토요일 오전 열시였다. 나는 유 대리의 동행 탑승객 휴대폰 번호를 항공권 발권 여행사에서 알아냈다. 상황을 설명하고 항공 요금을 환불받아 유족에게 건네고 싶다고 하자 그녀는 담담하게 그러라고만 했다. 유족에 의하면, 유 대리는 약혼녀도 사귀는 여자도 없었다. 그렇다고 그녀가 유흥업소 여자라는 근거도 없었다. 여자의 직업이 무엇이고 관계가 어떠하건 다 지난 얘기였다.

휴대폰이 되지 않자 유 대리를 찾는 전화가 유선으로 계속 걸려와 뺑질이가 업무 외에 그 일로 한참 바빴다. 차차 뜸해질 것이다. 유 대리의 금융 자산과 부채는 유족이 금감원 소비자보호센터에서 파악해 처리할 문제였고 CMA 통장의 돈도 아직은 유산 상속으로 신고해야 할 숫자상의 자산일 뿐이었다. 유 대리는 갔어도 그의 돈은 통장에서 이자를 치고 관리 계좌의 주식은 계속 변동하고 있었다.

문제는 유 대리의 차명 계좌였다. 본인 명의의 MMF와 CMA 통장 원장과 거래 내역이 일치하는 계좌는 없었지만 느낌이 오는 계좌는 있었다. 거래 날짜의 불일치 속에서도 나는 입출금란의 엇갈리는 검은 숫자가 풍겨오는 미묘한 냄새를 맡고 있었다.

"지금 유족에게 전화 한 통 해주실 수 있겠어요?"

유의 고교 동창에게 이렇게 말하고 나는 전화를 끊었다. 유 대리에게 빚이 많아 상속 포기 서류를 법원에 제출해야 할 경우 유족은 3천5백만 원대의 차명 주식은 신고하지 않아도 된다. 그 정도는 나 아니어도 세무사가 얘기해줄 것이다.

3

직원들은 여전히 바빴다. 내점 고객들도 유 대리의 존재 유무에 특별한 관심이 없었다. 유 대리의 자리를 메울 새 직원은 지점장의 채근에도 불구하고 아직 발령이 나지 않고 있었다. 고질라는 충격이 큰 듯 한동안 말수가 줄어들더니 유 대리가 간 지 8일, 영업 일수로는 6일이 된 날부터 예전의 괄괄함을 되찾았다. 고질라는 죽은 유 대리의 못다한 한을 풀기 위해서라도 기어이 디젝트를 성공시키자고 결연한 목소리로 말했다. 마포 지점에 있을 땐 차장 한 사람이 교통사고로 죽고 발인 이틀 만에 웃음소리가 들려왔으니 이번엔 꽤 오래 조문을 한 셈이었다. 내가 받은 심적인 충격은 교통사고 사망 때가 더 컸었다.

주가 하락과 실적 압박만이 울화통을 쓰러뜨린 것은 아니었다. 과다하게 마셔댄 술, 운동 부족, 여기에 스트레스로 허약해진 심장이 복합적으로 작용했다. 특히 친구 부친 상가에서 당일 새벽 네시까지 마신 술이 결정타였다. 그는 산을 오르지 말았어야 했다. 그 몸으로 그는 지점에 예의를 갖췄다. 그토록 무모한 예의에는 곧바로 세상의 스산한 답례가 뒤따랐다.

그와 달리 교통사고 사망은, 간밤에 탄 택시가 강북강변도로에서 중앙선을 침범한 승용차에 의해 튕겨나가며 뒤이은 승용차에 재차 충돌 반파되어 운전사와 그가 즉사했다는 사건 내용은 듣는 일 자체만으로도 매우 고통스러운 것이었다. 그런 예측 불가능한 사고가 삶을 끝장내버린다는 것은 부당했다. 목숨은 건진다 해도 중상을 입고 불구가 될 수 있는 기회는 도로 도처에 널려 있었다. 불의의 사고는 통제가 여의치 않다는 의미에서 자산 관리에서의 비체계적 위험과 같았다.

유 대리의 경우엔 오히려 일상이, 쉴 새 없이 움직이는 매일의 주가가 죽음의 부패한 냄새를 일찌감치 몰아낼 수 있는 원동력이 되었다. 그리고 생존자들은, 아직 죽지 않은 자들은 심정적인 결속력으로 뭉친 듯한 인상을 주었다. 그들은 죽은 자를 재빨리 배제하며 산 자의 웃음을 퍼뜨렸다. 그들의 눈물은 진작 그들의 얼굴 위에서 말라버려야 했다. 그건 나도 예외가 아니었다.

4

그의 죽음은 시간이 지나자 지점에 활력을 부여했다. 6월 초, 영업부에서 유 대리 동기인 독고성진 대리가 오고 지점은 새로운 진영을 구비했다. 나는 나중에 독고 대리에게 도살자라는 별명을 부여했다. 이 새로운 도살자는 영업부에서 끌고 온 계좌들로 중소형 주식 하나를 개 패듯 때려잡은 다음 실신한 주식을 끌어 모아 화려하게 부활시키는 묘기를 선보였다. 지점장은 피비린내 나는 약정이 이중으로 발생하는 이 새로운 묘기에 감탄을 금치 못했다.

도살자는 죽은 유 대리의 계좌가 늑대들의 먹이로 갈가리 찢겨 남김없이 운용되고 있는 현실에 일단 무심한 태도를 보였다. 그러나 앞으로 발생하는 신규 계좌에 대해선 상당 부분의 점유권을 주장하여 기존 직원들과 날카로운 신경전을 벌여야만 했다. 지점은 고질라와 도살자가 밀약을 맺으면서 새로운 암투, 새로운 활기의 장이 되어갔다. 고질라는 유 대리보다 한층 파워풀하고 능수능란한 도살자를 측근에 둠으로써 이 지점의 무능하고 유약한 분위기를 일신하고 증권 업계의 새로운 강자로 지점을 업그레이드하려는 야심을 노골적으로 드러냈다. 지점장은 그 바람에 휘둘려 뒤로 물러나 앉은 느낌이었다. 특히 도살자가 영업부에서 전입시킨 계좌들은 비밀 결사대처럼 동에 번쩍 서에 번쩍 하며 전혀 예측할 수 없는 지점에서 약정을 일으킴으로써 지르기마저 공포심을 갖고 있는 터였다. 그런 도살자가 냉얼 맹소해의 비위를 건드린 건 유 대리가 죽은 지 3주가 되어가는 어느 날 석회에서였다.

"지점 실적이 지난달보다는 올라왔지만 아직 목표치에 미달하는 건 직원들의 계좌 운영 방식에 문제가 있기 때문이라고 보입니다."

지점장이 근무하며 느낀 점에 대해 기탄없이 말해보라고 발언권을 주자 도살자가 지껄이기 시작한 것이었다.

"운영 방식?"

지점장이 흥미를 보였다.

"분석해보니까 특정 몇 종목에 큰 금액이 묶여 회전이 멈췄더군요. 이건 관리자의 직무 유기로 지점 침체의 주원인입니다. 주식을 못 움직이겠다면 관리자를 물갈이해서라도 회전율을 높여야 합니다. 무조건 갖고 버틴다고 답이 아닙니다."

듣도 보도 못한 발언이었다. 너구리의 얼굴이 붉어졌다. 고질라도 입 다물고 있는 것이 본인도 예외가 아닌 것이다. 나는 도살자의 얼굴을 다시 한 번 바라보았다. 임금 앞에 멍석 깔고 죽기를 각오하며 상소문을 올리던 사대부의 충절이라고 보기엔 비장감이 부족한 대신 고을의 죄인을 호통치는 아전의 뻔뻔한 기개는 살아 있었다.

"계좌가 물리면 영업부에서는 관리자를 물갈이했나 보죠?"

내가 말하자,

"그런 정신으로 마음의 무장을 해야 한다고 말하는 겁니다."

하고 한 발짝 물러섰다. 도살자의 약정은 죽은 유 대리의 두 배를 넘어서고 있었다. 발언할 명분은 충분했다.

"독고 대리 얘기는 우리 모두 분발해야 한다는 거지. 1/4분기도 이제 얼마 안 남았는데 각자 피치를 올려 이번엔 등수 안에 들어야 면이 서는 것 아니겠습니까?"

고질라가 거들고 나섰다.

"독고 대리도 고 차장도 모두 중요한 얘기를 하고 있구먼. 그렇지 않아도 본사에서 우리 지점을 본받으라는 얘기가 나왔다는 거야. 그런 큰 사고가 있었는데도 직원들이 굴하지 않고 더욱 분발해 실적을 향상시키고 있으니, 이는 우리 회사가 추구하는 정신과도 일맥상통하는 면이 있다는 거지. 내가 생각해도 그래요. 직원들이 슬픔을 극복하고 유 대리의 몫까지 하려고 애쓸 때면 나도…… 가슴이……."

지점장이 안경을 벗었다. 고질라가 크리넥스 한 장을 얼른 뽑아 지점장에게 건넸다. 지점장은 눈을 훔치고 다시 안경을 썼다.

"이만 합시다. 맹 대린 좀 남고."

나만 남고 모두 지점장실을 나갔다.

"저번에 그 민원 말이야, 거 이름 뭐야."

"심인태 고객입니다."

"그래, 나한테 전화해서 직원 교육 똑바로 하라는 둥 나 참 어이가 없어서. 벌써 2주 전에 전화 받았는데 문제가 있으면 절차를 밟으시라고 그랬더니 툭 끊어버리더구먼. 유 대리 문제로 그렇지 않아도 정신이 없어 잊어버리고 있었는데 그 인간이 오늘 또 전화했네. 맹 대리가 선량한 투자자를 조롱하고 있다나 어쩐다나? 어떻게 처리가 잘 안 되는 거야?"

"다시 연락 오면 저한테 직접 전화하라고 해주세요."

지점장은 한숨을 쉬었다.

"빨리 처리해. 보니까 사이코 같던데 본사에다가 또 쑤시고 지랄하면 모처럼 좋아진 우리 지점 이미지가 다시 흐려지지 않겠어?"

"죄송합니다. 제가 처리하겠습니다."

심인태의 휴대폰은 불통이었다. 집 전화는 다른 사람이 받았다.

"혼자 살던 아저씨 찾으시나요? 이사 갔는데요."

심은 종적을 감추었다.

"어떻게 쥐어박을 수도 없고."

지르기는 열이 받치는 듯 술잔을 거칠게 내려놓았다. 너구리와 지르기, 뺀질이, 그리고 나, 이 네 약자의 술자리에는 아까부터 피로에 찌들고 지친 냄새가 떠돌았다. 오프라인 신규 계좌의 경우 같은 금액이라도 돈의 성격에 따라 관리자 지정이 달라지고 있다고 뺀질이가 흥분했다. 고질라와 도살자가 실속 있는 계좌들을 지점장의 비호 아래 빼돌리고 있다는 거였다. 거기에 예나연이 첫 단추를 꿴다고 했다. 그러고 보니 최근엔 나도 회전율이 떨어질 수밖에 없는 60~70대의 나이 든 계좌 외에 특별히 배정받은 것이 없었다. 이런 걸 따지고 들면 공짜나 바라는 한심한 것들이라는 소리 외엔 돌아오지 않을 것이다. 도살자의 안하무인, 방자무기를 더 이상 묵과할 수 없다는 합의는 보았지만 구체적인 대처 방안에 대해선 다들 입을 다물었다. 고양이 목에 방울 다는 우화가 떠오르면서 이

자리 자체가 한심해지기까지 했다.

넘버 3, 오빠가 떴다. 나는 술잔을 내려놓았다. 맹대해는 급히 쓸 데가 있다며 2천만 원을 빌려달라 했다. 나는 거절했다. 결국 신용 대출, 카드 한도까지 부양에게 다 쓸어 넣었다는 얘기였다. 우리 식구가 부양에게 더 내줄 돈은 없었다. 임영숙 여사의 주식 비자금은 말할 필요도 없었다.

"언니 신경쇠약이라는데 알고 있어?"

"뭔 소리야?"

나는 휴대폰을 내려놓고 술잔을 들었다.

5

해가 길어졌다. 나는 아침 다섯시 전에 일어나 동네를 뛰거나 헬스에서 바벨을 들어 올렸다. 지구력과 근력이 있어야 지치지 않고 사고팔며 밤에는 숙면을 취할 수 있다.

새벽 다섯시 반의 산책로엔 오늘도 난쟁이 꼽추 여자가 장난감 오리 병정처럼 걸어가고 있었다. 꽤 속보여서 뒤뚱거리는 감은 있지만 팔 움직임의 각은 여전히 예리했다. 보폭도 일정해 바라보면 규칙적인 리듬을 느낄 수 있었다. 운동모에 반이나 가려진 얼굴은 언뜻 40대 초반처럼 보였지만 실제로는 더 어린지도 모른다.

요 며칠 나는 그녀를 볼 수 있었다. 그녀는 꽤 오래전부터 이 시간이면 여길 오갔던 것일까? 준비운동으로 몸을 풀던 나는 그녀가 산책 속도로 앞사람 허리께를 통과해 전진하는 것을 바라보았다. 산책로를 두어 바퀴 뛴 후 속도를 떨어뜨리다 걷기로 전환했을 때 그녀가 뒤에서 또 앞질러 지나갔다. 여전히 머리는 꼿꼿하고 동작은 흐트러짐이 없었다. 규칙적인 운동으로 쾌적한 몸 상태를 유지하고 있다고 여겨졌다. 땅에 밀착된 작은 키와 불룩 솟아나온 등이 안정감과 균형을 부여하고 있는 듯했다. 그녀가 자주 마주치는 사람과 미소를 나누거나 '안녕하세요?' 하고 활기차게 인사하지 않는 것은 꼭 그녀의 책임만은 아니다. 그녀에게 먼저 말을 거는 사람도 없었던 것이다. 그녀는 이 시간대 이 장소에 확실히 배타적 지배권을 사용하고 있는 듯했다. 그것은 그녀의 본심과는 상관없어 보였다. 나는 산등성 위로 완전히 떠오른 아침 해가 그녀의 뒷모습을 밝게 비추는 걸 바라보았다.

운동을 끝내고 돌아오면 어떤 날은 기인 씨가 침대에서 새벽 여섯시 뉴스를 보고 있었다. 기인 씨나 나나 주말이 아니면 게으름을 피울 수 없는 상황이었다. 샤워와 정장, 정시 출근은 나를 있게 하는, 하루를 시작하게 하는 출발점이었다. 그걸 불평해본 적은 없었다.

6월 중순의 거리는 뜨거운 햇살이 쨍쨍 내리쬐고 있었다. 선글라스와 선크림 없이는 길 건너 점심 먹으러 갈 엄두도 나지 않는 날씨였다. 지구온난화는 직접 한 개인을 공격했다. 사무실 안은 에어컨이 가동되고 있었다.

오후에 P가 급격히 하강했다. 호가별로 사자고 깔린 물량이 도미노 무너지듯 순식간에 체결되며 주가는 무려 7퍼센트의 낙폭을 보였다. 이제 안정을 찾고 서서히 상승 무드를 타나 생각했는데 이런 식으로 보답하니 실망이 컸다. 주 매도 창구는 W였다. 주가는 매물 폭격이 잠시 멈춘 틈을 타 3퍼센트 올라왔으나 거기서 또다시 물량이 출회, 이번엔 9퍼센트의 폭락세를 보였다. 이 구간에서 나는 일곱 계좌를 동원해 일부는 현금, 일부는 교체 매매로 2만 주, 8억가량을 사들였다. 1주 전에 판 물량 중 절반을 도로 사 넣은 셈이다. 주가는 마이너스 6퍼센트까지 올라왔다. 거기서 소강 상태를 보이다가 종가에 대량 매물 출회로 마이너스 10퍼센트로 끝났다. 종가는 3만 8200원이었다.

장 마감 후 휴대폰 입력 번호 중 하나를 눌렀다. 탁 실장은 작전이 진작 취소되었는지 그동안 연락이 없었다. 탁 실장과 족제비를 만난 뒤 한동안은 문자만 떠도 깜짝 놀라며 가슴을 졸였다. 탁 실장의 예외적인 침묵과 무관하게 P는 지난달에 비교적 무난한 1/4분기 실적을 발표한 이후 최근까지 급등락 없이 4만 2, 3천 원대에서 지루한 횡보를 이어가고 있었다. 따라서 나도 P는 내버려두고 다른 주식을 단기 매매하는 데 치중하고 있었다.

"아이고, 이거 직접 전화를 다 주시고."

남자의 너스레를 오래 듣고 있을 여유가 없었다.

"설명할 수 있어요?"

"어디 보자. 아유, 이거 완전 폭탄 맞은 꼴이네. 이거 참. 어쩌나, 저희라고 주가를 일일이 맞힐 수 있는 것도 아니고."

"거기도 많이 샀다면서요?"

"그러게 말입니다. 우리도 죽을 맛입니다. 오늘 하루 손해 본 금액이 장난이 아니에요."

"어쩔 작정이세요?"

"네? 그렇게 말씀하시면 대답할 말이……. 마치 우리가 책임이 있거나 생사여탈권을 쥐고 있는 자들 같지 않습니까?"

"그럼 예측만 해보세요."

"글쎄요. 올라가지 않겠습니까? 기다려보죠, 뭐."

내가 고객을 안심시키는 것과 똑같은 말을 하고 있었다. 좀 더 듣기 좋은 말이 없단 말인가? 전화를 끊고 나니 수렁 속에 빠진 기분이다. 2만 주를 추가로 사 넣은 것도 이성을 잃은 행동 같다. 떨어지는 칼날을 맨손으로 잡는 행위는 하지 않는데 스스로 그걸 깨고 샀으니 뭔가에 홀린 것이 분명했다. 고객들에게 일부는 문자로, 일부는 전화로 매매 상황을 보고했다. 가벼운 피로가 몰려왔다. 직원들은 나를 내버려두었다. 선불리 위로하기를 다들 두려워하고 있다. 그건 고맙네.

네시 넘어 사무실을 나섰다. 건널목을 건너 건물들 밑으로 계속 걸었다. 미지와 가끔 왔던 커피숍에 들어가 아메리카노를 받아 노천 테이블에서 마셨다. 빗방울이 떨어지더니 자주색 비가 내렸다. 선글라스를 벗었다 다시 썼다. 세 테이블 떨어져 제약회사 영업 사원 같은 젊은이가 나를 계속 쳐다보고 있었다. 약품을 소매로 넘기려나? 나는 약간 웃었다. 청년의 시선이 거리 쪽으로 옮겨갔다. 김 사장의 전화가 왔다.

"연락을 좀 해주지. 주식이 저 모양인데."

짜증 섞인 목소리였다. 그는 4만 주를 갖고 있었다. 저번에 물량을 줄이지 않았던 것이다. 숫자상으로 오늘 1억 7천이 사라졌다. 그의 계좌에서는 오늘 추가로 매수하지 않았다. 나머지 30억 원대의 주식이 8천 올라 전체적으론 9천 떨어졌다. 그 정도 투자 규모에 이 정도의 등락은 항상 있어와서 별 신경을 쓰지 않았다. P는 오늘의 폭락에도 불구, 아직은 매수가 밑으로 떨어지지 않았다.

"내일 장중에 연락드리겠습니다. 움직임을 좀 보고요……. 2/4분기 실적은 8월 하순에나 발표할 겁니다. 예상치는 순이익을 15퍼센트 신장으로 잡고 있는데 매출은 다소 정체될 것으로 보고 있습니다. 실적에 따른 적정 주가는 4만 5천 원 정도입니다. ……보수적으로 잡아서 그렇습니다. 자산 가치까지 감안하면 4만 7천 원 정도지요. ……지수는 올해는 상승 추세가 유효하다고 보는 게 애널리스트들의 일치된 견해입니다. ……일치된 견해가 위험하긴 하죠. 상황 봐서 대처할 준비를 갖추고 있으면 됩니다. 네. 내일 뵙겠습니다."

내려놓았던 담배에 불을 붙였다. 청년은 어느새 가고 없었다.

이 집은 리필에도 5백 원을 받았다. '5백 원씩 모이면 알바 하루 인건비가 떨어져.' 이렇게 말하는 사장은 어디에나 있다. 이런 걸로 사장의 성별과 나이를 짐작할 수는 없다. 커피숍 아이는 목이 계속 아프다고 했던가? 목이 다치는 식의 감가상각이 일어나는 건 운이 나빠서 그렇다. 갑자기 끼어드는 차는 뱀보다 민첩하다.

빗줄기가 가늘어지고 있다. 곧 그칠 모양이다. 낮의 열기가 씻긴 거리엔 저녁이 오기 전의 낮은 기압이 흐르고 있다. 빗줄기 사이로 날개가 젖은 어린 천사들이 힘겹게 날고 있었다. 베를린의 천사들이 여긴 웬일이야? 이런 식으로 헛것을 뚝딱 만들어내는 것이 이젠 재미있지도 않다. 도심에서 천사가 길을 잃는 것은 당연하다. 더구나 외국인이잖아? P는 외국인 지분이 8퍼센트 정도였다. 젠장, 더 늘리려면 긍정적인 리포트가 필요하겠지? 근데 그걸 누가 쓰지?

지점 전화가 걸려왔다. 예나연이 다급한 목소리를 냈다.

"언니, 어디야?"

"근처야. 왜?"

"가기인 고객 있잖아."

"그런데."

"부인이라며 찾아와서 출금 정지해달라고 막무가내로 졸라대. 정말 미치겠어."

"누구?"

"부인이래. 아이도 업었어."

광고 찍나? 황당한 설정이 떠올랐다.

"영장 없인 안 된다고 말하고 돌려보내."

"언니를 만나겠대."

"바꿔줘."

"맹소해 대리님이세요?"

"네."

"전 가기인 씨 전처 되는 사람이에요. 지금 만날 수 있을까요?"

위치를 말해주고 끊었다. 두 번째 담배를 꺼내 물었다. 담배를 끼운 손가락이 떨리는 것을 두 눈으로 보고 있었다. 긴 재가 툭 떨어졌다.

여자는 정말 아이를 업고 있었다. 돌도 안 되어 보이는 갓난아이가 여자의 등에서 눈을 말똥말똥 뜨고 나를 바라보고 있었다.

"무슨 일이신가요?"

영업직 5년 동안 처음 겪는 일이라서 그렇게 묻지 않을 수 없었다.

"주식을 관리해주신다고요?"

"네."

"그건 우리 아파트를 담보로 대출받은 돈이에요."

"그런데요?"

"나 몰래 대출받아 빼돌린 거라고요."

"누구 명의의 아파트였나요?"

"명의는 그 사람 앞으로 되어 있었어요. 하지만 그건 내 거예요. 이혼 후에 넘기기로 한 거라고요."

"이혼은 하셨나요?"

"네. 아니, 이런 말 할 것 없고 출금 정지해주세요. 주식으로 있어요?"

"말씀드릴 수 없습니다. 고객에 관한 정보는 누설할 수 없어요. 죄송합니다. 그리고 출금 정지는 저희들 권한이 아닙니다. 법원 공문이 내려와야 합니다."

"뭐예요? 그럼 난 어떻게 해야 하는 거예요?"

"혹시 아파트를 넘기겠다는 내용이 담긴 각서나 문서 갖고 있나요?"

"네. 이혼 서류에 도장 찍어주는 즉시 아파트를 넘기겠다고 분명히 적은 문서가 있어요."

"진작 명의변경을 하거나 가압류라도 해두지 그러셨어요?"

"금방 해준다 했어요. 내가 아기와 살고 있는데 설마 딴 짓을 하겠나 싶었죠."

"지금으로선 법무사를 먼저 찾아가보세요. 그게 더 빠를 것 같네요."

"그런데 그 사람 어떻게 이 지점에서 투자하게 된 거죠?"

"같은 빌딩에 있잖아요. 만나보지 않으셨어요?"

"오피스텔에서 같이 나온 거예요. 내가 여기 온 걸 알면 날 죽이려 들걸요? 그래도 조치를 취해야지 당하고 있을 순 없잖아요."

나는 커피 잔을 내려놓았다.

"여자 아이예요?"

아이는 눈이 감기며 여러 번 하품을 했다. 곧 잠들 모양이었다.

"사내예요. 아파트라도 없으면 내가 이 애를 어떻게 키워요?"

"아 참, 뭐 커피라도 드시겠어요?"

"커피로 할게요. 고맙습니다."

나는 아메리카노를 들고 와 그녀의 자리에 놓았다. 지금은 헐렁한 옷을 입고 있지만 정장과 옅은 화장이 어울릴 것 같은 여자였다. 그럼? 그래, 고속열차 승무원, 지금도 투쟁 중인가? 아직 서른이 안 되어 보였다. 여자의 억양에 D시의 사투리가 섞여 있었다. D시에서 왔나? D시의 아파트? 당숙의 장례식……. 설마? 그 시간에 아이 얼굴을 보러? 그리고 여기, 강남 도심에 아이 업은 여자라……. 시멘트 바닥을 뚫고 올라오는 버섯, 큰 버섯 뒤에 업힌 새끼 버섯.

"그 사람 오피스텔에서 지점에서 부쳐온 거래 내역이란 걸 봤어요. 평가액이 2억이 안 되던데 떨어진 건가요?"

"한 달 전의 내역일 겁니다. 지금은 말씀드릴 수 없고요. 대신 전체 장은 큰 변화가 없는 걸로 알고 계시면 됩니다."

"아파트가 넘어가면 난 죽어야 해요."

여자가 단호하게 말했다. 나는 물을 마시고 거리로 시선을 돌렸다. 비가 한차례 지나간 거리는 깨끗했다. 천사는 없었다.

저녁 내내 기인 씨에게선 전화가 없다. 어제 빼먹은 운동을 보충하느라 헬스클럽에 가서 한 시간여 땀을 빼고 왔다. 오랜만에 고스톱을 쳤다. 가기인, 더 보일 패가 몇 장 남은 거야? 나는 '꽃가마 타고' 님을 완전 알몸으로 좇아내버렸다. 사이버 머니가 꽃비처럼 내렸다. 가슴 축축이.

승미의 전화가 왔다.

"뭐 하니?"

"고스톱 쳤어."

"지금은?"

"살아."

"에? 산다고?"

"그래."

"좋겠다. 살고 있어서. 얘, 이 중에 뭐가 유망할지 한번 들어봐줄래?"

"빨리 얘기해."

승미는 무인 가게, 1인 사업 같은 아이템을 뒤적거리는 새 취미가 생겨났다. 남편이 골재회사로 출근하면 그런 방면으로 성공한 주부들이 텔레비전에 나와서는 승미에게 바람을 넣었다. 따라서 진정한 1인 사업인 아이 갖기는 계속 미뤄지고 있었다. 그와는 별개로 진행되고 있는 '아랍 프로젝트'는 10년간의 대역사 중 이제 1년이 지났다. 10년 후, 코란을 원문으로 읽게 될 승미가 지금은 전화로 역사 고증 자료 낱개 판매, 연예인 부위별 체취 배달, 동기 부여 치료사 등 모호하고 생소한 사업명을 늘어놓기 시작했다. 나는 조용히 휴대폰을 내려놓았다.

열한시 넘어 기인 씨가 전화했다.

"촬영이 늦었어."

"저녁은?"

"먹었지. 자긴?"

"나도 먹었어. 집이면 일찍 자."

"뽀뽀해줘야 자지."

"그래, 뽀뽀. 됐지?"

"어이, 꽤 센데? 내일은 지방 촬영이 있어. 며칠 걸릴 거야. 갔다 와서 전화할게."

"운전 조심해."

침대에 누워 여자의 말을 다시 떠올려보았다.

'그 사람이 알면 안 돼요. 팔아서 돈을 딴 데로 숨기려 들 거예요. 내가 여기 주식 알고 있다는 사실을 그는 몰라요. 출금 정지시킬 때까지 그 사람에겐 비밀로 해주세요.'

6

예나연의 친할머니가 돌아가셨다. 장례식장은 수유리 쪽이었다. 지점에선 회사 공식 조의금과 지점 직원들의 조의금, 이렇게 두 개의 봉투를 마련했다. 공식 조문단은 단이라 할 것 없이 고질라와 뺀질이 그리고 나였다. 고질라는 지점장 대역 수석 차장으로서, 뺀질이는 직속상관인 관리 대리로서, 나는 언니로서 모두 그 역이 가볍지 않았다.

나와 뺀질이를 태운 고질라의 소나타3은 오후 네시에 출발했다. 직원들은 비싼 기름 값과 지점에 배정된 주차 대수를 고려해 승용차 출근을 자제하고 있었다. 그런 자제력을 값싸게 여기는 도살자의 승용차는 주인을 닮아 언제라도 부왕 하고 뛰쳐나갈 태세였다. 그의 구형 스포츠카는 울화통 유 대리의 죽음을 속도로 깔아뭉개고 있었다.

"할머니냐? 할아버지냐?"

고질라가 장례식장 밖에서 말했다. 작년에 지르기의 할아버지가 돌아가셨을 때 "아버지야? 어머니야?" 그렇게 물은 것에 비하면 차이가 있었다. 장례식장 앞에서는 그 사실이 너무도 궁금한 모양이었다.

조문을 마치고 상복을 입은 예가 안내해준 자리에 앉았다. 거기서 탁 실장을 보았다. 야당 3선 의원의 여동생 시어머니 장례식장에 모습을 드러낸 탁 실장 옆에는 족제비가 앉아 있었다. 음식상 맞은편에는 중년 남자 둘이 있었다. 그들은 일행으로 보였다. 꽤 떨어져 있었지만 탁 실장이 고개를 돌리면 나를 알아볼 수 있는 위치였다.

나는 사이다 반 잔을 마시고 밖으로 나왔다. 전철역에서 뺀질이에게 전화를 했다. 지점에서 그렇게 듣기 싫던 「엘리제를 위하여」가 그 장소에선 어울렸다.

"엄마가 편찮다는 연락 받고 가는 중이에요. 고 차장에게 얘기 좀 해줘요."

"맹 대리예요, 어머니가 아프시다네요."

끊고 얘기해야지.

"어, 알았어요."

나오면서 예의 얼굴을 내가 봤던가? 누굴 안내하고 있었는데…… 누군지는 모르겠고.

나는 지하철 반대 차선으로 들어갔다가 다시 나왔다. 통로 연결이 되어 있지 않아 카드를 또 한 번 대어야 했다. 이건 명백히 잘못 들어온 건데 카드가 인식 못한다는 거야? 이런 디지털 첨단 시대에? 실수를 이용해 돈을 긁어가자는 거겠지. 개표구를 발로 차버리고 싶은 심정이었다. 이런 사소한 일에 이렇게까지 과격하게 분노하는 자신이 싫지가 않았다. 제대로 된 감정이라는 문구까지 떠올랐다.

나는 분노가 가득한 마음으로 그 분노를 절대 내려놓지 않겠다는 결의에 찬 표정으로 이번에는 반대편 전동차에서 두 번을 갈아타고 G시에서 내렸다.

7

며칠 동안 나는 고객에게 일일이 전화해 P를 처분하고 싶다고 말했다. 더 유망한 종목으로 교체했으면 한다고 매도 이유를 밝혔다. 들고 기다리는 것보다 그 편이 빠를 것 같다는 말을 덧붙이자 반응이 있었다. 부분 동의를 포함해 팔 수 있는 물량은 총 13만 주 중 7만 주였다. 김 사장은 1만 주만 허락했다.

디데이 아침, 회의에도 불참하고 전화에 매달리고 있는 나를 지점장은 실내 모니터를 통해 아득한 수평선을 바라보듯 보고 있었다. "내가 영업 직원한테 바라던 게 바로 저런 모습이야." 독백처럼 중얼거렸기 때문에 고개를 처박고 정보지를 뒤적거리던 지르기는 그 소리를 듣지 못했다.

나는 오전 동시호가가 나오며 코스피의 상승세에 힘입어 소폭 상승하고 있는 P를 개인 계좌로 2천 주 사 들어갔다. 현주, 기인 씨, 승미 새언니 거까지 총 1만 주를 사 들어가자 호가가 빠르게 바뀌기 시작했다. 타 창구에서 가세하는 손길들이 느껴졌다. 내가 손을 놓자 차익 매물이 나오며 호가는 밀리기 시작했다. 더 이상 급격한 변동 없이 지루한 공방이 이어졌다. 열한시 넘어 매수 물량이 들어오기 시작했다. 오르는 주식은 소리부터 다르다. 매도 호가에 깔린 물량을 척척 사가는 소리가 들린다. 이것이 기관 매수라는 건 나만 알고 있다. 오후 두시경에는 7퍼센트 상승한 상태에서 우선 매수 호가에 5만 주가 들어온 것을 확인했다. 그 밑에는 또 3만 주가 있다. 오전에 사들인 물량과 동의를 받은 7만 주를 그 두 호가에 모두 풀었다. 한꺼번에 체결되자 구멍이 뚫린 듯 호가가 무너져 내렸다. 계좌별 예상 수도 금액을 확인한 후 고객들에게 체결 사항을 통보하고 자리에서 일어났다. 마감 시간까지 20분 남았지만 개의치 않았다.

적금 담보 대출과 마이너스 통장으로 현금 1천5백 만원을 1층 은행 창구에서 찾아 숄더백에 쓸어 담았다.

택시를 타고 명동으로 가서 그 돈을 전부 달러로 바꾸었다. 고객의 부탁으로 5만 달러를 사주었던 예전의 그 사무실에서였다.

"내 몫은 뺐어."

커피 빈에서 백 달러 묶음이 든 봉투를 받아 안주머니에 넣으며 사정수 차장이 말했다.

"알아. 고마워."

적어도 5백은 네 몫일 텐데, 그 소리는 빼야 한다.

"다시는 시키지 마라. 진땀이 다 흐른다, 야. 먹을래?"

나는 고개를 흔들었다. 그는 쉬지 않고 검은 비스킷을 씹었다.

성적이 약해서 저축뱅크에 간 게 아니었다. 보험에 있다가 과 9년 선배인 상무에게 스카우트되었다. 5년 내에 임원이 가능하다는 조건이 붙었다. 주식 운용을 맡고 있었고 몇십억 정도는 교체 매매나 신규 투자가 항상 가능했다. 3일 전에 전화가 왔다. 결제가 떨어졌다는 것이다. 1만 주당 2백만 원으로 결론지었다. 상무가 미국에 송금해야 하니 달러로 준비해달라고 했다. 출처가 없는 달러를? '괜찮겠어?' 하고 묻는 건 예의가 아니다. 북한, 시리아, 이란 돈만 빼곤 어떤 화폐도 가능하다. 이런 걸로 차마 국정원 조사를 받을 수는 없으니까.

뱅크에서 사들이며 나에겐 전일 종가 대비 1억 6천의 차익이 발생했다. 일반세가 가세했기 때문에 뱅크는 사정수가 말한 8만 주가 아니라 실제로 5만 주 정도를 사며 8천 정도 더 투자했을 것이다. 그 정도 물량을 사려면 어차피 호가를 높이지 않고는 살 수 없다. 뱅크로서도 무리한 매매는 아니었다. 이유를 물었을 때 영업 핑계를 댔다, 묶인 물량이 많아서 장사가 안 된다고. 그는 고개를 끄덕였다. 증권회사의 생리를 아는 이였다. 접대도 자주 받는다고 했다. 그중엔 선배와 동창도 있었다.

주가가 어디로 흘러갈지 알 수 없었다. 실적, 영업 전망, 이런 건 도대체 희망을 주지 못했다. 예나연의 장례식장에서 탁 실장을 봤을 때 악몽을 꾸는 것 같았다. 어디가 머리이고 어디가 꼬리인지 알 수 없는, 끝나지 않는 스토리를 보고 있는 듯했던 것이다. 벗어나야지, 이건 심신이 피폐해지는 걸 방치하는 꼴이었다.

나는 탁 실장이 제3의 세력이 아니라 U나 N 세력일 거라는, 적어도 그들 중 하나와 선이 닿아 있을 거라는 의혹을 떨칠 수가 없었다. 어쩜 U나 N 따위는 애초부터 없고 탁 실장 세력 하나만 있는지도. 복 회장이란 자는 그저 대외용일 뿐, 탁 실장의 하수인에 불과한지도 모른다. 그날 내 앞에서 그들은 쇼를 벌였던 것이다. 여기까지만 생각해도 머리가 너무 아팠다. 마침 며칠 전 기인 씨가 전화로 바이오피스 광고 촬영에 들어가는데 제품이 예상외로 인기를 끌 것 같다고 했다. 제품 반응이 좋으니 광고만 받쳐주면 뜰 수도 있다고 흥분했다. 결심을 굳히게 되는 한 계기가 되었다.

8

바이오피스는 호가를 올리지 않고 야금야금 사 들어갔다. 하루에 몇천 주씩 밑에 깔아놓고, 들어오면 받는 식이었다. 광고도 나오기 전에 성급하게 사들일 건 없었다. 장례에서 돌아온 예나연이 밥을 산다고 했지만 나는 따라나서지 않았다. 예의 얼굴빛은 뻔뻔할 정도로 변화가 없었다. 하긴 탁 실장이 예를 위해 상가에 왔다는 건 말이 되지 않는다. 그럼 뭘까? 예의 어머니 모습까지 떠올리자니 머리에 쥐가 난다.

며칠 사이 P는 소폭 올라가고 있었다. 6만 주가 남아 있고 뱅크도 벌어야 하기 때문에 긍정적으로 보고 싶었지만 일부 고객은 그 정도의 움직임에도 짜증을 냈다. 바이오피스가 그 짜증을 몰아내고 위용을 보여줄 때가 다가온 것이다. 맹대해는 한 차례 더 전화해왔지만 새언니 얘기를 꺼내자 전화기 부서지는 소리가 나며 통화가 끊겼다. 청담동 언니가 새 정보를 주었다.

"부양이 일주일 휴가를 내서 아는 애 데려다 쓰고 있어. 식구들과 강원도로 군대 동생 면회 간다 했는데 무슨 면회가 일주일이나 걸리는지 설명하지 않더구나. 오빠야 출근해야 되지 않겠어?"

엄마는 맹대해가 하루 걸러 열두시에 들어온다 했다. 약속이니 회식이니 하지만 술 냄새가 덜 난다는 것이다.

"저 자식이 저번에 보니까, 아파트 가게 앞에서 맥주를 처먹고 있더구나. 술 냄새 풍기려고. 어이그, 미친놈이다."

순정이 있구나. 금세 마누라 곁으로 돌아가는 최 상무보다야 순정이 있어.

오후에 기인 씨 전 부인에게서 전화가 왔다.

"제 얘긴 안 하셨죠?"

"네."

"고맙습니다. 법무사가 법원에 서류를 제출했어요. 시간이 좀 걸릴 거래요. 그때까진 그 사람이 알면 큰일 나요. 그럼 난 못 살아요."

"얘기 안 할 테니 이제 전화하지 마세요. 제 입장이 곤란해져요. 윤리적으로나 법률적으로 제게 고객 보호 준수 의무가 있는지 따져봐야 하니까요."

"네에. 하지만 그 사람이 주식을 판다거나 출금하려 하면 꼭 저한테 전화 주셔야 해요. 제 휴대폰 번호 아시죠?"

"분명히 말씀드리는데요, 공식적인 절차가 없는 한 고객의 투자 행위에 간여할 수 없어요. 매도건 출금이건 알려드릴 수도 없고요."

"그럼 어떡해요. 아, 정말. 법원 판결 나오려면 시간이 한참 걸릴 텐데, 혹시 그사이에. 저기요, 저 그냥 안 있을게요. 저 은혜 모르는 사람 아니에요."

"진정하세요. 아기 이름이 어떻게 돼요?"

"가성호요. 이룰 성에 넓을 호요."

"좋은 이름이네요. 아, 전화가 계속 대기 중이에요. 성호 어머니, 행운을 빌어요."

맞은편 전동차 차창에 내 얼굴이 떠올랐다. 너구리와 빼질이가 돼지갈비집 숯불 연기 사이로 번갈아 수십 번은 더 바라보았을 그 얼굴은 이제 차창 밖의 거리를 지나가고 옥외 광고판에 들어갔다가 전선 사이에 걸쳤다. 나는 나를, 유독 광대뼈 명암이 부각된 여자를 낯선 여자처럼 보고 있었다. 밤 열시의 승객들은 문자를 넣거나 귀에 음악을 흘리거나 무가지에 코를 박거나 이도 저도 다 싫어 그냥 눈을 감고 있었다.

문이 열리고 난쟁이 남자가 내 옆에 앉았다. 난쟁이와 무릎을 맞대듯 앉아 있은 적은 처음이었다. 50대의 난쟁이 머리는 내 어깨선까지 올라 있었다. 나는 슬쩍 등 쪽을 살펴보았다. 등은 밋밋했다. 남자는 두 허벅지 사이에 1리터짜리 생수병을 끼고 있었다. 물은 4분의 1 정도 남아 있어 하루 종일 거리를 쏘다녔다고 말하는 듯했다. 다음 정거장에서는 엉덩이가 김장 대야만 한 흑인 여자가 아기를 가슴 띠에 안고 탔다. 나와 난쟁이가 동시에 일어나 그녀를 앉혔다.

나는 이사 오고 처음으로 내가 내려야 할 곳을 지나쳤다. 나는 새벽과 밤에 번갈아 나타난 난쟁이들이 아빠가 보낸 전령이 아닐까 하는 생각을 퍼뜩 하느라 난쟁이가 내린 곳이, 내린 난쟁이의 뒷모습을 바라본 곳이 내가 내려야 할 역이란 걸 깜박 잊어먹고 있었다. 아빠라면 충고보단 불쑥불쑥 나를 놀래키는 데 한 재미를 보는 사람이 아니었던가? 아직도 여전하시다니!

세 정거장을 더 가자 슬픈 음악과 함께 종점을 알리는 여자 구내 아나운서의 멘트가 흘러나왔다. 나는 전동차에서 내려 플랫폼의 나무 의자에 앉았다. 전철 레인의 그은 침목과 자갈에서 오랜 시간 바닥에 깔린 사물의 열기가 뿜어져나오고 있었다. 나는 차가운 밤의 대기에 뒤섞인 디젤 냄새 속에서 이상하게 얼굴이 달아오르는 걸 느꼈다. 이윽고 내 얼굴에 열꽃이 피어났고 나는 두 손에 얼굴을 파묻었다.

9

호지애의 문자가 왔다. 액정에 2호선 을지로입구역 '이지 라커'의 인증 넘버가 떴다. 6월도 중순을 넘어서고 있었다.

코스피는 하락, P는 매수세가 취약했다. 바이오피스가 조금 올랐지만 매수가에 비하면 아직 떨어져 있는 상태였다. 심인태에겐 연락이 없었고 지점장도 말이 없었다. 탁 실장의 전화도 없었다. 마치 그들이 각자의 침묵으로 원거리에서 보이지 않는 균형을 팽팽하게 잡아주고 있는 듯했다.

퇴근 무렵에 맹대해의 전화가 왔다.

"안 돼, 오빠. 내가 언니한테 부탁할게."

"야, 언닌 상관없다니까 왜 말귀를 못 알아먹냐?"

"언니 비밀 번호가 들어가야 빌려줄 수 있는 돈이야. 무슨 말인지 알아?"

"……뭐냐, 그게?"

"하여튼 언니에게 얘기해. 지금은 그 방법 외엔 없어."

"아, 거참. 야, 뭐가 그리 복잡해? 나중에 전화할게."

맹대해의 등쌀에 고객의 정보를 일부 누설하고 말았다. 임영숙 여사 돈을 부양에게 한번 갖다줘봐. 어떤 일이 생기나. 흥, 부양이 틀림없다. 지가 돈 들어갈 데가 어디 있나? 살집 좋은 그 아이가 그렇게 혼을 빼놓

나? 청담동 언니라면 돈은 안 들지. 지나고 나면 다 추억인데 오빠는 굳이 돈 드는 추억이 좋다고 나를 들들 볶는다. 사연이야 없겠나, 식구 병원비나 전세비 등등. 하지만 더 이상은 안 된다. 성질 같아선 부양을 불러내 지금까지 건너간 돈의 차용증을 받아두고 싶은 심정이다. 못할 것 같아? 나는 열이 올라 냉수를 들이켜고 왼쪽 가슴을 땅땅 두 번 쳤다. 어느덧 나는 엄마를 닮아가고 있었다.

3호선을 타고 종3에서 내려 지하도로 걸어갔다. 보관함은 쉽게 찾을 수 있었다. 휴대폰과 인증 번호를 입력하고 로커를 열자 작은 쇼핑백이 나왔다. 그 안에 보석함이 들어 있었다. 그대로 가방 안에 집어넣고 역사를 나와 광화문까지 걸어갔다.

도심의 퇴근 시간은 이제부터 밤이 그 바통을 이어받아 여러분을 안내할 거라는 메시지를 불빛들을 통해 내보내고 있었다. 사람들은 활기차다기보다 서둘러 어디론가 이동하고 있는 타운의 유목민을 연상시켰다. 아직까지 연인들의 모습은 자주 띄지 않았다. 그들이 도심 곳곳에서 출몰하는 건 시간문제였다.

커피 빈에 도착하자 6시 40분이었다. 보석함을 여니 루비 목걸이와 메모지가 나왔다. 신제품으로, 백화점 내 금은방 보증서가 붙어 있었다. 값은 150만 원 내외일 것이다. 푸른색의 접힌 메모지를 폈다. '상상하고 싶어. 호지애.' 메모지를 보석함 속에 넣고 보석함은 가방에 넣었다. 7시 5분 전에 그가 왔다. 그사이에 테이크아웃용 아메리카노를 집어 든 나는 그의 팔을 끌고 나갔다. 식사 전이라 여기서 지체하고 싶지 않았다.

"못 참겠어."

내가 허리를 더 굽히자 기인 씨는 갓길에 택시를 세웠다. 가드레일 뒤로는 야트막한 동산이 있어 좁은 길을 따라 걸어 올라갔다. 나무가 빽빽이 들어선 비탈길에 큰 돌멩이라고 불러도 상관없을 작은 바위가 있었다. 그 뒤에 쪼그리고 앉아 오줌을 누는 동안 기인 씨는 담배를 피웠다. 그는 요즘 담배가 늘었다. 팬티를 올리고 일어서는데 휘청했다. 현기증이 일어나며 앞의 나무가 기우뚱했다. 무릎이 꺾였다. 시큼한 음식 찌꺼기가 식도를 역류해 올라왔다. 토하는 소리를 듣고 기인 씨가 다가와 등을 두들겼다. 신물에 섞인 침까지 다 뱉어내고 눈물이 글썽해진 눈으로 나무에 기댔다.

"괜찮아?"

"응."

오징어찌개에 곁들인 소주 세 병까지는 좋았다. 밀러 체인점에서 맥주를 자꾸자꾸 마셨던 것이다. 그는 광고 얘기를 하다가 어느 순간부터 내가 듣지 않는 걸 알아챘다. 평소 차갑게 정돈되어 있던 여자의 얼굴은 방심과 가벼운 자조의 웃음이 끼어 있었다. 그제야 그는 오늘 내가 한 번도 주먹을 내밀지 않았다는 사실을 깨달았다.

그가 다가왔다. 나무에 손을 짚고 나의 입술을 열며 혀를 들이밀었다. 내 더러운 구취가 좋아? 그렇게 말한들 그를 밀쳐낼 수는 없을 것이다. 입 주변에 오물을 묻힌 그가 허리띠를 풀고 나를 돌려세웠다. 치마가 흘러내려 종아리에 걸쳤다. 면 팬티도 내려졌다. 아랫배에 손을 넣어 엉덩이를 바짝 끌어당긴 후 단단하게 부풀어 오른 그것을 미처 젖을 시간이 없었던 그곳으로 내피를 찢듯이 쑤셔 들어왔다.

"일주일 동안 너만 생각했어. 네 몸에 나를 박아 넣고 내 머리가 타들어가도록 너만 추구했어."

"그랬어? 그랬냐고 씨발 새끼야."

"네 아래가 뜨거워."

"그래 뜨거워. 아래가 타. 씨발 놈아."

그가 힘을 주어 밀착해오자 아랫배와 넓적다리가 나무의 표피에 긁히며 생채기가 났다.

"더, 더. 다 처먹어. 몽땅 다 처먹어. 이 불한당 새끼야."

격렬하게 움직이던 그가 크고 짧은 소리를 한 번 내지른 뒤 조용해졌다. 타버린 곤봉이 빠져나가고 있었다. 나는 정액이 끈적이는 사타구니 위로 팬티와 치마를 끌어올렸다. 구역질이 치솟아 손가락을 넣자 고춧가루가 풀린 멀건 물이 쏟아져 나왔다. 손등으로 입을 훔쳤다.

"몇 시야?"

"열한시."

그가 주머니의 휴대폰을 꺼내더니 들여다보았다. 전자 숫자가 차갑게 빛났다.

"데려다 줘."

어둠 속에서 그가 고개를 끄덕였다.

10

세계 증시가 지지부진하며 코스피도 얌전해졌다. P는 노 저어 가자는 듯 조금씩 올라가고 바이오피스는 주위의 풍광을 즐기는 듯 횡보 중이다. 살다 보면 보유 주식이 로켓처럼 폭등하거나 부도 맞아 휴지가 되는 경우가 가끔 있더라고 주 지점장이 말했었다. 나에게는 흥미진진한 그 시기가 아직 도래하지 않고 있었다.

도살자가 지치지 않고 활약하며 지점 실적은 강남의 19개 지점 중 4위까지 올라왔다. 모두들 자기 몫은 하고 있었다. 부양은 휴가 뒤에 그만둔다며 언니에게 통보해왔고 맹대해는 내게 돈을 빌리지 못했다. 여준이 전화로 '한전이 언제 5만 원 되냐?' 묻고는 들어갔다. 관 속에서 솟아난 엔터테인먼트 업체 D가 자기 손으로 다시 관 뚜껑을 덮자 동지들은 침묵

했다. 호지애는 메일을 보내왔다. 파리의 하늘에 새털구름이 흘러가고 지난밤에는 바람이 많이 불었다. 나는 루비 목걸이를 금요일 밤에는 홀로 차게 된다고 말해주었다. 호지애를 인터넷 검색하자 끝없는 호평 속에 '영혼을 포장해서 진열하는 싸구려 과시주의자' 운운하는 재야 비평가의 악평 하나가 끼여 있었지만 끝까지 읽기엔 글씨체가 피로하고 문장도 지루했다. '싸구려'란 말에서 나는 가벼운 성욕을 느꼈다. 『FF』 잡지 7월호에서 박미지 기자가 30대 여자 시인을 인터뷰했다. 시인은 자아가 다섯 개는 있어 보였다. 한 개쯤은 미지와 나눠 써도 될 것 같았다.

기인 씨 전 부인은 이번 주 수요일에 전화했다. 법원은 아직 사해(詐害) 행위에 대한 판결문을 작성하지 못했다. 부인은 좀 더 기다려달라 했고 나는 그녀의 전화가 두통을 야기한다는 사실을 확인했다. 그날 밤에 기인 씨가 와서 내 머리채를 휘어잡고 물건을 입속으로 밀어 넣었다. 그날 콘돔이 떨어졌으므로 입 안에 사정을 하게 내버려두었다. 기인 씨는 일전에 찍은 내 사진, 붉은 스커트 아래 허벅지에 드리운 그늘이 자주 어른거린다고 지껄였지만 나는 대꾸하지 않았다. 실수로라도 사진이 외부로 유출되는 그 순간 그는 사망이라고 나는 미리 말하지 않았다. 때론 침묵이 진짜 두려움을 주는 법이다. 희숙은 오후에 초등학생 수학 한 팀을 맡았고 그 기념으로 오전에는 영혼의 체조에 가깝다는 요가 학원에 다니기 시작했다. 유연하고 탄력 있는 몸매는 가장 확실한 자산이자 결혼 사업의 핵심 아이템이었다. 희숙이 혀를 내빼고 이상한 호흡을 해서 승미는 그녀의 눈을 까뒤집어보았다.

이 얘기를 빠뜨릴 뻔했다. 어제 관할 경찰서에서 전화가 와 고소장을 넘겨받은 담당 형사를 만나고 왔다. 관련 자료를 제출하고 두 시간에 걸쳐 심인태에 관한 진술을 해야 했다. 서로의 진술 내용에 차이가 있어 대질신문이 필요하다고 형사는 말했다. 진술한 지 한 시간쯤 되었나, 커피도 없고 짜증이 밀려와 "좀 쉬었다 해요" 하니까 형사는 고개를 끄덕였다. 주차장 뒤 화단 옆에서 커피를 마시며 담배를 피웠다. 형사의 타이핑에 맞춰 진술을 마저 끝내고 심의 전화번호를 물어 휴대폰에 입력했다. 일단 형사 책상 전화로 거니까 심이 금방 받았다. "고소하셨네요. 한번 만나시겠어요?" 하자 "내가 전화하지요" 하고 그가 끊었다. 그의 존댓말을 들으니 속이 니글거렸다.

경찰서를 나온 나는 곧장 집으로 가 저녁을 생략하고 잠을 잤다. 열두 시에 일어나 저번 중국집 모임에 나온 여고 동창 경준이 보내온 누룽지 박스를 찾아 끓는 물에 불려 먹었다. "대기업에 납품해." 그때 우린 대기업 소리에 무조건 박수를 쳤다. 나는 봉지를 하나 더 뜯고 소주를 깠다.

케이블에선 자동차가 다섯 대 연달아 부서졌다. 위기 상황에서 주인공의 전격적인 농담, 총알이 빗발치는데 죽기 전에 알아야 할 진실, "사실은 나 공화당 찍었어요." "이 나쁜 놈! 더러운 사기꾼!" 여자가 공화당원에게 고함치는 와중에 총알이 귀를 스쳐 앞 유리를 뚫고 지나간다. 멋진 농담, 그들은 살아남았고 개런티를 챙긴 그들은 곧 새로운 영화의 매혹적인 역에 투입될 거라는 것. 어쩜 나 그들을 질투하나 봐. 싫어도 채널을 돌리지 못하는 이 인생. 아니지, 시나리오의 반은 내가 쓰잖아. 쓰지 않을 수도 있어. 지금 베란다에서 뛰어내리면 돼. 그런데 뭘 투덜대는 거야. 농담을 하자.

나는 파리의 뒷골목, 휴지가 바람에 날리는 쓰레기통 주변에서 당신을 기다려요. 당신은 거기를 지나서 집으로 간다고 말했죠? 우린 키스를 할 거예요. 새벽에는 공원묘지를 찾아가요. 묘지에 이슬이 맺히는 미명에 찾아가 정오의 빳빳하고 마른 풀이 살갗을 파고들 때 두 눈에 햇살을 가득 담아 눈이 멀도록 사랑을 해요. 오후에 바람이 불고 빗방울이 떨어져요. 우린 날아서 폐차장으로 가요. 수천 대의 망가진 자동차, 그 다정한 무관심이 우리 거예요. 헤드라이트는 부서졌어요. 우리의 두 눈이 서치라이트가 되어 빗속의 폐차장을 훑고 멀리 센 강의 수심까지 파헤쳐요. 우린 알몸으로 비에 젖어요. 새어나온 기름이 빗물에 섞여 번들거리는 폐차장 바닥에 누워 기계처럼 노래해요. 총리는 보수당이래요. 여기서 총리의 부인을 기다려요. 밤에는 우리 다 같이 쇼핑을 하러 갈 거예요. 나는 당신에게 링을 사주고 싶어요. 젖가슴과 겨드랑이, 그곳의 살갗을 꿰뚫어 링을 매달고 형광 물질의 링에서는 동요가 흘러나와요. 당신은 거기 전시될 거예요. 총리 부인은 집으로 가야 해요. 나는 밤새도록 당신 곁에 머물죠. 당신의 눈물을 맛볼 거예요. 오브제는 케이크를 훔쳐먹고 배설을 해요. 약속해요. 당신을 바람의 집 속으로 옮겨드릴게요. 당신은 거기서 풍화되어갈 거예요. 수천 년, 아니 수억 년은 걸리겠죠? 당신이 해체되어 대지와 강과 나무로 돌아가기까지 세월은 기다려주겠죠? 나는 그렇게 오래 당신을 사랑하겠죠?

나는 지금 당신이 준 목걸이를 차고 있어요. 설명을 해드릴게요. 풀어헤친 머리가 어깨 아래 가슴까지 풍성하게 흘러내려와 목걸이를 호위하듯 감싸고 있어요. 나는 침대에 누워요. 한쪽 다리는 허벅지까지 침대 밖으로 나가 있어요. 내 오른손은 아래의 그곳에 머물러 있어요. 당신이 불붙은 담배를 물려줘요. 입술 주위로 재가 흩어지고 연기는 향이 되어 방안을 감돌아요. 아빠를 불러도 되겠어요? 당신이 차 한잔을 대접해드리면 안 될까요? 금방 가실 거예요. 당신 작품을 이해하지 못하는 아빠의 무지가 사랑스럽지 않나요? 당신 작품은 그 무지 덕을 조금 보고 있는 것 같은데, 아닌가요? 키스해줘요. 입술을 떼지 말아요. 새벽까지 머물러줘요. 다섯시 정각에 깨워줄래요?

11

바이오피스 광고가 전파를 탔다. 수요일 저녁은 여덟시에 방영하는 범죄 재연 프로의 인기가 높았지만 상품 광고 특성상 열한시의 연예인 토크쇼가 어울린다고 판단했을 수도 있다.

광고의 포인트는 '내가 날씬해지는 다이어트' 그 한 줄에 있었다. 전체적인 콘셉트는 평범해서 뚱뚱한 여자가 조깅을 하다 말고 누군가 마이크를 갖다 대면 '다이어트 제품 소용 있나요? 내가 날씬해져야죠!' 하고 말했다. 그 뒤에 요즘 뜨는 여자 탤런트가 제품 통을 들고 나와 '내가 날씬해지는 뉴 에이지 다이어트 혁명!' 떠들고는 들어갔다. 뒤이어 수영장에서 등산로에서 거리에서 '내가 날씬해져요!' 소리를 지르는 여자들이 연달아 나타났다. 마지막으로 평범하지만 늘씬한, 직장인의 자세가 되어 있는 남자가 나와 '훔쳐 먹었어요!' 하고 V자를 그렸다. 광고는 실패작은 아니어 보였지만 매출로 연결될지는 알 수 없었다. 광고가 나오고도 바이오피스 주가는 소폭 상승하는 데 그치고 있었다.

기인 씨는 일주일에 이틀은 자고 갔다. 그의 아버지는 지방의 주류 도매업자였다. 영수증과 씨름하는 게 너무나 지겹다는 말을 20년째 듣는 게 얼마나 지겨운지 아냐고 기인 씨가 말했다. 나는 기인 씨의 아파트가 그 오랜 지겨움에 빚지고 있을 것으로 짐작했다. 그의 선배 사장이 주는 월급이 얼마고 전 부인에게 월 얼마를 부치고 있는지 모르지만 데이트 비용의 대부분은 그가 부담했다. 내가 5천 한도에서 벌어다 준 돈 3백만 원은 그동안 뮤지컬 두 편, 4성 호텔 패키지 상품권, 호텔 바 2회, 남녀 발리 구두 각각 한 켤레, 몇 회의 식사 비용으로 지출되었다. 이번에는 이 모든 것이 지나치게 저렴했다. 정식 출금 정지 전에 이 정도 쓰는 건 애교에 불과하다고 나는 생각했다. 물론 법원의 판결문이 직접 날아올지는 함부로 예측할 수 없었다.

12

금감원에서 자료 요청이 들어와 5천 주 이상 P를 매매했던 계좌의 거래 내역이 통보되었다. 그건 업무 담당 예나연이 처리해야 했다. 폭등도 하지 않은 주식이 조사를 받는 건 드문 일이었다. 이런 경우 어떤 조사 대상의 자금 흐름 추적 중 연관된 것일 수 있었다.

"야, 도대체 뭐냐? 뭔데 조사하고 난리야."

오후에 뱅크의 사정수가 화난 목소리로 전화했다.

"우리는 아냐. 먹이는 따로 있어. 신경 꺼. 참 학교에서 동문 체육대회 한다고 연락 왔던데 너도 받았니?"

"돈만 보냈다."

그리고 끊겼다. 미안해, 하지만 관청에서 하는 일 아니니?

퇴근 전 너구리가 술잔을 꺾는 제스처를 보였지만 나는 약속을 핑계로 거절했다. 기인 씨와의 약속을 미루고 싶지도 않았지만 그보단 술자리에서 부쩍 잦아진 너구리의 기술적이고 교묘한 험담에 약간 지쳐 있기 때문이기도 했다. 하주희는 너구리가 고질라의 고객 한 사람을 가로챘다고 사건처럼 고해바쳤지만 그건 울화통의 고객이 제자리를 찾아가는 과정이라고 봐야 했다. 고객이 원하면 관리자는 언제라도 바뀔 수 있었다.

진정 고려해야 할 일은 따로 있었다.

지점을 두 패로 가르는 것, 약자의 입장에 서는 것, 여기엔 은밀하게 가동하는 자기 방어 시스템의 톱니바퀴가 감춰져 있었다. 뒤처진 실적의 원인을 외부로 돌리면 내부에 작으나마 숨쉴 공간이 생긴다. 거기서 가쁜 숨을 내쉬며 앞선 주자들을 치고 나갈 기회를 엿보는 것이다. 아니면 그들이 힘을 소진하고 지쳐 나가떨어질 때까지 끈질기게 기다리는 것이다. 희생양은 오히려 그들일 수가 있고 용병술 따위는 그저 너구리의 환상이나 말장난에 다름 아닐 수도 있었다. 너구리는 그 사실을 알고 있었다. 나도 진작 알고 있지 않았을까? 비겁한 약자들의 자기 보존 법칙을.

밤 열시에 최 상무의 전화가 왔다. 저녁을 일찌감치 먹고 등 뒤에 붙어 있는 기인 씨를 느끼며 드라마를 보고 있을 때였다. 드라마 전후에 광고 보는 재미까지 붙어서 소변 보러 가기도 쉽지 않았다. 나는 번호를 확인하고 베란다로 나갔다. 뒤에서 기인 씨의 시선이 느껴졌다. 지금까진 그를 벗어나 전화를 받은 적이 없었다.

"혼자 있어?"

"네."

"김 사장 계좌 있지?"

"네."

"금감원에서 자료 요청 왔었나?"

"아시네요."

"본인에게 통보했나?"

"아니요. 통보할 의무는 없는데요."

"그럼 그냥 있어. 담당 직원이 혹시 연락하지 않았나?"

"쓸데없는 친절은 안 베풀어요."

"그래 좋아. 별거 아니니까 내가 알아서 할게."

"질문 더 없으세요?"

"잘 지내고 있지?"

"그럼요."

"회사 컴퓨터에 보관 중인 메일이 있으면 지워. 회사에 해킹 전문가가 있다는 소문이 있어."

"그런 거 두지 않아요. 소화 안 된다는 건 좀 어때요?"

"좋아졌어. 술을 덜 마시잖아. 참, 지점 실적이 많이 늘었더라. 내가 본부장 할 때보다 나아졌어. 지점장은 잘해주지?"

"직원들이 잘해야죠."

"그래. 잘 지내."

"상무님도요."

"화났나? 그놈의 상무 소리. 하여튼 김 사장 계좌 추가 조사한다는 둥 무슨 일 있으면 내게 곧장 연락 줘."

"알겠어요."

"들어가."

전화가 끊겼다. 김 사장이 문제가 아니겠지. 그 너머 보이지 않는……. 나는 담배를 피웠다. 하마터면 청계의 차경옥 지점장이 연극표 두 장을 보내왔더라는 얘기를 할 뻔했다. "극단 다 함께 공연이 아니고 개인적으로 아는 덴데 표가 좀 남아. 좋은 사람과 가서 봐." 일주일 전 차의 전화를 받고는 묘한 기분이 되었다. 마치 '최 상무랑 한번 와봐. 내가 구경 좀 하게' 하는 뜻으로 들렸던 것이다. 내가 예민해진 탓일 것이다. 기인 씨가 맥주 캔을 따서 건네주었다.

"안 좋은 전화야?"

멀리서도 전화 받는 나의 표정이 어두워 보였나 보다.

"형사야, 모레 심인태와 대질신문을 받으라네."

"그 자식 내가 만나볼까?"

"자긴 빠져. 내가 잘 처리할게."

대질신문은 사실이었다. 그전에 내일 저녁 일곱시에 심과 약속을 잡아 놓았었다. 오늘 장중에 그의 전화가 와 "만나서 얘기하죠?" 했더니 "허튼 수작 부릴 생각은 마" 하면서 시간과 장소를 말했다.

13

심인태를 만나러 가기 전 계좌를 확인해보니 교체 매매한 두 주식의 주가는 더 벌어져 있어 그의 주장대로라면 현 시점에선 약 3천5백만 원의 괴리가 있었다. 1억이라 한들 나로선 입술을 삐죽거리는 수밖에 없었을 것이다.

심인태는 신사역 뒤 커피숍에서 앉은 채로 나를 쳐다보았다. 저녁 7시 1분 전이었다. 나는 커피를 주문하고 이미 뭔가 마시고 있는 심을 똑바로 바라보았다.

"요구 조건을 말씀해보세요."

"대질신문한다 하니 겁나나 보지?"

"겁은 안 나고, 그런 데 들락거릴 만큼 한가하지 못해서요."

"누군 한가해서 이러고 다닌다?"

"그런 말 안 했어요. 그리고 반말 계속하실 거면 그만 일어나죠?"

"나한테 욕한 건 어떡하고."

"그건 사과드릴게요. 죄송합니다."

"차라리 안 들은 셈 쳐야지. 이 나이에 어린 여자에게 그런 소리 들었다고 하면 누가 믿겠어? 그래, 뭘 제시하실 작정이오?"

"이 형사 고소의 결과에 대해 미리 말씀드리죠. 무죄 아니면 일임매매법 위반에 따른 약식 기소로 소액의 벌금이 나올 겁니다. 그 정돈 알고 계시죠?"

"그렇소?"

"민사까지 간다 해도 최대 8백만 원 이상은 못 받아낼 거예요. 비용과 들인 시간은 별도로 치고요."

"난 그렇게 생각 안 하는데."

"생각이야 자유죠. 난 객관적인 시각을 말하는 거예요. 소를 취하하고 추가 민원 제기 않겠다는 각서 한 장 써 주시면 5백만 원 지금 드리죠."

"최근에 떨어진 거만 그 금액 넘어. 천5백 이하론 안 돼."

"내일 경찰서에서 뵙죠."

내가 일어서자 심은 어이없다는 표정으로 쳐다보았다.

"천2백 주시오."

"7백이 제 한계예요. 전화 주세요."

나는 내가 마신 찻값만 계산하고 나왔다. 8백까지 생각했지만 고소한 대가로 백을 깎았다.

14

여준이 저녁을 사기로 한 자리에 미지가 나와 있었다. 한강을 끼고 형성된 음식촌의 한 한정식집에서였다. 이미 밑반찬에 곁들인 소주 한 병이 바닥을 보이고 있었다. 나는 미지의 맞은편 자영 곁에 앉았다.

"원래 반가운 년들은 봐도 인사도 않더라."

여준이 나를 보고 말했다.

"어떻게 된 거야?" 그제야 내가 묻자,

"나도 몰랐어. 여기 와서야 네가 온다는 소리 들었거든."

미지가 말했다.

"그래?"

나는 여준이 따라주는 소주를 마셨다. 코스 요리 형태로 갖가지 음식이 차례차례 나왔다. 대화는 서먹서먹했다. 자영이 많이 마시지 않아 소주는 두 병 추가로 그쳤다.

커피는 정원의 티 테이블에서 마셨다. 1인당 2만 8천 원씩 받아 처먹으니 머신에서 뽑아내는 원두커피는 당연한 것이었다. 자영과 여준이 강을 본다며 자리를 뜬 뒤 미지가 말했다.

"너한테 그런 면이 있는 줄 몰랐어."

"그런 거라니?"

"그날 말이야. 내가 어떻게 이해하면 좋을까?"

"굳이 이해하려 하지 마. 그저 벌어진 일이라는 정도로 받아들이면 좋겠지."

"그 여자 지금도 만나는 거야?"

"외국 나간 걸로 알고 있어."

"그렇구나. 우린 이제 뭐니?"

"글쎄, 난 가끔 네가 필요하더라. 화대를 주고 널 부를 수 있다면 얼마나 좋을까 생각한 적도 있지."

"아직 내가 미운 거야?"

"그런 뜻이 아냐. 말 그대로야."

"최 상무랑도 끝난 거야?"

"그렇다고 볼 수도 있고. 지금은 남자가 있어. 좋게 지내고 있지."

"넌 휴식이 없구나."

"빈정거리지 마. 너답지 않아."

"나다운 거? 그래, 순종하고 봉사하는 게 나다운 거지. 네 남자 친구까지 다 품어야 했으니까. 그게 내 체질이라고 생각해? 그건 내 노력이었어. 나도 가끔은 널 굴복시키고 싶을 때가 있었어."

"넌 가끔 그랬어."

"그랬니? 어떻게?"

"그만 해. 애들 오고 있어."

"상관없어. 걔들은 다 알아. 우린 다 친해."

"무슨 소리야?"

자영과 여준이 새 커피를 뽑아왔다. 나는 여준의 담뱃갑에서 에쎄를 꺼내 피웠다.

"내가 얘기했어."

미지가 자영과 여준을 보며 말했다.

"숨길 것 없잖아. 소해 너 만나기 전에 난 여준과 헤어졌어, 여준이 자영을 만나면서부터야. 한 달 전부턴 우린 셋이 함께 만나. 무슨 말인지 알겠어?"

"그래? 내가 몰랐네. 축하해."

"여름에 우리 동남아 갈 거야. 소해 너도 가자."

여준이 말했다.

"난 휴가 함께 보낼 사람이 있어."

"버리는 재미로 가는 거야. 자영인 남편까지 있잖아."

여준이 웃었다. 자영은 고개를 돌려 강을 바라보고 있었다. 의자 밑에서 미지와 자영의 종아리가 엇갈리며 닿아 있었다. 다리 네 개라, 처용의 춤이라도 추길 바라나?

"한 잔 더 하자."

여준이 대리 기사를 불렀다. 여준 이외에는 아무도 차를 갖고 오지 않았다.

"난 여기서 집이 가까워. 어디 내려주면 좋겠는데."

달리는 차 안에서 내가 말하자, "선물이 있어. 집에 가서 한잔하고 가져가" 하고 내려주지 않았다.

명일동 아파트 단지 내에서 여준은 아무것도 못 사게 했다.

"너 피울 담배나 사."

나는 담배와 맥주를 샀다. 40평형대의 거실 탁자에 둘러앉아 여준이 내온 와인을 마셨다.

"혼자 살긴 넓지 않니?" 하는 내 말에, "전세야. 청소가 귀찮지만 돌아다니긴 편해" 하고 여준이 말했다.

"벗고 영화 보는 게 얘 취미야."

자영이 말했다. 여준이 음악을 걸고 새 와인을 땄다. 재즈는 명일동의 밤에도 어울렸다.

"전쟁 반대 단체, 이름을 까먹어서. 거긴 나가고 있는 거지?"

자영을 보며 내가 말했다.

"매주 목요일 오후에 몇 명 모여. 상근 직원 주도하에 토론하고 저녁에 밥 먹는 정도."

"문제가 있어?"

"뭐. 회원 늘리는 거하고 회비 거두는 것, 뭣보다 기업이나 큰손이 기부를 해야지. 그게 관건이야."

"그런 단체가 얼마나 많은데 그런 걸 기대하냐? 쟤는 소해야, 옛날 어디니? 남자들이 전쟁 못하게 부인이 잠자리를 거부했다는 나라. 쟤가 그 현대판 버전이야."

여준이 끼어들었다.

"남편하고 안 좋아?" 내가 묻자, "질투하는 거야. 난 남편과 문제없어. 솔직히 어떤 땐 여기서 데워서 가" 했다.

미지가 최 상무를 위한 배터리 역할을 한 적은 있었지만 의도적인 건 아니었다.

"내가 전자 요냐? 어이그."

자영이 말했다. 재즈와 와인, 시간이 흘렀다. 미지가 내 앞에서 자영과 키스를 했다. 젖가슴을 드러낸 여준이 내 목을 감아오며 입술을 훔쳤다. 나는 즐겼다. 여준이 내 가슴을 만지는 동안 휴대폰을 받았다.

"천만 원에 합의 봅시다."

"9백 드릴게요. 더 이상은 없어요."

가래 끓는 소리가 났다.

"알았소. 오늘 만난 곳에서 내일 오후 다섯시에 봅시다."

"경찰서에 제출한 고소 취하 사본과 도장 갖고 나오세요."

통화가 끝나자,

"뭐야?"

신음을 죽이고 있던 자영이 말했다.

"별거 아냐. 고객인데 사이코라서 돈으로 빨리 해결해야 해. 일상이 피곤하거든."

여준이 고개를 들었다.

"매매 분쟁이야?"

"작은 거야. 인간이 피곤해서 그렇지."

"억울하면 도로 찾아줄게."

여준이 담배에 불을 붙이며 말했다.

"어떻게?"

"성추행으로 걸면 돼. 그거 전문가가 있는데 전과 기록도 없어."
하고 쉽다는 듯 말했다.

"누가 성추행을 한대?"

"하게 되어 있어. 직장만 말해."

"관둬. 징그럽다."

"생각 있으면 말해. 아예 혼절시켜버릴 테니."

"얘, 재 얘기 듣지 마. 추행한 인간 고소했다가 같이 살림 차린 게 바로 재야."

자영이 말했다.

"추행이 아니라 혼빙 간음이라니까 나 참. 착한 사람 모함하면 되니?"

욕실엔 남자 스킨이 있었다. 아파트와 커피숍의 실질 전세권자, 그가 오는 날은 따로 있나 보았다. 나는 잔을 들고 소파에 가서 앉았다. 미지와 눈이 부딪쳤다. 허벅지를 드러낸 자영이 미지의 어깨에 머리를 기댔다. 이렇게 미지는 떠나가고 있었다. 열차처럼 눈동자의 그늘처럼. 베란다 밖, 도심의 불빛이 밝히는 어둠의 레일이 멀리 검은 산 너머 보이지 않는 하늘 저편까지 연결되어 있었다. 멀리 떠난 미지는 어느 날 돌아올 것이다. 짐을 버린 가벼운 옷차림에 미소를 띠고 약간 깊어진 눈으로. 그땐 우정, 그건 가능하지 않을까?

여준의 입술이 다가왔다. 나는 그녀의 어깨 뒤 허공에서 차갑게 번들거리는 남자의 눈을 보았다. 내장과 혈관을 돌아본 특수 렌즈가 머릿속 뇌관까지 비쳐 모든 생각이 여과 없이 중계되고 있는 느낌, 그 차가운 눈은 여준이 가는 어디든 따라붙는 게 아닐까? 남자는 웃으며 지폐를 던진다. 수백 개 지폐의 눈, 지폐의 렌즈가 공중에서 천천히 회전하며 어지러이 엇갈리며 거실을 떠돈다. 그것들은 나의 벌린 입속 치아의 법랑질, 코털과 속눈썹, 이마의 새털, 배꼽의 숨은 때, 아래의 꼬부라진 털, 허벅지의 푸른 혈관, 돌기된 무릎뼈, 발가락의 주름까지 낱낱이 파헤치며 드러내 멀리 어디론가 중계하고 있다. 수백의 시선 저 너머 지폐의 왕은 매 같은 눈과 집요한 미소로 나를 보고 있다. 그리고 어느 순간 지루한 듯 하품을 하며 화면을 꺼버린다.

암흑 속에서 나는 내팽개쳐진다. 여준의 가쁜 호흡만 귓가에 맴돈다. 자영이 다가와 나의 가슴을 꼬집는 것을 꿈속에서처럼 본다. 미지는 술잔을 들고 있다. 거기 있구나. 미지가 있어 안심이 된다. 거기 있어줘, 가지 말고. 나는 고개를 뒤로 젖혀 목이 꺾인 인형처럼 소파 등받이에 걸쳐 있다. 여준이 아래를 해체하고 있다. 자영은 가슴을 도려내고 불꽃들을 끄집어내어 공중에 흩날린다. 미지야, 키스해줘. 검은 눈물이 새어나와 뺨을 타고 흘러내린다. 그만, 미지야, 네가 와. 다정한 말이 필요해. 사랑스런 미소가, 행복한 네 얼굴이 필요해.

15

P는 일주일 사이에 20퍼센트나 떨어졌다. 금감원의 조사 대상이 된 탓일 게다. 나로선 이를 예측이나 하고 주식을 처분한 꼴이 되어 면이 서는 바도 있었다. 운명은 이상한 방면으로 내 편이었다. 김 사장의 3만 주는 내 흥미를 끌지 못했다. 그는 내 매도 제의를 탐탁잖게 여기는, 자기 판단이 우선인 자다.

추가 조사는 없었다. 김 사장과 한 번 통화를 했지만 평소의 말투 그대로였다. 뭔가가 뒤에서 조용히 진행되어 벌어진 상처가 아물어가고 있는 듯했다.

바이오피스는 광고가 제품 매출로 이어지고 있어 주가도 소폭 상승했으나 깜짝 놀랄 정도는 아니었다. 주가는 우리가 머릿속에서 생각한 대로 움직이는 것이 아니었다. 바이오피스도 평균 7퍼센트의 이익을 보고 절반은 처분했다. 기인 씨는 고개를 갸웃하며 일부 처분하고 다른 주식을 사들였다. 그 주식은 사자마자 떨어져 기인 씨의 계좌는 원금 2억에서 별 진전이 없었다. 이 기간 주식형 펀드들의 평균 수익률은 4퍼센트에 달해 기인 씨는 거대한 돈의 흐름에서 비켜선 자의 다소 착잡한 기분을 맛보아야 했을 것이다. 직접투자란, 정의하자면 고독한 것이었다. 그보다 알아야 할 사실은 드디어 출금 정지 공문이 내려왔다는 것이었다. 그 순간부터 매매도 제한되었다. 수탁 예가 그 사실을 기인 씨에게 통보했다. 나는 기인 씨의 전화를 받았다.

"염정숙 씨가 신청한 게 법원에서 받아들여졌다네. 자긴 알 것 아냐. 누군지."

무덤덤한 내 말에 침묵이 건너왔다. 마침내 그가 말했다.

"어떻게 해야 하는 거야?"

"푸는 거? 염정숙 씨와 의논해야지."

"나 참. 나중에 전화할게."

심에게 9백을 건네고 형사 고소 취하 사본과 앞으로 이 건과 관련된 어떤 민원도 제기하지 않겠다는 각서를 건네받고도, 그가 다시 무슨 꼬투리를 잡아 이번엔 아예 검찰에서 막 바로 소환장이 날아오지 않을까 하는 기우를 일주일이나 하며 지내온 나였다. 심은 위험인자였고 돈을 들여서라도 빨리 제거해야만 했다. 나는 그가 언제 어디선가 무슨 사고를 치리라는 걸 짐작하고 있었다. 그의 눈이 한 번씩 무감각해지면서 아무 생각이 없는 사람처럼 바뀔 때면 소름이 돋았고, 그 끔찍한 느낌을 뿌리치기 위해 이를 악물어야 했다. 퇴근 시간, 주차장 기둥 뒤와 빌딩 근처에서 그의 그림자를 느끼고 돌아봤다는 얘기를 내가 했던가? 새벽 산책로 덤불 속에서 심이 과도를 들고 튀어나오는 환상도 보았다. 한번은 꼭 심이라고 확신할 순 없어도 얼굴이 일그러진, 심의 변한 모습 같은 사람이 소리 없이 덮쳐오는 꿈을 꾸었다. 나는 그가 9백에 물러나준 것이 고마웠다. 누군가 그를 제대로 살펴보았으면 9천도 싸다고 했을 것이다. 그는 얼굴 없는 범인의 잡힌 얼굴 같은 자였다. 알고 보니 지극히 평범한……, 범죄자에 대한 이런 식의 신문 기사는 적어도 그와는 매치가 되지 않는 구석이 있었다.

저녁에 회식이 있다고 고질라가 말했다. 나는 참석할 수 없다고 말했다. 독감 증세인지 장 끝나고부터 몸이 떨리고 뼈마디가 쑤셔왔던 것이다. 6월 말, 1/4분기(3월 결산 법인의 1/4분기는 4~6월이다)의 대미를 장식하는 날이었고 지점 실적은 강남 본부 3위를 차지하여 본사 전무님의 축하 전화까지 걸려왔다. 실적을 확인하는 순간, 코끝이 찡해진 건 나뿐만이 아니었을 것이다. 너구리와 고질라가 오랜만에 웃으며 얘기하고 있는 모습이 잡혔고, 대리들도 밝은 표정과 목소리로 전화를 받고 있었다. 실적이 모든 것을 끌어안고 반목조차 희석시키며 지점 전체를 화사한 꽃밭으로 옮겨놓았다.

오늘 저녁 회식은 어느 때보다 웃음소리가 드높고 2차로 간 노래방에선 예나연과 하주희가 밀려오는 블루스 신청을 재치 있게 물리칠 거였다. 이사 문턱에 한 발짝 더 다가선 지점장은 한동안 뜸했던 발작 스텝을 밟으며 행진, 행진을 외칠 것이다. 최근 들어 세 번에 한 번은 밥값을 내는 등, 눈곱만큼의 성의를 보이고 있는 도살자는 술 몇 잔에 터무니없이 진지해진 너구리의 인생관에 잠시 귀를 기울일 것이다. 오늘만큼은 울화통을 잊어도 좋지만 지르기와 고질라에게서 시선을 떼면 안 될 것이다. 둘 다 '욱' 하는 경향이 있어 울화통 얘기가 나오면서 술상이 뒤집히고 고함이 터져나올 수도 있다. 죽음 앞에선 과격함과 진지함이 동의어가 되는 경우가 드물지 않다.

이 모든 밤의 서사를 목도할 기회를 포기하고 나는 다섯시가 넘어 퇴근했다. 지점장은 친히 나의 안색을 살피며 퇴장을 허했다. 내 개인의 1/4분기 실적은 강남 본부 전체 63인의 대리 중 11위였다. 전년 4/4분기의 18위에서 7단계 뛰었고 성과급은 40퍼센트 늘어났다. 금고에 준 1천5백과 심에게 준 9백, 합이 2천4백 중 절반은 성과급으로 대체가 가능했다. 어쨌든 그 돈은 결코 맹대해에게는 갈 수 없는 돈이었다.

아파트 입구에서 해물죽을 먹고 쌍화탕과 아스피린을 사서 집으로 갔다. 침대에 누워 라디오를 듣다가 깜박 잠이 들었다. 나는 어느새 휴대폰 진동 소리에 조건반사하는 동물이 되어 있었다. 나는 입가에 침을 흘리고 있었다.

"맹 대리, 괜찮아?"

고질라였다. 시끄러운 음악 소리가 들려왔다.

"네, 좀 좋아졌어요."

"오늘 같은 날 맹 대리 노래를 들어봐야 하는데 말이야."

"많이 드셨어요?"

"아, 아니야. 그럼 쉬어. 월요일에 봐."

고질라, 웬일로? 아직 울화통 얘기를 꺼낸 자는 없는 모양이었다. 창문을 열고 나는 노래를 불렀다. '쿵짝 쿵짝 쿵짜작 쿵짝 네 바악자 속에 사랑도 있고 눈물도 있고 인생도 이있네 쿵짝 쿵짝 쿵짜작 자작.'

열시 넘어 기인 씨의 전화가 왔다.

"자기 알고 있었지?"

다짜고짜 물었다.

"뭘 말이야?"

"여자가 찾아오지 않았어?"

"찾아왔어."

"그게 언제야?"

"4주 전쯤?"

"그럼 다 알고 있었단 얘기군. 왜 말 안 했어?"

"법원과 여자, 그리고 자기, 셋의 문제였거든. 난 간여할 수 없어. 그게 내 직책이고 의무니까."

"미친 거야? 이건 우리 문제야."

"나고야의 여자 이름이 염정숙이야? 파리, 동경, 그게 모두 자기 머릿속에서 존재하는 지명이라도 상관없어. 난 자기가 월급 받고 다니는 것만 해도 대단하게 생각해."

"그 여잔…… 그만두자."

"나도 알고 싶지 않아. 누가 좀 더 나쁘고 누가 문젯거리인지. 출금 정지 문제는 자기가 현명하게 해결하리라 믿어."

"날 계속 만날 거야?"

"자기만 괜찮으면."

"그래도 예전 같진 않겠지?"

"4주 동안이나 문제없었으니 앞으로도 괜찮지 않겠어?"

"내일 봐."

"잘 자. 뽀뽀 안 해줘?"

"참, 너 정말 웃기는 애다. 그래, 뽀뽀."

전화로도 웬만한 건 해결된다. 시장에선 전화 한 통으로 수억, 수백억이 움직인다. 기인 씨가 내가 다 알고 있다는 사실을 알게 되어 기쁘다. 나로선 최선을 다했다. 미리 말할 수 없었던 건 기인 씨가 이해해야 한다. 그 여자를 방해하면서까지 우리가 챙겨야 할 무엇이 있다는 생각까진 들지 않았다. 뭐가 뭔지 모르겠지만 이젠 법원의 판결을 존중해야 한다는 것은 알고 있다. 원만한 합의를 바란다.

16

토요일, 일요일, 나는 기인 씨가 도주를 꿈꾸고 있다고 생각했다. 혹시라도 멋진 이별의 말을 고르느라 머리를 쥐어짜고 있다면 그만두라고 문자를 날리고 싶었다. "다시 합치기로 했어, 미안해." 그렇게 나온다면 내가 저항할 수 있을까? 내 의지와 상관없이 쿨해지는 더러운 기분을 상상해보았다.

토요일 오후엔 승미와 희숙이 와서는 욕실과 싱크대를 몇 차례 왕복하더니 퍼질러 앉아 쓰잘데없는 얘기를 들려주는 등 집 안을 어지르고 돌아갔다. 희숙이 암호랑이가 되어 턱을 치켜들고 혀를 내빼는 와중에 승미는 발바닥의 굳은살 껍데기를 뜯어내고 그 손으로 경준이네 누룽지 한 봉지를 다 씹어 먹었다. 승미는 남편이란 작자가 요즘 들어 통 선제공격을 않는다고 의아해했는데 희숙은 "일 났네" 신이 나서 떠들었지만 들어보니 바람은 아니고 인생무상과 권태에 빠진 것이었다. 우린 그 점에 대해선 사전 지식도 사후 처방전도 갖고 있지 않았다. 전체적인 사회 분위기를 봐서는 정규직 남자라면 무기력 정서를 표현하는 데 있어 좀 더 신중하고 섬세해야 한다고 우리는 생각하고 있었다.

일요일 오전 일찍 엄마가 와 물김치와 멸치조림을 냉장고에 집어넣었다. 양순실 여사는 풀어헤친 머리 사이 눈이 퀭한 여자를 보더니 혀를 쯧쯧 차며 밥상을 차려놓고 돌아갔다. 나는 베란다에서 담배를 피우며 멀어져가는 여사의 쥐빛 코트를 내려다보았다. 여사는 곧 보이지 않았다.

오후 늦게 며칠을 끌던 감기가 떨어져나갔다. 나는 회복기 환자의 선한 얼굴로 재방 드라마를 보고 저녁엔 새로 문을 연 한식집에서 돌솥 정식을 사 먹었다. 4인용 테이블이 좌우 앞뒤로 널찍해 스포츠 신문을 2면으로 펼쳐놓았다. 꽁치에 장조림에 오색 나물에, 제대로 먹은 것 같아 기운이 나고 기분도 좋아졌다. 커피는 필립에서 마셨다. 입 나온 30대 여자가 서빙하고 있었다.

"일요일만 봐주시나 봐요?"

"아니요. 일요일은 격주로 놀고 오늘은 아니에요. 전 새로 왔어요. 미스터 손은 그만뒀는데……."

"언제요?"

"한 일주일 되었어요. 손님처럼 묻는 분이 또 있으시더라고요."

하며 묘한 웃음을 지었다. 만인의 리스너도 못해먹겠다? 나는 조금 웃었다. 그가 떠났어도 맡겨둔 술은 유효하다. 그건 나중에 마시자. 기인 씨가 전화하면 집이라고 둘러대며.

17

김 사장이 남자 직원을 시켜 주권을 출고해갔다. 조사가 끝나지 않은

P 외의 모든 주권과 예수금 3억여 원을 빼갔다. 나로선 월요일의 미친 습격이라 불러도 좋을 지경이었다. 계좌 이전은 전산 작업만으로 완결되지만 이건 순수한 출고이고 금액이 커서 관리 책임자인 뺀질이가 직접 증권예탁원에 다녀와야 했다. 30억여 원이 한꺼번에 빠져나가자 지점장은 분노 비슷한 감정에 휩싸여 붉어진 얼굴로 지점장실에서 칩거하다시피 나오지 않았다.

나는 문자를 넣었다.

'뭐예요? 김 사장 출고.'

한참 후 최 상무의 답신이 왔다.

'나도 몰라. 모른 척하는 게 좋을 거야. 인정으로 투자하는 사람들이 아니니까.'

어차피 알 수 없는 세계였다. 그림을 그려보려 해도 뭔가 배수관 따위가 복잡하게 얽혀 있는 도면밖엔 떠오르지 않았다. 최 상무가 있고, 김 사장은 좌측 테이블에, 탁 실장과 족제비는 멀리 떨어져 앉아 있다. 부지런히 오가며 차를 서빙하는 미스 예, 그건 엉터리 도면인데 P를 최초로 산 자가 나라는 점에서 자신이 이 모든 것의 원인 제공이 된다는 건 우스워 보였다.

그래, 김 사장이 떨어져나가면서 나는 오랜 환상에서 깨어나는 기분을 맛보았다. 나는 현실의 광야에 내려설 때의 강한 착지 압력을 느꼈다. 나는 내가 서 있는 곳의 좌표를 볼 수 있었다. 여기서 나는 살아남은 내 고객과 함께 새로운 길을 가야 했다.

대자산가에게 전화를 했다.

"골프장이세요? ……아무리 좋은 것도 지루할 때가 있죠. 주말엔 뭐 하세요? 손님이 와요? 그럼 나중에 한번 초대해주세요. 세영이도 외삼촌 뵌 지 오래되었다 하던데……. 네. 그럼 사장님 안녕히 계세요."

대자산가에게선 5억 정도 기대하고 있다. 신 여사의 타 증권사 계좌를 옮겨오고 희숙의 이모부 계좌도 원윈에서 새 출발을 하게 하자. 기인 씨의 계좌까지 묶여 있는 상황에서 활동 반경이 넓지 못하다. 신 여사는 일주일 전에 '밥 한번 먹을까?' 전화했는데 선불 준비를 해야 한다. 아니다. 웃으면서 거절하자. "약속은 말할 것도 없고, 다시는 사진의 사자도 받아오지 마." 결혼에 대해서라면 그게 엄마가 들을 수 있는 가장 긴 대답이었다.

금요일 밤에 기인 씨의 전화가 오고 지금까지 60여 시간이 지났다. 해결 타임인 48시간을 넘긴 지가 오래되었다. 한 가닥 미련 같은 기대마저 무너지려 하고 있었다. 일단은 내게 와, 다시 보내줄게. 나는 굳은 얼굴로 그렇게 중얼거렸다.

장이 끝나고 2/4분기의 첫 석회가 열렸다. 정 부장까지 참석한 중요한 회의였다.

"먼저 저번 1/4분기에 애써주신 여러분의 노고에 심심한 감사를 드립니다. 어려운 여건 속에서 정말 고생하셨습니다. 각자가 사명 의식을 갖고 몸이 부서져라 노력하지 않았다면 강남 본부 3위라는 위업을 결코 달성할 수 없었을 것입니다. 다시 한 번 치하하는 바입니다. 그리고 독고 대리, 특히 고생했어요. 온 지 얼마 안 되어 모든 게 힘들 텐데 융화에도 힘써주니 더욱 고맙고. 에, 그리고 오늘 2/4분기 첫날, 출발은 7위로 시작했군요. 뭐 좋아요. 오늘 하루에 끝나는 게 아니니까. 그러나 하루하루가 모여 일주일이 되고 한 달이 되고 분기가 되고 궁극적으로 연간이 되는 겁니다. 우리가 하루도 한눈을 팔 수 없는 이유가 여기 있어요."

지점장은 말을 끊고 뺀질이를 바라보았다.

"반 대리 졸려?"

"아, 아닙니다. 어제 상가에 다녀……."

"커피 한 잔 더 마셔."

"네."

"에, 그러니까……."

지점장은 오늘 작정하고 길게 얘기했다. 고질라가 말할 기회도 없었다. 앞으로 디젝트의 진척 사항을 직접 챙기겠다는 속셈 같았다. 기쁨은 단 하루, 이제 또다시 고난의 등정이 시작되고 있었다. 백여우의 두 눈이 불을 뿜었다. 백여우는 변모, 진화하고 있었다.

18

나는 서관으로 이어지는 스카이 브리지를 천천히 걸어갔다. 오후 네 시의 햇살이 브리지의 두꺼운 유리창을 통과해 들어왔다. 하얗게 탈색된 듯한 사람들이 내 곁을 스쳐 지나갔다. 기인 씨가 저 앞 브리지 우측에서 걸어오고 있었다. 슈트를 벗어 팔에 감고 타이는 느슨하다. 볕에 그은 얼굴이 보기 좋다. 그가 가까워지고 있다, 점점. 그는 말없이 내 곁을 지나 천천히 멀어져간다.

브리지 중간의 전망대를 통해 나는 언젠가 우리가 함께 바라보았던 저 멀리 강 쪽으로 몸을 기울였다. 강 건너 산 위, 붉은 태양이 몸을 낮추다 허공에 덜커덩 걸린 듯, 약간의 현기증을 느꼈다. 나는 뒤돌아 동관으로 다시 걸어갔다. 그의 환영은 이미 사람들 사이에 섞여 보이지 않았다.

19

기인 씨가 전화해왔다. 마침 전 부인 염정숙의 전화를 받은 직후였다.

"고맙습니다. 비밀을 지켜주셔서."

"잘됐네요. 이젠 전화 주시지 않아도 돼요. 잘 지내세요."

그리고 바이오피스가 소폭 빠지는 모양새를 물끄러미 바라보고 있었던 것이다.

"잘 지냈어?"

기인 씨의 목소리는 밝았다. 브리지 위의 환영은 다시 육체와 목소리를 얻었다.

"오랜만이네."

"조만간 출금 정지 해제될 거야."

"다행이네."

"아파트 대출금을 갚아야 해."

"알았어."

"난 사무실 며칠 못 나갔어."

한 빌딩에 있으면서 연락을 하지 않은 괘씸죄는 뒤집어쓸 수 없다는 듯 말했다.

"그랬어? 그런 것 같았어. 그럼 우린 언제쯤 볼 수 있을까?"

"일이 하나 걸려 있는데 끝나는 대로 연락할게."

"그래. 날씨가 덥다. 먹는 거 잘 챙겨."

"응."

기인 씨는 돌아올 기회를 엿보고 있다.

퇴근 무렵에 여준의 전화가 왔다.

"얘, 밥 먹자."

다짜고짜 말했다.

"난……."

"집으로 와. 요리사들을 초청했어. 자영과 미지도 올 거야."

"약속 있어."

"그래? 끝나고라도 와. 후식도 있으니까."

요리사들? 여잔지 남잔지 물어보지 않았다. 어느 쪽이라도 집단이 되면 익숙하지가 않다. 앞으로도 익숙해질 것 같지 않다.

마녀는 낙곱전골의 뚜껑이 들썩거리는 걸 말없이 내려다보고 있었다. 언니의 계좌엔 3천5백 원이 남아 있었다. 나는 언니가 소개해준 고객 몫으로 11만 원을 건넸다. 낮에 통장으로 부치겠다고 하자 언닌 "내가 갈게" 했다. 통장이 다 묶인 것 같았다. 카드 결제를 못하면 그렇게 된다. 언닌 재혼한 아이 아빠가 다시 합치고 싶어한다고 말했다. 시간이 좀 지나면서 그건 그녀의 희망 사항에 불과해 보였다. 염정숙 씨도 그런 희망을 갖고 있는 것일까? 나는 기인 씨의 한 살 난 아들과 언니의 열두 살 아들을 번갈아 떠올렸다. 소주 두 병을 마신 언니가 일어서면서 잠시 휘청하더니 이내 자세를 바로잡았다. 오늘도 마녀는 버스를 타고 떠났다. 밤 버스는 두 배로 무겁고 버스는 출발하면서 뒤꽁무니에 검은 매연을 남겼다.

20

며칠 동안 비가 퍼부었다. 텔레비전에서는 본격적인 장마철에 접어들었다고 했다. 개인적으론 덥지 않아서 좋았다. 밤에 '우르릉 쾅' 천둥이 치고 번개가 번쩍할 때면 무섭기는 해도 『삼국지』를 읽기 시작한 탓에 현실감각은 좀 둔해져 있었다. 『삼국지』는 처음 읽는데 몇 번째냐가 중요했지 입문도 안 했다는 자는 없어서 함부로 독후감을 발설할 수도 없었다. 희숙마저도 읽고 또 읽어 병법의 대가가 되어 있었던 것이다. 최근의 그녀는 병법의 숱한 적용 끝에 '남자란 실체가 없는 것'이라는 결론을 내리는 등 범인으로서는 이해하기 힘든 경지에 이르러 있었다.

빗물이 검은 유리창을 덮어나가던 밤 나는 거북의 메일을 읽어 내려갔다.

'어제였습니다. 양복 호주머니를 정리하다 푸른빛이 도는 명함 한 장을 보았습니다. 나는 그 명함을 오랫동안 바라보다가 주머니에 넣었습니다. 그리고 오늘 다시 꺼내놓고 이메일 주소를 치기 시작했습니다. 여기엔 이유가 있습니다. 맹 대리가 친절하다든가 자산관리사라는 사실과는 다른 이유가 말입니다. 제가 미국에 온 이유 중엔 다른 일도 있다고 한 말 혹시 기억합니까? 그 다른 일은 내 마음의 문제입니다. 아주 개인적인 문제이고 죄에 관한 얘기입니다. 고해성사 중에 빠뜨린 얘기이기도 하고요. 아마 난 죄 사함을 원하지 않나 봅니다. 그래서 날 비난하거나 동정하지도 않을, 아무 상관도 없는 맹 대리를 상대로 얘기를 늘어놓고 있나 봅니다. 맹 대리에겐 서른 살 때의 내가 보입니다. 열정과 미래에 대한 낙관, 지금 난 그때를 그리워하고 있습니다. 난 그때의 나에게 지금 이 글을 보내고 있습니다. 아뇨. 미안합니다. 혹시 이 메일을 지금 읽고 있다면 내 마음이 아주 유쾌해져 있다고 생각해주시기 바랍니다. 펀드 관련해서 추가 투자 용의가 있습니다. 원자재 관련 펀드를 생각하고 있습니다. 하락세가 기회인 것 같은데 따라서 시일은 저울질해봐야겠습니다. 월말이 되면 재단이 든 펀드의 수익률을 자료 형태로 미스 이에게 보내주면 고맙겠어요. 여기서 여름을 다 보내게 될지도 모르겠습니다. 그럼. 건강하세요.'

나는 지난번 백 지점장을 향하던 거북의 어떤 시선을 떠올렸다. 얼핏 보였던, 불편했던 그 어떤. 그러나 눈앞의 이메일이 의미하는 바는 불투명했다. 거북의 주홍 글씨는 희미했고 여자의 얼굴은 더 희미했다. 백여우의 부인? 아냐, 그건 지나치게 내 흥미를 자극하는 기사였다.

메일을 삭제하시겠습니까? 나는 클릭하고 일어섰다. 베란다의 창을 열자 빗물이 정강이까지 튀어올랐다. 밤의 깊은 공간에서부터 자욱한 빗소리가 밀려들어왔다.

빗줄기가 약해지면 새로 생긴 커피숍까지 걸어가 아메리카노를 한 잔 마시고 오곤 했다. 치마가 잘 어울리고 파마머리에 약간 긴 얼굴의 신산해 보이는 40대 여주인은 때로 초조한 빛을 내보이곤 했는데, 꽃 장식에 특히 신경 쓴 이 작은 커피숍이 그 분위기와는 어울리지 않게 절박한 생계를 책임지는 최후의 터전이라는 느낌을 주기도 했다. 그럴 때면 나는 케이크 한 조각을 시켜 단가를 조금 높였다. 생수통 옆에는 인테리어 잡지와 일간신문이 쌓여 있었고 몇 번 가지 않아 나는 그 신문의 논조에 익숙해졌다.

비가 잠시 그친 새벽 산책로로 나갔으나 난쟁이 여자는 보지 못했다. 사실은 비가 오기 며칠 전부터 여자는 나타나지 않았다. 나는 그녀가 떠난 것을 알았다. 이제는 보다 분명히 알았다. 언제부터인가 아빠는 날 떠나고 싶어했다. 아빠는 말했다. 너무 오래 머문 것 같구나. 떠나기 전 아빠는 왜 난쟁이의 모습으로, 꼽추 여자로, 늙은 남자로 내 주위를 맴돌았을까? 아빠는 그 수수께끼를 남기고 내게서 떠났다. 아빠를 쫓아내기 위해 난쟁이들을 끌어들였다고? 마찬가지다. 아빠와 나 사이에 그것은 같은 말이다. 이제 그들을 통하지 않고 아빠에게 갈 수 있는 통로는 없다. 아빠가 떠난, 그 확장된 공간의 내 자유는 무거웠다.

그날 밤 가평으로 차를 몰았다. 나는 음악을 끄고 천천히 작동하는 윈도 사이로 비가 떨어지는 어두운 강줄기를 바라보았다. 손가락 사이로 빠져나가 물결 따라 흔적 없이 멀어져가던 아빠의 고운 뼛가루, 손바닥에 묻어 아무 이유 없이 떨어지지 않던 그 흰 가루를 지우고 떠올리고 다시 지웠다. 나는 모자를 눌러쓰고 오랫동안 앉아 있었다. 나는 울었다.

21

금요일부터 비가 그치고 해가 났다. 날씨는 건조하고 한낮의 거리에서 피부는 따갑도록 화끈거렸다. 김 사장의 공백을 메우느라 일주일 내내 계좌 유치에 힘을 쏟고 매매까지 신경 쓰자니 죽을 지경이었다.

오후에 기인 씨의 전화를 받았다. 바이오피스는 그간의 독자 행보를 그치고 바이오 업종지수에 발맞추어 얼굴이 찌푸려질 정도로 지루하게 흘러갔는데, 이는 다이어트 약발도 끝났다는 신호여서 내심 살짝 우울해 있던 금요일 오후였다. 그나마 P는 조사가 마무리 단계에 들었는지 활발하게 거래되며 크게 오르고 있었다. 남은 주 수가 6만 주 정도이다 보니 전보다 신경이 덜 쓰이는 건 사실이었다.

"저녁에 보자."

"일 잘 끝난 거야?"

"그래, 곰아."

곰이라니? 이자가 돌았나?

22

내가 빌린 수영복은 푸른 바탕에 흰 스트라이프 무늬가 새겨진 것이었다. 나는 이 원피스 수영복이 마음에 들었다. 갈색 트렁크 수영복 차림의 기인 씨도 수영복 입은 나를 칭찬해주었다. 나는 벗은 내 몸 여기저기에서 아직도 머뭇거리고 있는 젊음을 보았다. 상체를 꼿꼿이 펴자 허리와 허벅지 근육의 땅겨지는 느낌이 팽팽히 전해왔다. 해도 나고 해서 옥외 수영장이 있는 이 호텔을 택했다고 기인 씨가 어제 체크인 후에 말했다.

어제 저녁은 호텔을 벗어나 족발로 배를 든든히 채우고 맥주로 감성수치를 끌어올린 다음 룸으로 돌아와 새벽 세시까지 사랑을 나누었다. 집요하게 서로를 탐하며 두 번이나 크게 만족해서 나가떨어졌고 그 후에도 몰래 음미하며 낯이 달아올랐다. 무엇보다 기인 씨가 출금 정지 문제로 나를 비난하지 않아 좋았다. 그랬다면 상처가 남고 상처는 계속 숨을 쉴 가능성이 있었다. 이제 기인 씨는 분당의 원룸 보증금과 내가 파악하지 못한 빚이 좀 남아 있을 것이었다. 그게 상쇄되면, 심하게 이야기하면 빈털터리라고 볼 수도 있었다. 빈털터리의 그가 마침내 시를 한 수 짓게 되나?

어제 족발집에서 아파트를 넘기고도 매달 양육비를 보내야 하는지 물어보자 기인 씨는 보내도 되고 안 보내도 된다고 말했다. 아파트 이전에 이미 적금을 넘겨준 게 있다고 했다. 좀 뜸을 들이다가 2주일에 한 번은 아이를 보러 갈 거라고 말했다. 나는 2주일에 한 번이면 적당하다고 생각했다. 더 이상은 할 말이 없었고 탁자 밑에서 발장난을 치자 기인 씨는 킬킬대며 웃었다.

30대의 한국인 여성 화가 L이 파리의 자기 아파트에서 살해되었다. 용의자는 같은 한국 여성 화가 H로 현지 경찰의 조사를 받고 있는 중이었다. 나는 룸에서 뉴스를 듣고 인터넷을 뒤졌다. 나는 호지애의 메일을 오전 11시 10분, 호텔 13층의 비즈니스 룸에서 열었다. 발송 시간은 사건 발생 일주일 전이었다.

'호텔에서 친구 집으로 거처를 옮겼어. 친구가 남친 집에 자주 머물다 보니 나는 혼자일 때가 많아. 여기서 작업을 해도 되지만 난 좀 무력해져 있어. 보고 싶어. 뉴욕으로 가는 비행기에서 뛰어내리면 안 될까? 난 언젠가 널 버릴 걸로 확신하지만, 그럴 수 있길 바라지만 그전에 죽음처럼 깊은 탐닉에 빠져들고 싶어. 그 와중에 눈동자를 열고 죽어가도 상관없겠지? 아냐, 사실은 나도 두려워. 종국엔 우린 서로를 파멸시키고 말 거야. 우린 저녁 식사를 하고 영화관에 가고 침대에 드는 하룻밤의 코스를 티켓처럼 끊어가며 사랑을 하는 게 맞을지 몰라. 1년에 24장의 티켓. 그것이 최선이라면 아니, 최고의 차선이라면 고려하지 못할 바는 아니야.

자주 소해를 생각해. 네 몸과 마음을 통과해서 그림으로 갈 때가 있어. 최근의 일이지. 아, 소품 한 점이 있는데(여기서 그렸어) 기대해. 메일 줄 거지? 기쁠 거야.'

난 첫 문장을 썼다.

'뉴스를 들었어요. 내가 도울 일이 있으면 연락하세요.'

나는 내가 쓴 메일을 지웠다. 살인 사건이 공적인 사항으로 진행되며 우리의 얘기에도 사소한 범죄 냄새가 풍겼다. 나는 조만간 내가 파리 경시청이나 서울 지방경찰청의 간단한 질문에 응해야 되리라고 생각했다. 소품 한 점에 신경이 미치자 나는 그걸 갖지 않기로 마음먹었다.

나는 호텔 밖으로 나가 창고 같은 뒷건물 쪽으로 걸어갔다. 햇살은 빛의 막을 씌우겠다는 듯 뜨겁게 내리쬐었다. 나는 고개를 들고 손차양을 만들어 멀리 굽이치는 산 능선을 바라보았다. 능선 위는 하늘 가운데로 둥글게 펼쳐가는 푸름이었다. 나는 푸름을 처음 보고 있었다. 그것은 시원(始原)의 빛처럼 저 먼 곳의 어떤 이름처럼 거기 있었다.

호텔 로비의 무인 판매대에서 『월스트리트 저널』을 집어 들었다. 수영장의 접이식 의자에 누워 나는 이름이 낯익은 세계적인 대기업의 주가를 일일이 노려보았다. 웬만한 주가는 컴퓨터로 확인이 가능했지만 이렇게 신문을 보며 사설과 업계 동향까지 두루 살펴보는 건 또 달랐다. 알파벳이 빽빽한 이 누런 종이에선 대륙을 넘나들며 주가가 바람처럼 불어가는 냄새가 난다고나 할까? 게다가 이건 10년 후에는 매일 봐야 할 신문이었다.

기인 씨의 젖은 머리와 어깨, 등과 팔다리가 물에 잠겼다가 솟아오르며 레인 끝으로 멀어져가고 있었다. 그가 일으키는 물보라가 망막에서 부서지고 있는 와중에 미지의 전화가 울렸다. 미지는 '전국의 증권 고수를 찾아서'라는 시리즈물이 기획되어 그 난을 맡았는데, 취재에 동행해 줄 수 있겠냐고 물었다.

"전문가가 필요해."

사무실 책상 앞에서 내는 목소리였다. 나는 생각해보고 전화 주겠다고 말했다. 취재는 한 달에 한 번, 금요일 저녁이나 토요일 오후가 될 것이다. 12회면 1년은 걸린다. 아마 두 번째 취재는 수락하게 될 것 같다. 그 이후는 또 모르겠다. 우리가 다시 침대를 차지한다면 자영을 섞고 싶지는 않다. 미지도 그건 이해할 것이다.

턴을 한 기인 씨가 헤엄쳐오고 있다. 나를 향해 웃고 있는 것 같다. 나도 눈웃음까지 보여주려면 선글라스를 벗어야 한다. 한낮 정점으로 이글거리는 태양이 눈이 멀도록 뜨겁다. 발치까지 다가온 기인 씨는 활짝 웃으며 손을 흔든 뒤 다시 턴해 멀어져간다. 최 상무에게 통보한 날짜가 어느덧 2개월 앞으로 다가와 있다. 통보라니? 코웃음 쳤을 것이다. 그러나 돌아온다면? 그건 강도를 당하는 것보다 확률이 떨어지는 얘기다. 그런 사소한 확률에 대해선 생각을 그치기로 했다. 나는 올해의 할아버지 기일이 작년보다 보름 늦은 10월 초라는 사실을 떠올렸다.

후텁지근한 바람이 목덜미와 가슴의 땀을 말리며 육안으론 보이지 않는 허연 소금기를 남기고 샤워장 통로 쪽으로 불어갔다. 개구리헤엄을 치면 얼굴을 좀 더 자세히 볼 수 있을 텐데, 그 생각을 하며, 팔을 휘두르며 점점 가까이 다가오고 있는 기인 씨를 바라보았다. 거짓말을 밥 먹듯이 하고 가끔 침울해지는 등 흠이 몇 가지 있지만 사심 없이 웃고 있을 땐 정말 귀여운 남자다. 앞으로 데이트 비용을 내가 자주 부담하게 되면 뮤지컬과 비싼 호텔은 자제할 것이다. 그 점만 이해해준다면 기인 씨가 자랑스러울 것 같다.

참, 기인 씨 사무실이 내달에 잠실로 이사 간다. 이제 하늘 다리는 추억 속 무지개로 걸쳐 있게 될 것 같다. 허공에 걸린 그곳으로 새로운 연인들이 오갈 것이다. 새 연인들이 그곳에서 멀리 잠실 쪽을 내려다보면 어느 날 밤 석촌호수에서 괴물과 뛰박질하는 우릴 만날 수 있을 것이다.

접은 신문 위에 선글라스를 벗어놓고 풀 속으로 뛰어들었다. 물방울이

튀고 앞으로 팔을 쭉 뻗자 기인 씨가 옆 레인에서 몸을 비틀어 나를 따라 잡으려고 속도를 냈다. 1987년 봄, 수영장 돔을 돌아보던 어린 소녀는 이제 전력을 다해 그를 뿌리치며 앞으로 나아갔다.

■ 작가의 말

반갑습니다. 이렇게 시작하며 내가 놀라는 것은 이 인사를 지금 당신이 듣고 있어서입니다. 그렇습니다, 모든 독자는 궁극적으로 한 사람입니다. 작가가 한 사람이듯 이 책의 독자는 당신 한 사람으로 귀착됩니다. 이 사실을 염두에 두고 글을 썼습니다. 내겐 대중의 눈을 가리는 것보다 한 사람을 기만하는 게 훨씬 힘듭니다. 그렇다면 인류를 포옹하기보다 한 사람을 사랑하는 게 더 힘드냐고 당신이 내게 물을 수도 있겠군요. 그 대답은 '그렇습니다'입니다.

'문학은 감동'이라고 흔히 말합니다만 나는 차라리 '문학은 글자를 새로운 순서로 늘어놓는 것이다'라고 말하고 싶습니다. 감동은 내게 너무 벅찬 희망 사항입니다. 작가에겐 감동조차 억압적인 요구가 될 수 있습니다. 누가 잠꼬대로라도, 그 비슷한 말만 해도 나는 깜짝 놀랍니다. 내가 무슨 속임수를 썼나 싶어서요. 그러니 혹시 이 소설을 끝까지 읽게 되는 사건이 일어나면 '감동은 젠장, 기분 나쁜데 참고 읽었다'는 말이라도 한 마디 내뱉는다면 나는 기쁠 것입니다.

나는 그리고 싶었습니다.

자본의 두려운 유혹과 문명의 음울한 매혹, 명멸하는 숫자와 기름띠 같은 네온에 떠오르는 익명의 존재들을요. 세계 자본의 신질서 속에서, 우리는 원심력에 의해 그 외곽을 도는 거대한 행렬입니다. 지금 우리의 고독은 고층 빌딩과 아파트에서 부풀어 오르고 술집과 거리를 오가고 있습니다. 그리고 우리는 사랑을 하겠지요. 사랑은 구원입니까? 무엇으로

부터? 나는 그 질문에 대한 준비가 되어 있지 않습니다. 내가 생각하는 몇 개의 개별적인 사랑 또는 접촉을 그려볼 따름입니다. 작가가 아는 것은 따로 있습니다. 우리는 원래 고독한 존재며 사랑이 그 근원적인 고독을 치유하는 건 아니라는 겁니다. 우리는 사랑을 하고, 우리는 고독합니다. 우리는 고독하며, 우리는 사랑을 합니다. 나는 다시 씁니다. 우리는 고독한 존재입니다. 우리는 사랑을 하기도 합니다.

『하늘다리』는 나의 첫 소설입니다. 소설 속 그들은 이제 나를 떠나 수많은 이미지로 변용되어 살아갈 것입니다. 그들은 내 곁을 떠났습니다. 나는 다시 혼자가 되었고 여러분처럼 어떤 지은이의 소설책을 펼칩니다. 나도 여러분처럼 그 책이 잘난 척은 그만 하고, 재미라도 좀 있었으면 하고 바랍니다.

2008년 봄 남한강, 창문을 열고

우영창

■ 쉽게 풀어 쓴 증권 용어

감리 급격한 가격변동으로 투자자의 주의가 요망되는 주식을 거래소가 지정하는 제도. 가격폭 제한 및 증거금 추가 징수 등 주문에 제한이 가해진다.

관리계좌 증권회사 직원들이 투자 조언을 하고 매매에까지 간여하는 계좌.

국부펀드 정부 자산을 운용하는 펀드. 아랍에미리트, 사우디아라비아, 싱가포르, 노르웨이 네 나라만 해도 2조 달러에 이르며 앞으로 세계 자본시장의 건맨으로 떠오를 가능성이 크다.

권리부 신주 인수권이나 유·무상증자를 받을 수 있는 권리. 권리부 기준일 이후엔 그 권리가 없어지는데 이를 권리락이라 한다.

기술적 분석 차트에서 보이는 주가와 거래량의 움직임으로 시세의 향방을 예측해보는 기법. 그 반대편에 기업의 자산이나 실적 같은 근본 내용을 중요시하는 기본적 분석이 있다. 주식 매매 시 흔히 이 둘을 함께 참고한다.

니케이지수 일본 동경 증권거래소의 상장업체지수.

단주 10주 미만 주수.

단타 짧게 끊어 치는 매매. 시세 변동이 있으면 언제라도 산 주식을 도로 판다.

대용증권 현금 대신 사용할 수 있는 유가증권.

대주 주식을 빌려 파는 것. 주가가 떨어지면 그만큼 차익이 발생하지만 상승하면 무한대의 책임을 지게 되어 크게 실패할 수 있다. 카지노 주식을 대주 했다가 실패한 월가의 사례는 유명하다.

동시호가 정해진 시간에 동시에 주문을 접수하여 단일가로 체결. 시장에서는 전장은 오전 8시~9시, 후장은 오후 4시 50분~5시에 동시호가 주문을 받는다.

랠리(Rally) 증시에서는 상승세가 이어지는 것을 뜻한다.

매도 포지션 투자 입장을 이르는 말이다. 선물거래에서 상품이나 유가증권의 선물을 매도하는 것이다.

벨루에이션(Valuation) 미래에 창출할 기업의 현금흐름을 현재의 가치로 평가하는 것이다. 내년에 그의 연봉이 오른다면 현 시점에서 그의 벨루에이션이 높아진다.

불 마켓(Bull Market) 불(황소)은 강세장, 베어(곰)는 약세장을 뜻한다. 월가에 가면 청동 황소 동상을 볼 수 있다.

사모펀드(Private Equity Fund) 고수익 기업 투자 펀드. 부실 기업을 인수 · 합병하는 수단으로 사용하기도 한다.

성장형 성장성이 큰 종목 위주의 포트폴리오로 짜여진 형.

수도 돈이나 주권의 매매 결제.

시가총액 기업의 총발행주수에 현 주가를 곱한 금액. 따라서 시가총액은 매일 변하며 시장의 평가가 시시각각 반영된다.

시간외 매매 장이 마감된 후 오후 3시 10분~3시 40분 사이에 접수 순 대로 당일 종가로 이뤄지는 거래. 종가의 변동성이 크면 사자 팔자 물량이 늘어난다.

액면분할 액면가를 더 적은 금액으로 분할해 주수를 늘리는 것으로 보통 10분의 1 분할이 많다. 기업 가치의 변화는 없지만 주가가 싸 보이고 유동성이 증가하는 효과가 있다.

약정 증권사 직원의 주식 매매 실적.

엔케리(Yen Carry) 자금 금리 차익을 노리고 타국의 고금리 부동산과 채권 등에 투자한 일본의 저리 자금.

온라인(Online) 사이버 매매. 수수료가 일반 오프라인 매매에 비해 저렴하고 일반인들이 홈트레이딩 시스템으로 직접 주문을 넣을 수 있다.

유동성 장세 저금리로 증시에 유입된 대규모 자금의 힘으로 움직이는 장세.

유틸리티(Utility)형 전력, 가스업체 등 공공재 성격이 강한 업체로 구성되어 있다. 대표적인 경기방어형이다.

이동평균선 주가의 단기, 중기, 장기 추세선.

이머징 마켓(Emerging Market) 새롭게 떠오르는 시장으로 중국, 인도, 브라질 등이 대표적이다.

인덱스(Index)형 코스피 같은 대표지수의 수익률을 목표로 운용하는 지수 추세형이다.

일임매매 주식의 선정, 매매를 관리자에게 일임하는 매매형태. 투자자와 관리자 간에 약정서를 작성하는 것이 원칙이지만 잘 지켜지지 않는다.

임의매매 계좌주의 허락 없이 한 매매. 증권분쟁의 주요 쟁점이다.

저항선 매물대가 집중해 있는 선으로 돌파하면 주가의 움직임이 가벼워진다.

정배열 세 이동평균선이 나란히 상승 쪽을 향하는 배열. 장기 위에 중기 그 위에 단기 이동평균선이 놓인다. 일반적으론 상승추세가 이어진다고 본다.

주당 순이익 기업의 순이익을 총발행주수로 나눈 값.

증거금 주식, 파생상품을 거래하기 위해 최소한 갖춰야 할 보증금.

증자 주식을 늘리는 것이다. 유상과 무상이 있으며 성장기업의 경우 자본금이 수년에 걸쳐 수십 배로 늘어나기도 한다. 주식시장에서의 큰 수익은 시세차익에다 이런 주수 증가 효과가 더해져서 이루어진다.

지지선 그 밑으론 잘 안 떨어지는 방어선. 선이 무너지면 주가가 깊게 떨어질 수도 있다.

직접투자 펀드 같은 간접투자와 반대되는 개념으로 개인이 직접 주식을 선정, 매매하는 것을 말한다.

코스피 시가총액 코스피 상장업체의 개별 시가총액을 모두 더하면 전체 시가총액이 나온다. 86년 12조였던 코스피 시가총액은 2007년 이후 800조 원에서 1000조 원 대를 오르내리고 있다.

파생상품 장래 가격 변동에 따른 손실 위험을 소액의 투자로 미리 방지, 또는 최소화하기 위한 상품. 대표적으로 선물과 옵션이 있다.

피터 린치(Peter Lynch) 미국의 전설적인 펀드매니저. 10루타 종목 개발로 펀드의 평균 수익률을 크게 높였다.

헤지(Hedge) 미래에 발생할 가격 변동 위험을 방지하기 위해 파생상품 시장에서 반대 포지션을 취하는 매매.

헤지펀드(Hedge Fund) 국제증시와 외환시장에서 주로 파생상품을 이용해 단기 고수익을 쫓는 펀드. 대표적으로 조지 소로스의 퀀텀 펀드가 있다. 운용자가 개인적으로 자금을 투자하기도 한다.

회전율 자산 대비 매매대금 비율. 약정을 올리기 위한 지나친 회전은 금융 사고로 이어진다.

CMA(Cash Management Account) 종합자산관리계좌. 수시입출금이 가능하고 하루만 맡겨도 이자가 붙어 증권회사의 주력상품으로 부상했다.

MMF(Money Market Funds) 고금리의 1년 미만 금융상품에 투자하는 초단기 금융상품. 입출금이 자유롭다.

WTI(West Texas Intermediate) 서부 텍사스 중질유. 영국 북해산의 브렌트유, 중동의 두바이유와 함께 세계 3대 유종이다.

하늘다리

초판1쇄 발행 2008년 4월 7일
초판5쇄 발행 2008년 4월21일

지은이 우영창
펴낸이 임인규
펴낸곳 동화출판사/문학의 문학

주소 (413-756)경기도 파주시 교하읍 문발리 509-3 파주출판도시
전화 (031)955-4961
팩스 (031)955-4960
등록번호 제3-30호(1968.1.15)

ISBN 978-89-431-0342-2 03810